COM OS MORTOS NÃO SE BRINCA

Andreu Martín e Jaume Ribera

COM OS MORTOS NÃO SE BRINCA

Tradução do catalão
Ronald Polito

Copyright © Andreu Martín e Jaume Ribera, 2003

Todos os direitos desta edição reservados à
Editora Objetiva Ltda.
Rua Cosme Velho, 103
Rio de Janeiro — RJ — Cep: 22241-090
Tel.: (21) 2199-7824 — Fax: (21) 2199-7825
www.objetiva.com.br

Título original
Amb Els Morts no S'hi Juga

Capa
Mariana Newlands

Imagens de capa
© Solus-Veer/Corbis/LatinStock
© Zack Seckler/Corbis/Corbis/LatinStock

Preparação de texto
Elisabeth Xavier de Araújo

Revisão
Diogo Henriques
Ana Kronemberger
Ana Grillo

Editoração eletrônica
Abreu's System

CIP-BRASIL. CATALOGAÇÃO-NA-FONTE
SINDICATO NACIONAL DOS EDITORES DE LIVROS, RJ

M334c
    Martín, Andreu
        Com os mortos não se brinca / Andreu Martín e Jaume Ribera ; tradução Ronald Polito.
    — Rio de Janeiro : Objetiva, 2008.

        Tradução de: *Amb els morts no s'hi juga*
        413p.   ISBN 978-85-60280-27-8

        1. Romance policial catalão. I. Ribera, Jaume. II. Polito, Ronald, 1961-. III. Título.
IV. Série.

08-2294   CDD: 849.93
                                      CDU: 821.134.1-3

UM

1

Naquele dia, quem realmente estávamos esperando na agência era a famosa Felícia Fochs, a espetacular criatura Miss Não Sei o Quê de não sei que ano mais ou menos recente, convertida agora em atriz e cantora da moda, carne de revistas de celebridades, famoso nu de *Interviú* e rosto felino que na tevê nos recomendava que comêssemos uma determinada marca de espaguete congelado. Tinha hora para falar com o Biosca às cinco da tarde e a excitação enchia as dependências da Agência Biosca e Associados. Amèlia, a recepcionista, e Beth, a jovenzíssima última aquisição da empresa, não paravam de murmurar brincalhonas pelos cantos e de dar risadas bobas. Olhavam de rabo de olho o Octavi, que tinha vindo com seu terno bege, camisa preta e gravata amarela, e tinha submergido numa banheira de perfume.

— Com certeza precisa de proteção — dizia o Octavi, sem parar de andar entre as mesas como uma fera enjaulada. — Proteção dos filhos-da-mãe dos paparazzi, com certeza, ou destes admiradores que ficam loucos e não os deixam em paz. Não acha, Esquius?* Porque, sendo solteira, não creio que se trate de um caso de cornos...

— Um momento, Octavi, que estou ocupado.

Eu estava exatamente passando para o computador um relatório sobre um caso de chifres. Chifres. Deveríamos pregar um par na porta

---

* Esquius, plural de *esquiu* (esquivo), sobrenome na Catalunha. (N. do T.)

da agência para que as pessoas soubessem a que nos dedicávamos. Ou colocá-los no logotipo: dois chifres em torno de um cheque de 10 mil euros, em agradecimento aos depósitos que nos sustentavam.

Às cinco em ponto, incapaz de se conter nem por um segundo mais, Octavi, plantado no meio das cinco mesas do grande escritório, expeliu ruidosamente o ar dos pulmões para chamar a nossa atenção e, de repente, tirou do interior da jaqueta uma pistola brilhante, pesada e preta e a apontou para Amèlia.

Amèlia deu um salto e um grito e foi entrincheirar-se atrás do arquivo. Octavi comemorou o susto com uma gargalhada das suas.

— Octavi, homem, não se faça de idiota!

— Mas não está carregada!

Quando passavam dez minutos da hora combinada, Octavi estava fazendo com que a jovem Beth lhe acarinhasse a arma.

— Pega, pega, sem medo. É uma Colt Officer 45. O que te parece? É grossa, hein? E está fria... mas quando dispara, esquenta...

— E é dura, não? — comentou a Beth.

— Muito dura, como o aço!

— Ou seja, se eu bater com ela na tua cabeça, farei uma boa brecha, não acha?

Por culpa de uma pistola, Octavi não era agente policial. Dez anos antes, fora aprovado no curso, mas depois, durante o período de treinamento, dedicou-se a ir pelas discotecas com a pistola regulamentar bem visível sob o paletó aberto. Pensava que a arma atuaria como um chamariz na hora de paquerar. No fim das contas, seus chefes ficaram sabendo e o colocaram para fora. Mas era dos que não aprendiam.

E dos que não se calavam.

Vinte minutos depois das cinco, aquele chato estava nos disparando uma conferência sobre tudo o que havia investigado da Felícia Fochs. Sabia de memória a sua filmografia e a letra do seu último sucesso como cantora, "Vamos brincar de papai-e-mamãe", e estava em condições de desmentir com documentos nas mãos a pérfida infâmia segundo a qual a atriz tinha operado os lábios e os seios. Até mesmo tinha se informado de detalhes familiares da moça: com certeza não sabiam que tinha uma irmã que também era artista, não? Chamava-se

Colette e tinha um programa de rádio noturno em uma emissora local: *Música para se inspirar.*

— Para inspirar-se a quê? Com quem? — Beth o provocou, com intenção de colocá-lo em dificuldades.

— Para foder com a mulher, porra — respondeu Octavi, que nunca ficava sem graça —, você está no mundo da lua. Ou, melhor ainda, para masturbar-se como um macaco. Música quente e no meio a puta que te fala com aquele sotaque francês e diz umas coisas que te levantam de uma vez só.

— O que você quer dizer? — surpreendeu-se Amèlia. — Que Felícia é francesa? Que não era de Hospitalet?

— Não — disse o especialista feliciólogo. — Pelo que se sabe, seus pais viviam em Paris, e a irmã mais velha, Colette, nasceu e foi criada uns anos lá. Mas se transferiram para Hospitalet e a Felícia já nasceu aqui. Cacete, esta Colette também tem de ser uma fera.

Discorria como se falasse para um público numeroso, mas eu sabia que aquela exibição de erudição era dedicada a mim. Queria deixar claro que o caso tinha de ser para ele e só para ele. O caso, a Felícia, e a irmã afrancesada e sedenta de sexo. Não admitia competições, mas estava convencido de que era eu o preferido do Biosca e tinha medo de que ele me desse o caso.

— Não se iluda, Octavi — lhe dizia Amèlia. — Estas mulheres, vistas ao natural, sem maquiagem, perdem muito. Costumam ser mais baixinhas do que se imaginava e têm a voz aflautada. — Amèlia era uma magricela de mais de um metro e noventa.

— Isso é inveja! — teimava Octavi, retorcido e congestionado no meio da sala.

Neste momento, como que respondendo ao grito do fanático, ouviu-se a campainha da entrada. Octavi se pôs em pé com uma rapidez que eu não me lembrava de ter visto desde que se quebrou um boneco de molas que eu tinha quando criança. Amèlia correu para o vestíbulo para cumprir suas funções de recepcionista. Ouviram como abria a porta e como falava com alguém. Octavi arrumou o nó da gravata.

Finalmente, abriu-se a porta e Amèlia tornou a entrar, acompanhada de uma moça completamente diferente da que esperávamos. Era jovem, bonita, magra e miúda, como que de porcelana, modalidade lânguida. Uns óculos de armação metálica se apoiavam sobre um narizinho de passarinho. Destacavam-se num rosto ovalado e pálido uns olhos enormes, arregalados, brilhantes e ávidos de experiências, uma boquinha pintada de vermelho escuro, e o cabelo preto penteado para cima e espalhando-se em todas as direções como uma fonte de petróleo. Usava um casaco longo de algodão e, por baixo, um pulôver azul sem forma e saia de cor fúcsia até os pés.

Octavi empalideceu, visivelmente decepcionado.

— Você é Felícia Fochs? — escapou-lhe com voz desmaiada.

— E você é Richard Gere? — atirou-lhe a recém-chegada, automaticamente.

E, em seguida, depois de um comentário privado ("Estúpido!"), dirigiu uma pergunta à atônita assistência:

— O que me dizem? Que é preciso hora marcada para contratar um detetive?

Ao descobrir a verdade absoluta, pareceu oportuno e necessário para Octavi proclamá-la aos quatro ventos.

— Não é Felícia Fochs! — me disse, enfático. E virou-se para Amèlia para transmitir-lhe: — Não é Felícia Fochs! — E notificou a Beth: — Não é Felícia Fochs!

A mulher dos olhos arregalados virou-se para mim com a expressão alarmada de quem acaba de descobrir um louco perigoso em seu imediato raio de ação e com a evidente intenção de perguntar-me como era aconselhável reagir naquele caso; e, no preciso momento em que eu me dispunha a avisar-lhe que o estado mental do meu colega era muito equilibrado em comparação com o do diretor da agência, abriu-se a porta do escritório e o nosso admirado amo e senhor fez uma aparição triunfal:

— Entre, entre, por favor! — um grito capaz de paralisar uma avalancha em plena queda. — Bem-vinda, nós a estávamos esperando! Não, não me diga nada! Quando vinha para cá, teve uma pane com o carro; concretamente, alguma coisa relacionada com o radiador. Sujou os dedos e a roupa e teve que voltar em casa para se trocar. Tomou uma ducha, mas com a pressa não enxugou o cabelo e veio com a janela do carro aberta. E veio nos ver porque desconfia de alguém do seu meio, por isso conduziu você mesma o carro e ninguém a acompanha. O que acha?

— É incrível — disse a mulher do penteado de palmeira.

Todo mundo que vê o Biosca pela primeira vez diz alguma coisa semelhante. Mas seguramente não o diz pelos motivos que o Biosca imagina.

— Não, não, não tenho poderes sobrenaturais, prezada cliente — ele esclareceu, com um fiapo de modéstia. — É simples dedução. As suas mãos, os seus sapatos, a maquiagem e a roupa são bastante explícitos. Quer entrar, por favor? — E dirigindo-me um olhar autoritário: — Venha você também, Esquius.

O Biosca é assim.

2

Ao ouvir "venha você também, Esquius", o rosto de Octavi reproduziu as emoções dos ganhadores da loteria no momento em que se dão conta disso. Tive medo de que, de repente, cobrisse o rosto com a barra da camisa, nos mostrando o umbigo, e começasse a fazer aviãozinho entre as mesas. "Venha você, Esquius" só podia significar uma coisa: que a mim cabia o caso da mulher extravagante que acabava de chegar e que, portanto, a ele corresponderia o de Felícia Fochs.

— Não pensa que não vale a pena, né? — cochichou-me no ouvido, eufórico, enquanto a moça entrava no escritório do Biosca. — Se você tirar a roupa que ela está usando e lhe puser um top e um short de lycra bem apertadinho, o potencial sexual dela subirá cinqüenta pontos de uma só vez.

Sem dar sinais de ter ouvido, atravessei a soleira.

O momento em que um cliente entra no *sancta sanctorum* do nosso chefe e proprietário da agência é sempre um momento delicado. Nos recém-chegados o pulso se acelera e a respiração se interrompe. Alguém, com o pretexto de ter deixado uns papéis no carro, tinha até saído correndo e depois não tornamos a vê-lo. Outros pareciam impressionados ou à vontade diante do que viam. Mas a maioria ficava desconcertada, talvez pensando se não tinha entrado de repente numa dimensão desconhecida.

Da decoração anônima de escritório que configurava o resto da agência se passava de uma só vez a uma sala imensa, com piso de tábua corrida, as paredes forradas de madeira, presidida por uma mesa descomunal com cadeiras com forros vermelhos e incrustações. Embutidos na parede e de frente para a escrivaninha, seis aparelhos de televisão. No primeiro se via uma praça de estacionamento subterrâneo. Deste modo, Biosca se assegurava de que ninguém lhe pusesse uma bomba sob o carro enquanto ele estava pensando em outra coisa. O segundo reproduzia o sinal de uma câmera ilegal focada na rua a partir da fachada do edifício, certamente para garantir que nenhuma ameaça exterior se precipitasse sobre nós. Durante as oito, ou nove, ou dez horas que passava diariamente no seu escritório, Biosca gozava de uma panorâmica imóvel da cagada dedicada a José Antonio, ou à Falange, ou a não sei quem, que empesteia a avenida Josep Tarradellas desde quando ainda se chamava Infanta Carlota. Talvez fosse aquilo o que o tinha deixado louco. As outras quatro câmeras ofereciam a programação das três cadeias nacionais e uma autônoma. Um pouco mais além, uma tela de plasma de 52 polegadas sintonizava simultaneamente a CNN e a FoxNews. Estava bem claro que, se começasse uma guerra nuclear, Biosca seria o primeiro a saber e se pôr em movimento rumo a algum abrigo atômico. À direita da mesa, uma máquina destruidora de documentos pelo sistema de picotar; ao lado, uma outra que o fazia por incineração, e mais além, uma terceira que utilizava um procedimento químico. Como detalhe complementar, a caixa-forte, desproporcionalmente grande e com uma porta que lembrava a de Fort Knox. Dentro, em vez de dinheiro, guardava toda espécie de aparelhos de tecnologia de ponta, comprados na Loja do Espião.

Um outro elemento decisivo do mobiliário era o Tonet, o guarda-costas que sempre estava ao lado de Biosca, inexpressivo e impassível como uma cômoda. Cento e cinqüenta quilos de carne humana e o cérebro de contrapeso. Sempre se podia vê-lo nas proximidades de onde estava Biosca, sentado em uma cadeira reforçada, com os olhos vesgos fixos na tevê, muito atento e concentrado ainda que estivesse desligada.

Não culpei nossa cliente ao notar nela uma pequena vacilação. Aquele era o momento crucial em que algumas pessoas que se viam obrigadas a passar por aquela prova desistiam e fugiam apavoradas, as mais íntegras improvisando uma desculpa, e as de alma mais fraca berrando como possuídas. Por isso, à clientela que se apresentava de surpresa, sem entrevista marcada, costumávamos recebê-la escondidos do chefe, livrando-a daquela inconveniência. Era a única maneira de ter oportunidade de chegar ao fim do mês.

— Entre, entre, por favor, não fique na porta — animou-a Biosca, muito satisfeito de ser como era. — E sente-se, sente-se. Sente-se você também, Esquius.

A recém-chegada soube aparar o golpe e aquilo me agradou. Só um sutil empurrãozinho da Amèlia foi o suficiente para tê-la dentro.

Biosca tinha acabado de fazer 60 anos. Era muito magro, esquelético e calvo, com um crânio ossudo e grande que dava à cabeça o aspecto de uma grande lâmpada. Seus olhos pequenos quase desapareciam entre rugas quando recebia clientes, com uma expressão sagaz de "não me escapa nada". Seu ídolo de ficção era o Sr. M dos filmes de James Bond, e tenho certeza de que a cada dia se levantava da cama com a esperança de que a rainha da Inglaterra lhe telefonasse para encarregá-lo de salvar o Império da ameaça de algum indivíduo obstinado em destruí-lo com a ajuda de um aparelho daqueles que produzem cintilações coloridas. Sempre vestia ternos com colete comprados na Saville Road e conduzia um Jaguar que era a sua menina-dos-olhos.

A cliente e eu tínhamos nos sentado diante de Biosca e ela respondia à sua primeira pergunta:

— Me chamo Flor Font-Roent.

O sobrenome Font-Roent me evocou imagens de família barcelonesa de toda a vida; empresários, consultores de bancos, diretores do Barça. Biosca também devia reconhecer a linhagem da moça, porque sua cabeça de lâmpada se iluminou como quando escutava o que para ele eram palavras mágicas: "Dinheiro não é problema, pago o que custar."

— Diga. Pode se expressar com absoluta liberdade. Ele — me apontou — é Àngel Esquius, o nosso homem estrela. É um superdotado. — A descendente dos Font-Roent virou-se para mim e, com os seus olhos grandes e brilhantes, me percorreu de alto a baixo, desde a franja até a fivela do cinto e uma outra vez à franja, gravata abaixo e gravata acima. Biosca considerou mais prudente esclarecer: — Superdotado. Quer dizer, com um coeficiente de inteligência muito acima da média. Verifique você mesma. Diga dois números de cinco algarismos.

— Mas...

— Mas sim, senhorita, mas sim. Não se preocupe, ele já está acostumado. Você vai ver. Dois números de cinco algarismos.

Ela me olhava com medo de me ofender. Mas lhe dava mais medo contradizer o Biosca. Parecia muito mais perigoso do que eu. Ofereci-lhe um sorriso cúmplice, animando-a a entrar no jogo, como dando a entender que tudo aquilo apenas formava parte do formidável sentido do humor do meu chefe. Interpretar as impropriedades do Biosca diante dos clientes como brincadeiras engenhosas tinha se convertido em parte da faina de todos os que trabalhavam ali.

— Então... Dois números de cinco algarismos? Quarenta mil cento e nove e nove mil cento e sessenta e três — disparou, entre intimidada e desconcertada.

— O segundo número tem quatro algarismos, não cinco — lhe fiz notar.

— Viu? — saltou imediatamente o Biosca, como se com aquilo sua tese já tivesse ficado demonstrada. — O que eu te falava? Ha, ha, ha! Foi uma boa tentativa, mas é difícil surpreender um superdotado. Vamos, venha, venha, chega de conversa. Esquius, multiplique mentalmente os dois números.

Só calculei as unidades. O total, naquele momento já ninguém se lembrava dos números que tinha dito a Flor. Nem ela mesma.

— Trezentos milhões, duzentos e vinte mil, quatrocentos e treze — disse automaticamente.

— Impressionante, não? — o Biosca explodiu numa risada barulhenta e a fez desaparecer instantaneamente. — Mas não pense, hein, Srta. Font-Roent, que tem um truque. É claro que sim. Nunca consegui apanhá-lo, mas tem um truque. De fato não é um superdotado, mas sabe se exibir. E isto quer dizer que, pelo menos, é rápido, não? — Flor Font-Roent nos olhava alternadamente e não sabia que cara fazer nem como assimilar tudo aquilo. Eu sorria para encorajá-la. "Não está acontecendo nada." — Bem, diga, diga, explique-me o que está lhe acontecendo. E você fique atento, Esquius.

Concluída a exibição circense, pudemos pôr mãos à obra.

3

— Bem... Não sei como começar... — murmurou a Srta. Font-Roent, depois de limpar a garganta. — É o meu namorado. Adrià Gornal. — Usava um tom tão dramático que, por um momento, temi que nos dissesse que o namorado tinha sido tomado por um ataque de zoofilia e a enganava com uma cabra.

— Adrià Gornal de quê?

— Adrià Gornal López.

Peguei o bloco de anotações e escrevi aquele nome intitulando a primeira página em branco. Ela continuou:

— Faz dias que tem um comportamento que não consigo explicar. Estou ansiosa e quero saber o que está acontecendo.

— A que tipo de comportamento se refere?

Flor retorcia os dedos.

— Não sei como lhe dizer... Está acontecendo alguma coisa com o Adrià e ele é orgulhoso demais para me dizer, e eu quero ajudá-lo. — Depois de um longo silêncio cheio de suspiros, começou a cantar: — Notei pela primeira vez quarta-feira passada. — Tomei nota na caderneta: "Qua. 27 de fevereiro." — Fomos jantar juntos e nos prometíamos uma noite maravilhosa, mas logo observei que ele estava aflito, disperso, perturbado por alguma tempestade interior. — Anotei: "Tempestade interior." — Eu tinha de repetir três vezes o que lhe dizia para que prestasse atenção. Perguntei-lhe: "O que está acontecendo?" E ele: "Nada, nada." E, quando acabamos de jantar, me disse que não se sentia bem e foi embora depressa. Quinta-feira não me telefonou às nove da noite, como fazia todo dia, e quando finalmente me decidi e lhe telefonei, às nove e quinze, me mandou passear com grosseria. "Estou com dor de cabeça!", me disse, com um tom que nunca tinha usado comigo. Na manhã seguinte, sexta, fiquei esperando-o no bar onde sempre costumávamos nos encontrar, e ele não apareceu. E sábado e domingo não pudemos nos ver. Telefonei, telefonei, telefonei, e ele nada, não estava, não respondia. E lhe juro que não lhe dei nenhuma, nem a mais ínfima razão que justificasse esta atitude rude.

O rosto do Biosca tinha se iluminado com uma careta entre triunfal e sarcástica que queria dizer "chifres". Eu cabeceei, resignado, confirmando: "Chifres." A especialidade da casa.

— Faz muito tempo que saem juntos? — perguntei.

— Nos conhecemos desde sempre. — Deixou escapar timidamente um sorriso débil, como se já ouvisse os arpejos de harpa que nos filmes anunciam um flashback. — As nossas famílias são vizinhas há anos. Bem, agora já não somos vizinhos, o Adrià e eu, porque faz tempo que ele não vive com seus pais, porque... Mas sair, sair, o que se chama sair, faz só dois anos que saímos.

— Trabalha em quê, o Adrià?

— Estuda medicina. Terceiro ano de medicina. Bem, vai à faculdade de tarde e, de manhã, trabalha como zelador no Hospital de Traumatologia de Collserola.

Incorporei aqueles dados ao histórico que estava fabricando.

— Que idade tem?

— Como eu, 27 anos.

Abri a boca, mas engoli o comentário. Em meu lugar, o Biosca o emitiu, com a expressão eufórica que exibia quando encontrava um imbecil no seu caminho.

— Vinte e sete e ainda está no terceiro ano de medicina? — riu.

Flor Font-Roent ficou insegura, como que buscando as palavras que pudessem mostrar Adrià Gornal com a luz mais favorável possível.

— É que... o Adrià... é um pouco... rebelde, inquieto. Não me interpretem mal: é uma alma sensível, um homem que sofreu muito porque se pôs muito à prova. Viajou por todo o mundo, experimentou pintar, escrever poesia, achar um caminho artístico... E tudo isso retardou a carreira dele. — Anotei: "alma sensível" e sublinhei ambas as palavras e acrescentei três sinais de exclamação. — Nunca se entendeu muito bem com o pai, e por isto decidiu sair de casa e procurar trabalho, para demonstrar-lhe que podia seguir adiante e abrir caminho sozinho. Há gente que o considera pouca coisa, mas eu o conheço bem e sei que o seu potencial está soterrado. O Adrià se encontra imerso numa luta interior que tem de resolver e que, com o tempo, o enriquecerá e o fará mais forte e mais capaz.

Pensei "Meu Deus" e me abstive de anotar no caderno tudo o que me vinha à cabeça. Até mesmo o Biosca tinha ficado um pouco aturdido diante daquelas manifestações.

— Ou seja, não está em muito boas relações com a família — arriscou.

— Bem, não. — Flor Font-Roent resignou-se a ser mais exata. — De fato, o pai o pôs para fora de casa e lhe disse que, ou ficava esperto, ou que se esquecesse dele. — Considerou que isso exigia um esclarecimento de desculpa: — Olhem... os Gornal são novos-ricos. Ainda não faz vinte anos que fizeram fortuna. E já se sabe como é esta gente: buscam respeitabilidade a qualquer preço. É legítimo e não critico. Mas isto os torna dependentes demais da imagem familiar.

— Gostaria de enganá-la, Srta. Font-Roent — disse o Biosca. — Gostaria de iludi-la, enredá-la bem enredada, dizer-lhe qualquer coisa, chupar sua grana e pô-la para correr como uma idiota. Mas não é isto o que você espera de mim. Eu não sou político, sou detetive, e meu trabalho consiste em buscar a verdade. E a verdade é que o comportamento do seu querido Adrià tem um cheiro forte de chifres, senhorita. Já sabe o que quero dizer: uma outra mulher.

Flor ficou muito vermelha, como se o Biosca tivesse lido seu pensamento.

— Não é isto o que me incomoda... — respondeu com voz trêmula. E continuou falando para bloquear o medo que fazia tremer seus lábios. — Tenho medo de que, não sei... que tenha problemas. De trabalho, ou de saúde, ou possivelmente uma crise interior...

— Tem uma foto deste... — disse o Biosca, detendo-se a tempo — ...deste namorado que você diz que tem?

— Sim — ela disse. E pôs-se a procurá-la dentro da bolsa, metendo a cabeça dentro e, provavelmente, sujando seus objetos pessoais de lágrimas e coriza. Seus ombros se moviam de um modo convulso.

— Também precisaria — eu disse, para passar o tempo enquanto ela estancava o choro dentro da bolsa — dos dados concretos das suas atividades. O endereço de Adrià e seus horários de trabalho e universidade.

A fotografia que me entregou mostrava um moço de cabelo louro e curto e sorriso expansivo, com muito mais cara de atleta que de artista diletante e alma torturada. Tinha um daqueles olhares desavergonhados e diretos capazes de convencer qualquer um de qualquer coisa, e o seu sorriso proclamava que, quando era bom, era muito bom e, quando era ruim, sabia pedir perdão. Tinha *good looks* (como dizia aquela minha amiga inglesa), e uma das vantagens dos que têm *good looks* é que sempre têm direito a segundas chances.

Desculpei-me, deixei-os a sós para que acabassem de formalizar o contrato e falassem de dinheiro e de termos e fui procurar Beth. Com a desculpa de distrair a espera e de relaxar um pouco os nervos, Octavi tinha lhe proposto uma aula de defesa pessoal e acabava de lhe aplicar uma chave, aproveitando para boliná-la como que sem querer. Amèlia me olhou suplicando que eu fizesse alguma coisa.

— Uma outra chave bastante efetiva, Beth — disse, com voz de mestre —, é esta.

Agarrei-o pela orelha e o transladei, enquanto fazia "ai, ai, ai", até o outro extremo da sala.

Octavi me fitou com os olhos cheios de ódio e de lágrimas.

— Não sabe pedir direito as coisas?

Seduzi-o com meu melhor sorriso.

— Pode me ajudar, Beth?

Beth concordou com a cabeça com aquele tipo de entusiasmo juvenil que me lembra os meus filhos quando eram pequenos e abriam os presentes no Dia de Reis. Encarreguei-a de passar os dados do meu caderno para o computador e de fazer fotocópias coloridas da foto.

— E... você achará um tempinho para ir à Faculdade de Medicina e perguntar por este rapaz?

Dava pulinhos de alegria.

— Está me pedindo que te ajude?

— É claro. Trabalha na agência, não? Quer fazer isso?

— Claro que sim!

— Não chame muita atenção, mas investigue tudo o que puder. O conceito que os colegas têm dele, se mata muita aula, se tem alguma namoradinha por lá...

— Não se preocupe, Esquius. Farei das tripas coração, você vai ver!

Naquele preciso momento, Flor Font-Roent cruzava pelo meio das mesas e dos computadores, como que fugindo na ponta dos pés rumo à porta com a esperança de que ninguém a visse.

Apanhei a jaqueta bruscamente e a segui, deixando para trás um Octavi que já começava a elaborar teorias catastróficas para explicar o atraso de Felícia Fochs. Talvez tivesse repensado e no final não viria. Que drama! Tampouco queria estar presente quando chegasse a Felícia, para não correr o risco de afogar-me nos litros de baba que segregaria Octavi.

E, além disso, queria falar a sós com a minha cliente.

4

Encontrei-me com Flor Font-Roent no elevador, tal como pretendia.

— Ah, Srta. Font-Roent... Queria lhe dizer para não fazer muito caso do comportamento do Sr. Biosca. Às vezes passa uma imagem um pouco deformada da agência, mas lhe garanto que funcionamos bem.

Flor me olhou com o rabo do olho.

— Sim. A verdade é que eu imaginava muito diferente uma agência de detetives.

— O que esperava? Que todos estaríamos vestidos com capas puídas?

— Uma coisa assim, de fato.

— Alguém capaz de cuspir numa maleta com um milhão de euros somente porque não lhe agrada a gravata do seu cliente — disse. Ela riu e a sua risada me agradou. — Como nos romances.

— Já não leio muitos romances de detetives — esclareceu, com a veemência de um suspeito de esquartejamento que proclama a sua inocência. — Só li alguns que se servem do fundo policial como pretexto para tratar temas de mais profundidade. Em geral, porém, gosto mais de ler poesia. — Concluída a sua declaração, fez uma pausa, enquanto pensava o que mais podia dizer para preencher o tempo que faltava para que o elevador chegasse embaixo. Decidiu-se pelo tópico: — E você... o que lê?

— Bem... — encolhi os ombros modestamente. — Coisas de Marlowe... — Referia-me ao personagem de Raymond Chandler, é claro, e o fiz de modo pejorativo, porque estava certo de que um espírito seleto como o de Flor Font-Roent havia de abominar o romance *noir* norte-americano.

Sua boquinha de pinhão formou um *o* bem redondo.

— O que você disse? — perguntou com uma ênfase que me pareceu francamente excessiva.

— Sim... bem, não é que eu seja um expert, mas...

Ela me olhava com aquela devoção que reservamos para os momentos predestinados da vida, quando descobrimos uma alma gêmea.

— *"There will we sit upon the rocks"* — recitou de repente, com o tom cúmplice de um franco-maçom que fornece a senha secreta a um companheiro de loja. — *"And see the shepherds feed their flocks, by shallow rivers, to whose falls, melodious birds sing madrigals."*

Se naquele momento eu tivesse sido capaz de recitar a estrofe seguinte, fosse a que fosse, penso que Flor teria parado o elevador entre um andar e outro, arrancado a roupa aos puxões e se entregado a mim ali mesmo. Mas eu tinha ficado paralisado e ela deve ter achado que o meu silêncio era causado pela emoção e luta para conter as lágrimas.

— Eu nunca teria pensado — disse, admirada. — Nunca na vida eu teria imaginado que um detetive, um homem de ação, pudesse conhecer e apreciar a obra de um autor como Christopher Marlowe.

— Hum... — fiz, enquanto pensava: "Christopher Marlowe?" E acrescentei, com tom reverente: — É que... Christopher Marlowe é muito Christopher Marlowe.

— Não posso acreditar! — Não podia afastar os olhos enormes e brilhantes dos meus, e eu não me atrevia a desviar meu olhar para os botões do elevador, ou para os números que indicavam em que andar nos encontrávamos. Aquela viagem estava ficando mais longa do que a travessia do Atlântico a nado. E ela continuava: — Vivemos num mundo tão materialista... Resta tão pouca gente sensível...

Salvo pelo tlintlim da porta ao abrir-se. Tínhamos chegado. De repente, vimo-nos atacados por uma nuvem de perfume excessivo e pela irrupção de duas mulheres que tinham muita pressa, ambas falando ao mesmo tempo e sem olhar por onde andavam. Entraram antes que saíssemos e isto provocou certa confusão.

Uma delas era Felícia Fochs, e tive de reconhecer que era tão ou mais bela ao natural que em foto. Mas só a vi de passagem. Em seguida arrastei Flor até a rua para não ouvir o grito de agonia que sem dúvida Octavi emitiria assim que o elevador chegasse ao quinto andar.

Uma vez na ampla calçada da avenida Josep Tarradellas, agarrei a mão direita de minha cliente e me despedi, evitando assim que me seqüestrasse para a cafeteria mais próxima para iniciar uma tertúlia de horas sobre Christopher Marlowe, a sua época e circunstância e a poesia em geral.

— Bem, Srta. Font-Roent, foi um prazer, manteremos contato, agora tenho de começar a trabalhar para você.

Foi uma autêntica fuga.

DOIS

1

Não era verdade que tivesse de começar a trabalhar para alguém àquela hora da tarde. O caso de Adrià Gornal me parecia simples à beça e eu me sentia capaz de concluí-lo com o que restava da semana. Simples rotina. Podia me permitir o luxo de ir para casa passeando tranqüilamente e desfrutando de um ensaio de primavera ensolarada e cálida. Desci a Josep Tarradellas pelo centro, em direção à estação de Sants, enfiei-me pela Entença, passei diante da sinistra prisão Model e por dentro do parque do Escorxador e cheguei à Gran Via. Os meninos já haviam saído da escola e gritavam e se perseguiam pela rua, os transeuntes pareciam relaxados finalmente, depois de um dia exaustivo, e alguns até podiam se permitir a liberdade de um sorriso.

Comprei comida pronta na delicatéssen do bairro e me fechei no meu apartamento, que ainda me parecia grande demais. Desde a morte da minha mulher, havia passado por umas tantas etapas diferentes, de acordo com o meu estado de ânimo: a desordem mais absoluta e caótica, com sujeira pelos cantos e cinzeiros cheios e círculos pegajosos de copos sobre todos os móveis; depois, a reforma interior e exterior, quando vendi os melhores móveis e joguei fora os piores, pintei pessoalmente todos os cômodos da casa e criei uma decoração pessoal, bem diferente da que compartilhava com a Marta. Não se tratava de botá-la para fora, e suponho que ela teria entendido; antes, era um exercício para acabar de convencer-me de que ela já não estava ali e nem estaria nunca mais. Imediatamente, seguiu-se a época de pôsteres nas paredes presos com fita adesiva, numerosas companhias femininas de uma só noite, muito uísque e longas noites melancólicas ouvindo música ou jantando na frente da tevê. E, pouco a pouco, tinha acabado desembocando naquele outro cenário de poucos quadros mas bons e bem emoldurados, e poucos móveis mas sem pó nem manchas, e a disciplina de cada coisa no seu lugar, e eu circulando pelo meio com a naturalidade de quem já assumiu uma rotina cômoda e reconfortante, sem excessos.

Troquei os sapatos pelos chinelos.

Na secretária eletrônica havia uma ligação da Mònica.

— Papai, sou eu. Como você está? — Ainda me perguntava "como você está" com o tom grave que havia usado no dia em que enterrávamos a minha mulher. — Pode me ligar assim que chegar? É sobre o almoço de sábado, porque nesta semana vamos ter que desmarcar. Me liga.

Enquanto os croquetes e a rabada esquentavam, plantei-me diante da minha coleção de vídeos e DVDs policiais com a intenção de escolher um para ver enquanto jantava. Nesse momento, me dei conta de que tinha Marlowe na cabeça e me decidi por *Adeus, Querida!* de Dick Richards, no qual Robert Mitchum encarnava o mítico detetive.

Com o DVD na mão, liguei para a Mònica. E, enquanto esperava que atendesse, prendendo o fone entre a bochecha e o ombro, pus o disco no aparelho e com o controle remoto escolhi a versão inglesa com legendas em inglês para estudar ao mesmo tempo que me divertia.

— Pronto?

— Mònica?

— Ah, papai. Como você está?

— Muito bem. E você?

— Bem. Todos bem. Mas e você? Como você está?

— Muito bem, muito bem, de verdade. O que você disse? Que neste sábado não almoçaremos juntos?

— É que nós vamos esquiar com o Ori. — Oriol é o meu filho mais velho, é casado e tem dois gêmeos maravilhosos, mas um pouco agitados demais. — Você quer vir?

— Não, não!

— Venha, homem, venha. Alugamos um apartamento e você cabe perfeitamente.

— Não, não. É que... tenho trabalho. Me encarregaram de um caso muito importante...

— É que não gosto que você fique sozinho o fim de semana inteiro, trancado em casa, sem fazer nada...

— Não poderei ficar em casa trancado sem fazer nada. Eu ia justamente dizer a vocês que eu também não poderia ir almoçar, sábado, porque estarei ocupado. Sabe a Felícia Fochs, a modelo, a cantora? Pois eu terei de ser o guarda-costas dela.

— O quê? A Felícia Fochs?

— Sim, sim, a Felícia Fochs. Ou seja, impossível. Nem almoço, nem esqui, nem nada de nada. Faremos guarda 24 horas por dia, em turnos, o Octavi, o Ferran e eu, no mínimo por uma semana, ou seja, impossível. — O Ferran era outro dos empregados da agência, que agora estava acompanhando um caso em Valência.

— Isso me entristece.

— Não fique triste. Vou pedir um autógrafo a Felícia Fochs para você.

— Mas, escuta... É que eu queria te dizer uma outra coisa.

— Diga.

— Ah, é que... outro dia, na academia, conheci uma mulher maravilhosa. — O que eu temia. Um outro encontro às cegas. Eu devia ter desconfiado desde o primeiro momento. Por que ela e o Ori estavam certos de que eu estava só, aborrecido e desesperado, com uma vida sem objetivos nem emoções? — Esplêndida, uma beleza, inteligente e muito simpática. Tem um restaurante.

— Ah, olha, que bom — disse sem entusiasmo.

— Quer te conhecer, pai. A verdade é que falei muito de você para ela. Talvez tenha exagerado um pouquinho dizendo-lhe como você é bonito e extrovertido, mas sei que ela não ficará decepcionada.

— Você valorizou a sua mercadoria e ela pediu que você arranjasse um encontro comigo?

— Bem... não, não exatamente. Fiz um pouco de armação, porque a Maria não é muito atirada. É simpática, mas não atirada; não sei se você consegue ver a diferença. E é muito animada, e muito conversadora, e muito culta, mas não daria nunca o primeiro passo, você me entende, não? Eu disse que tinha falado dela para você e que você a queria conhecer, e lhe dei o teu número para que te ligasse para combinar. Como se você já tivesse me pedido, entende? Ou seja, quando ela te ligar, já sabe do que se trata. Está bem?

— Sim, sim, é claro.

— Não, não, me diga de verdade. Está bom para você?

— Está, está, de verdade.

— Porque, se não, não tem importância, hein? Mas é que me deixa triste que você fique todo o fim de semana sozinho...

— Com a Felícia Fochs, não se esqueça da Felícia Fochs, que não está nada mal. — Não sei negar nada a eles, aos meus filhos, e menos para a Mònica. Esta debilidade, nos últimos anos, havia me levado a uns quantos encontros com candidatas para refazer minha vida, e a algumas situações nem sempre bem-sucedidas.

— Tem certeza que não quer vir esquiar?

— Tenho, tenho. Você não vê que, além do trabalho, agora terei o compromisso da tua amiga, a do restaurante?

Dando a conversa por acabada, eu já havia apertado o botão certo do controle remoto, e na tela da tevê apareciam créditos iniciais: ruas de Los Angeles, de noite, anos 30 ou 40. Ao som de blues. A despedida ainda se estendeu um pouco. Pensei que Mònica, quando fosse mãe, seria um pouco superprotetora demais. Tinha de avisá-la disso. Por fim, consegui desligar o telefone e me instalei com a bandeja no sofá da sala de jantar para ver o filme enquanto jantava.

É aquela história em que Marlowe conhece o gigantesco Moose Malloy, que procura o amor da sua vida, a pequena Velma. No livro, Moose Malloy veste uma jaqueta com pequenas bolas de golfe no lugar de botões, camisa marrom, gravata amarela e um chapéu com duas penas. No filme, o ator Jack O'Halloran se vestia de uma maneira mais discreta. Suponho que o diretor de casting teve muito trabalho para encontrar aquele gigante que competia em corpulência com Robert Mitchum, e não podia obrigá-lo a bancar o palhaço. Além disso, demorava um pouco a aparecer. Primeiro se via Marlowe com um copo na mão, olhando por uma janela e dizendo: "A primavera passada foi a primeira em que me senti cansado, em que percebi que começava a envelhecer. Talvez tenha culpa o tempo asqueroso que suportamos em Los Angeles e os não menos asquerosos casos que tive. Perseguir maridos fugidos e, depois de tê-los encontrado, perseguir suas mulheres para que me pagassem. Ou talvez fosse só a triste realidade de que estou cansado e me sinto velho." No filme, Marlowe e Moose Malloy não se conhecem na Central Avenue, diante do Florian's, mas diante de um local denominado Diana, e, antes de começarem a falar, eles já tomam tiros de um carro. Logo me dei conta de que não era aquele Marlowe que invadia meus pensamentos. Quando acabou a rabada e Marlowe já tinha perguntado ao outro como era a sua Velma e Malloy lhe havia respondido "a Velma é encantadora como umas calcinhas de renda", mas ainda não tinham começado a golpear Marlowe na cabeça, desliguei a televisão e me sentei diante do computador para entrar na internet.

Assim, naquela noite soube que Christopher Marlowe foi um poeta inglês que viveu entre 1564 e 1593 e fora contemporâneo de William Shakespeare, a quem influenciou notavelmente. Escreveu poesias e peças de teatro, entre as quais cabia destacar *Tamerlão*, *O Judeu de Malta* e *Fausto*. Até aqui, nada de particularmente estimulante. De repente, porém, havia um dado que avivava tudo: morreu prematuramente aos 29 anos, numa briga de taberna. E uma dose de mistério: o artigo acabava dizendo que, segundo a opinião de alguns historiadores, o assassinato do escritor fora planejado e premeditado, para evitar possíveis declarações comprometedoras sobre certos nobres em uma ação judicial que tinha pendente.

Procurei mais informações. Nunca é tarde para aprender coisas novas.

2

O caso de Adrià Gornal não trazia surpresas. Desde o primeiro momento, encontrei exatamente aquilo que esperava encontrar. Um flagrante caso de chifres.

O homem de alma sensível trabalhava num hospital pequeno, especializado em traumatologia e situado na parte alta da cidade, mais além da Ronda de Dalt, entre a avenida do doutor Andreu e o Museu de la Ciència. Assim que o vi, montando guarda diante de uma porta, sentado e de pernas abertas, com o guarda-pó cinza de zelador mal abotoado, adivinhei que tipo de cidadão eu tinha de encarar. Eu não sei como se abotoam os guarda-pós nem como se sentam as almas sensíveis, mas estou certo de que não o fazem desse modo. A imagem que oferecia era, antes, de alma atormentada. Podia servir de ilustração para um artigo sobre as desventuras de um jogador moroso perseguido pela máfia, ou sobre os últimos minutos de um suicida, ou sobre um crápula que pensa no modo de explicar à sua mulher como pegou uma gonorréia. Tinha perdido o sorriso idiota que reluzia na foto que eu carregava no bolso e estava carrancudo, amargurado, até movendo os lábios numa íntima discussão consigo mesmo. Não prestava atenção no trabalho. Era o encarregado de controlar que nenhuma visita se infiltrasse no atendimento de urgência e duas vezes teve de sair correndo atrás de gente que tinha ultrapassado inocentemente a fronteira. Nas duas vezes seu comportamento foi grosseiro e agressivo, impróprio de uma alma sensível.

No bar, à custa de perguntas discretas e indiretas, informei-me de que, se procurava um zelador sério, consciente, diligente, responsável e trabalhador, não estava falando de Adrià Gornal de jeito nenhum.

Quando Adrià acabou seu turno e o segui pelos corredores do hospital, cruzou no mínimo com quatro pessoas que lhe perguntaram o que se passava com ele, que estava com uma cara tão ruim. Ele disse que não estava muito bem e que estava pensando em pedir demissão. Imaginei que habitualmente devia ser uma pessoa faladora e comunicativa, com piadas cúmplices para os colegas e gracejos mais ou menos rudes para as colegas, mas uma escura tempestade interna estava privando-o da sua euforia.

Como o demonstrava, além disso, a sua tendência a beber além da conta. Ao sair do hospital, ficou em dois bares onde o conheciam e em cada um bebeu dois conhaques sem saboreá-los, de maneira compulsiva, enquanto parecia continuar discutindo violentamente consigo próprio. Saiu dos dois estabelecimentos dizendo "Põe na conta", e os dois proprietários, como se tivessem combinado, lhe avisaram que sua conta já não admitia mais acréscimos. De todo modo, conseguiu escapulir sem pagar.

Pegou o seu carro (um Seat Ibiza amarelo com a porta do motorista amassada), e eu o meu, e o segui até o bairro de Gràcia, onde vivia. O seu apartamento ficava num edifício arruinado, que se agüentava em pé apenas porque, quando os pedreiros tinham colocado os tijolos, Isaac Newton ainda não havia descoberto a lei da gravidade. Quando vi na sua janela o brilho da luz azulada da televisão, deduzi que naquela noite não tinha planejado sair e fui para casa redigir o relatório do dia.

Na manhã seguinte, quinta-feira, passei pela agência. Só enfiei um momento a cabeça para perguntar à Beth se queria descer comigo para tomar um café. Aceitou encantada.

Fazia poucos dias que aquela moça havia deixado de ser adolescente e menos ainda que enchia a agência com seu entusiasmo juvenil. Tinha instalado o Biosca e eu no mesmo altar que Sherlock Holmes, Poirot, Marlowe (Philip) e Sam Spade, e fixava os olhos em nós como se fôssemos estrelas de cinema e como se esperasse a nossa aprovação para poder começar a fazer parte deste clube de privilegiados. Tinha levado muito a sério a tarefa que eu lhe dera e escrevera muitas páginas do seu caderno.

Ela pediu uma Coca-Cola com um donut, e eu, um café com leite com adoçante.

Tinha estado na Faculdade de Medicina e falado com alguns colegas de Adrià Gornal. Os que o conheciam asseguravam que, desde o princípio do curso, tinha comparecido apenas meia dúzia de vezes à aula. Tinha um que se lembrava que Adrià enfiara na bolsa de uma de suas colegas um aparelho genital retirado do depósito. Que explosão de riso.

Todas as anotações de Beth se converteram, no meu caderno, em uma só palavra: "Farsante." Pobre Flor Font-Roent. Que desgosto a esperava.

E, como meu caso era simples rotina e acabamos logo e eu me sentia muito à vontade com Beth e queria ficar um pouquinho mais com ela, perguntei-lhe pelo caso de Felícia Fochs.

— Ah! — exclamou a mocinha. — Este sim é que é interessante!

— "Este sim" que delatava que "aquele não". Ficou séria e respeitosa e acrescentou: — Você é que tinha de pegar, e não o idiota do Octavi.

Com um gesto dei a entender que não tinha nenhum interesse em ser guarda-costas de atrizes histéricas. Porque se tratava disso, não? Pura paranóia e puro histerismo.

— Como você sabe? — perguntou. — É verdade que você é um superdotado?

3

Beth me explicou que no dia anterior Felícia Fochs e sua irmã tinham irrompido na agência literalmente embrulhadas no histerismo, salpicando tudo de gritos e lágrimas. Bem, mais a Felícia do que sua irmã, que parecia mais irritada do que assustada e que, aos guinchos da atriz, acrescentava suas censuras, insultos e desculpas.

Era um caso de assédio telefônico.

As Fochs viviam em um condomínio chamado Torres del Cel, um pouco afastado, nos arredores de Barcelona, numa casa isolada das outras, no meio do bosque. Havia uma semana, de noite, quando estavam a sós em casa, Felícia recebia ligações anônimas, tanto no seu celular quanto no telefone fixo. Um desconhecido ameaçava violá-la e assassiná-la se ela não concordasse em se entregar a ele num lugar solitário. Mais de uma vez, o assediador lhe tinha demonstrado que estava realmente perto da casa, com observações sobre detalhes que somente alguém que estivesse de fora, vigiando a casa, podia saber. Telefonava de um celular e usava um aparelho que distorcia a voz.

A irmã de Felícia, a locutora de rádio, assegurava que três dias antes, sábado passado, tinha visto o ameaçador anônimo no jardim da casa. No preciso momento em que Felícia estava recebendo uma ligação e aquela voz distorcida lhe dizia que estava muito perto dela, a irmã tinha acendido de um golpe as luzes do jardim e olhado pela janela. E havia alguém justamente do outro lado do terreno, na rua, alguém com a mão pousada ao lado do rosto, como se falasse ao telefone, uma sombra que, no momento em que as luzes foram acesas, virou de costas e disparou a correr. Coisa de um segundo. Emília Fochs, porém, assegurava que lhe tinha feito pensar num tal Raül Vendrell, um ex-namorado de Felícia. Beth estava muito contente porque o Biosca a tinha encarregado de investigar o tal Raül.

— E não conseguiram localizar o número da ligação? — perguntei.

— Não. Quando ligamos, ou não responde, ou está desconectado.

— Certamente — disse — deve ser um celular de cartão comprado anonimamente num grande estabelecimento comercial.

— É o que disse o Octavi, como se ele tivesse feito isso muitas vezes — riu a Beth. E acrescentou, tão empolgada como se estivesse me explicando uma aventura apaixonante: — Acontece que a Felícia Fochs é uma medrosa incrível. Ela, que recentemente fez aquele filme *A Rainha da Luz*, você não viu?, representava a supermulher e se defrontava com um rinoceronte mutante...

Movi a cabeça para lhe indicar que não tinha visto o filme, mas que já podia fazer uma idéia, e ela ficou vermelha ao interpretar que nós, os superdotados, nos ofendíamos se alguém supunha que iríamos ver sei lá o quê.

— Bem — resumiu —, pois é uma cagona que com quatro ligações de nada já fez xixi nas calças. Vinha tremendo e gaguejando como se já a tivessem violado três ou quatro vezes. Ao ver a caixa-forte do Biosca, creio que imediatamente pensou em entrar ali, para fortificar-se e não sair nunca mais.

— Não ria — interrompi-a, muito sério. — Um assédio desse tipo não pode ser tomado como gracejo. Você diz que o indivíduo tem controle dos seus movimentos: quer dizer que está rondando a casa. E se usa um aparelho para distorcer a voz, provavelmente é porque teme que Felícia o reconheça: ou seja, trata-se de alguém conhecido.

Beth abriu tanto a boca que quase deslocou a mandíbula.

— É claro! — exclamou, e pôs-se a escrever rapidamente no seu caderno. — Alguém que a controla de perto, alguém que a conhece...

— Ainda por cima — acrescentei, encantado de poder deslumbrar aquela moça tão simplória —, um distorcedor de voz é caro e difícil de conseguir. Indica um grau de preparação e de elaboração excepcional. Teve trabalho o bastante para que possamos descartá-lo apenas como um engraçadinho inofensivo. Mas ninguém na agência disse nada sobre isto?

Ela negou com a cabeça enquanto copiava cada uma das minhas palavras, como num ditado. Ergueu os olhos.

— Não... o atordoamento da Felícia Fochs e de sua irmã não nos deixavam pensar.

— Em geral — sentenciei — é melhor tomar distância para poder ver as coisas com perspectiva. Às vezes, se uma terceira pessoa te explica as coisas, as emoções não te tocam tão de perto e não te confundem.

Beth estava a ponto de lançar um grito de fervor. E fez o impossível para transcrever minha frase palavra por palavra: "... as emoções não te tocam tão de perto e não te confundem."

— Mas, se você anotar cada coisa que digo, não vamos acabar nunca, e esta manhã ainda tenho trabalho — disse, benevolente e modesto, enquanto fazia um sinal ao empregado pedindo a conta.

— É claro, é claro. Desculpe — não parava de ficar vermelha, a pobre, e descobri que me encantava ver aquele tom carmesim no seu rosto limpo de malícia.

— Acabe de me explicar — pedi. — Que medidas tomaram o Biosca e o Octavi?

— Ah, sim, é verdade. Bem, os planos mais imediatos do Octavi não iam além de tocar o traseiro da Felícia Fochs, você já pode imaginar. — Rimos. — E o Biosca... Bem, descartou a colaboração da polícia porque as Fochs foram à polícia municipal e à nacional e à guarda civil e ao tribunal de guarda e ninguém fez caso delas. Ou, no mínimo, não fizeram tanto caso delas como elas queriam. Não há nenhum corpo policial que possa pôr guardas toda noite vigiando a casa. Era divertido porque, à medida que o Biosca ia falando, a Felícia Fochs ia ficando mais e mais pálida; tanto que parecia a ponto de desmaiar. O Biosca disse: "Este tipo não é de brincadeira, este é dos que, se não são detidos a tempo, acabam fazendo um disparate", e a Felícia se agarrou na quina da mesa, como se estivesse caindo por um precipício. "Quer dizer?", gemeu. E o Biosca: "Todos os assassinos em série começaram fazendo coisas assim, besteiras sem importância, como manias que parece que nunca possuíram, e, de repente, quando menos você espera, nhec!" Ao ouvir aquele nhec, Felícia Fochs deu um pulinho e disse: "Por favor, por favor, pagarei o que for..."

— Que era o que ele queria ouvir! — exclamamos os dois agora e rimos, felizes de estar juntos.

Paguei a conta. Já tínhamos de nos separar, mas ainda resistíamos.

— Finalmente, o Biosca decidiu que o Octavi fosse à casa das Fochs para vigiar de dentro e organizar um sistema de gravação das ligações recebidas. Imagina como ficou o Octavi. Era o homem mais feliz do mundo. Tirou aquele revólver, mostrou-o e fez um monte daquelas poses que lhe agradam.

Despedimo-nos e, duas transversais mais adiante, perguntei-me por que não havíamos dado os beijos de praxe no rosto um do outro. Disse-me que devia ser porque éramos colegas de trabalho e os colegas de trabalho poupavam-se dessas formalidades. Senão, a chegada ao trabalho, toda manhã, seria uma confusão de beijinhos e apertos de mão. Lamentei.

E, voltando ao meu caso, aquele foi o dia em que conheci Ramon Casagrande.

4

Ramon Casagrande era um sujeito alto e magro, convulso e movediço como um rabo de lagartixa, com uns braços compridos que não podiam parar quietos. Trabalhava como propagandista e entrava e saía dos consultórios dos médicos, provavelmente oferecendo-lhes poções mágicas que curavam até mesmo os pés chatos. À primeira vista, pareceu-me que Adrià Gornal ia atrás dele, lambendo-o como se quisesse pedir-lhe algum favor importante. Depois acabou que eram amigos e, assim que o zelador terminou seu turno, foram alegremente beber umas cervejas e jogar bilhar num bar da avenida de Sarrià. Miraculosamente, Adrià Gornal tinha recuperado o sorriso e uma eloqüência, o que me permitiu imaginá-lo seduzindo a Flor. Golpes de cotovelo, tapinhas amistosos nos ombros, piscadelas, risadas contagiantes, gracejos que faziam felizes todos os que o rodeavam.

Achei que estava fingindo.

Jantaram com abundância de vinho e licores e, depois, foram para uma megadiscoteca de Cerdanyola chamada Crash e situada muito perto de uma saída da rodovia A-18.

Noite de algazarra e bebedeira com um estilo que não combinava em nada com uma alma sensível. Flor Font-Roent não aprovaria nada aquele comportamento do namorado.

Ramon Casagrande saudou com efusão e familiaridade os gorilas da entrada.

O local fora projetado por um arquiteto que, muito considerado, levara em conta as necessidades concretas dos trabalhadores do meu ramo. No primeiro piso havia um tipo de segunda discoteca acrescentada, posta como numa urna de vidro e reservada para os clientes mais madurinhos. Ali, em vez de música techno a toda, soavam grandes sucessos dos anos 60, 70 e 80. Como tinha as paredes de vidro e estava suspensa sobre a planta do local de baixo, dominava tudo, coisa que me possibilitava controlar os movimentos dos dois que vigiava. Com toda discrição e comodidade, sentado numa poltrona e com um copo na mão.

Era quinta-feira à noite e embaixo não havia muita gente. Adrià e seu amigo se encostaram no balcão e pediram umas bebidas. Logo chamaram a atenção de três moças entediadas, que se aproximaram e puseram-se a conversar com eles. Era evidente que o que as havia arrastado até eles era o Adrià e os seus *good looks*, e não o Casagrande, mais introvertido e desajeitado no trato pessoal. Adrià fazia brincadeiras e se deixava ser desejado. O outro não parava de se mexer e desfrutava das vantagens de ter um cúmplice sedutor como o que o acompanhava. Imediatamente, porém, me pareceu que o amigo do meu alvo tinha a cabeça em outro lugar por causas desconhecidas, que lhe impediam de se concentrar em tarefas tão complicadas como flertar, por exemplo.

Adrià, borboleteando em volta de Casagrande com ocultas intenções, e o Casagrande, com a cabeça longe dali. Isto também anotei no meu caderno, embora não soubesse como poderia formulá-lo no relatório destinado a Flor. O que menos me interessava nesta cena era a presença das três moças e a possível infidelidade do meu alvo. Havia alguma coisa mais confusa por baixo daquilo.

Tocou meu celular.

— Àngel Esquius? — disse uma voz feminina e indecisa, como de telefonista convencida de que lhe mandaram pentear macacos.

— Sim, eu mesmo.

— Sou a Maria. — Pensei: "Maria? Maria? Qual Maria conheço?" Ela teve de insistir, com um certo desassossego: — A Maria, amiga da Mònica, a sua filha. É que a Mònica me disse... Mas, bem, se você está ocupado agora...

A Maria, é claro, a Maria. A proprietária de um restaurante.

— Ah, a Maria! Sim, sim, é claro! — manifestei um entusiasmo excessivo para compensar a falta anterior. — Me desculpe, é que estava dormindo... — "O que você disse? Dormindo, com Sex Bomb tocando no fundo a toda, e ainda por cima com um som de conversas e tilintar de taças?" — Sim, sim, pedi à Mònica que me ligasse... Tinha pensado que talvez pudéssemos nos encontrar um dia, para conversar um pouco ou sair para jantar, não sei...

— Ah, acho uma boa idéia.

— Este fim de semana?

— É que eu, nos fins de semana... É quando temos mais trabalho no restaurante. Talvez segunda-feira, se for bom para você...

— Ah, é claro. Segunda. Perfeito.

— Por volta das dez, está bom?

— Muito bom. Eh... Ah... Sim, bem... — Pensei: "O que é o correto, nestes casos? Propor que jantemos no seu restaurante, e assim tenho oportunidade de conhecer o que ela faz e lisonjeá-la? Ou nesse caso pensará que quero que me convide?"

— O que você quer dizer? Que não está bem?

— Sim, sim, para mim está bem.

Ramon Casagrande se desculpava com o Adrià e as moças. Deixava o copo sobre o balcão e ia rumo à porta principal do local. Os banheiros não eram naquela direção.

— Mas você queria dizer alguma coisa...

— Não, não, nada. Pensei que você fosse preferir um restaurante que não fosse o seu...

— É claro, é claro. Não quero que seja um serão de trabalho.

— Mas, bem, um dia eu gostaria de experimentar o que você faz... — Senti-me desajeitado e inoportuno, como dando por certo que nos veríamos mais de uma vez. "O que está dizendo, Esquius? Que você está sozinho? Que quer refazer a vida ao lado de uma mulher?"

— Oh, sim, é claro — disse ela, com voz mais baixinha ainda. Pareceu-me observar certo tom distanciado, como se a incomodasse alguém que ia tão depressa.

— Bem, então até segunda às dez — eu já tinha pressa de desligar.

— Onde?

— Onde?

— Sim. Onde. Onde você quer que nos encontremos?

— Oh, busco você em casa, é claro.

— Bem, então preciso dizer onde moro, não acha?

— Oh, sim, é claro, é claro.

Escrevi o endereço no caderno, entre as anotações referentes a Adrià e seu amigo.

— Bem, até segunda, então.

— Às dez.

Abandonei o meu assento e a minha torre de observação e me dirigi rumo às escadas que desciam para o vestíbulo. Já no meio do caminho, pude ver Casagrande falando com muita veemência e com amplos movimentos de braços com um indivíduo extravagante que não parecia lhe dar muita atenção. Era um homem de estatura mediana para baixa, forte como um boxeador, sem pescoço e com o nariz quebrado, que tinha um cigarro quilométrico nos lábios muito grossos. Usava chapéu e vestia uma enorme capa cruzada, de lapelas amplas, com jarreteiras e botões forrados com couro. Levava-a posta e abotoada, embora no local a temperatura fosse maior que a suportável. Enquanto o Casagrande se esforçava, ele olhava para o infinito, como se o aborrecesse o que ouvia, e fazia que não com a cabeça.

Eu não podia ficar plantado no meio da escada, de modo que acabei de descer e, com o copo na mão, passei ao lado dos dois homens como se houvesse alguma coisa no interior da discoteca que atraísse poderosamente a minha atenção. Pude ouvir o que o Casagrande dizia: "Temos de esperar que as coisas se acalmem, que voltem à tranqüilidade, e então conte comigo para o que quiser, como sempre. Você não pôde sempre contar comigo?" Seu tom era suplicante, angustiado, desesperado. O outro o olhou com o rabo do olho, como que lhe dizendo: "Você não vê que está sendo ridículo?"

O Casagrande que voltou para o lado de Adrià estava furioso. Agarrou-o pelo braço e o arrastou rumo à saída, deixando plantadas as três admiradoras. Adrià Gornal não queria sair. Não entendia por que tinham ido lá só para ficar meia hora e ir embora precisamente quando a coisa estava animando. No final, porém, cedeu. Provavelmente o outro lhe disse que ficasse, se quisesse, e que pegasse um táxi para voltar para casa, mas que ele estava indo. E Adrià cedeu.

Saíram juntos. Casagrande deixou Adrià na porta do prédio em Gràcia e eu fui para casa, que já era tarde e no dia seguinte eu tinha de madrugar.

<h1 style="text-align:center">5</h1>

Os Font-Roent viviam numa mansão centenária de Pedralbes, com um muro que fechava um jardim enorme e uma grade de onde se podiam ver hectares de grama, uma piscina e uma pérgula antiga e bem conservada com capacidade para uma pequena orquestra.

A casa dos Gornal era logo ao lado, num prédio novo de dois andares, com fachada de tijolos aparentes e acabamento em madeira clara e vidro inglês. Uma construção um pouco vistosa demais.

Sexta-feira, em torno de meio-dia, Adrià me levou até ali.

Flor o esperava lendo sentada num banco de uma pracinha próxima. Ao ver o seu amado, ficou de pé de um salto e se lançou no pescoço dele como se o homem viesse da guerra. Deu-lhe beijos nas bochechas, na testa, nos olhos, e um muito longo na boca, até que se retorceram seus óculos. Ele se deixou ficar com dissimulada resignação, pegou-a pelo braço e foram rua abaixo para uma cafeteria que tinha a fachada decorada com o casco de um barco antigo. Enquanto caminhavam, Adrià punha muita ênfase em suas palavras, e Flor o escutava extasiada.

Depois de meia hora de conversa, separaram-se na porta do bar. Foi uma despedida difícil, um pouco tensa. Era evidente que ela queria continuar falando com Adrià, mas ele já não se mostrava tão apaixonado, e, olhando o relógio com insistência, dava a entender que tinha muita pressa.

Em todo caso, não era pressa para voltar ao trabalho. Pelo que se via, aquele dia não tinha de ir ao hospital. Ou era o seu dia de folga, ou tinha se desculpado de alguma forma, ou o haviam despachado definitivamente.

Segui-o até o estacionamento do que tinha sido um complexo esportivo e que agora era um centro de lazer privado com ginásio e saunas e não sei quantos cinemas. Deixei o carro a uma distância razoável do Seat Ibiza amarelo do Adrià e, ao descer, peguei a câmera de vídeo digital com que costumo ilustrar meus relatórios. Tinha pensado que, se se repetissem a saída da discoteca, busca e captura de moças entediadas, talvez pudesse conseguir um documentário interessante.

A partir do estacionamento caminhamos alguns quarteirões pelo meio de edifícios modernos, limpos, com vestíbulos decorados com plantas e porteiros uniformizados. Adrià escolheu o menor, com uma palmeira à direita da porta, e dirigiu-se ao único porteiro de que o prédio dispunha: o eletrônico. Era daqueles que transmitem aos apartamentos imagem e voz. A luz do porteiro eletrônico acendeu-se três vezes antes que o meu alvo se rendesse e desse uma olhada em torno procurando um bar onde dar um tempo. Ao lado mesmo do portal havia o acesso a um modesto centro comercial onde, entre uma barbearia e uma sapataria, e detrás de um balcão, dois empregados uniformizados com coletes vermelhos serviam bebidas de todo tipo. Adrià tomou uma cuba-libre e, na hora de pagar, assoou o nariz e fugiu procurando um outro lugar onde se embebedar saísse mais barato.

Passaram-se horas. Vi-o tomando seis cervejas e falando no celular quatro vezes. Até então, não considerava que houvesse qualquer coisa digna de ser imortalizada com a câmera de vídeo.

Para me distrair, nesse meio-tempo, liguei para o comissário Palop. Ele é o chefe dos GEPJ (Grupos Especiais da Polícia Judiciária) e freqüentemente fazemos favores um ao outro.

— Esquius, caralho! — exclamou assim que ouviu minha voz. — Quanto tempo sem nenhuma notícia sua! Como você está?

Disse-lhe que estava muito bem e trocamos algumas formalidades imprescindíveis. Que tinha cheirado muitas calcinhas desde a última vez que tínhamos nos visto, que precisávamos nos encontrar para tomar uns drinques, que sua mulher tinha muita vontade de me ver, o que tinha sido feito de meus filhos. O quê que eu queria.

— O de sempre. Ver se um cara tem antecedentes.

— Nome.

— Adrià Gornal López.

— Tem pressa?

— Antes de segunda.

— Antes dessa tarde você terá. É rapidinho.

— Espera... E, já que estamos... Veja também um tal Casagrande, Ramon Casagrande...

— Ramon Casagrande, que mais?

— Não sei que mais. E tem um outro que nem mesmo o nome eu sei.

— Então será mais difícil.

— Veja o que pode fazer. Estava numa discoteca de Cerdanyola chamada Crash e me parecia que mandava muito. É um cara baixinho mas forte, que se veste à moda antiga, como um gângster de filme. Com chapéu e capa.

— Bem, já verei isso pra você, mas não se iluda.

Adrià Gornal López almoçou num self-service de fast food que havia no centro comercial. Para mim prepararam um excelente sanduíche de pão com tomate e pernil no bar onde o meu alvo tinha tomado a cuba-libre.

Passadas as cinco da tarde, finalmente, Adrià tomou uma decisão e saiu muito decidido dando passadas de gigante. Dois quarteirões depois, havia um bar chamado Happyness (*sic*), um daqueles locais que se escondem atrás de portas de madeira nobre que impedem que se veja o que se passa no interior.

Pensei que talvez fosse o momento de usar a câmera de vídeo. E, efetivamente, logo tive uma boa imagem para captar.

Depois de passar um quarto de hora lá dentro, Adrià saiu acompanhado de duas senhoritas, uma morena e uma loura, cada uma pendurada em um braço. Fazia-as rir e elas riam, complacentes. E eu os filmava com a câmera de vídeo. Partia meu coração só de pensar a cara que faria a Flor quando visse aquilo.

Iam de novo rumo à casa do centro comercial quando meu telefone tocou. Parei a gravação e atendi sem deixar de caminhar atrás de meu alvo, com os olhos fixos nas suas costas.

— Sr. Esquius? — disse a voz da Flor.

— Sim.

Lembrei-me de seus olhos grandes, brilhantes e ingênuos, escondidos atrás dos óculos; aquela carinha de candidata a comer gato por lebre me deu um nó na garganta. Diante de mim, seu namorado fazia rir duas bandarras.

— É que eu queria falar do Adrià — dizia a poetisa. — Bem, já sei que a investigação está iniciada e que agora não posso voltar atrás, e esperarei os resultados que o senhor me trouxer, mas queria lhe dizer que não se incomode se não encontrarem nada. — Naquele momento, sem parar de caminhar, Adrià saboreava um beijo úmido da loura enquanto a morena ria, agitada. — Vi o Adrià hoje de manhã. Veio me ver e explicar o que está acontecendo com ele. Esclarecemos tudo. — Lembrei-me que tinham entrado entusiasmados naquela cafeteria decorada com uma caravela e que, ao sair, o Adrià havia se retirado subitamente. — Justificou-se comigo. Disse que está nervoso porque só lhe resta uma convocatória para as disciplinas que tem penduradas do segundo ano. Se for reprovado, será colocado para fora da faculdade. Pude ler nos seus olhos que dizia a verdade. Os olhos do Adrià não enganam, Sr. Esquius. Pode mentir com a boca, mas os seus olhos são explícitos e diáfanos como livros abertos. — Agora, Adrià estava passando a mão no traseiro das duas senhoritas que o acompanhavam, e elas beliscavam as mãos dele e riam, e corriam como três namorados. Flor acrescentou: com voz carregada de devoção: — Me pediu dinheiro para comprar uns livros de que está precisando e eu lhe dei.

— Ah — disse. — Livros.

Dali saíam os cobres para pagar as putas. E, uma vez obtida a grana, o meu alvo tinha se safado da Flor como quem se liberta de um esparadrapo pegajoso. Se Octavi estivesse no meu lugar, estaria mijando de rir. Para mim ainda há algumas coisas — poucas, mas algumas — que me fazem sair do sério.

— Sr. Esquius? Está me ouvindo?

— Ah, sim. Perdoe-me, é que estou na rua.

— Não tomarei muito do seu tempo. Também lhe telefonei por uma outra coisa... Bem, depois de saber que é aficionado da poesia... Amanhã, sábado, haverá uma leitura de poemas no Ateneu. Alguns atores lerão versos dos nossos poetas e, no final, serão lidos uns que o Benet Argelaguera deixou inéditos ao morrer. Conhece o Benet Argelaguera?

Estava me convidando para sair com ela?

— Sim, é claro, o poeta. — Quem não ouviu falar de Benet Arge-laguera? A voz de um país, o poeta de um povo, como queira. Até tinha lido algo dele, quando meus filhos eram pequenos e tinham leitura obrigatória na escola. "Quem repartirá a ossada do meu país quando os comensais já estiverem fartos da sua carne?", ou alguma coisa no estilo.

— Oh, então não pode perdê-lo! Recomendo que vá, de verdade. Será uma experiência, garanto. Enviei uns convites para o senhor na agência.

Tive vontade de aceitar e de flertar com ela, só pelo prazer de libertá-la do cara-de-pau que agora chegara ao edifício do centro comercial e voltava a apertar o botão do quarto andar, apartamento três.

— Ah, bem — disse. — Agora não tenho agenda aqui e não sei...

— Dá no mesmo. Se quiser e puder, já tem os convites. Eu tenho um compromisso familiar e perderei, por isso estou lhe passando.

— Ah. Obrigado.

Daquela vez, sim, havia alguém no apartamento. Cheguei a tempo de gravar a fachada daquele edifício e o grupinho tramando diante da porta. Com um grito que pude ouvir da outra calçada, Adrià comunicou ao porteiro eletrônico que tinha uma surpresa "que tuas calças vão cair". Plano geral seguido de um zoom de frente para meter-me com eles no interior escuro da portaria. Filme impróprio para o público infantil e ainda menos para a Flor Font-Roent. O filme pornô de verdade começaria no apartamento lá em cima, mas lá eu já não podia chegar.

Quando fechou a porta, desliguei a câmera e fiquei na rua, encostado na parede e pensativo. Gostaria de saber algo mais sobre o poeta Marlowe para poder convidar a Flor para tomar uma bebida na minha casa e falar com ela calmamente.

Não sei por que fiquei tanto tempo naquele banco, nos jardinzinhos que havia diante daquele edifício. Talvez porque não tivesse mais nada para fazer. Talvez porque me cheirava que as trapaças do Adrià iam mais além da infidelidade à namorada. Eu o via incomodado demais e cabisbaixo, nervoso e atormentado, no trabalho, e fingindo mal em companhia daquele Ramon Casagrande. Adrià era um homem com um problema grave procurando alguma coisa.

Uma razão a mais para eu ter ficado ali foi o fato de que, para me distrair, fiquei escutando rádio pelo fone. Mudando de estação, descartei um programa de debate entre gente que falava aos gritos e um outro de música estridente demais para meu gosto, e, de repente, numa estação local onde acabavam de dar as notícias de não sei que subúrbio, irrompeu um anúncio publicitário que me chamou a atenção. Primeiro, pela música, aquela canção-orgasmo que dizia *Je t'aime, moi non plus*", me pareceu que não na versão original cantada por Serge Gainsbourg e Jane Birkin, mas uma anterior que Serge tinha feito com Brigitte Bardot e que demorou muitos anos para ser comercializada. Uma versão pior, na minha opinião, porque faltava o toque perverso de ingenuidade da então jovenzíssima Jane Birkin. Misturada com o diálogo sussurrado entre os dois cantores e a melodia do órgão Hammond, uma voz aveludada e rouca, que só com o tom prometia uma maratona de orgias:

"*C'est moi*, Colette... *Je t'attends cette nuit...* Sim... ouviu bem, é um *rendez-vous* com os dois, na hoga mais *chaude* da gàdio..."

Aquela moça de sotaque tão afrancesado, que parecia falar em francês até mesmo quando dizia palavras em catalão, tinha de ser a irmã de Felícia Fochs. Arrependi-me de não ter reparado mais nela quando nos encontramos no elevador.

"*Música para sua inspiração*, com a Colette", me confirmou imediatamente um locutor de voz muito viril. "Toda noite, meia-noite em ponto, com a mulher mais quente e sedenta de sexo em toda a França. Apague a luz, relaxe... escute-a... imagine que ela está a seu lado..."

Aquilo parecia um convite direto ao onanismo. Não sei por quê, imaginei Octavi congestionado por aquela voz, acariciando e destruindo o aparelho de rádio com sua baba, e me escapou uma risada.

Desliguei o rádio ao ver que uns vizinhos se dispunham a entrar pela portaria do prédio. Assim tive oportunidade de infiltrar-me e de olhar as caixas de correio até encontrar o nome que procurava. Ramon Casagrande. Adrià tinha pedido dinheiro à namorada para alugar duas putas e levá-las à casa do seu amigão Casagrande.

Fui comprar um jornal e fiquei folheando-o por vinte minutos antes que, ao mesmo tempo, tocasse meu celular e se abrisse a porta do edifício que eu vigiava e Adrià saísse rapidamente.

— Sim?

Levantei-me e o segui. Adrià tinha se metido no centro comercial.

— Esquius? — era o comissário Palop. — Consegui o que queria.

— Diga.

Entrei no centro comercial e logo localizei um Adrià muito nervoso, saltando ora sobre um pé, ora sobre o outro, esperando diante de uma oficina onde faziam cópias de chaves. Estavam fazendo para ele a cópia de umas chaves? Que pressa lhe invadia agora, quando tinha duas moças complacentes esperando-o sentadas na beira da cama e balançando os pezinhos no ar?

— Faz oito anos, quando tinha 18, Adrià Gornal López e uns amigos apedrejaram a fachada da Caixa Econômica do seu bairro. Quando os apanharam, foram acusados de embriaguez e desordem pública, mas saíram depois de pagarem uma multa.

— Espera, espera — garatujei as informações, com abreviaturas e em código, no meu caderno. — O que mais?

Pelos gestos que Adrià fez, entendi que dizia ao chaveiro que voltava logo, e vi como corria para o supermercado que havia no fundo do centro comercial.

— Faz cinco anos — dizia o Palop —, exibicionismo.

— Exibicionismo?

— Apresentou-se pelado para uma vizinha, uma vovozinha. A pobrezinha caiu de costas, de susto, e teve uma luxação de cadeiras. A mulher se queixava de que Adrià e seus amigos faziam muito barulho, e lhe pregaram essa peça, que acabou mal. Para Adrià, porém, só lhe coube outra vez uma multa como castigo.

— Ou seja, nunca pisou no xilindró — resumi.

— Não. Seu pai é Gabriel Gornal, o da cadeia de lojas de tudo a cem. Um homem daqueles que começam do nada e que acabam mijando em privadas com descarga de ouro. É certo que se serviu de suas influências para tirar o menino do mau caminho. E é certo que essas não foram as duas únicas complicações de que ele teve de tirá-lo.

O velho Gornal acabou se fartando de proteger o filho e o pôs na rua, ameaçando deserdá-lo se não mudasse.

Adrià saía do supermercado com duas garrafas de champanhe.

Imaginei: "Desço para comprar uma garrafa de champanhe!" Quando, de fato, sua autêntica intenção era fazer uma cópia das chaves.

Pegou as chaves do chaveiro, pagou e voltou para a casa do Casagrande.

— E o que você me diz do chamado Ramon Casagrande?

— Não há nenhum Ramon Casagrande com antecedentes.

— E o cara da discoteca Crash?

— Deste, não sei nada. Esta discoteca é dirigida por um indivíduo muito pouco recomendável, com antecedentes criminais, que se chama ou se faz chamar Romà Romanès, mas não pude falar com ninguém que o conheça e não sei se se disfarça de gângster. Logo te direi, mas você terá de esperar até segunda.

— Está bem.

Duas horas depois, a festa acabou. Primeiro saíram as putas, sérias e caladas, sem nem olhar uma para a outra; e meia hora depois, o Adrià, cabisbaixo como sempre, que pensava que ninguém o observava. Ao ver as atitudes dos protagonistas da festa, qualquer um diria que acabavam de sair de um funeral.

Já estava escuro e não havia luz para filmar nem nada que valesse a pena filmar, de modo que fui procurar meu carro no estacionamento e refúgio na minha casa.

6

Liberado do compromisso familiar de todo sábado, passei o fim de semana trancado em casa, lendo, vendo filmes com o DVD (*Adeus, Querida!*, por fim, inteiro, e *Training Point*) e redigindo o relatório Gornal, no qual só faltava incluir o que Palop pudesse me dizer sobre o homem do chapéu e da capa, se é que havia alguma coisa para dizer.

Não fui à leitura poética, é claro. Se não podia levar a Flor pelo bracinho e nem havia lido praticamente nada do que havia publicado em vida este poeta tão local e emblemático, o Benet Argelaguera (que os castelhanos costumavam chamar Argelaguerra, porque soava mais basco, mais belicoso e, portanto, mais separatista), não via por que deveria escutar sua obra póstuma. Para compensar, saí percorrendo livrarias para procurar dados do outro poeta, Christopher Marlowe.

Numa antologia poética, encontrei um dos seus poemas mais famosos. *The Passionate Shepherd to His Love*. Era precisamente o que tinha me citado a Flor, mas descobri que havia me recitado a segunda estrofe do poema. Talvez porque tenha pensado que a primeira estrofe, "*Come live with me and be my love*", poderia dar lugar a algum tipo de mal-entendido. Uma moça prudente. Aprendi o poema de cor. Uma pessoa nunca sabe quando este tipo de coisa pode lhe ser útil.

Domingo, no telejornal, informaram sobre o ato poético celebrado na noite anterior. Surpreendi a mim mesmo olhando a tela com atenção, se por acaso via a Flor entre o público. Não a vi. No palco, alguém recordava a tragédia que implicou a morte do poeta, precisamente no ano em que estava tão bem cotado para conseguir o prêmio Nobel de literatura catalã. Uma tragédia. No último dia do ano, tinha sido atropelado pelo Tramvia Blau. Já era mau sinal que o único bonde da cidade sufocasse a voz de todo um povo. Passaram todo o álbum de fotografias do bardo, com aquela cara de avô irascível que tinha. Concluíram o ato com imagens de um ator muito concentrado, as veias do pescoço e da fronte marcadas por causa do sentimento que transmitia, e o olhar ameaçador, como se alguém do público lhe devesse dinheiro:

"Condeno a alma que ri
Nestes tempos de incerteza
Que ignora a penumbra
Que não olha o abismo
E desperta a tempestade."

Se tinha de escolher, ficava com Marlowe. Via-o mais otimista, ainda que não tivesse chegado a ficar velho.

Na segunda-feira me apresentei na agência com o relatório provisório na mão, acompanhado do disco e da fita de vídeo onde se via o Adrià com as duas profissionais.

De passagem, saudei a Beth, que estava digitando alguma coisa no computador.

— O caso de Felícia Fochs? — perguntei a ela.

Alegrou-se de me ver e me demonstrou isso com um sorriso deslumbrante.

— Sucesso total! — respondeu. E esclareceu: — Com todas aquelas coisas que me disse, deixei-os embasbacados. Você me perdoa por ter me apropriado...

— Por isso que eu te disse...

— Pois o Biosca, o Octavi, a Felícia Fochs e a irmã ficaram com os olhos arregalados quando lhes disse que o assediador era alguém próximo delas, e que por isso dissimulava a voz, e que jogava muito a sério, porque, do contrário, não teria tomado tantas precauções. O Biosca me olha diferente desde aquele dia.

— Fico feliz com isto. E como foi investigando aquele namorado da Felícia?

— Raül Vendrell. Não sei. Para mim parece um rapaz bastante normal, e tem uma namorada superbonita. Não tem pinta de maníaco sexual nem de nada semelhante...

— Não dê importância.

— O sátiro tornou a ligar ontem. Hoje de manhã fui à casa de Felícia para recolher a fita em que Octavi gravou a conversa. Se quiser ouvi-la, Biosca a tem.

Queria ouvi-la. Fui bater na porta do escritório e Biosca ordenou que entrasse. Quando meti o nariz, encontrei-o muito sorridente com o gravador na mão.

— Estou com o relatório do Gornal — anunciei.

— Cornos? — me perguntou.

— De veado — confirmei.

— Quer ouvir os gracejos do assediador de Felícia Fochs?

— Foi por isso que vim.

— Então entre, entre.

Tonet e eu nos entreolhamos como que dizendo "bom-dia, bom-dia". Depois disso, o guarda-costas voltou a fixar a vista no olho esquerdo do locutor da CNN e continuou pensando nas suas coisas.

Biosca estendeu mão e cassete para mim e apertou um botão.

— "Penso o dia todo em você" — ouvi um sussurro rouco, uma voz áspera e metálica, distorcida por um aparelho que a fazia inumana

—, "penso em você e no estilo do teu óbito. Que suave a lâmina da faca que está destinada a você... A coincidência de você e eu no local menos imaginado é inevitável... Venha até mim, deixe que eu goze da tua xoxota, que eu me enfie nela... Faça isso, a menos que goste mais da lâmina da faca".

Antes de acabar de ouvir a fita, tocou o telefone.

— O que acha? — me perguntou o Biosca com a mão sobre o fone.

— Que fala de uma maneira estranha, não? "Penso em ti e no estilo do teu óbito", "a faca que está destinada a você"...

Biosca fez uma careta de contrariedade. Ele já tinha percebido e elaborado sua própria teoria a respeito disto.

— É claro. Isto confirma que está bem zangado. Sente-se superior aos outros, metido a poeta. Um ego inflado a ponto de rebentar e provocar uma explosão de sangue, é o que te digo! — afirmou, truculento, como se já pudesse gozar do sangue e dos restos esquartejados de Felícia Fochs lambuzando todo o escritório. O telefone continuava tocando, mas ele não atendeu, porque ainda não tinha acabado a dissertação.

— Provavelmente, um escritor ou roteirista de seriados de tevê fracassado. Temos de ver esta questão...

— Puxa vida — eu disse —, talvez seja só um cara muito influenciado pelo cinema. Os *serial killers* dos filmes freqüentemente falam assim.

Ele negou com a cabeça para me fazer entender que a sua teoria era muito superior à minha, ao mesmo tempo que pegava o fone e respondia.

— É Biosca! — Escutou. Olhou-me com o rabo do olho. Disse: — Sim, eu o tenho justamente aqui, do meu lado. — Escutou um pouco mais e, de repente, soltou uma risada estrepitosa que atraiu até mesmo a atenção do impassível Tonet. Ao mesmo tempo que me passava o fone e ria, o Biosca disse: — Puxa, um assassinato, Esquius! Para você! Fazia tempo que não tínhamos um assassinato! Puxa, um assassinato! Excelente, Esquius, excelente!

TRÊS

1

Peguei o fone das mãos do Biosca e o pus na orelha.

— Sim — disse. — É o Esquius.

— Ei, é o Palop — reconheci o tom decisivo e impaciente que escapava do comissário diante dos disparates do Biosca. — Temos um morto.

— Quem? — perguntei.

— O amigo deste cara que está investigando. Um propagandista chamado Casagrande. Você me disse que andavam juntos por toda parte e que os tinha visto naquela discoteca de Cerdanyola conversando com Romà Romanès, não?

Deduzi que haviam identificado o homem do chapéu e da capa como Romà Romanès, o proprietário da discoteca Crash.

Eu não tinha dito que os vira falando com Romà Romanès, mas vá lá, nós nos entendíamos.

— Sim.

— Tem uma foto recente deste sujeito, o Adrià Gornal?

— Sim, é claro.

— Então leve-a logo ao número 22 da rua Pemán. — Era onde vivia o Casagrande. — Mas venha voando.

Pedi a Beth que me passasse três cópias da foto que a Flor nos tinha dado e que providenciasse mais. Se desse o original ao Palop e aos seus *mariachis*, podia dá-lo por perdido. Beth me deu um envelope amarelo e saí a toda.

Desloquei-me para a parte alta com o meu carro, tão veloz quanto me permitiram os sinais, os engarrafamentos, os guardas e os palermas que dirigiam enquanto falavam ao celular. Escondi-me no estacionamento subterrâneo onde já havia deixado o carro dias antes e depois corri até a rua do Casagrande. Percebi, de passagem, que nas placas a prefeitura havia posto Josep M. Pemán, Josep, com p, em catalão. Perguntei-me se tinham feito de propósito ou se aquilo era simplesmente um indicativo do feliz esquecimento em que havia caído o poeta franquista.

Diante do número 22 havia uma confusão considerável. Uma ambulância e três carros de polícia, com as luzes intermitentes lançando relâmpagos em torno, estavam estacionados em fila dupla, coisa que reduzia o tráfego da rua a um funil onde se amontoavam os veículos que haviam tido a má idéia de passar por ali. Como se fosse pouco, umas faixas vermelhas e brancas bloqueavam a passagem e obrigavam os transeuntes a mudar de calçada ou a transitar pela rua entravando ainda mais a circulação. Tive de abrir passagem no meio de uma multidão de curiosos que se apinhavam como se estivessem esperando a aparição de algum ídolo do cinema ou da música. "Por favor, por favor, com licença?" Como costuma ocorrer nestes casos, se você prestasse atenção ao que diziam os bisbilhoteiros, poderia ouvir todo tipo de teorias:

— Foi um caso de ciúme — informava à assistência uma senhora com cara de falcão. — O marido a enganava, e a mulher, cheia, mas muito cheia, hein?, cravou-lhe vinte facadas.

— O que a senhora está dizendo?! Foi um acidente: desmoronou um andar inteiro. Há uma dezena de mortos — dizia um avô daqueles que passam horas olhando os pedreiros trabalharem nas obras.

— E como é que só há uma ambulância?

— Além disso, se o Ramon era solteiro... — observava um rapaz mais bem informado que os outros.

A última barreira era um policial uniformizado que olhava os olhos das pessoas como se estivesse perguntando quem delas era o assassino.

— O comissário Palop me chamou — disse-lhe.

Ao mesmo tempo que tratava de localizar o Palop entre o pessoal de uniforme e à paisana que se movia diante da portaria do Casagrande, pude comprovar que o cadáver não estava sobre a calçada, como tudo me havia feito pensar. Se a polícia proibia a passagem por aquele trecho da rua, é porque havia pegadas bem visíveis, pegadas vermelhas, pegadas de sangue, que saíam do edifício e fugiam para cima, rumo à Via Augusta ou General Mitre.

O guarda de olhar acusativo procurou o seu superior imediato para informá-lo de minhas pretensões, mas, antes que o localizasse, Palop e eu já nos tínhamos visto. Ele me indicava que passasse, que passasse, e eu assinalava o obstáculo que me impedia. Finalmente, o comissário veio a nós com passadas tão impacientes como largas, agarrou-me pela manga e incorporou-me ao âmbito do pessoal de investigação com um puxão.

— Passe, passe, homem — como se me convidasse para uma festa privada e seleta. — Trouxe a foto? Nós temos as da ficha dele, mas são muito antigas.

Enquanto caminhávamos rumo a um destino que só ele conhecia, tirei o envelope amarelo do bolso e lhe dei. Ao ver a foto do Adrià, comentou: "Sim, sim, é ele."

Palop é um homem de modos suaves e educados, não muito alto, magro e sempre bem vestido, com blazer, camisa, gravata e calças bem passadas, com mais aspecto de diretor de sucursal de banco que de polícia.

— O que aconteceu? — perguntei.

— Um tiro na nuca. A bala se desviou, seccionou a carótida e fez uma confusão como não se pode imaginar. Uma baita sangria.

— A que horas?

— Entre 15 para as 11 e 11. Em plena luz do dia.

— E você acha que foi Adrià?

— Veremos agora. Há testemunhas.

O juiz era aquele homem jovem que, com as mãos nos bolsos, olhava ao seu redor com cara de inocente, como que se perguntando que demônios imaginavam que ele tinha de fazer. Sem dúvida, estava esperando que o médico-legista acabasse de falar com o Monzón, da Polícia Científica. Tivemos de parar para deixar passar os dois funcionários do necrotério que arrastavam rumo à ambulância a maca com um saco plástico do tamanho de uma pessoa. Cruzamos o portal por onde eu tinha visto entrar e sair Adrià Gornal e as meretrizes fazia dois dias. Dei uma olhada no interior e só vi o flash de uma câmera fotográfica.

— Cuidado, não pisem nas pegadas — avisou-nos um policial muito apreensivo.

— Cuidado com as pegadas — acrescentou o Palop, caso não tivesse ficado muito claro para mim.

Entramos no centro comercial onde, na sexta-feira, Adrià Gornal tinha comprado as garrafas de champanhe e feito cópia de umas chaves. À direita do vestíbulo havia um bar. Numa das mesas havia sido instalado um laptop e dois policiais uniformizados vigiavam para que as pessoas que estavam sob sua responsabilidade não saíssem correndo. Outros agentes controlavam as idas e vindas dos atendentes e dos clientes das lojas do centro e tentavam inutilmente fazer circular os mais doentios. Ao lado da mesinha do laptop, sentada numa cadeira, havia uma mulher de uns 70 anos que não parava de falar e de levar à boca alguma coisa que tinha na mão direita. Havia também um homem de rosto inchado, corado, estragado pelo álcool, e um jovem de camisa de manga curta que me pareceu muito fina para a temperatura do local. Também reconheci o Soriano, o chefe da Divisão de Homicídios.

Quando chegamos, Soriano olhou-me virando a cabeça, com o ar de quem quer se aproximar do caminhão de lixo e se pergunta se deve cheirar muito mal. Jovem demais para ser chefe da Homicídios, bem vestido demais para ser policial e cheio de autoridade demais para ser boa pessoa. Lançou um olhar para Palop recriminando o por meter intrusos em território privado.

— Conhece o Soriano, da Homicídios? — apresentou-nos Palop.

— E bem.

— É o encarregado do caso. Este é o Esquius, da Agência Biosca.

— Sei, já o conheço.

Pensou um momento antes de oferecer-me a mão. Davam-lhe asco os detetives particulares, mas na academia tinham lhe ensinado a manter as aparências.

— Pelo que entendi, você estava investigando a vítima — afirmou, para convencer-me de que sabia de tudo e de que tinha a situação sob controle. Usava um catalão aprendido há pouco, com o qual pretendia demonstrar a sua capacidade de adaptação a um meio hostil.

— Não. Eu vigiava o da foto — fiz um gesto com a cabeça em direção a Palop, que estava mostrando o instantâneo às três testemunhas.

— Sim, sim! Santa mãe de Deus! Era este! — berrou a vovozinha, sentindo-se como se tivesse visto um vampiro. Então me dei conta de que aquilo que não parava de levar à boca era uma garrafinha de água do Carme, que bebia com tanta fé que mais parecia a poção mágica do Asterix. — Este é o que encontrei no patamar! — E, depois de dar uma boa golada daquele álcool tão medicinal como puro, acabou proclamando ao mundo inteiro, caso restasse alguma dúvida: — Este é o assassino!

— A senhora o viu bem de perto?

— Já lhe disse: como agora mesmo estou vendo este senhor. — "Duplicado", pensei. Já tinha dito mil vezes, mas adorava repetir e o repetiria tantas vezes quanto fosse preciso. Era maravilhoso ser o centro das atenções depois de toda uma vida de insignificância e solidão. — Eu voltava das compras, porque eu sempre gosto de ir bem cedo, e, ao sair do elevador, com o carrinho e tudo, encontrei-o assim, que quase esbarramos. E não era a primeira vez que o via. Saía da casa do Ramon, com uma bolsa azul, e não teve coragem de me olhar nos olhos. Ia envergonhado, como um ladrão, assim, escondendo a cara para que não o reconhecesse. E deslizou escada abaixo. E justamente quando eu fechava a porta do apartamento, pam!, ouvi um estampido na escada. Um estampido muito forte, como uma explosão de gás, e deixei o carrinho lá na cozinha e saí correndo outra vez. Disse: "Ai, Virgem santa, o que aconteceu?" No patamar, gritei: "O que aconteceu, o que aconteceu?" Saiu também a vizinha, a Sra. Clàudia, dizendo: "O que aconteceu, o que aconteceu?" E, como tinha o elevador ali mesmo, entrei e desci, porque, para mim, na minha idade, as escadas já pesam. E fui para baixo, para a portaria, e, então, deparo com aquele panorama. O Sr. Ramon Casagrande estendido no chão, no meio daquela poça de sangue.

— E este senhor da fotografia já não estava.

— Não, mas ali estavam as suas pegadas, que saíam para a rua.

O homem do rosto inchado também assentiu com a cabeça quando Palop lhe mostrou a foto.

— É ele, é ele.

Palop virou-se para mim, falando-me por cima do ombro.

— Este senhor é o proprietário da locadora de vídeo do outro lado da rua — informou-me. — Estava na porta do seu estabelecimento quando tudo aconteceu.

— Vi todo o filme — afirmou o homem. Desde os créditos iniciais até o "The End".

— E você diz que este é o homem que saiu correndo do número 22 depois de ouvir os tiros?

— É ele.

— Tem certeza?

— Tenho certeza, e muita!

— Mas antes você tinha dito que o homem que saiu correndo da casa estava com a cara suja de sangue e ia esfregando-a com a jaqueta...

O dono da locadora se impacientava, como se já começasse a precisar de um gole de conhaque.

— Olhe, não voltemos a isto. Era ele. O mesmo cabelo, a mesma roupa, as mesmas calças, não sei se me entende. Eu o vi entrar na portaria, e vi como estava vestido, e o reconheci porque não era a primeira vez que o via. Porque este e o morto faz uns dias que são unha e carne, não sei se me entende. A mim não me estranha nada, mas absolutamente nada, hein?, o que aconteceu. Porque nesta sexta-feira passada, este da foto se apresentou com quatro ou cinco putas, com o perdão da palavra, e ia ao apartamento daquele Ramon, com certeza, porque armaram uma orgia, que depois os vi sair na varanda, cantando, bêbados e pelados. E fizeram sexo no patamar da escada.

— O que você está dizendo? — saltou a vovozinha, seduzida.

— Sim, sim, senhora. Um escândalo! No meio da tarde!

Um testemunho fantasioso.

— E quero lhe dizer, para que conste, se me perdoa um momento, que era o mesmo que entrou nesta manhã, pouco depois que saiu o Sr. Ramon, porque a mim parece que este desavergonhado estava esperando que o Ramon saísse para ele entrar, você me entende, não é?

— Perdão — intervim, e o Soriano pôs no meu antebraço uma mão de ferro que dizia "Fique calado!". Mas, como a testemunha havia se calado e todo mundo me olhava, insisti: — Não entendo. Ramon Casagrande tinha saído...?

— Sim — disse o Palop condescendente, encarando o Soriano para que não fosse mau comigo. Eu já tinha decidido não tirar o bloco de anotações para não provocar o resmungão. — Às 10h10 da manhã, o Ramon Casagrande saiu de casa e pegou um táxi...

— O meu! — interveio um rapaz de camisa de manga curta, sedento de protagonismo. — Parei aqui em frente mesmo. Me disse que o levasse ao Hospital de Collserola. E nesse momento, este rapaz da foto, Adrià Gornal, entrou na casa, porque este senhor o viu.

— E tinha as chaves — afirmei, ignorando a mão repressora do Soriano e lembrando a incursão do Adrià ao centro comercial para fazer uma cópia das chaves.

— Exato.

— Mas, de repente, Ramon Casagrande voltou — animei o taxista para que ele se metesse.

— Sim, de repente, tocou seu celular e ele se pôs a falar, e ficou muito nervoso. Não ouvi o que dizia, porque tinha o rádio ligado, mas me pareceu que ficou intimidado, como se o chefe estivesse lhe passando uma descompostura. Pareceu-me que se encolhia no assento. Para mim, tratava-se de um encontro que ele tinha esquecido. Concluindo, ele pediu que déssemos meia-volta e que voltássemos ao ponto de partida. Paramos aqui, me pediu que esperasse, que voltaria logo... E, de repente, *patapam*!, ouço aquele tiro dentro da casa. É claro, eu não sabia que era um tiro, mas me fez dar um pulo, isso sim. E, depois de um momento, saiu este da foto, sujo de sangue de alto a baixo.

— Mas esfregando a cara com a jaqueta...

— Sim.

— A cara toda suja de sangue...

— Sim.

— Ou seja, não se via bem a cara dele.

— Não, não, mas era este, era este, com certeza. O cabelo, o tipo, a altura, a forma do penteado, com certeza. — De todo modo, dizia como se não lhe importasse nada se era aquele indivíduo ou não.

— Eu tenho certeza, mas certeza — recuperou a palavra o homem inchado. — Porque desde que abri a loja ele estava rondando pelo bairro. E não era o primeiro dia, viu? Já fazia uma semana que voltava por aqui, e mais de uma vez eu tinha me perguntado que porra estava procurando.

— Bem, muito obrigado — disse o Palop. E a mim: — Bem. Não há dúvida. É ele. Terá de nos explicar tudo, Esquius.

Escapou-me um suspiro de contrariedade. Um detetive, como um policial, nunca explica tudo. Soriano me cravou um olhar capaz de perfurar paredes mestras para depois colocar um prego e pendurar um quadro.

— Por que vigiava o Adrià Gornal? Quem o contratou?

— Estas são precisamente as duas perguntas que não posso lhe responder — eu só pedia compreensão. — Posso lhe dizer tudo que investiguei dele estes dias, que relação vi que tinha com Casagrande, e posso lhe fazer um resumo do que penso dele, mas quem me contratou e por que me contratou é coisa minha.

— Ele tem razão, Soriano — Palop acalmava. — Existe o segredo profissional. — Para mim: — Você não acha que a pessoa que te contratou possa estar envolvida no crime, não?

— Por agora, não. Se em algum momento me parecer que sim, vocês serão os primeiros a saber, é claro.

— O que pode nos contar?

Ainda que não o olhasse, me pareceu que Soriano mordia o lábio inferior e fechava as mãos com força. Não podia suportar ver seu chefe se humilhando diante de um cheira-braguilhas.* Mas consegui reprimir o riso.

Corrigi a informação sobre as proporções e circunstâncias da orgia de sexta-feira, descrevi Adrià Gornal como um malandro mentiroso, tornei a falar da discoteca Crash e do homem extravagante disfarçado de gângster, destaquei que o Casagrande é que tinha discutido com ele e não o Adrià, e identifiquei Ramon Casagrande numa fotografia que

---

* No original, "ensumabraguetes", neologismo pejorativo e não-dicionarizado com que os policiais da Espanha denominam os detetives particulares que investigam casos de adultério. (N. do T.)

me mostrou o Soriano. Por fim, mencionei que, na noite de sexta, Adrià tinha feito cópia de algumas chaves furtivamente.

— Cópia de algumas chaves? — Soriano levantou os olhos das suas anotações.

— Sem dúvida, as chaves do apartamento do Casagrande — insinuei, adiantando-me aos seus pensamentos.

— Foi assim que conseguiu entrar e sair escrupulosamente do apartamento — ele deduziu.

Não disse o nome do meu cliente, nem por que haviam me contratado, tampouco falei do puteiro de onde tinham saído as duas senhoritas da sexta. Por alguma razão não concreta, queria falar com elas antes que a polícia o fizesse.

— Muito bem. Passe amanhã de manhã pela delegacia. Tomarei o seu depoimento — era uma terrível ameaça. E se despediu de mim olhando para a saída do centro comercial para me indicar que já nem precisava nem me aceitava como companhia.

Palop me agarrou pelo braço e me distanciou do seu colega levando-me para a rua.

— O que você sabe desse cara da discoteca Crash? — perguntei-lhe. — Era o Romà Romanès, não?

— Ah, sim. Um mau sujeito. É um dos proprietários da megadiscoteca. Tem antecedentes por assalto e possivelmente trafica drogas, mas é destes que são apanhados para cair sempre de pé. Faz anos que não pisa num tribunal. — Como que para reconciliar-me com o corpo de Polícia, perguntou-me: — Quer que eu te mostre a cena do crime?

— Adoro cenas de crime.

2

Chegamos à portaria e, quando a atravessávamos, quase nos chocamos com o Monzón, da Científica. Era um tipo baixinho e magro, com gravata de laço e óculos excepcionais que desenhavam um "v" baixo sobre a ponte do nariz e, combinados com o cabelo abundante e espetado, lhe davam a aparência de um passarinho extravagante. Parecia qualquer coisa menos um policial, e talvez tivesse escolhido os óculos e o penteado justamente com esta finalidade. Levava um monte de bolsas transparentes penduradas na mão direita. Ficou encantado de me ver e me cumprimentou efusivamente.

— Cara, Esquius, venha até aqui, que você vai gostar disto!

— Vocês se conhecem? — surpreendeu-se o Palop. Nós nos conhecíamos há tempos. — Então, não precisam de mim para nada. Continuem o que estavam fazendo, que eu tenho trabalho.

Os policiais da Científica são uns incompreendidos. Químicos, engenheiros, biólogos e médicos, experimentam uma autêntica paixão pelo que fazem e querem demonstrar que não são grosseiros, expeditos, superficiais e desajeitados, como se supõe que seja a maioria dos seus colegas. Mas é preciso dizer que os colegas não fazem muito caso deles. São considerados uns chatos dos quais cabe fugir enquanto ainda há tempo. "Escreva o relatório e não me esquente a cabeça." De modo que, quando encontram alguém disposto a servi-los de público atento, tornam-se literalmente loucos.

Palop me deixou nas mãos do Monzón e fugiu em disparada. Monzón me fez passar ao palco do crime com o entusiasmo de quem mostra um apartamento para vendê-lo.

Encontrei-me em um, digamos, pequeno pré-vestíbulo de não mais de 16 metros quadrados. À minha direita, na parede, a fileira de caixas de correio. À esquerda, uma porta cinza, fechada. Na frente, uma segunda porta de entrada com um segundo porteiro eletrônico, mais além do qual, como estava aberta, se via o verdadeiro vestíbulo da casa, amplo, com um fícus de plástico, um sofá, um espelho grande, o elevador e a escada.

Notei meus músculos tensos.

O chão desse vestíbulo era uma poça de sangue, ainda brilhante, onde havia pisoteado um exército de sapatos num balé desenfreado. Havia um escorregão e um esguicho de sangue que chegava até um canto, e o sinal do corpo que tinha finalmente caído, espalhando o líquido rubro em todas as direções. E as pegadas do fugitivo que iam para a rua, tão bem impressas que pareciam pintadas por um profissional com finalidades decorativas. Parecia que as paredes tinham sido regadas com uma mangueira de sangue. E o cheiro. Aquele cheiro que fazia cócegas no fundo da boca e cravava-se atrás dos olhos.

— Calma, Esquius, calma, pise onde quiser, que já acabamos.

Emporcalhar os sapatos com o sangue de um morto me dava repugnância. Movia-me na ponta dos pés, como uma bailarina.

Enquanto eu fazia um desenho esquemático no bloco de anotações, Monzón já havia começado a sua conferência.

— Calculamos que o assassino estava aqui, ao lado da porta, quando o Casagrande entrou na portaria. E disparou nele assim, na nuca. Vê a bala que foi parar lá na frente? O clássico tiro na nuca, mas parece que a pistola e a bala se desviaram e, em vez de sair pela boca ou de alojar-se ali no crânio, o projétil cortou-lhe a carótida direita. Ao arrebentar esta artéria, como o orifício de saída é muito grande, o sangue brota como um jato, como uma mangueira. Vê? Quatro litros de sangue, no mínimo! — disse o Monzón com o entusiasmo de um menino falando de uma bebida refrescante. — O morto se converteu num tipo de esguicho. Você não imagina com que pressão sai o sangue num caso assim. E começa a borrifar as paredes. Sai em jatos intermitentes, ao ritmo das batidas do coração, mas, de todo modo, desenha perfeitamente para nós os movimentos da vítima. Vê? Não morreu imediatamente: girou sobre si próprio, como um dispositivo automático desses de regar, borrifando a parede nesta direção, e certamente aqui agarrou o seu assassino e começou a brigar com ele. Imagine: devia lançar nele todo o jato de sangue na cara e no peito. De fato, temos certeza, porque o fugitivo que viram saindo daqui ia empapado de sangue, toda a cara e a jaqueta e a blusa de lã... — Mostrou-me os objetos que havia nas bolsas de plástico transparente: uns sapatos, uma jaqueta e uma blusa de lã enegrecidos pelo sangue. — Foi tirando-os enquanto corria. Jogou fora os sapatos e a jaqueta, e limpou a cara com a blusa de lã antes de desaparecer rua acima. Supomos que se meteu na estação dos Ferrocarrils da Bonanova. Hoje revisaremos as câmeras de segurança, que sem dúvida o gravaram. Esta noite já estará na rede.

— Mas aqui há mais pegadas — fiz com que notasse, agachando-me.

— É claro. Da senhora que descobriu o cadáver e algum dos vizinhos que vieram depois. Vê isto? Aqui houve um que patinou com o sangue e caiu de bunda, ha, ha. — Este tipo de anedota agrada muito aos policiais.

— De que calibre era a bala?

— Nove. Um bom revólver.

— Tem a arma?

— Só a cápsula da bala.

— E você pode imaginar o porquê?

Monzón encolheu os ombros.

— Roubo, com certeza. Uma vizinha o viu sair da casa da vítima com uma bolsa esportiva — pensei que era a velha da água do Carme. — O assassino tinha as chaves do apartamento, é evidente, porque não forçou a porta. Pelo que se vê, era amigo do defunto. Aproveitou que o outro tinha saído, tinha ido trabalhar, e entrou no seu apartamento para roubar.

— O que roubou?

— Ah, isso não sei. Mas alguma coisa que sabia exatamente onde encontrar, porque não revirou nada; nada de gavetas pelo chão nem almofadas estripadas. O apartamento estava razoavelmente organizado: cada coisa no seu lugar. Não sei o que levou. Pode imaginar: dinheiro, suponho. De todo modo, como o Casagrande vivia só, a única pessoa que poderia nos dizer o que falta é o morto. E, é claro, está morto, ha, ha. O assassino teve a má sorte de encontrar a vizinha no patamar e, mais ainda, tropeçar com o dono aqui embaixo.

— Mas... — objetei — se o Casagrande entrava e o Adrià saía, teriam se encontrado cara a cara, e, em vez disso, meteram-lhe o tiro na nuca.

Monzón fez uma careta de "sabia que você me faria esta pergunta e gosto que me faça, é maravilhoso falar com gente inteligente".

— A reconstituição dos fatos que fazemos é a seguinte. Adrià chega aqui, está a ponto de sair mas, justo na soleira da porta, vê o Casagrande que desce do táxi. Toma um susto, volta para dentro e se põe aqui, ao lado da porta, e tira a pistola. Quando o Casagrande entra no vestíbulo, não o vê, passa ao largo, lhe dá as costas... e nesse momento Adrià dispara. À queima-roupa.

Fiquei olhando o furo da bala que havia na parede em frente.

— O que foi? — perguntou Monzón. — Não está convencido?

— Sim — menti para lhe agradar.

Uma vizinha com óculos de fundo de garrafa nos interrompeu do vestíbulo grande.

— Escutem... Já podemos limpar isto ou não?

Monzón hesitou um pouco. Talvez eles tivessem deixado passar alguns detalhes importantes, mas era evidente que aquilo não podia ficar como estava por muito mais tempo. Fez um gesto condescendente.

— Sim, sim, já podem limpar quando quiserem. — E, fazendo-me um favor, ao mesmo tempo que me pegava pelo braço e me conduzia até a porta: — Vejamos, o que você pensa?

— Acho estranho que o assassino tenha saído correndo para a rua, indo como ia todo sujo de sangue. Era evidente que chamaria a atenção.

— Ora, Esquius, é uma reação humana, distanciar-se o mais rápido possível. Não queria que ele ficasse no prédio, não é? Se tivesse desejado voltar e subir a escada, teria encontrado todos os vizinhos, porque a vizinha que já o vira no patamar naquele momento descia no elevador dando gritos e assustada.

Bati com as juntas dos dedos na porta cinza à nossa esquerda.

— E isto?

— Porta para o estacionamento subterrâneo, mas está fechada a chave.

— Mas... fiz uma careta.

— Esquius, o que você está imaginando? — riu o Monzón.

— Nada, nada.

Já estávamos na rua. Procurei o Soriano ao redor e não o vi.

— Você acha que ele não se importará mesmo que eu fale com as testemunhas? Só para completar o relatório que farei para o meu cliente.

Monzón observou as proximidades. Já não havia ambulância, nem carros atrapalhando o trânsito, nem multidão bisbilhoteira. Somente três agentes uniformizados desatando a faixa de plástico que bloqueava a passagem.

— Se ele não te vir, eu não direi nada. E parece que ele já foi.

3

Ainda vibrava na rua um pouco da agitação que o crime havia causado. Aqui e ali viam-se pequenos grupos de vizinhos, lojistas, porteiros dos prédios e rapazinhos uniformizados que comentavam em voz alta o que havia acontecido. Teorias eram elaboradas, reclamava-se justiça, atribuía-se a culpa do fato ao governo, à juventude, à falta de ética, à televisão e até mesmo ao buraco da camada de ozônio.

Pareceu-me que alguns destes grupos me observavam curiosos, perguntando que apito eu tocava naquele concerto. Tinham me visto com a polícia indo para cima e para baixo e deviam pensar que eu era policial. Já não tinha nenhuma intenção de desenganá-los. Atravessei a rua e localizei, meio escondida pelas plantas ornamentais que ladeavam a luxuosa portaria da frente, uma minúscula loja que se anunciava como O Inquilino. Era o título daquele filme de Polanski, fascinante e perverso. Uma impressão de computador, com letra do tipo Harlow Solid Italic, anunciava vídeos importados, clássicos, de coleção, cult. Lá dentro, os vídeos excediam a capacidade das prateleiras metálicas danificadas e se amontoavam pelo chão sem nenhuma ordem aparente.

O homem do rosto inchado e congestionado pelo álcool estava sentado atrás de um balcão e me olhou com o olho direito sem afastar o esquerdo de um filme de ficção científica que fazia muito barulho num pequeno televisor. Sobressaía o Schwarzenegger, podia ser um *Exterminador do Futuro*, mas não sei, não entendo de filmes de ficção científica. Não gostei nem do *2001*, o que diz tudo.

— Ei — disse a ele, simpático. Não respondeu. Estava muito concentrado limpando os dentes com a língua e fazia caretas. E, além disso, na tela do aparelho precipitava-se algum cataclismo. — Você tem *O Trio Infernal*, com o Piccoli e a Romy Schneider?

Aquilo lhe agradou. Não digo que pulasse da cadeira e desligasse o televisor automaticamente, mas claro que me dedicou uma olhada com os dois olhos.

— O de Francis Girod? — perguntou.

— Há outro?

Baseado no caso real de Martin Sarret, que, com a companhia e a cumplicidade de duas enfermeiras perversas, cometeu dois assassinatos e dissolveu as vítimas em ácido sulfúrico, é um filme arrepiante em que Romy Schneider está mais bonita do que nunca. Produz certo prazer diabólico ver a imperatriz Sissi dedicando-se a assassinar e carregar pasta de gente de um lado para outro. Como uma profanação religiosa.

Ele tinha o filme, numa prateleira marcada com o rótulo "*True Crimes*". Também tinha *O Estrangulador de Rillington Place*, o filme dirigido por Richard Fleischer e interpretado por Richard Attenborough, John Hurt e Judy Geeson, que conta a história de John Christie, aquele assassino serial da Londres da 1949. Fiquei com os dois vídeos, investindo quase tanto dinheiro quanto o produtor dos filmes. Enquanto pagava, fiz o seguinte comentário:

— Você sim viu um filme de assassinatos hoje, hein? — Ele abanou a cabeça, pensativo e resignado. Recorri às suas próprias palavras: — Desde os créditos iniciais até o "The End".

— Sim, senhor — suspirou. Dispunha-se a afundar de novo no Fim do Mundo da sua televisãozinha. — No centro comercial puseram uma daquelas locadoras de vídeo automática, como os caixas eletrônicos dos bancos. Mais econômica, mais cômoda, aberta 24 horas por dia todos os dias do ano, e o pequeno comércio que vá para o diabo. Sem clientes que me distraiam, tenho muito tempo para olhar a rua, não?

— Fiquei interessado nisto que você disse, que fazia tempo que o Adrià Gornal, bem, o assassino, o presumido, passeava pelo bairro. Como se andasse atrás do Casagrande, não?

— Procurava alguma coisa. Um dia, veio no meu estabelecimento e alugou *Brazil*, aquele do Monty Phyton, lembra? Pegou-o muito feliz e saiu correndo. Eu o vi atravessar a rua e entrar na casa da frente, a casa do amiguinho. Se não fosse pela anedota das putas de sexta-feira, pensaria que eram dois afeminados, um tentando seduzir o outro.

Pensei que, no relatório de Flor Font-Roent, pouparia aquele comentário. Só faltava isto, pobre moça.

— Quanto tempo faz isto? — perguntei.

— Do aluguel do vídeo?

— Não. Da presença do Adrià Gornal pelo bairro. Da vigilância do apartamento do Casagrande. Que são amigos, ou o que seja.

O homem se lembrou.

— Porque este Adrià andou borboleteando pelo bairro, bastante. Tempo suficiente para que eu tenha me dado conta. De todas as lojas ao redor, aqui ao lado uma de calcinhas e sutiãs e, mais além, uma perfumaria e uma ferraria, a minha era a que este Adrià preferia. É claro: se metia aqui e bisbilhotava. E se punha naquela estante de lá para poder espreitar a casa do amigo. Um dia me perguntou: "Aquele senhor que agora atravessa a rua, vem alugar filmes, de vez em quando?" Perguntei-lhe: "Por que quer saber?" E disse: "Não, para saber quais são os seus preferidos, quais lhe agradam...!" Disse-lhe: "Pois não, nunca veio alugar nenhum." E não voltou a me perguntar nada nunca mais. Até que alugou *Brazil*, e depois me devolveu.

— Mas está falando de 15 dias, um mês... antes do Natal?

— Não, depois do Natal. Vá lá, não sei. Digamos três semanas, um mês.

Era 11 de março. A inquietação do Adrià e as atribulações de minha cliente tinham começado em 27 de fevereiro. Encaixava.

— E por que afinal são amigos? Quanto tempo faz isto?

— Duas semanas, no máximo.

Contemplei-o tão pensativo que quase parecia que o admirava.

— Nesta manhã viu que o senhor Casagrande saiu de casa e pegou um táxi... E, logo, o Adrià entrou no edifício com as suas chaves...

— Eram amigos. Os amigos deixam as chaves de casa uns com os outros.

— E o Adrià subiu ao apartamento de Casagrande e ficou lá um tempo... E, depois, chegou o táxi trazendo Casagrande de volta...

— Sim, senhor.

— Nesse meio-tempo, entrou alguém mais na portaria?

— O quê?

— Se entrou alguém mais na portaria.

Esforçou-se um pouco para lembrar. Só um pouco.

— Não, não reparei.

— Não reparou — aceitei. — Porque, entre um e outro, no mínimo, entrou aquela senhora idosa que voltava das compras. A que topou com Adrià no patamar...

— Ah, sim, tem razão.

— É claro — desculpei-o com um sorriso —, você não pode estar todo o tempo olhando o outro lado da rua...

Já tinha lhe pagado os vídeos. Dirigia-me para a porta quando, de repente, lembrei-me da última pergunta, como Colombo.

— Ah, perdoe-me... Você reparou se o Adrià levava uma pistola, quando saiu correndo da casa em frente?

O lojista franziu as sobrancelhas, fazendo um esforço de concentração.

— Numa mão levava uma bolsa esportiva. E na outra... Bem, estava enxugando a cara com a jaqueta... Talvez sim... Ou talvez não... Não sei. Não prestei atenção.

Queria dizer que Adrià não tinha nenhuma pistola na mão. Quando uma testemunha vê uma pistola na mão de um fugitivo, não se esquece de modo algum. Não existe o talvez.

— Talvez — acrescentou no momento em que eu já tinha um pé na rua —, talvez a tenha escondido na bolsa que levava.

Talvez a tenha escondido na bolsa esportiva azul que levava na mão direita.

Enquanto comia um petisco de atum, pimentão vermelho e azeitonas num bar próximo, pensei na morte. Lembrava-me do Casagrande no hospital, tão dinâmico e gesticulador que parecia que seus braços teriam de sair disparados em todas as direções, e o via pela rua falando animadamente com o Adrià, e na discoteca discutindo com aquele fantasma disfarçado de gângster, e experimentava uma espécie de vertigem. A morte como a grande interrupção. Casagrande havia saltado do táxi e dito "Espere-me aqui, que volto em seguida", e não voltou, nem em seguida nem nunca. Atravessou a soleira da sua casa, como havia feito tantas vezes, e caiu no poço sem fundo do nada. Morreu sem pagar o táxi. Morreu deixando muitas coisas por fazer. Pedidos pendentes, compromissos que nunca mais poderia cumprir, encontros aos quais nunca compareceria. Olhava as pessoas ao meu redor, tão atarefadas, e pensava o que podia acontecer com elas a qualquer momento. Um infarto, uma marquise que cai do céu, um ônibus com os freios estragados. E fim. Podia ocorrer a mim próprio. E não é que este pensamento me levasse a outros, senão que era uma finalidade em si própria. Você pode morrer a qualquer momento. E pronto. Fim. Não há nada mais a dizer. Tudo o que se pode fazer é rebobinar, recapitular para corrigir a trajetória da vida. A morte como fonte de filosofia.

4

No meio da tarde, fui parar no puteiro das portas de madeira nobre de onde Adrià havia tirado as duas meretrizes.

No Happyness (nome que eu interpretava como uma alusão ao estado anímico do monstro do lago Ness) ainda não havia começado a hora quente do negócio. As comunicações nos diferentes congressos que se celebravam na cidade deviam estar acabando e os eminentes congressistas chegados de todas as partes do mundo precisavam de uma margem de tempo para tomar banho e se perfumar antes de passar às atividades lúdicas.

De maneira que, enquanto os esperavam, as cinco moças que constituíam toda a paróquia passavam o tempo tranqüilamente. Uma pintava as unhas, três falavam de suas coisas sentadas num sofá forrado de veludo e a quinta lançava o que tinha ganhado com esforço corporal pelo buraco de uma máquina caça-níqueis que amenizava o local com barulhos de sirenas e campainhas. Todas interromperam o que estavam fazendo para cravar seus olhos em mim.

Atrás do balcão, uma mamífera impressionante, sem sutiã e com a blusa aberta até a cintura, estava abrindo a geladeira de garrafas de cerveja. Perguntou-me se não queria beber nada.

— Cerveja — pedi.

Nesses lugares, sempre se deve pedir cerveja e com a condição de que a garrafa seja aberta diante de seus olhos. É a única maneira de sobreviver.

— Você gosta do que vê? — perguntou-me a mamífera, imensamente orgulhosa dos seus atributos, enquanto enchia um copo sujo com cerveja morna e espuma em excesso.

— Nunca tinha visto nada semelhante — respondi, com toda sinceridade.

A fórmula mágica para fazê-la feliz.

Imediatamente localizei a loura e a morena que Adrià tinha contratado. A morena, com os cabelos frisados e eriçados em torno de um rosto escuro onde sobressaía o ruge, estava com o grupo das conversadoras. A loura, langorosa, pálida, com movimentos lentos, felinos e preguiçosos, era a jogadora. Apontei para as duas com um gesto imperioso.

— Você. E você. Podem vir aqui, por favor?

— Eu também? — A loura não queria vir.

— Aproximaram-se, obedientes, convencidas de que tinham tido sorte. Com seus olhares me senti valorizado como homem irresistível e convertido em objeto. Os olhares se entretiveram um instante abaixo da minha cintura. A morena tinha uma expressão agressiva e perversa, era bunduda e de perna curta e lhe faltava peito. A outra tinha um físico adolescente. A personalidade, a inteligência e outras qualidades humanas não contam no mercado de escravos.

— Olá, rei, sou a Verònica — disse a morena com uma risada. — Alto *standing*, e não o digo pelos saltos. — De fato, os sapatos de salto supunham quase cinqüenta por cento do total do seu vestuário. Logo encarregou-se de mim passando o braço por trás das costas, coisa que, em qualquer outro local, teria sido um manifesto abuso de confiança. — *Do you speak english?*

— O catalão já me basta.

— Você parece americano, tão alto e com este cabelo e esta postura.

— Eu me chamo Karen — disse a outra com forte sotaque centro-europeu. Era muito séria, triste, deprimida, com a atitude submissa de quem recebeu muitos golpes.

Sentei-me no balcão, com uma de cada lado, estreitando-se contra mim, e então aconteceu que nas minhas mãos havia uma fotografia em que se via Adrià Gornal com cara de trapaceiro.

— Sexta passada, este indivíduo as contratou...

Os sorrisos de boas-vindas dissolveram-se automaticamente. A mão de Verònica perdeu o contato com meu corpo.

— Ui, ui, ui... — disse, olhando para um outro lado.

— ... Levou-as à casa de um outro indivíduo, um alto e magro...

Karen tinha ficado gelada.

— Olha: isto você tem de falar com o Tobies... — aconselhou-me a Verònica.

Agarrei-a pelo braço para impedir que se distanciasse.

— Não sou policial.

— Não me toque.

— Não quero lhes trazer problemas.

— Se não paga, não toca.

— Não sou policial.

— Então o que é?

— Detetive particular.

Imediatamente deixaram claro que um detetive particular não merecia nenhum tipo de respeito.

— Ah, bem, então nós somos 60 euros cada uma.

— E temos de ir para o trabalho, porque se não o Tobies se chateia.

— Não quero criar problemas para vocês. Um momento, apenas. Este homem roubou o apartamento do outro e a polícia pode pôr a culpa em vocês...

O alerta as afastou definitivamente.

— Ui, ui, ui...

— Tobies! Olha o que ele está dizendo!

— Esperem, cacete...

Tobies compareceu como se alguém tivesse esfregado uma lâmpada. Era um palmo mais baixo que eu, mas com o olhar me advertiu que, se tínhamos de começar com porradas, me mataria. De modo que tive de me fazer de durão.

— Puta merda, Tobies, não me encha o saco! Só quero falar com as meninas...

— É um detetive — lhe apontavam, como que animando-o a pular no meu pescoço.

— Não é policial.

— Do que você quer falar com as meninas?

— Só poupá-las de dores de cabeça! Estavam na casa de um indivíduo, sexta-feira, e agora o indivíduo está morto e saquearam a casa dele. Eu poderia ter enviado a polícia aqui. Não o fiz porque quero informação, mas, se você se fizer de idiota, vou embora, digo ao comissário que interrogue vocês, e adeus e lavo as mãos. Vejo que a Karen é de fora. Se não tiver documentos, terá de pensar o que fará.

— Sim, sim, claro que tem documentos — disse a morena com um certo desalento. — Sem documentos não as deixam trabalhar aqui.

— O que quer saber?

Tobies dirigiu para as meninas uma olhada que era uma ordem. Elas tornaram a se aproximar.

— O que aconteceu naquela tarde? — perguntou. — De que falaram os dois homens? Discutiram?...

Hesitaram uns segundos. Com os olhos cediam a palavra uma à outra. "Fala você", "não, não, você". Depois se precipitaram a falar as duas e, finalmente, prevaleceu a facilidade de comunicação da Verònica.

— Bem, não sei, de que queria que falassem? Já sabe... De nada...

— Claro que discutiram — apontou a Karen. — Este da foto não tinha grana.

— Ah, sim, tem razão. Era um cara-de-pau. Vem aqui, nos contrata, nos paga uns cobres e, depois, no apartamento, começam a pedir serviço extra. Dissemos "Isto é mais caro", e este da foto disse para o outro, para o dono da casa: "Eu não tenho mais grana, ponha você o resto." E o dono da casa disse: "Maravilha, você é quem convida e pago eu"; e o outro: "Eu paguei uma parte e você só a diferença..." Enfim, o dono da casa tampouco tinha grana. E nós não aceitamos cartões. Aqui, no estabelecimento, sim, mas fora não. Não levamos mais a máquina de cartão. De modo que ficaram sem extras.

— E, depois, este da foto pôs na cabeça que devíamos ter champanhe. "Puxa, esta festa merece uma garrafa de champanhe... Porque, sem champanhe, esta festa não é festa nem é nada." E o outro lhe dizia: "Mas de onde você vai tirar a grana para pagar o champanhe?" E este disse: "Desço um instante para buscar, ainda tenho crédito no cartão."

— E então... — apontei.

— Então...? — a moça não entendia.

— Então — eu concluí —, este da foto pegou as chaves do apartamento.

— Ah, sim. Eu vi. Supus que era para não ter de interfonar quando voltasse. Ele não era o dono do apartamento... Mas... — Verònica se interrompeu e lembrou algum detalhe significativo. Olhou o Tobies.

"Digo ou não digo?" O homem lhe deu permissão. "Vá lá, vamos acabar de uma vez." — É verdade que vi como se... Não sei como dizer. Nós duas estávamos enroscadas com o outro, brincando, mas eu me virei para ver o que este fazia, porque, não sei, estava começando a me despir e queria acabar de uma vez. Eu não queria que fosse comprar champanhe nem que a festa se estendesse. Uma trepada rápida e tchau. Queria lhe dizer: "Vem ou não vem?", e o vi lá, no corredor, diante da porta, quando tirava as chaves de uns ganchos que havia ali... E, bem... Fez um gesto assim, como se o tivesse pego roubando alguma coisa, me entende? Não sei se estou sendo clara.

Claro que estava. Eu entendia que a moça tentava ser complacente comigo; seu trabalho lhe havia ensinado a ser complacente e, se eu queria um movimento suspeito de Adrià, ela estava disposta a proporcionar-me movimentos suspeitos a rodo. Mas, possivelmente, aquele desejo de agradar-me não a fazia mentir, mas proceder com cautela nas suas lembranças.

— O que mais? Discutiram muito?

— Não, só isto que te dissemos.

O celular tocou com a música de *La Cumparsita*. Desculpei-me com um gesto.

— Sim?

Era a Beth, da agência.

Alarme. Código vermelho: Flor Font-Roent tinha se apresentado em nosso escritório, desesperada. A polícia tinha ido vê-la e havia lhe soltado que o namorado Adrià era um assassino.

— Esquius, por favor, porque está arrasada... Se nos descuidarmos, se lança de cabeça na máquina de picar papel...

— Antes de mais nada lembrem-se de não lhe mostrar o relatório que eu fiz! — disse sem demora. — Vou agora. Quero falar com ela. — Enquanto guardava o telefone, confrontei-me de novo com os três pares de olhos que estavam me declarando *persona non grata*. Minha cabeça já estava em outro lugar, mas não queria deixar nada: — Vocês acharam que eles eram muito amigos? Ou apenas conhecidos?... Havia confiança entre os dois?

— Quer que te diga o que me pareceu? — disse Verònica. — Eu acho que este da foto precisava de alguma coisa muito importante do outro. Ou pedir-lhe que avalizasse um crédito de muita grana, ou que o outro lhe desse trabalho na sua empresa, ou alguma coisa assim. Porque não se conheciam muito, não tinham muita coisa para se dizer. Era a primeira vez que se encontravam numa situação como aquela. Nunca tinham feito uma bacanal juntos. O dono da casa não podia acreditar quando nos viu entrar. "Mas você vai aonde?, vai de quê?, que porra está fazendo?", dizia. Ele, encantado, é claro, mas não dizia nada. E o outro, por que tinha de nos contratar e por que tinha de dar um presente ao dono do apartamento, se não fosse porque queria lhe pedir um favor? Só posso explicar assim.

— Além disso — a Karen meteu a colher —, o outro o vigiava.

— O outro o vigiava?

— Não confiava — esclareceu a Verónica. — O da foto ia além do corredor, e o da casa imediatamente: "Aonde você vai?", sabe?, como que controlando, "vendo o que este vai fazer agora". O outro: "Vou ao banheiro." "Então o banheiro é por aqui", sabe o que quer dizer?, como que marcando-o: "Não gosto que fique por toda parte." Ele estava controlando todo o tempo.

— Sim. O dono da casa não confiava, não... — Karen também tinha vontade de colaborar.

— Estava escondendo alguma coisa — sugeriu.

— Talvez sim. Talvez tivesse sim alguma coisa no apartamento que não queria que os outros vissem.

— Não tem nem idéia do que podia ser?

— Não, porque eu não sou bisbilhoteira, e a Verònica também não. Fazemos o nosso trabalho e nada mais. No nosso ofício, quanto menos perguntas, falas e vozes, menos confusão se tem.

— Bem. — Olhei o relógio. Tinha de ir. — Muito obrigado.

— Quando vier a polícia — Tobies me disse, amavelmente —, dizemos que você esteve fazendo perguntas?

— Não me sacaneie, Tobies. Eu não falei nada de vocês para os tiras. Você muito menos precisa falar de mim para eles.

— Você sabe como é a polícia. Se te aplicam uma pena de terceiro grau, te fazem confessar até que é o Osama bin Laden.

Entendi a que se referia. E tinha pressa e não podia prolongar aquela discussão. Tirei uma nota de 50 euros e deixei em cima do balcão.

— Isso lhes ajudará a resistir — disse.

— Não — disse a mamífera. — Isto só paga a cerveja.

Uma outra nota e uma outra, e já não me restava mais nenhuma. Mostrei-lhes o interior da carteira para convencê-los e saí agitado do puteiro.

Fiz a maratona até o estacionamento da praça Gregori Taumaturg, com uma parada só para tirar dinheiro de um caixa automático. Depois, bati recordes de velocidade até chegar a três quarteirões da agência, onde me vi pego por um engarrafamento monumental. Abandonei o carro e fiz o resto do trajeto em passo de marcha atlética.

5

Toda a estrutura do edifício de estilo neoclássico ao gosto franquista estremecia e tremia em conseqüência dos soluços da Flor. Logo seria preciso ligar para os bombeiros para avisá-los de que não era necessário que viessem, que não estava acontecendo nada. Assim que você saía do elevador, antes de entrar na agência, já percebia um ambiente de comoção geral. Ouvia-se o choro da Flor no escritório do Biosca e um longo monólogo deste, que se supunha deveria acalmá-la. A Amèlia e a Beth escutavam tudo da sala dos computadores, assustadas, porque estas coisas contagiam.

— Esquius, corra, veja, entre! — me disse a Beth, com aquela fé que tinha em mim, convencida de que só eu podia devolver a felicidade e a vontade de viver à Flor.

— Mostrou-lhe o meu relatório?

— Não, não, está comigo. Fui buscá-lo no escritório do Biosca e o tirei de lá antes que ele o passasse pelo nariz dela.

— Fez bem. Biosca não contou a ela que o Adrià a traía?

— Ainda não, mas corra!

Ao entrar no escritório do Biosca encontrei a Flor desfeita sobre uma poltrona, naufragando num mar de *kleenex* amarrotados e empapados, dissolvendo-se como a cera no fogo ou o gelo no sol. Formavam uma ilustração de folhetim, com o Biosca em pé, desafiador e com ar de advertência e querendo consolá-la. Era pior o remédio que a doença.

— ... Pense que teve sorte, Srta. Font-Roent. Fique contente, ria e comemore, porque hoje você tirou a sorte grande! Saiba que, quem nasce assassino, cedo ou tarde acaba matando. Imagine se você tivesse chegado a se casar com o Adrià, se tivessem tido filhos e se um dia se acendesse nele uma luzinha vermelha e pegasse um machado...

— Sr. Esquius! — ela gritou ao me ver. Uma mistura de grito e soluço que se podia traduzir livremente por um imperioso "Tire-me daqui!".

Ofereci-lhe meu lenço, ainda que ela precisasse mesmo de uma toalha de banho.

— Ah, Esquius — Biosca interrompeu seu discurso para receber-me com frieza. — Você disse à polícia que trabalhava para a Srta. Font-Roent?

— Não, senhor — bufei.

— E, então, como explicamos que a polícia já tenha ido ver nossa cliente para dizer-lhe que seu namorado é um assassino?

— As famílias Font-Roent e Gornal vivem na mesma rua, em casas contíguas. Basta que os pais do Adrià tenham comentado "que desgosto, a pobre Florzinha" para que a polícia tenha feito algumas perguntas e, ao sair de uma casa, tenha ido bater na outra. E suponho que por certo nossa cliente soubesse onde estava escondido o Adrià, e lhe tenham dito que era melhor que dissesse antes que a tivessem de deter como acobertadora.

Flor levantou seus olhos ensopados para me olhar com veneração. Tinha os óculos na mão, perdidos entre *kleenex* ensopados.

— Exato — disse Biosca, com tom de extrema satisfação. — O que eu pensava. Apenas queria comprovar se você tinha feito as mesmas reflexões. Parece que está em forma, Esquius. Percebe, senhorita, que não há nenhum motivo para desconfiar? O caso está nas mãos de um superdotado, não esqueça. Bravo, Esquius, você venceu mais uma vez.

— Sr. Biosca, se não se importa... posso falar com ela a sós? Eu gostaria de formar uma imagem mais completa do Adrià.

Biosca não se importava em se desfazer daquela moça mal-agradecida que não sabia apreciar seus argumentos.

— À vontade.

Ajudei-a a se levantar e tirei-a do escritório apoiada no meu braço, como quem acompanha a avó para dar uma volta pelo terraço. Agarrava-se a mim um pouco mais do que era estritamente necessário, ávida de afeto humano. Achei que o calor e o cheiro perfumado que se desprendiam não eram nada desagradáveis. Passamos ao lado da Beth e da Amèlia, que, ao ver a figura que compúnhamos, não se atreveram nem a abrir a boca, e nos fechamos no vestíbulo da recepção.

Sentada na poltrona da secretária, Flor conseguiu se acalmar um pouco. Juntou as mãos numa súplica quase religiosa.

— É uma calúnia, Sr. Esquius! Adrià nunca cometeria um disparate como este! Diga-me que é mentira!

— Bem... — disse, enquanto pensava como abordaria isto. — O caso é que...

— O senhor é uma alma sensível! O senhor lê poesia! — interrompeu-me, decidida a impedir-me que lhe desse alguma má notícia. — Não como aquele policial desajeitado, idiota e impulsivo que só queria que eu lhe entregasse se o Adrià tinha vindo procurar o meu amparo.

— Olha, Srta. Font-Roent...

— Flor, por favor. Me chame de Flor. — Agarrou minha mão e me cravou um olhar intenso que me outorgava o direito a certa intimidade, na minha dupla condição de suposto amante da poesia e de encarregado de libertar o Adrià de toda adversidade.

— Senhorita, Flor.

— De você, por favor, trate-me de você...

— Olhe, Flor. — Por onde havia de começar? — Como era o policial que foi te ver? Muito bem vestido, jovenzinho, muito presunçoso?...

— Sim.

— Chama-se Soriano. Já o conheço. Não lhe dê muita importância. Olhe... A polícia tirou umas conclusões que talvez sejam acertadas ou talvez não, mas, por enquanto, eu diria que são razoáveis.

— Razoáveis? — ela gemeu, incompreendida e quase ofendida.

— Você já deve saber que o Adrià está fichado por comportamento violento...

— Era a sua época de compromisso político e social! — passou ao ataque: — O Banco Intercontinental era co-proprietário da multinacional que desflorestava a selva amazônica! Alguma coisa tinha de ser feita, e, naquela época, o Adrià era muito consciente!

— Mas não apedrejou o Banco Intercontinental, mas uma Caixa Econômica.

— Bem, tinham bebido um pouco, se enganaram, eu sei, mas isto não tira heroísmo, generosidade e compromisso ao incidente! Já sei, ele foi detido duas vezes, mas sempre por causa de sua grandeza de espírito e de estouvamento próprio da juventude, a típica rebeldia contra as normas estabelecidas, mas agora...

Poupei-lhe dos detalhes da acusação de embriaguez e exibicionismo que resultaram no quadril quebrado de uma velhinha. Se o Adrià não tinha achado oportuno que a Flor conhecesse aqueles detalhes, pensei que não era da minha conta.

— Permita-me umas perguntas — interrompi. Fez o esforço de me escutar. — Você conhece a vítima, esse tal Casagrande?...

— Não.

— Era um propagandista. Adrià o conhecia do hospital.

— Não, nunca me havia falado dele... E, além disso, é absurdo pensar que Adrià quisesse roubar. Não tinha motivos para roubar. Quando precisava de dinheiro, me pedia e eu lhe dava. — Sim. Ela lhe dava dinheiro para comprar livros e ele gastava imediatamente, e não precisamente em livros. De repente, ela começava tudo de novo: — E, além disso, Adrià é incapaz de roubar! — Deixei que minha cliente desabafasse: — Agora mudou, amadureceu. Aburguesou-se, tornou-se muito mais sensível, reflexivo, conheceu quais são seus limites. Não pode ter tirado a vida de ninguém, ele sabe que não pode fazer isto. Sabe que não é Deus! E, além disso, não tem revólver! E seria incapaz de fazer mal a um inseto. Por outro lado, Adrià se esquiva de toda situação de violência! Outro dia, quando vimos que um homenzarrão atormentava uma moça pela rua e lhe disse que tínhamos de fazer alguma coisa, Adrià se esquivou do enfrentamento dizendo que não era problema nosso. E, uma outra vez, num bar, um bêbado se meteu comigo e até mesmo pôs a mão na minha bunda, e o Adrià me disse: "Vamos, vamos, que não quero confusão." E eu lhe disse: "Quer dizer que não vai partir a cara dele, deste indecente?" E ele, nada. Acredite em mim, Sr. Esquius...

— Está bem, está bem. Acalme-se. Veremos o que podemos fazer.

Calou-se, com os seus olhos úmidos cravados nos meus através dos óculos embaçados, como se estivesse se esforçando para ver com nitidez meus pensamentos. E então, quando parecia que tínhamos vencido, através da porta chegou-nos a voz do Biosca que punha Amèlia e Beth a par de tudo.

— ... que se vê que o namorado desta cliente deu um tiro no melhor amigo...

Flor deu um salto da cadeira e, antes que a pudesse impedir, já havia aberto a porta e se esganiçava defendendo o homem dos seus sonhos diante de um Biosca, uma Amèlia e uma Beth que a olhavam com os olhos fora de órbita:

— É mentira, mentira! Adrià é incapaz de matar alguém! É uma alma sensível, retraída e tímida, de comportamento reservado, amesquinhado, indeciso, medroso, até diria que pusilânime, é um cagão! Tudo lhe dá medo, desde uma abelha que possa picá-lo até se romper o prepúcio quando faz amor! Se, às vezes, só de pensar nisto tem problemas de ereção! — Pensei que tinha de detê-la, que estava perdendo a cabeça e os modos: — Um caguinha, cagão, caguincho, cagarola, um zé-ninguém, um parvo, um merda, é o Adrià! Se até mesmo eu sou mais homem que ele!

Era um modo curioso de defender seu namorado. O nervosismo a fazia dizer o que não pensava. Ou, se temos de dar atenção aos psicanalistas, o nervosismo a fazia dizer precisamente o que pensava. Em todo caso, considerei oportuno desculpá-la com umas palavras formais diante de meus colegas de trabalho enquanto a metia de novo na saleta e fechava a porta. Agarrei-a pelos ombros, sacolejei-a um pouco e disse:

— Chega, acalme-se, Flor! Calma! Escute!

Olhou-me como se tivesse acabado de acordar de um pesadelo. Imediatamente se arrependeu do que havia dito.

— Perdoe-me, perdoe-me... Não queria me expressar exatamente assim.

— Não se preocupe...

— Esta não sou eu. Quero dizer que não costumo falar assim do Adrià...

— Eu sei. Não tem importância.

— Eu o amo muito. Eu não costumo falar assim de ninguém.

— Não aconteceu nada.

— Não sei o que deu em mim.

— Nada.

— Dizia o que sentia, oh, quero dizer, sentia o que dizia, mas... Estou um pouco confusa.

— Então não fale. Acalme-se e não fale.

Não se tranqüilizou, mas, pelo menos, ficou calada.

— Provaremos que Adrià é inocente — disse-lhe. — Certo?

Flor, naquele momento poderia ter servido de modelo para uma Anunciação. "Eis aqui a escrava do Senhor, faça-se em mim segundo Sua palavra." E, neste caso, eu seria o Senhor.

— Diz de verdade? Acredita de verdade que Adrià é inocente do crime que lhe atribuem?

Lançou-se nos meus braços e me ensurdeceu gritando toda a sua gratidão no meu ouvido. Achei que tinha um cheiro muito bom e me agradou o contato do seu corpo, pequeno e ligeiro.

A porta se abriu e o Biosca, a Amèlia e a Beth nos surpreenderam estreitamente abraçados. Estavam escutando, muito indiscretos. Há costumes muito difíceis de erradicar.

— Disse de verdade, Esquius? — bramou o Biosca. — Ou disse só para acalmar nossa cliente?

— Disse de verdade, de verdade! — exclamou nossa pequena histérica, distanciando-se de mim e reprimindo com muito esforço o desejo de fazer uns passos de balé. — Ele provará que Adrià é inocente!

— Porra, Esquius, caralho! — acrescentou o Biosca, dando a entender que eu só dizia aquilo com a intenção de seduzir Flor e levá-la para a cama.

6

Chamamos um táxi para que viesse buscar Flor Font-Roent e a levasse para casa. Para livrá-la da curiosidade doentia do Biosca e das moças, desci com ela até a portaria. Quando lhe pedi que, sobretudo, se Adrià entrasse em contato com ela, me avisasse imediatamente, descobri que nossas quatro mãos estavam entrelaçadas. Quando o táxi parou na nossa frente, sempre me olhando com aquele ar de êxtase místico, disse, romântica até a náusea:

— Por favor, Esquius, que prevaleça a verdade!

As piscadelas que me dedicou demonstravam ânsia de beijar-me com paixão e uma firme e corajosa renúncia. Apertou-me um pouco as mãos, virou as costas e desapareceu dentro do táxi. Depois, o táxi se dissolveu na confusão do trânsito.

Beth, atrás de mim, disse:

— Parece que isto é o começo de uma grande amizade, hein?

Tinha nos seguido e estava ali, excitada e curiosa, com a sua jaqueta preta de couro, que contrastava com os cabelos claros e longos. Os olhos cheios de fagulhas, como se estivesse pensando numa indecência.

— Deus me livre! — ri.

— Te convido para jantar e você me conta tudo — ela propôs. Não admitia um não como resposta: — Por favor, por favor! Não posso ir dormir com essa história. É a primeira vez que estou tão perto da investigação de um crime de verdade!

Aceitei jantar, desde que ela não pagasse a minha parte. Pareceu-me que seria uma boa oportunidade para repassar tudo o que tinha averiguado. Expor as idéias em voz alta sempre me ajuda a aclará-las. Entramos num dos muitos restaurantes italianos que há em torno da praça Francesc Macià.

Beth não podia esperar nem para ler o cardápio, e disse ao garçom que trouxesse o que lhe parecesse mais oportuno. Fiz o pedido para os dois. Espaguete ao salmão, carpaccio com queijo, água e um Lambrusco frio. Dediquei o tempo de espera e o espaguete a uma exposição geral dos fatos: os últimos movimentos de Adrià em torno da casa do Casagrande, a entrada no apartamento com a duplicata das chaves, a saída, o inesperado retorno do Casagrande, a coincidência na portaria, o tiro, a carótida arrebentada, o sangue. E os testemunhos do homem da locadora e das senhoritas do Happyness.

Em seguida, pedi a ela que tirasse as conclusões.

— Bem... — pensou um pouco enquanto mastigava. — Tal como você me explicou, Adrià Gornal está enrascado. É um caso tão evidente, com todos esses testemunhos e a sua presença no local dos acontecimentos e tudo, que o promotor mais palerma da última promoção o resolveria escutando rock pesado com o CD player enquanto apresenta suas conclusões ao juiz.

— Ha, ha — ri para agradá-la. — Mas não me enrole. Vá direto ao assunto.

— É evidente que Adrià tinha algum problema que ia além dos chifres que punha na Flor.

— Mas nós, Beth, não trabalhamos para a polícia, mas para a nossa clientela, ou seja, temos a obrigação de pôr em dúvida tudo o que prejudique os nossos interesses.

— É assim que você faz? Adrià tem de ser inocente por definição, porque lhe pagam para que seja inocente?

— Talvez este ponto de partida nos ajude a encontrar os detalhes que não encaixam. Vejamos. Diga o que é que soou mal do que te contei. Alguma coisa deve ter soado estranha para você, não?

— Bem... — Arriscou: — Flor disse que Adrià é um covarde e que não tinha revólver. Além disso, da discussão no apartamento com as senhoritas do Happyness, como você disse, se conclui que Casagrande tampouco estava cheio de dinheiro. Neste caso, que dinheiro queria roubar o Adrià? Não havia nada para roubar.

Neguei com a cabeça.

— Não, não é isto — disse, consciente da minha petulância. — Olha: a experiência demonstra que os covardes matam tão freqüentemente quanto os valentes, ou mais. Ao contrário, a personalidade pusilânime que Flor descreveu se liga também com o comportamento de Adrià rondando a casa de Casagrande dias e dias, indeciso e enchendo-se de álcool, como forma de injetar valentia para fazer algo muito grave. No que se refere ao objeto do roubo, sem dúvida não havia nenhum. Que Casagrande não tivesse dinheiro, não importa. Sabemos com certeza que Adrià fez uma cópia das chaves e que esperou que Casagrande saísse de casa para entrar lá. Alguma coisa procurava, alguma coisa que cabia na bolsa de esporte. O que procurava? Não sei. Jóias, drogas... O próprio revólver... por que não?

— O próprio revólver... — repetiu Beth, fascinada, como se pensasse que nunca poderia ter lhe ocorrido aquela idéia.

— Mas eu voto a favor das drogas. Casagrande era propagandista; suponho que na casa dele devia haver muitas amostras de medicamentos. Talvez fosse isso o que procurava Adrià?

— Medicamentos — disse Beth. — É claro. Você é um superdotado de verdade, não?

— Não, cara, não — ri com modéstia. — Isto são bobagens do Biosca.

— Não, não, deixa estar o que Biosca diz. Andei estudando o assunto dos superdotados e você é um, com certeza.

— Ah, sim? — Gostava de ouvir isso da sua boca. Os lábios não eram grossos e carnudos, mas estranhamente flexíveis quando falavam, e sabiam rir. Eram uns lábios beijáveis.

— Vai, não se faça de desentendido. Qual é o seu Q.I.?

— Não sei. Nunca o medi. Como se mediria isto? Em pés? Em centímetros?

— Não acredito que nunca tenha feito o teste do TTCT...

— O quê?

— O Torrance Test of Creative Thinking, o Weschler, ou o Stanford-Binet. São testes para determinar o Q.I. de uma pessoa.

— Não, nunca os fiz, não.

— Você se aborrecia, quando pequeno, na escola?

— Bem, como todo mundo, não? É claro que me aborrecia.

— Vê? Isto é típico dos superdotados. Estão à frente dos colegas e têm a sensação de que os professores nunca poderão lhes ensinar nada de novo. Você deve ter mais de 140 de Q.I. Com certeza não lhe agradavam os esportes e a competição, não é mesmo? Nunca jogou futebol...

— É verdade. Gostava mais de correr...

— Tá vendo? — ela ria como um menino num espetáculo de mágica. — Superdotado! E não te agrada a violência, com certeza que não.

— Ora, não, não me agrada a violência...

— Tá vendo? — E logo se lançou a adivinhar outros traços do meu caráter: — E é muito exigente consigo próprio, e tem baixa auto-estima... — E se aventurava a fazer suposições mais arriscadas: — Eu diria que é um superdotado de meio desfavorável...

— Bem, bem — creio que fiquei vermelho. — Isto é bobagem. Quer que continuemos falando do Adrià, ou...?

— Mais um momento. Quer saber o que me agrada em você? — É claro que sim: todo mundo quer saber isto. — Que você tenha conseguido fugir do perfeccionismo que muitas vezes faz dos superdotados pessoas arrogantes e insuportáveis e que saiba aceitar a falta de perfeição nos outros.

— Beth. Não sou um superdotado. E, se o sou, não me importo. É melhor não saber. Quer que continuemos falando do Adrià?

— Sim, sim.

— Quer que diga por que o considero inocente?

— É claro que quero que me diga!

— Porque não é lógico. Não é verossímil. Já sei que a realidade nunca é verossímil, mas este é meu caminho de reflexão. Vamos segui-lo juntos.

— Com todo o prazer. Te sigo.

— Digamos que Adrià seja um ladrão. Faz uma cópia das chaves aproveitando um momento em que o outro não percebe. Aproveita para ir roubar quando o outro foi trabalhar. Se tudo tivesse ido bem, Adrià teria saído do apartamento do Casagrande com o roubo e teria desaparecido todo fanfarrão. Casagrande não tinha de ter estado lá.

— Mas esteve.

— Uma inoportuna ligação de última hora pelo celular, que o obriga a dar meia-volta e retornar para casa. Adrià está saindo e o outro chega em casa. Adrià já roubou, já tem o que quer: a sua intenção é partir dali sem fazer barulho. Mas, quando o encontra, de repente, muda de intenção. Em vez de escapulir discretamente, decide cravar um tiro na nuca do seu amigo. A vizinha acaba de vê-lo do alto; todo mundo sabe que são amigos. Há testemunhas, mas, mesmo assim, ele tira a pistola e mata o amigo.

— Não é lógico — aceitou Beth.

— O que aconteceria se Casagrande o surpreendesse na portaria? Nada. "O que está fazendo aqui?" "Nada. Passava por aqui e vim te ver. Subi para ver se você estava." São amigos. Tinha ido vê-lo com qualquer desculpa. Era arriscado demais matá-lo nesse momento.

— Mas a vovó o tinha visto sair do apartamento. Diria ao Casagrande e, quando Casagrande sentisse falta do que o Adrià lhe roubara, podia denunciá-lo...

— E, para que não o denunciasse por roubo, Adrià escolheria a opção que o denunciasse por assassinato. Não se sustenta.

— Que explicação você dá, então? — protestou Beth, disposta a permitir que a continuasse deslumbrando.

— Não tenho nenhuma explicação, ainda. Por enquanto, trata-se de estabelecer o que não aconteceu.

— Antes você disse que a verdade nunca é lógica.

— Também disse que tinha de pensar a favor do nosso cliente. E o tiro na nuca é outra das coisas que não se enquadram com o que sei do Adrià. Um tiro na nuca me soa a execução fria, premeditada.

— Não sei se já estou convencida — fez a moça, coquete.

— Limite-se a deixar solta a imaginação.

— Vamos lá.

— Imaginemos um assassino que prepara uma armadilha para Casagrande. Quando este sai de casa, liga para o celular dele. "Volta para casa. Temos de falar seriamente." Alguém que tem ascendência o suficiente sobre ele para fazê-lo ir...

— Isto você está inventando!

— Houve uma ligação de celular.

— Alguém dos laboratórios ou do hospital dizendo: "Você me traz os papéis que lhe pedi?", e Casagrande diz: "Puxa vida, tem razão, os papéis. Motorista, dê meia-volta, que tenho de ir buscar uns papéis."

Dizia convencida de que eu tinha respostas para tudo. E não era assim.

— Imagine que não tenha sido assim — eu disse.

— O assassino está esperando por ele no vestíbulo. Entra o Casagrande correndo e o outro dispara na nuca dele.

— Uma execução.

— E Adrià? — perguntou Beth. Ocorreu-lhe de repente: — Adrià sai naquele momento... E é testemunha do crime.

— E como encontra o assassino e Casagrande?

— Casagrande chega e ele sai, ou seja, se encontram cara a cara. O assassino está atrás da vítima, logo, também fica de cara para Adrià. Adrià vê o assassino!

— Pam, dispara. Arrebenta-lhe a carótida e Casagrande cai sobre quem está diante dele, Adrià, sujando-o com o seu sangue. Por isso Adrià sai correndo para a rua empapado de sangue...

— E o assassino? É invisível? Ele não se suja de sangue? Para onde vai? Desaparece? Ou talvez você pense que o assassino e a vovozinha da água do Carme sejam a mesma pessoa? Está bem: me convenceu.

— Te convenci?

— Sim. Já vi que você não é um superdotado. Sua teoria não se sustenta de forma alguma.

— Então, amanhã, você não gostaria de ir comigo?

— Onde?

— Para comprovar a minha teoria no local dos acontecimentos. Talvez observando a cena do crime possamos concluir por onde escapou o assassino. Havia uma porta.

— Você me deixaria ir com você? — toda feliz.

— Se não tiver compromisso com o Octavi e a sua atriz...

— Não! — exclamou, saltando da cadeira. — Octavi não me deixa fazer nada. Está de mau humor porque não consegue achar um modo para que Felícia o autorize a proteger seu quarto. Uma chatice de caso. Repito a pergunta: me deixaria ir com você?

— Claro que sim.

— Obrigada! — o grito atraiu a atenção de todos os clientes do restaurante.

— Preciso melhorar minha cotação com você, porque me parece que você ficou um pouco decepcionada.

— Não! Ainda tenho fé em que haverá um final surpresa!

Alguns clientes homens me olhavam sorridentes e solícitos, para o caso de que fôssemos pai e filha e a filha estivesse livre de qualquer compromisso. Outros nos olhavam com inveja ou com recriminação, imaginando-me um crápula obcecado com jovenzinhas. Aquilo devia lhes parecer um encontro clandestino. Mau dia, uma segunda-feira, para ir jantar, porque muitos restaurantes fecham nas segundas.

Estava bebendo o último gole de Lambrusco quando esta cadeia de pensamentos desembocou num que me deixou tenso. Um encontro? Segunda-feira? Restaurantes fechados?

Engasguei-me com o vinho.

— Nossa, Beth! Que horas são?

— Dez e meia. O que foi?

Havia combinado às dez com Maria, a proprietária de um restaurante amiga da minha filha. Levantei-me tão precipitadamente como se me animasse o propósito de fugir sem pagar a conta.

— Os senhores não querem sobremesa? — perguntou-me um maître excessivamente cerimonioso.

— Oh, perdoe-me, não me lembrava... — eu falava com Beth, que me olhava sorrindo e se movia tão lentamente quanto o resto das pessoas — tinha de fazer uma coisa no centro...

Correu ao meu lado, cortando pela rua Buenos Aires, até a avenida Tarradellas. Eu queria me despedir, mas ela continuava atrás de mim, dizendo-me que não me incomodasse, que ela também ia para o centro, e nos encontramos no estacionamento subterrâneo da agência, subindo os dois no meu carro, e pensei que a mocinha começava a ser uma intrusa.

— Vou para a praça Molina.

— Perfeito. Está bom para mim — disse.

Não era o caso de empurrá-la para fora do Golf, de modo que me fez companhia enquanto eu subia pela Casanova e pegava a Travessera de Gràcia até a Aribau e me enfiava por esta rua para a Via Augusta e a praça Molina. Cada sinal, cada carro, cada transeunte era um obstáculo odioso. E o relógio marcava 11, e onze e meia, e já não valia a pena ir ao encontro. Por que demônios eu ia?

Parei o carro na frente de um edifício moderno, de vidro e concreto, na mesma praça Molina, desci com um pulo e olhei à minha volta como se esperasse ver uma bela mulher que me dedicava um sorriso luminoso.

Não estava lá, claro. Tive pena daquela mulher que precisava de companhia e com a qual eu tinha falhado. Imaginei-a só. Na sua casa, chorando. Ou, talvez, olhando pela janela este homem inconfundível (se minha filha tinha lhe feito uma descrição cuidadosa), alto, magro, com uma mecha de cabelo branco, sempre despenteado. Pensei que a Mònica me repreenderia.

— Não se incomode, Esquius — disse Beth ao meu lado. — Ela vai te perdoar. Com certeza. Você é uma daquelas pessoas a quem se perdoa tudo. — E, sem avisar, agarrou-me pelas lapelas, ficou na ponta dos pés, pousou os lábios sobre os meus e umedeceu-os com sua língua.

— Muito obrigado! — disse, muito de perto, acariciando-me com o seu hálito. — Fica combinado aquilo que me disse sobre amanhã de manhã?

— O quê?

— Ir visitar a cena do crime.

— Está convidada.

— Legal! Foi ótimo! Foi maravilhoso! Passarei para lhe pegar na sua casa, certo?

Eu teria gostado se ela tivesse dado um outro beijo. Desejava-o. Mas teria sido demais. Virou-se e foi correndo pela calçada, Balmes acima, não sei se brincalhona ou envergonhada, mas em todo caso sem me dar a oportunidade de reagir de alguma maneira.

Quando me refiz da impressão e me senti capaz de ficar em pé sem me escorar na parede, olhei o relógio. Onze e quarenta e cinco. Na praça Molina apenas se viam grupos de jovens nas varandas dos bares. Era claro que Maria já devia estar em casa, ofendida e desiludida de mim. Não tive coragem de levantar os olhos para os apartamentos do edifício que tinha em frente.

Cabisbaixo como um covarde, subi no Golf e fui para casa, sozinho, com o travo do beijo da Beth nos lábios.

Distraído diante da tevê, morto de sono, surpreendi-me pensando "Jovem demais, não se iluda", e reagi balançando a cabeça.

— Mas o que você está dizendo, Esquius? Ficou doido?

QUATRO

1

Enquanto embromava na cama, esperando que o despertador tocasse, e enquanto tomava banho e, depois, preparando o café-da-manhã, fantasiava. Beth interfonava de baixo. "É a Beth, posso subir?" Eu estranhava: "Subir? Por que quer subir? Temos de ir para a cena do crime. É melhor nos apressarmos: desço já." Não, não, mas ela insistia e subia. Vestia uma roupa muito sexy. Eu abria a porta e ficava com a boca aberta. E ela me dizia: "Você não imagina por que quis subir?"

— Mas o que você está dizendo, Esquius? Está doido?

Para tirar aqueles disparates da cabeça, sugeri a mim mesmo que tinha de telefonar para Mònica e perguntar-lhe como tinha sido o fim de semana de esqui. Imediatamente me ocorreu, porém, que Mònica iria querer saber como tinha sido o encontro com Maria, e isto refreou meu primeiro impulso. Porque seria melhor ligar primeiro para Maria. Mas o que lhe diria? Que desculpa poderia inventar? Ou seria melhor dizer a verdade: que tinha me esquecido do encontro? "Deve ser o Alzheimer, coisas da idade, ha, ha"; reduzindo assim a uma piada, se colar, colou, e não aconteceu nada.

Diante do espelho, enquanto punha a gravata, descobri que estava falando sozinho. Fiquei vermelho.

Minhas mãos tremiam quando mexia o café com leite e quando olhava o relógio com impaciência, e a colherzinha tilintou contra a xícara quando soou a vibração penetrante do porteiro eletrônico. Corri para responder.

— Desce — me disse a Beth. — Vamos, desce, que é tarde.

"É claro, Esquius. E então, o que você estava pensando?"

Enquanto descia pelo elevador, disse a mim mesmo que com certeza Beth tinha namorado e que demônios eu pensava que ela ia querer fazer com um vovozinho como eu. Eu me olhava no espelho e procurava em meu rosto a jovialidade perdida.

Ela era toda juventude e dinamismo. Não precisava de nenhuma roupa especial para estar sexy.

— Desculpe, tive de passar na agência e me deparei com uma confusão. Vou te contar. Pegamos o seu carro?

— Sim, é claro.

— Deixarei a moto aqui.

O edifício da Gran Via era antigo e não tinha estacionamento subterrâneo. Eu tinha uma vaga alugada num estacionamento do outro lado da avenida. Enquanto atravessávamos pela faixa de pedestres, logo começou a contar as últimas novidades do caso de Felícia Fochs.

Depois de quase uma semana instalado na casa das Fochs, o Octavi tinha começado a relaxar. Em parte porque os contatos do assediador eram muito espaçados (somente duas ligações em cinco dias) e em parte porque nem a sua estampa, nem a sua roupa cara, nem a sua enorme pistola pareciam ter sobre Felícia os efeitos afrodisíacos que ele tinha antecipado nas suas fantasias. O fato de estar protegendo uma cliente e não uma amante voraz fez com que fosse se desleixando cada vez mais. Hoje você tira a jaqueta porque faz calor, amanhã afrouxa o nó da gravata, que lhe sufoca, depois de amanhã não toma banho, e assim sucessivamente. Se nos primeiros dias tinha dormido numa cadeira, vestido, para estar pronto para a ação, na noite passada tinha decidido que se podia permitir o luxo de estirar-se no sofá e livrar-se de um pouco de roupa para ficar mais confortável.

Estava bem adormecido, então, e aquecido, sonhando proezas sexuais, quando tocou o celular de Felícia no seu quarto.

Eram duas da madrugada. Felícia despertou de um golpe e pôsse a gritar, basicamente porque era isso que fazia sempre que ouvia o telefone desde que tinham começado as ligações do sátiro, e mais ainda naquelas horas.

Embaixo, o grito de Felícia acordou Octavi. Convencido de que alguém tinha entrado no quarto da atriz e a estava violentando com instrumentos horrorosos, agarrou a pistola, subiu o andar a toda velocidade e irrompeu no quarto, escuro, bruscamente e proferindo bramidos ameaçadores.

— Pro chão! — Beth me contou que Octavi gritava. — Pro chão com os braços e as pernas abertas ou eu te mato!

Segundo Beth, era como uma batida policial, mas de cueca e camiseta regata. Faltou pouco para Felícia fazer em pedacinhos suas cordas vocais ao aumentar duzentos por cento o volume dos gritos. Muito obediente, pensando que tinha chegado a sua hora, estirou-se no chão, de barriga para cima, levantou a camisola e abriu braços e pernas, resignada ao sacrifício. Quando Octavi se deu conta do equívoco, não sabia o que fazer. Saiu do quarto dizendo: "Não, não, sou eu!", e ela não ousava se mover, com os olhos fechados. "Quem é, quem é?"

— Não, espera — disse-me a Beth ao ver que eu já começava a rir, como o aplauso final de uma boa anedota. — Não acabei. Enquanto isso, o telefone continuava tocando. Conclusão, o Octavi acabou atendendo e ouvindo a voz do assediador, aquela voz metálica dizendo grosserias: "Diga a Felícia que logo passo a mão na bunda dela", ou alguma coisa do gênero, e Octavi começou a gravar a chamada e deu quatro gritos ameaçadores para o assediador e este lhe respondeu muito calmo e relaxado, rindo dele e dizendo-lhe que não adiantariam de nada os "gigantões", você sabe como ele fala, chama o Octavi de gigantão, que tinha todos sob controle, que agora mesmo podia vê-los de seu esconderijo. E lhe disse alguma coisa assim como "Você está de cuecas, imbecil", ou seja, estava vendo tudo.

Octavi olhou pela janela e viu um carro parado numa rua próxima do condomínio, dentro do bosque, com a luz de dentro acesa. Como estava decidido a se tornar herói, saiu em disparada, deu um encontrão em Emília, a irmã de Felícia, que chegava para ver o que se passava, e por pouco ele não dava um tiro e a matava. Disse "oh, desculpe-me", desceu as escadas correndo com a pistola na mão e finalmente saiu pela porta da cozinha, deixando-a aberta.

Fiz um parêntese:

— A irmã, a Emília, não tem um programa de rádio noturno?

— Bem, sim, mas desde que tudo começou a acontecer, gravam durante o dia. Felícia lhe pediu que ficasse com ela de noite. E, desde que Octavi está morando com elas, parece que insiste mais ainda que Emília não saia do seu lado.

— Bem, bem. Continue.

— Então temos Octavi saindo da casa e correndo descalço, pelo jardim, rumo ao bosque, cravando pedrinhas e espinhos de pinheiro nos pés...

Ríamos às gargalhadas.

— Mas o do carro não podia ser o assediador! — protestei.

Soube que tinha acertado ao ver a expressão de alegria da Beth. Para a Beth, o sucesso dos outros, por menores que fossem, a faziam feliz.

— Vê como é um superdotado? — disse. — Como você sabe que não era o assediador?

— Para começar, porque seria a primeira coisa que me teria dito. "Prendemos o assediador." Segundo, porque eu estranharia que um cara que toma tantas precauções como este cometesse um erro assim. Parado à vista da casa e com a luz acesa! Só teria faltado pôr uma flecha gigantesca de néon sobre o carro, para apontá-lo!

— Você tem razão! Dentro do carro havia um casal, digamos que numa atitude muito íntima, digamos que o mais perto que podem estar duas pessoas, e de repente aparece pelo pára-brisa o cara despenteado, vermelho, meio aos saltos e armado com uma pistola como um antiaéreo. "Você é meu, filho-da-puta!" O pobre fodedor com certeza terá problemas de impotência para o resto da vida. Além disso, como parece que a moça era casada, aquele moço pensou que o Octavi era o marido dela e pôs-se a gritar enquanto saía do carro de gatinhas: "Sinto muito, é culpa da sua mulher, ela me seduziu, ela me arrastou, eu não queria, não me mate, por favor!"

Quando Octavi voltou à casa, depois de uma série de explicações confusas e inteiro apenas por andar armado, encontrou Felícia trancada num lavabo. De fora, a irmã Emília tentava convencê-la a abrir e acalmá-la da melhor forma que podia.

— Putz, que história! — concluí.

— Não, não, espera, que ainda não acabei.

— Ainda não?

Não, ainda não tinha acabado.

Depois de muita insistência, Felícia concordou em sair do refúgio improvisado e inacessível apenas com a condição de ir ver Biosca mais uma vez e mudar totalmente de estratégia.

E estavam os três lá, no patamar da escada, quando no apartamento o celular da Felícia fez um barulhinho discreto. Uma mensagem de texto que entrava. Correram todos três, Octavi, Felícia e Emília, para ver o que dizia e encontraram, mais ou menos, uma nota assim: "Eu me acabei de rir, Felícia, bobinha. Ah, sim, não me esqueça: deixei um presentinho no armário da despensa."

— Ou seja — deduzi, incomodado —, o assediador entrou na casa enquanto Octavi corria para o carro dos amantes.

— Sim — disse Beth, tentando recuperar a seriedade —, e sabe o que era o presentinho? — Eu não sabia, naturalmente. — Então Lily Moixanes...

— Quem?

— Lily Moixanes, a boneca preferida de Felícia. Pendurada pelo pescoço dentro do armário.

— Uf!

— Dá vontade de rir, mas não devíamos rir — disse Beth.

Depois daquele susto, os três tinham ido dormir num hotel. Felícia com a ajuda dos soníferos mais potentes que podiam ser conseguidos no mercado e Octavi destruído, vendo-se despedido da agência e tendo de ganhar a vida recolhendo papelão pela rua.

— E, de manhã, tinham se transladado do hotel imediatamente para a agência para expor a situação ao Biosca.

— E mudaram de estratégia? — perguntei.

— Não sei. Quando saí, ainda não haviam feito isso. Estavam arquitetando, fechados no escritório do Biosca, com uns gritos que parecia que tinha despencado uma tempestade com rajadas de vento de furacão de grau cinco ou mais.

Enquanto isso, chegamos ao estacionamento da praça Gregori Taumaturg, estacionamos e já alcançamos a rua Pemán, onde Casagrande morava.

O cenário do crime, uma outra vez.

2

Diante do número 22 tinha um engarrafamento de trânsito quase tão considerável quanto o do dia anterior. Um furgão parado em fila dupla restringia a rua a uma passagem só e os carros se apinhavam buzinando com impaciência. O furgão tinha abertas as portas de trás e dois homens grandes com calças jeans e em mangas de camisa estavam carregando uma cômoda que evidentemente não tinha nenhum valor, nem como antiguidade, nem como objeto de design, nem como móvel útil. Deixaram-na no interior do furgão onde já havia um sofá velho e um abajur de pé, e voltaram ao edifício a que nós íamos. Quase nos esbarramos na porta.

— Não, não, vocês primeiro, só faltava essa! — deixei passar os dois homens, que fediam a suor, cigarro, trabalho duro e cansativo.

Beth e eu tivemos de ficar na soleira, porque a nossa portaria estava cheia de gente e de gritos. Havia duas mulheres vestidas com batas azul-celeste, de uniforme; uma era gorda e devia ter uns 50 anos, a outra era mais jovem, ossuda e de aspecto perverso. Estavam aos gritos com uma velhinha de cabelos brancos, muito miúda e muito frágil, mas carregada de energia destrutiva.

— ... E o que quer que eu lhe diga — se defendia a velhinha com voz muito aguda — se me fazem desocupar o apartamento hoje mesmo? Tenho de tirar os móveis por algum lugar! O que quer? Que os atire pela janela?

A mulher gorda não escutava. Superpunha seus gritos aos gritos da velha.

— Eu só estou lhe dizendo que temos de limpar isto, e não se pode limpar se não param de passar para cima e para baixo!

Simultaneamente, a viperina vociferava como um político no último comício antes da votação:

— Deixa ela pra lá, que é maluca, não vê que é maluca?

Os dois homens com calças jeans acrescentaram as suas opiniões à gritaria geral:

— Se nos deixarem trabalhar em paz, acabaremos mais rápido.

— Parem com essa gritaria de merda, mulheres, assim não vamos acabar nunca, porra!

Nesse momento, a frágil velhinha sentiu-se obrigada a dirigir-se aos carregadores para explicar-lhes o porquê da sua irritação, e, enquanto isso, as duas mulheres da limpeza se puseram a falar entre elas. De repente, pude compreender o problema.

Para as mulheres da limpeza não tinha nenhuma graça ter de limpar todo aquele sangue e, além disso, repintar as paredes, mas as irritava mais ainda o ir-e-vir daqueles homens e mulheres que estavam esvaziando um apartamento. Qual apartamento? Um dos homens com jeans me esclareceu, levantando ainda mais a voz para dizer que, se não esvaziavam o apartamento, não o esvaziavam, e com certeza era ilegal que os quisessem despejar na manhã seguinte à morte do inquilino.

Estavam esvaziando o apartamento do Casagrande, e aquela velha miudinha e frágil devia ser parenta do morto.

De repente, a discussão baixou de tom quando as senhoras da limpeza disseram:

— Não, não, façam isso, façam! Já vão acabar! Afinal, nós recebemos por hora! Se ainda estivermos aqui às oito da noite, melhor para nós! Vamos fumar um cigarro e bem contentes!

Os dois homens passaram pelo vestíbulo maior, rumo ao apartamento, para buscar mais móveis, e a velhinha percebeu que não sabia o que fazer. Queria sair para a rua, provavelmente para se misturar com os que protestavam pelo incômodo que fazia o furgão, e então se encontrou conosco.

— A senhora é... — ofereci-lhe a mão — ...parenta de Ramon Casagrande?

Era muito pequena e tinha muitas rugas em torno dos lábios que não paravam quietos, como se sempre estivessem a ponto de dizer um disparate que a mulher reprimia com bastante esforço. Os olhos também se moviam, como se tremessem as pupilas. E as mãos, no ar, deformadas pela artrite e sempre prevenindo uma possível agressão.

— Sou tia. Era irmã da mãe dele.

— Eu... estou conduzindo a investigação da morte de Ramon, senhora. Solidarizo-me com seus sentimentos — acariciei aquela mão fria e fraca. — Esta é Elisabeth, minha auxiliar... Diz que a estão obrigando a esvaziar o apartamento do seu sobrinho?...

— Sim. Era um doidivanas. Eu já sabia que não podia acabar bem de modo algum. Dizem que devia quatro meses de aluguel, e, como tinha dado meu nome como avalista, porque já tinha tido problemas há um ano, então ontem mesmo me ligou o dono e me disse que, se não esvaziasse o apartamento hoje, me denunciaria. Percebe, ontem mesmo, quando acabavam de dar a notícia de que o meu sobrinho...

— Mas a senhora não tem de dar importância a esse homem. Se não esvaziar o apartamento, não lhe acontecerá nada.

— Eu sei, eu sei, mas olhe, já retiramos e pronto. Chega de dores de cabeça. Agora não sei o que fazer destes trastes.

— Senhora... — mudei de expressão. — A senhora tem alguma idéia de por que podem ter matado seu sobrinho?

Negou com a cabeça e, desconsolada, espalhou um olhar ao seu redor, como que buscando uma escapatória. O tremor se fez um pouco mais intenso.

— Não sei. Nunca me contava nada da sua vida. Às vezes vinha almoçar em casa, mas sempre estava muito calado. Escutava-me, porque eu lhe contava as minhas coisas, mas ele nunca me contava nada, nem do seu trabalho, nem dos seus amigos, nem se tinha namorada ou não. No fundo, porém, era boa pessoa. Agora, enquanto faço tudo isto, não penso no que aconteceu. Dizem que não sabem quando poderemos enterrá-lo, dizem que têm de fazer a autópsia. — Estava ficando muito triste. — Não compareceu nenhum amigo, pobre Ramonzinho.

Um policial municipal falou com Beth e comigo que estávamos bloqueando a entrada.

— Este furgão é de vocês?

— Desta senhora — dei passagem para a velhinha para que se entendesse com o guarda.

— Sim, senhor, é que estamos esvaziando o apartamento do meu sobrinho...

— Mas não vê que este veículo não pode ficar aqui?

— É que ontem mataram o meu sobrinho, sabe?

Saíram para a rua e Beth e eu já estávamos na portaria, onde as duas mulheres da limpeza estavam fumando cada uma um cigarro e ainda não sabiam se começavam ou não.

— Se nos dão licença, temos de dar uma olhada nas manchas de sangue... — disse com tom profissional.

— Achamos ótimo. Nós cobramos por hora, sabem? De modo que, se forem demorar, para nós, nenhum problema!

Já tinham esfregado o chão e a mancha grande tinha ficado rosa. Já não parecia sangue. Beth e eu nos agachamos para vê-la de perto. Ainda se distinguiam as pegadas dos que tinham chapinhado por ali.

— Que confusão! — comentou Beth. — Aqui não se distingue nada.

— Há três tipos de pegadas, além desta escorregada, que não conserva a forma do sapato. E estas pegadas são de mulher, percebe?

— E estas outras, de homem. Dois homens e uma mulher. Uma assassina.

— Não corra. Não me surpreenderia se as pegadas de mulher correspondessem às da senhora do licor tônico, a primeira testemunha que chegou ao local do crime. Não... Repare numa coisa. Nem todo o chão está sujo de sangue. Como Casagrande recebeu o tiro de costas para a porta e o jorro saiu para a frente, não há sangue diante da porta e em todo este canto.

De fato, a área mais próxima da porta da rua estava limpa, e esta zona sem sangue incluía a porta cinza que dava para o estacionamento. Era evidente que uma pessoa que tivesse estado perto da porta da rua e atrás de Ramon Casagrande, ou seja, onde estava o assassino, poderia ter chegado até a porta do estacionamento sem se sujar.

— Sem sujar os pés — precisei —, porque olha as paredes.

Nas paredes estava o desenho que havia deixado o jato de sangue quando Casagrande tinha girado sobre si próprio.

— O que quer dizer? — perguntou Beth como uma estudante aplicada. — Que qualquer pessoa que estivesse aqui teria sujado a roupa, não?

— Da cintura para cima, com certeza.

Sob o olhar um pouco irônico das duas mulheres da limpeza, retomamos a hipótese que tínhamos formulado um dia antes sobre o desenrolar dos acontecimentos. Casagrande entrava e o assassino o esperava à direita da porta, de maneira que esta, ao se abrir, o ocultava. A vítima dava um passo e, ainda antes do segundo, recebia o tiro do assassino. Podíamos localizar bem a posição das duas pessoas graças ao furo da bala na parede, que nos estabelecia a trajetória. Casagrande, ferido de morte, girava sobre si próprio, lambuzando tudo, até mesmo o assassino.

— Olha!

Fiz Beth reparar numa parte da parede, entre as duas portas, onde a linha de sangue se interrompia, como se tivesse encontrado um corpo em sua trajetória. Era muito indefinível, muito impreciso, mas podia confirmar nossa teoria. Alguém que se deslocava da porta da rua rumo à porta do estacionamento.

Parei para olhar fixamente a grossa pincelada de sangue que cruzava esta porta do estacionamento.

— Observe isto, Beth.

Beth estava emocionada.

— O borrão de sangue sobre a junção entre a folha da porta e o marco. O que você vê?

— Não sei. O que vejo?

— Que não coincidem exatamente. — Beth me olhou com o rabo do olho. Tornou a se concentrar no que eu lhe indicava. — Observe bem. Não coincidem.

— E...?

— Isto quer dizer que esta porta estava aberta. Entreaberta. Talvez tivessem posto alguma coisa para que não se fechasse, um jornal dobrado, um sapato, embaixo. A porta não estava fechada, Beth. — Virei-me para as mulheres da limpeza, que já nos olhavam com uma expressão mais interessada e menos sarcástica. — Esta porta pode ser aberta do estacionamento?

— Sim — disse a mulher gorda. — Dizem que é obrigatório, porque é uma das saídas de emergência do estacionamento. Dizem que os bombeiros e a prefeitura obrigam que seja assim. Por isso os vizinhos puseram essa segunda porta — apontou a que dava para o grande vestíbulo —, para que a pessoa que suba do estacionamento não possa passar para lá.

— E vocês têm a chave dessa porta? — Sim, elas tinham. — Podem deixá-la comigo um momento?

— Mas, espera — interveio Beth enquanto a mulher gorda remexia o bolso do uniforme. — E o que fazemos do Adrià?

Continuei a reconstituição.

— Imaginemos que o assassino saiu, ou está saindo, rumo ao estacionamento, quando Adrià entra em cena e encontra Casagrande aqui no meio, dando pulos e jorrando sangue em todas as direções. Adrià está fugindo do lugar do roubo e se encontra no meio da passagem. Imagine, além disso, que Casagrande o vê. É um amigo. Joga-se em cima dele para suplicar-lhe ajuda. Está morrendo. Joga-se em cima dele, salpica-o todo de sangue. Adrià se desvencilha e sai em disparada pela rua enquanto o outro cai no chão.

— Pode muito bem ser que tenha sido assim — comentou Beth com uma faísca de malícia nos olhos — ...ou pode ser que não.

— Se estou me equivocando — repliquei —, se o assassino é Adrià, então podemos concluir, Beth, porque dele a polícia já está se encarregando. Estamos buscando uma explicação alternativa, lembra? E me parece que estamos achando.

A mulher gorda estava me oferecendo uma chave. Peguei-a e abri a porta de acesso ao estacionamento. Efetivamente, do outro lado havia uma tranca de abertura automática e, bem à vista, uma placa com o desenho de um homem apressado indicando que era saída de emergência.

Aquela porta se abria para um mundo novo.

— Por aqui entrou o assassino. Pôs um calço para impedir que a porta se fechasse, disparou contra Casagrande e por aqui tornou a sair.

— Sujo de sangue — precisou a Beth.

— Sujo de sangue — aceitei.

Devolvi a chave para a mulher da limpeza e entramos no estacionamento, que era público, compartilhado com o centro comercial contíguo.

Enquanto fazíamos tudo isso, os dois homens de jeans tinham cruzado o vestíbulo carregando duas poltronas e saído para a rua para juntar-se à discussão da velhinha com o policial municipal. Beth e eu consideramos desnecessário interrompê-los para nos despedir deles. Teríamos oportunidade de falar com a velhinha num outro momento.

3

Descemos uma escada de uns dez degraus sem acabamento e muito verticais e encaixados entre paredes. Éramos como dois arqueólogos de filme explorando uma pirâmide.

O estacionamento era de proporções muito maiores do que o limite dos alicerces do prédio e acabava sendo sinistro, como todos os estacionamentos, cheio de carros adormecidos, esperando submissos a volta do dono. Havia vagas reservadas aos veículos dos moradores do edifício marcadas com a placa de "Reservado" e com o número de matrícula correspondente embaixo, e muitas outras vagas para os clientes do centro comercial, ao qual se chegava através de uma grande porta que, no fundo, era uma explosão de luz que contrastava com o cinzento daquele subterrâneo.

No outro extremo havia uma saída para carros.

— Deixou o carro aqui — disse Beth. — Usou o carro para entrar e sair.

— Tanto melhor — respondi. — Porque, olhe, sobre a guarita do empregado há uma câmera de segurança que controla quem entra e quem sai. Se o assassino fugiu com o carro, a sua imagem ficou registrada.

— Então...?

— Creio que, se é inteligente e decidiu tornar as coisas difíceis para nós, devia sair pelo centro comercial.

Dirigimo-nos para lá, seguindo o rastro do nosso hipotético criminoso.

— Mas estava sujo de sangue — objetou Beth.

Como uma imagem vale mais que mil palavras, tirei a jaqueta, dobrei-a de modo que o forro ficasse para fora e a pendurei no braço.

— Concordo — disse ela.

Escadas rolantes nos levaram para a área das lojas. Não era um centro comercial muito grande, mas tinha bastante animação. Mulheres com carrinhos de compra, rapazes do supermercado empurrando montanhas de mercadorias, vendedores com camisa, gravata e pastas circulando dinâmicos de um lado para outro, um segurança... Calculei que era, mais ou menos, a mesma hora em que tinha sido cometido o assassinato, e também que o assassino tinha encontrado as condições ideais para passar despercebido.

— E por onde saiu? — me perguntei.

— Tanto faz, Esquius — respondeu Beth, dando-se por vencida. — Há saídas para três ruas diferentes. Saiu por qualquer lugar, e lá tinha o carro esperando-o, ou pegou um táxi, ou um ônibus.

— Talvez, sim, mas aqui também imortalizaram a sua imagem, Beth — fiz-lhe notar uma câmera de vídeo que fazia parte do sistema de segurança do centro e que nos espiava de um canto do teto. E uma outra, num caixa automático da Caixa.

Íamos perambulando pelos corredores, entre as lojas, olhando ao redor como palermas, como se nunca tivéssemos estado num lugar tão maravilhoso como aquele.

— Ei, Esquius! Veja! Uma lavandˉria! Aqui ele deve ter lavado a jaqueta!

Rimos.

Mais além havia uma loja de eletrodomésticos equipada com um sistema de vídeo que transportava a imagem dos transeuntes para mil televisores do mostruário. E, em outros pontos estratégicos do teto, outras câmeras de segurança.

— Mil olhos velam pela nossa segurança! — ria Beth.

Saímos para a rua. Digitei um número no celular.

— E agora? — disse Beth. — Daqui pôde ir para qualquer lugar do resto do mundo, com tempo e paciência.

— A imagem do assassino ficou registrada. Apenas é preciso aconselhar a polícia a rever todas as fitas de ontem para ver se surge alguém que pudesse querer a morte do Casagrande.

Pedi que me pusessem em contato com o delegado Palop.

— O que está dizendo, Esquius? — disparou. — Já encontrou o Gornal? Estou esperando que o encontre e o esfregue na cara do presunçoso do Soriano.

— Estou trabalhando com a hipótese de que o assassino do Casagrande não seja o Gornal.

— O que você disse? — E repetia, porque lhe agradava como soava: — O que você disse, Esquius? Em que se baseia?

— Agora levaria muito tempo para explicar, Palop.

— Você não está escondendo nenhuma prova, não é?

— É claro que não. É apenas uma intuição que tenho. Amanhã vou te ver e te explico, tudo bem?

— Não, não, explique ao Soriano, que é quem conduz o caso. Conduz a partir do bar lá de baixo, o imbecil. Está tão seguro de que vamos pôr as garras sobre o Gornal de um momento para outro que praticamente já dá o caso por resolvido.

— O que vocês sabem do morto?

— Do Ramon Casagrande? Nada, não tem ficha. Olhe, aqui tenho um relatório do Soriano. Nada. Propagandista. Solteiro, com poucos amigos, apostador da Bolsa com tendência a perder e estava até o pescoço de dívidas. Nada mais.

— Como estava o armário de medicamentos? Muito revirado?

— O armário dos medicamentos? Rapaz, não sei. Que pergunta! Perguntarei já ao Soriano...

— Não, não, deixa pra lá. Isto quem deve saber é o Monzón, não? Falarei logo com ele. Sem problemas para você, não?

— Não, homem, não. E Monzón, já sabe. Do jeito que ele gosta de falar... Ei, amanhã espero você para que me explique seu romance, hein?

Tínhamos chegado ao estacionamento. Descemos e saímos com o Golf. Beth perguntou:

— E aonde vamos agora?

— Ao hospital onde trabalhavam tanto Casagrande como Gornal — respondi. — Lá poderão nos contar muitas coisas sobre eles.

Mas não fomos ao hospital. Porque, assim que chegamos ao alto da rampa do estacionamento e voltamos a ter cobertura, recebi a ligação de uma Flor desesperada.

— Por favor, Esquius, venha rápido aqui em casa! — com a voz vibrando por causa de uma combinação de nervosismo e choro.

— Mas o que está acontecendo?

— Não posso explicar pelo telefone!

— Tudo bem. Vamos agora mesmo.

Tomei o rumo de Pedralves.

4

Subimos para o bairro dos ricos e paramos num estacionamento rotativo.

Numa esquina, de onde comodamente podiam ser vigiadas a entrada da casa dos Font-Roent e a dos Gornal, havia um outro carro estacionado, com um indivíduo dentro fazendo de conta que lia um jornal de esportes.

— Não olhe. Aquele é da Homicídios — disse a Beth enquanto caminhávamos para a grade da mansão.

— E o que ele faz aqui?

— Vigiar, caso Adrià apareça na casa da Flor ou na dos pais dele para pedir ajuda.

— Ah, é claro.

Assim que nos identificamos, o mecanismo eletrônico abriu o portão e, dando apenas um passo, saímos de Barcelona e penetramos numa espécie de zona rural tranquila e agradável: um jardim ilimitado, com grama regada e cuidada todo dia, com poucas árvores, mas escolhidas com gosto e muito bem distribuídas, flores rente à fachada da casa, uma fonte artificial que parecia natural e, lá no final de tudo, uma área pavimentada com madeira e uma piscina, cuja água, azulíssima, reverberava o sol morno de março. Naquele jardim teriam cabido, folgados, o apaixonado pastor de Christopher Marlowe, a sua amada e, de quebra, todo o rebanho.

Acabada a excursão, na porta da casa nos esperava uma jovem autóctone uniformizada.

— Entrem, por favor. A senhorita os receberá na biblioteca...

— Nossa, a biblioteca! — Beth não pôde deixar de me cochichar, impressionada.

Seguindo a jovem, atravessamos um enorme vestíbulo de onde se iniciavam umas escadas de mármore com curva elegante por onde podia descer de um momento para outro a heroína de um filme gótico. As paredes estavam cobertas de quadros. Reconheci dois Mirós, um Dalí, um Tàpies e um (me pareceu) Marià Fortuny. Os outros não identifiquei, por falta de cultura artística, mas, sim, notei que muitos dos motivos representados nos de estilo figurativo eram locais. Aquilo parecia a pinacoteca nacional de reserva, caso se queimasse a oficial.

Do vestíbulo passamos para a biblioteca, onde nos deixou a jovem dizendo que Flor viria em seguida.

— Ufa! — disse Beth quando ficamos sós. — Viu os quadros? Havia um Dalí, e um Nonell, e um Opisso...

— Sim, sim, reparei.

— Como vivem, os ricos!

As estantes cobriam três das paredes do aposento, do piso até o teto, e tinham até mesmo uma escadinha que deslizava por um trilho para chegar comodamente às prateleiras superiores. Havia poltronas forradas com tecido de cor mostarda e um par de mesas com jarros contendo flores frescas, e a janela se abria para o jardim tranqüilo e fresco, até o muro coberto de hera.

Na parede sem estantes, a da janela, havia pendurada uma coleção de retratos de escritores e poetas catalães. Destacava-se o do falecido Benet Argelaguera. Uma fotografia em preto-e-branco com uma dedicatória do insigne poeta: "A Esteve Font-Roent e família, com muito afeto." Custava imaginar tanto afeto no homem tão importante, vendo a cara de maçã azeda que brilhava na fotografia, mas, é claro, era a que fazia sempre.

— Eu quero uma casa assim! — disse Beth, baixinho para o caso de Flor aparecer de repente.

Nas estantes, encontrei a obra completa de Benet Argelaguera, cinco volumes, que o editor havia encadernado com papel grosso preto e sem ilustrações na capa, seguindo as indicações do autor. Mais além, na seção dedicada à literatura estrangeira, procurei os livros daquele Christopher Marlowe que, por sorte e sem sabê-lo, tinha me convertido aos olhos de Flor em alguma coisa mais do que um detetive contratado. Encontrei-os ao lado dos de William Shakespeare. Li os títulos na lombada. Chamou-me a atenção um que não conhecia, bem promissor: *Massacre em Paris*.

— É um romance policial? — disse-me a Beth, que me seguia por toda parte e estava lendo com a face enganchada ao meu braço.

— Não, não, o que está dizendo? — fiz como se me escandalizasse.

Ao lado, um volume mais moderno: *The Reckoning: The Murder of Christopher Marlowe.*

— O que quer dizer *reckoning*? — perguntou Beth.

— Acho que é algo como o resumo, ou a recapitulação...

— *O Assassinato de Christopher Marlowe.* Isto também não é policial?

— Não.

— Mas parece.

A entrada de Flor me apanhou com o livro na mão.

Vinha acabada. Tinha lavado o rosto e feito o que pudera com a ajuda das maquiagens mais selecionadas de Paris, mas não há cosmético que possa apagar a expressão dos olhos. Os dela, marejados por trás dos óculos, diziam que, ainda que seu corpo estivesse ali, naquele momento seu espírito naufragava, em plena tempestade, num mar escuro e gélido (ou, pelo menos, assim é como suponho que ela teria se expressado). Usava um macacão de boca larga, branco e vaporoso, de corte vagamente árabe, e a verdade é que estava muito bonita e que dava vontade de abraçá-la e consolá-la e reconfortá-la um bom tempo.

Na mão levava um envelope de carta, aberto.

— Esquius! — Por um momento, temi que se lançasse no meu pescoço e que desandasse a chorar mais uma vez, ou que caísse de joelhos e me implorasse ajuda. Faltou pouco. Penso que, se se conteve, foi somente pela presença de Beth, que eu rapidamente pus entre os dois, como escudo.

— É de total confiança — assegurei.

Flor lhe ofereceu uma mão astênica e pediu-nos que a seguíssemos.

— Viu o que os jornais divulgaram?

Não, ainda não tinha tido tempo de dar uma olhada. Podia imaginar, porém.

— Dizem que Adrià pôs fim à vida de Ramon Casagrande, e o dizem sem nenhum tipo de vergonha. Põem aquilo de "suposto" e "a polícia suspeita", mas só para ficar bem. Já o dão como culpado certo e definitivo do crime. E acrescentam que a polícia o procura e que o encontrará, e não dizem que o crivarão de balas assim que o virem porque fechariam o jornal... Bem, já sei que é a foto que eu te dei, mas não sei se a retocaram ou o quê, o caso é que tem um semblante de facínora que dá vontade de correr para procurar a polícia. E voltaram a nos visitar para exigir de nós que lhes entregássemos Adrià, com a advertência de que, se não o fizermos, seremos cúmplices de assassinato e teremos de responder perante a lei. Que vivemos num mundo que se rege por regras invioláveis e que as regras têm de ser iguais para todos.

A pressão de Flor baixava a valores mínimos e ela ameaçava desmaiar só de lembrar o problema. Beth e eu nos olhávamos com o rabo do olho, sem saber como interrompê-la e acalmá-la.

— E agora... — fez, de repente, uma pausa dramática, ao mesmo tempo que punha a carta sobre as minhas mãos. — Agora, me fizeram chegar isto.

O recibo de entrega que levava grampeado dizia que Adrià o enviara do escritório de uma empresa de transporte situada na praça Urquinaona naquela mesma manhã, ainda não fazia três horas.

— Posso?

— Por favor — disse Flor, quase sem respiração.

Tirei a fotocópia de uma fatura de hotel, grampeada numa outra fotocópia do recibo do cartão de crédito com que possivelmente tinha pago a fatura. Mas a fatura estava cortada por cima e por baixo para fazer desaparecer o logotipo e o endereço do estabelecimento em questão, e só se via a indicação da localidade: Cotlliure. O nome do hóspede estava rabiscado, a data também, e apenas podiam ser lidos os gastos, expressos em francês: duas noites de apartamento duplo para duas pessoas, café-da-manhã incluído, duas garrafas de Moët Chandon e o minibar; total: 523 euros. No recibo do cartão de crédito também tinham riscado, para ocultá-los, o número e a data da conta. O único dado relevante que constava, mais uma vez, era a importância: 523 euros.

— Mas o que é isto? — Beth não pôde deixar de exclamar.

— E a carta, leiam a carta! — pediu-nos Flor.

Era uma nota escrita à mão, de modo precipitado, num papel à parte, arrancado de uma caderneta. Dizia:

"Querida Flor. Se me acontecer alguma coisa, diga à polícia que investiguem Marc Colmenero. Que bonitos que são os hotéis de Cotlliure na primavera! Suponho que Scherazade lhes contará o resto da história.

Mas, Flor, te imploro, se não acontecer nada, guarde esta mensagem até que eu diga que a destrua, e não permita de modo algum que a polícia a veja. Nem sequer no caso de a polícia me prender. Sobretudo, te peço, não me traias."

A última frase estava sublinhada com tanta força que a caneta fez um sulco no papel.

— É de Adrià? — perguntei.

— Sim, sim, sim, é a sua letra, inconfundível! O que você acha que significa isto, Esquius? — Flor me interrogava com a postura do simples mortal que se dirige ao oráculo.

Não respondi logo porque não sabia o que dizer. Dissimulava rabiscando no meu caderno, mas aí colocava mais interrogações que palavras.

— Sabe se Adrià esteve alguma vez em Cotlliure?

— Acho que não.

— E você?

— Só uma vez, quando pequena, quando meu pai me levou para visitar o túmulo do Machado.

— O que quer dizer Scherazade?

— Bem, na literatura árabe — parecia aturdida, "como você pode me perguntar, precisamente você, uma coisa assim" —, *As Mil e Uma Noites...*

Eu teria escrito diferente. Sharazade, ou alguma coisa assim. Não havia reconhecido o nome.

— Sim, sim, é claro. Mas, além da ficção, você conhece alguma mulher com esse nome?

— Não.

— E Marc Colmenero? — O nome me soava familiar, mas não sabia onde o tinha ouvido.

— Marc Colmenero deve ser o transportador, não? O dono da Temair, Terra, Mar e Ar, que faleceu faz dois meses. — Anotei na caderneta "Marc Colmenero" e uma cruz e "2 m". Eu depois entendia. Flor continuava angustiada: — Por que Adrià nos pede para investigar um morto? Será que a polícia também pensa que Adrià o matou?

— Suponho que quer dizer que, caso aconteça, descubramos como morreu. Você sabe como?

— Você está se referindo a quê?

— A como morreu este Colmenero.

— Não tenho certeza, mas os jornais deram. Parece que foi um acidente, uma queda de cavalo enquanto jogava pólo. — De repente, Flor Font-Roent inclinou-se para a frente e pôs as mãos sobre as minhas e, sem nem querer se dar conta, cravou-me as unhas. — Esquius, não entendo nada! Por favor, diga-me o que está acontecendo! Diga-me o que está acontecendo com meu Adrià! Tenho medo de que a tensão provocada pelos acontecimentos o esteja deixando doido!

Beth não ousava nem abrir a boca. Olhava-a como se olham os espetáculos de feira.

— Teremos de investigar. Fique com estes papéis e, por enquanto, não faça nada, tal como pede Adrià. Fique tranqüila, assim que soubermos de alguma coisa, lhe avisaremos.

Levantei-me, dando a entrevista por concluída. A criada apareceu na porta sem necessidade de que ninguém a chamasse, como se tivesse adivinhado por telepatia que já íamos. Já tínhamos completado o trâmite da despedida e saíamos com a sensação de estar abandonando à própria sorte uma alma que se afogava, quando Flor veio atrás de mim com o livro de Marlowe na mão.

— Notei que estava contemplando-o com interesse — disse, fazendo um esforço titânico para liberar um sorriso forçado, parêntese entre uma onda e outra de angústia. — Logo pensei que o mistério do assassinato de Marlowe haveria de lhe interessar.

Aceitei o livro, pois, se resistisse, voltaria a se pôr a chorar.

— Sempre me interessou — afirmei sem vergonha. E improvisei, recordando um pouco o que havia lido sobre Marlowe: — Um grande talento como o dele, destruído prematuramente, como tantos dos seus próprios personagens, sempre vítimas da violência e da autodestruição...

Ficou me olhando sem fôlego.

— Algum dia talvez possamos conversar — disse, recuperando-se pouco a pouco. E, um pouco mais animada, permitiu-se uma frivolidade: — Mas já adivinho que não deve ser nada stratfordiano.

Tive de fazer uma dedução rápida. Como William Shakespeare nasceu em Stratford-on-Avon, permiti-me supor que os stratfordianos deviam ser os que preferiam a obra de Shakespeare à de Marlowe.

— Claro que não — respondi, como quem está sabendo de tudo. — Você me encontrará sempre longe da ortodoxia.

Flor se despediu com um último sorriso morno e sofredor.

Beth me contemplava como Lázaro devia contemplar Jesus Cristo depois de ressuscitar, ou algo desse tipo.

O agente da Homicídios nos viu passar consumido pela inveja. Um cheira-braguilhas de merda tinha acesso privilegiado aos ricos e famosos, e ele, por sua vez, um representante da lei e da ordem, tinha de ficar lá fora, escondido e entediado. Aqueles olhos enfurecidos nos diziam que de bom grado teria descido do carro para partir a minha cara.

Quando chegamos ao meu Golf, Beth ainda tinha os olhos muito abertos, como se tivessem grampeado as pálpebras nas sobrancelhas.

5

— Para o hospital? — disse Beth.

— Ainda não — respondi enquanto dava partida no carro.

— Ainda não?

— Temos tempo. Primeiro quero ver o que aconteceu com este Marc Colmenero.

Fiz a volta no retorno da Creu de Pedralbes e desci pela avenida de Pedralbes até a Diagonal.

— Conflito de interesses — disse Beth. Eu não entendia o que queria dizer. — Você tem a cliente doida por você.

— O que disse?

— Como se você não tivesse percebido. Deixou-a boquiaberta com os seus conhecimentos sobre literatura clássica. Até eu fiquei bo-quiaberta.

— Não acredite em tudo que ouve.

— Você acreditou, hein, Esquius? Sabe que esta pobre moça está enamorada de um idiota, mentiroso e vigarista, mas se comprometeu a provar a inocência deste cara. E, quando conseguir, como vai ser? Acre-dita que ela voltará para os braços do crápula, depois de ter ficado tão deslumbrada por você? Não seria melhor para nós deixar as coisas como estão, que a polícia pegue Adrià, que o coloque na prisão, e assim teria caminho livre para seus amores desenfreados?

Olhei-a com o rabo do olho. Sorria para demonstrar que dizia de brincadeira, mas no seu sorriso havia certa tristeza, como se ela não achasse graça na piada.

— Não diga bobagens — disse-lhe num tom neutro.

— Me pergunto se comigo acontecerá o mesmo. Você acha que, quando eu for uma detetive com experiência, também vou paquerar os clientes carnudos?

Preferi evitar a conversa com uma risadinha de quem não dava importância ao assunto. E procurei um outro em que me sentisse mais confortável.

— E o bilhete que Flor recebeu? O que pensa?

— É muito estranho, não? — respondeu depois de uma longa pausa. — É como se estivesse em código.

— Em todo caso, é um código estranho, porque Flor não sabe interpretá-lo.

— É verdade.

— De que serve enviar uma mensagem em código para uma pessoa que não tem a chave?

— O que quer dizer com isso? Que não está em código? Que diz exatamente o que quer dizer? Ou que não é uma mensagem para Flor?

— Ainda não sei o que quero dizer. Por enquanto, apenas me faço perguntas. Por exemplo, também acho estranho que Adrià não diga em nenhum momento "Não sou um assassino", que é uma coisa muito boa a se dizer a uma namorada quando lhe acusam de ter matado alguém.

— Isto talvez queira dizer que é ele, sim, o assassino.

— Não sei. De fato, é uma nota endereçada à polícia, e não à Flor. Diz: "Se me acontecer alguma coisa, diga à polícia que investigue." Supõe que a polícia logo entenderá isto. E dá três palavras-chave: Marc Colmenero, Cotlliure e Scherazade. Com estes três dados, e a fatura de um hotel e o comprovante de um cartão de crédito, parece que a polícia já poderia descobrir algum segredo. Bem, se a polícia pode, nós também. Começaremos por Marc Colmenero.

— O que deve querer dizer com "Se me acontecer alguma coisa"?

— Sabe-se lá.

— Se for assassinado? Por que haveriam de assassiná-lo? Ah, bem, é claro, porque... Se você estiver certo, ele pode ter visto o assassino!

— O que quer dizer que, se seguirmos as pistas, podemos chegar ao assassino.

— Mas, se não lhe acontecer nada, diz à Flor que a nota não deve chegar à polícia de jeito algum. Como isso deve ser interpretado?

— Pense.

— Você já sabe?

— Tenho uma idéia.

— Qual?

— Pense.

— Me diga.

— Pense.

Nesse momento tocou o celular. Já ia dirigindo pela rua Villarroel abaixo. Tirei-o do bolso e lhe passei.

— Pode atender, por favor?

— Me diga.

— Atenda. Depois continuamos falando.

— Se não me disser, não atenderei.

— Chantagem — concedi, por fim. — Agora atenda.

— Chantagem. — Respondeu à ligação: — Sim? Não, não pode atender agora. Da parte de quem? — informou-me: — Da parte de Maria.

Maria. Ui! Tive a sensação de que tinha me caído mal alguma coisa que havia comido.

— Me dá, me dá — exigi o aparelho. Ainda que estivesse dirigindo, não podia esquivar-me daquela conversa. Também me ocorreu, não sei por quê, que Mònica se chatearia muito comigo. — Maria?

E ela, muito tímida:

— Lembra-se de mim?

— É claro que me lembro de você. — Eu, sufocado de vergonha: — Olha, me desculpe por aquilo de ontem, mas é que não pude lhe avisar...

Enquanto me entregava a um longo e vacilante monólogo abjeto e recheado de desculpas, não podia tirar da cabeça que talvez na noite passada Maria estivesse me observando da janela, quando Beth me deu aquele beijo imprudente. E que a primeira vez que havíamos nos falado, eu tinha dito a ela que estava dormindo enquanto o Sex Bomb e um barulho de bar soavam como música de fundo. Além disso, Beth estava me escutando, e não me agradava a imagem que estava lhe oferecendo: pedindo desculpas a uma mulher da qual tinha me esquecido. Que eu lamentava muito, que eu tinha ido ao encontro, sim, mas tarde demais e ela já devia ter ido embora, como era normal e mais do que compreensível, e que, depois de todas essas coisas, além de tudo, havia perdido o número do telefone para lhe telefonar e desculpar-me e parecer uma pessoa decente.

— Não, não — ela disse. — Não podia perder meu número de telefone, porque eu não lhe dei.

— Ah, é verdade — disse, depressa demais, como se me aliviasse passar a culpa para ela. Não, não, tampouco aquilo estava bem. — Não, mas poderia tê-lo obtido do meu celular...

— Bem, mas talvez não tenha lhe ocorrido.

— Não, não me ocorreu. Seja como for, lamento muito ter feito você esperar...

— Não, não importa. Esperei um tempo, mas não muito... Devia ter esperado mais...

— Não, não, de modo algum.

— Mas, bem, podemos reparar isto, não? — ela disse.

— É claro, é claro.

— Poderíamos nos ver amanhã, se estiver bom para você — propôs.

Olhei a Beth com o rabo do olho. Olhava para a frente, absorta em pensamentos que a deprimiam.

— Ah, muito bem, me parece fantástico — disse.

— No mesmo local e na mesma hora?

— Certo. Às dez, na praça Molina — disse, incomodado pelo fato de que Beth percebesse que estava combinando um encontro com aquela mulher.

Interrompi a ligação. Já tínhamos chegado ao estacionamento da praça Castella. Logo descemos para o subterrâneo.

Enquanto saíamos de novo para a rua e caminhávamos até a redação que o jornal *La Vanguardia* tem na rua Pelai, Beth apenas fez um comentário ("Faz todas ficarem de quatro, hein?"), e eu não sei o que lhe respondi.

Entramos por uma das poucas portas giratórias que dizem restar na cidade. Deram-nos o cartão de visitante e entramos naquele lugar sóbrio e elegante, de paredes cobertas de madeira antiga e escura, de bedéis de uniforme, de jornal como os de antigamente. Pedi os exemplares de até dois meses atrás e os repartimos, meio a meio. Janeiro para ela e fevereiro para mim.

Ficamos passando folhas um bom tempo, em silêncio, concentrados lendo necrológios.

Finalmente, quando alguma coisa dentro de mim dizia-me que havia chegado a hora de almoçar, Beth virou-se para mim, recuperando seu sorriso jovem e vistoso, movendo os braços como uma *cheerleader* que comemora a vitória da sua equipe.

— Ei, Esquius, olha aqui!

O bedel que nos vigiava de uma mesa próxima exigiu-lhe silêncio com tanta severidade como se estivéssemos numa capela mortuária.

— Por favor, senhorita.

Aproximei-me. Li por cima dos ombros da Beth e senti seu perfume delicado, de flores silvestres.

Era *La Vanguardia* de 11 de janeiro. A página dos necrológios estava cheia com o nome do Marc Colmenero com moldura de luto. Um obituário o destacava como diretor-gerente da Temair (Transportes por Terra, Mar e Ar), um outro lembrava que tinha sido condecorado com a Cruz de Sant Jordi, um outro era o último adeus dos vereadores do município, com os quais tinha compartilhado responsabilidades em algumas legislaturas, um outro o imortalizava como filantropo colaborador de entidades como Caridade Cristã e de organizações não-governamentais como EcoMundo. O maior remarcava a dor infinita da família Colmenero, encabeçada pela desconsolada filha, Anna Colmenero. Todos informavam que tinha morrido cristãmente no dia 10 de janeiro e alguns asseguravam que o recordariam, e outros que o chorariam, e outros que rezariam por ele, e outros que o amariam, mas, isto sim, todos concordavam que seria para sempre.

Numa outra página do mesmo exemplar, a notícia da morte do industrial Marc Colmenero vinha acompanhada de uma fotografia do defunto. Vimos um homem de uns 50 anos, vestido com roupa esporte cara, com expressão de estar acostumado a mandar e com uns olhos pequenos que pareciam um pouco mesquinhos, se não é que era míope e presunçoso e que os fechava para ver melhor o fotógrafo.

Um dia antes, aquele homem ilustre havia tido um grave acidente ao cair do seu cavalo quando galopava pelo Clube de Pólo. Tinham-no trasladado ao Hospital de Collserola, onde teve de ser operado com urgência. Tinha feito a intervenção o eminente doutor Eduard Barrios, chefe do Departamento de Traumatologia, e, naquela mesma noite, Marc Colmenero estava morto por causa de uma "complicação inesperada surgida no pós-operatório".

Pus a mão sobre o ombro da Beth.

— Agora sim temos um bom motivo para ir ao Hospital de Collserola. O lugar onde morreu Marc Colmenero e onde trabalhavam Adrià Gornal e Ramon Casagrande.

CINCO

1

Entramos no restaurante do hospital com a intenção de almoçar lá, mas o que serviam no self-service nos pareceu excessivamente asséptico e acabamos comprando sanduíches de presunto e suco de laranja no bar e fomos comer no carro.

Lá, no estacionamento, ao ar livre, olhando através do pára-brisa a montanha do parque de Collserola, toda verde e frondosa, anunciando a chegada da primavera, e as árvores e os passarinhos que nos rodeavam, pus um CD de Marianne Faithfull e, enquanto o escutávamos, parecia que nem Beth nem eu tínhamos nada para nos dizer. Bem, eu intuía, não sei por quê, que ela tinha na ponta da língua alguma coisa para me dizer, mas não se decidia a cuspi-la. Se estivesse sozinho, teria tirado do bolso o livro sobre Marlowe que Flor Font-Roent havia me deixado, mas não tive coragem.

Enquanto isso, escutávamos "Broken English" e "The Ballad of Lucy Jordan", da trilha sonora do filme *Thelma e Louise*, uma versão de "Working Class Hero" de John Lennon e a contundente e descarada "Why'd Ya Do It". Talvez ela tenha dito algo como "Que música legal", ou "pauleira", enquanto cravava em mim um olhar intenso e insistente, perguntando-se talvez como eu podia gostar daquele tipo de música, na minha idade, ou outras impertinências, esquecendo que aquela música fora inventada pela minha geração, e não pela dela.

Logo pegou o refrão de "Why'd Ya Do It" e o repetiu mexendo a cabeça. A mim agradava o movimento rítmico, sincopado, dos seus cabelos.

Marianne Faithfull dizia: *"Get a hold of your cock, get stoned on my hash?"*; *"Why'd ya do it she said, why'd you let her suck your cock?"*; e ainda: *"Every time I see your dick I see her cunt in my bed"*, e eu me perguntava se Beth entendia inglês e ficava vermelho, arrependido de ter posto aquele CD.

Depois de almoçar, chegamos ao luxuoso vestíbulo do hospital. Se por fora o edifício era modernista, neogótico, com as paredes de tijolo aparente e com detalhes ornamentais de cerâmica e ferro forjado desenhando volutas voluptuosas, por dentro era tudo modelo do século XXI: madeira de sicômoro nas paredes, mesinhas de metacrilato, pisos de mármore negro que refletiam os visitantes de modo que quase permitiam ver as calcinhas das mulheres que usavam saia.

Lembrei que, na primeira vez que tinha visto Ramon Casagrande, ele andava por ali, apressado, frenético, com a pasta cheia de amostras de remédios, com aquelas passadas ridículas, como se estivesse atrasado para ir a algum lugar. Lembrei da piada do homem tão magro tão magro que tinha de passar duas vezes no mesmo lugar para que o vissem. E tão morto como estava agora!

À esquerda havia uma mesa de recepção com uma mulher friorenta, porque usava sobre o jaleco uma blusa de lã que me pareceu muito grossa. Consultando o computador, ao seu lado, havia um médico jovem e de óculos, de aspecto agradavelmente relaxado. Vestia um jaleco verde que o identificava como sendo da unidade cirúrgica.

— Viemos ver o doutor Barrios — indiquei.

Temia um "Posso saber o motivo?" que não veio. Além de friorenta, a mulher era discreta.

— Terceiro andar, traumatologia — disse.

Sorri, agradecido.

No Hospital de Collserola acreditam no poder da imagem. Um pouco mais além, no corredor onde havia os elevadores, Beth tinha se plantado diante de um quadro com fotografias dos membros das diferentes equipes de profissionais do centro médico. Todos os médicos ligeiramente sorridentes, todos muito seguros de si próprios, com aquela expressão de "Fiquem tranqüilos, somos especialistas" que, com certeza, aumentava o ânimo dos pacientes mais apreensivos.

— Começaremos pelo caso Colmenero, então? — perguntou-me Beth.

— Não — murmurei. — Mas me pareceu que nos deixariam passar mais facilmente se perguntasse pelo doutor Barrios do que se perguntasse pelos propagandistas. De fato, tentaremos cobrir todas as frentes nesta tarde.

— Bem, em todo caso, aqui tem o doutor Barrios.

Apontou-me o quadro da equipe estrela: oito homens com jaleco branco entre os quais Miquel Marín, aquele jovem que estava atrás da mesa, capitaneados todos pelo doutor Barrios. Este era um homem de meia-idade, com cabelo e barba grisalhos, que olhava com uma sobrancelha mais levantada que a outra, sedutor e insinuante, a ponto de pronunciar as palavras: "Tem algum compromisso para esta noite?"

— Eu poderia interrogá-lo? É lindíssimo!

— O que disse? — protestei. — Deve ter a minha idade.

— E daí?

Virou-se para mim e me deu uma repassada de alto a baixo para deixar claro que eu não estava nada mal. Também percebi que fiquei vermelho e tossi.

— Vá pensando como vai fazer.

— Poderia quebrar alguma coisa para que me opere. O que você acha que eu poderia quebrar? Um braço? As duas pernas?

— Queria saber quais perguntas você fará.

— Ah, bem, vou perguntar se é casado. Você não é, é?

Pensei que era uma pergunta-armadilha.

2

Quando Beth fez um gesto de continuar caminhando rumo ao elevador, eu a detive. Queria esperar Miquel Marín. Por fim, observei de esguelha que o médico acabava de consultar o computador, que dizia alguma coisa para a mulher friorenta, que pegava uma pasta e vinha para onde nós estávamos. Então pus a mão no cotovelo da Beth e caminhamos até parar diante da porta do elevador. O jovem Marín parou ao nosso lado e nos olhou com curiosidade, sobretudo Beth, como se quisesse nos incitar ao diálogo.

Ela, ignorando deliberadamente as olhadelas lisonjeadoras do doutor, me perguntou:

— O que é exatamente um propagandista?

— Em princípio — respondi consciente da atenção que o doutor Marín prestava na nossa conversa —, são vendedores de medicamentos. Visitam os médicos, nos seus consultórios particulares ou em clínicas e hospitais, e tentam convencê-los a receitar o remédio que eles representam.

— Mas... — Beth não entendia. — Um remédio não se receita assim, por capricho. Cada doença precisa de seu remédio, não?

— Sim, mas é que há muitos laboratórios farmacêuticos que fabricam os mesmos remédios. Embalagem, apresentação e preços diferentes, mas no fim das contas, um idêntico princípio ativo que faz o mesmo trabalho. E que, freqüentemente, também se pode obter, ainda com preço melhor, em forma de medicamento genérico.

— Se todos fazem o mesmo efeito, o normal seria que os médicos e os hospitais sempre comprassem os mais econômicos... — Beth me dava chance de lhe explicar por que não era assim.

— O preço, para o médico, é igual, porque não é ele que paga os medicamentos que receita. E, freqüentemente, o doente também não lhe dá nada, porque em boa parte os paga a Seguridade Social. De modo que há então os propagandistas para demonstrar aos médicos que a sua marca é a melhor.

— Quem não diz que todos os medicamentos são iguais? Isto os médicos devem saber.

— Aqui está o mérito desta gente: poder de persuasão. Agarram-se a pequenas diferenças nas doses do medicamento, ou no excipiente, ou nas interações com outros medicamentos, ou que o seu produto comporta um outro componente que é complementar, ou sabe-se lá o quê...

— E também influi o *suborno*... — disse inesperadamente a voz do jovem doutor.

Quando nos viramos para ele, fingiu que estava olhando os números que indicavam em qual andar se encontrava aquele elevador que não chegava nunca. Mas sorria, e nos olhou com o rabo do olho e ainda sorriu mais, como se o fizesse muito feliz partilhar conosco aqueles momentos inolvidáveis. De repente, virou-se para Beth e, fixando seus quatro olhos nos peitos da moça, ofereceu-lhe a mão. Para ele, eu não existia.

— Miquel Marín, médico residente do segundo ano — apresentou-se. E não pôde deixar de incluir a referência de prestígio, dedicada a Beth: — Sou da equipe do doutor Barrios.

— Ah — disse imediatamente minha colega. — O que operou o Sr. Marc Colmenero?

O médico a olhou como você olharia uma namorada ingênua e bobona que, de repente, lhe exigisse dinheiro para ir para a cama com você.

— Sim... Você o conhecia?

Beth dedicou-lhe um sorriso equivalente aos raios hipnotizadores dos filmes de ficção científica. Eu estava na expectativa, surpreso pela iniciativa da moça e intrigado para ver como se sairia.

— Bem, não muito — disse ela. — Até o ano passado, eu trabalhava numa das suas empresas. Conhecia-o um pouco, sim.

— Ah... foi uma desgraça o que aconteceu. Esse tipo de coisa... Ufa! Que morra um paciente seu por alergia a um medicamento... — deixou a frase no ar. Não lhe ocorriam explicações nem desculpas para justificar aquele erro monumental.

Supunha que Beth, como funcionária do defunto Colmenero, estava informada de tudo o que havia acontecido, e, portanto, não era aconselhável fazer mais perguntas que a pudessem deixar em evidência. Intervim, fazendo-me de idiota:

— Mas isto do *suborno* e da *fraude* já está controlado, não? Está proibido e, pelo que sei, muito vigiado. É um costume totalmente erradicado.

Instintivamente, o doutor adotou uma expressão compungida, para dar a entender que agora nos falaria de uma cicatriz que, pessoalmente, abominava.

— Não, não tão erradicado. Está proibido fazê-lo como se fazia antes, quando davam diretamente de presente um carro ao médico, ou uma antiguidade, ou um quadro assinado. Agora o fazem dissimulada-mente, mas fazem, acredito que façam...

— O *suborno...* — quis explicar para Beth.

— Sim, já faço uma idéia — disse ela.

O doutor Marín, incapaz de afastar os olhos alucinados dos pei-tos da Beth, onde lhe teria agradado aplicar um estetoscópio que fos-se o primeiro passo de reconhecimentos mais profundos, continuou esclarecendo-nos:

— Agora — continuava —, os laboratórios farmacêuticos finan-ciam congressos de medicina no Egito, no Brasil, ou nos Estados Uni-dos, uma semaninha, tudo pago, diária em bons hotéis... Ou dão uma bolsa para determinada pesquisa, ou pagam por um estudo imparcial que demonstre que os seus medicamentos são os melhores do merca-do... Não faz muito tempo, até mesmo se podia levar a mulher, ou a namorada, aos congressos. Agora é verdade que isto está um pouco mais regulado, mas os propagandistas sempre têm alguma coisinha para ofe-recer, nem que sejam canetas, calculadoras simples, ou coisas desse tipo. — Adiantando-se a possíveis objeções, acrescentou: — É claro que deve haver médicos que aceitam presentes mais substanciosos, como os de antes, às escondidas. Mas gente corrupta há em todos os ofícios — disse num tom que deixava bem claro que ele se auto-excluía do grupo dos corruptos.

— E qual era o sistema de Ramon Casagrande? — sugeri.

O doutor Marín piscou os olhos e, por uns segundos, apenas por uns segundos, esqueceu-se das glândulas mamárias da Beth.

— Estão investigando isso que aconteceu com Casagrande? São da polícia?

— Não! — rindo, "que disparate!". — Não, polícia, não... E essa agora! Não. Somos da companhia de seguros. Tinha um seguro de vida e, na hora de investigar a sua vida, os seus costumes, as possibilidades de risco, não sabemos a quem entrevistar. Era um homem solitário, pouca gente o conhecia. Pensávamos que talvez aqui, no seu local de trabalho...

— Cara, aqui, no seu local de trabalho, é onde conheceu o seu assassino.

— Tem razão. Adrià Gornal. Você o conhecia, Adrià Gornal?

— Cara... Sim. É claro, trabalhava aqui.

Por fim, as portas que tínhamos em frente se abriram e nós três pudemos entrar no elevador. O doutor Marín apertou o botão marcado com o número três.

— E você teria dito que Adrià Gornal faria uma coisa assim?

— Nunca — saiu-lhe instintivamente. — Mas, vá lá, isto é o que sempre acontece, não é? No fim, os grandes assassinos eram sempre tidos pelos vizinhos como belíssimas pessoas. Não. Era um estouvado, uma bala perdida, pouco competente, fazia o trabalho com tanta vontade quanto um condenado a trabalhos forçados, mas daí a parecer um assassino...

— Mas devia ter amigos aqui... Conhecidos...

— Não sei, isto teriam de perguntar ao chefe dos zeladores. Ainda que a vocês não interesse Adrià Gornal, mas Casagrande, não? Talvez se forem ao térreo, na Medicina Geral, eles falem da sua doença.

— Sua doença? — disse depressa demais.

O jovem doutor mostrou-se confuso. Tinha metido os pés pelas mãos.

— Bem... Imaginei que sabiam. Estas coisas se costumam dizer, quando se faz um seguro... — "Ou não", disseram os seus olhos. Incomodado, saiu pela tangente: — Bem, mas isto é irrelevante, porque não morreu desta doença, o Casagrande. Tanto faz que tivesse uma cardiopatia ou qualquer outra coisa, porque, com um tiro na cabeça, teria morrido ainda que estivesse muito saudável. Bem — bufou —, espero não ter sido indiscreto.

— Não, é claro que não. Com certeza a doença está no expediente. De que cardiopatia se tratava?

Ainda estava abalado. Perguntava-se se seu erro podia ser considerado violação de segredo profissional.

— Todo mundo sabe no hospital. Não é nenhum segredo. Era um pouco apreensivo, hipocondríaco, e sempre perguntava sobre a sua doença.

— Mas fumava — assinalei com firmeza.

— Sim, é verdade, fumava, e lhe dizíamos que não podia fumar... Enfim, contradições humanas...

O elevador parou no primeiro andar. As portas se abriram e entrou um outro doutor, este com jaleco branco. Tinha uns 40 anos, era baixinho, atarracado e barrigudo e caminhava com a cabeça muito atirada para trás, como se quisesse parecer mais alto ou fazer a barriga mais proeminente. O jaleco desabotoado mostrava uma gravata de listras solta sobre uma camisa xadrez e umas calças marrons amarrotadas. Fez o gesto de apertar um botão, mas a luzinha que acendia o marcador com o três já lhe pareceu bem.

— Ei, Miquel — saudou sem interesse.

O cartão que levava colado no peito dizia "Dr. Hèctor Farina".

— Estava falando da doença do Ramon Casagrande. — De tanto em tanto, essa gente faz isso. Para evitar que os outros comentem os seus erros, são os primeiros a proclamá-los. — Estes senhores são investigadores da companhia de seguros... Qual era exatamente a doença que ele tinha?

— Insuficiência cardíaca — comentou alegremente o doutor Farina. De repente, tinha aflorado um sorriso no seu rosto e um pouco de vida nos seus lábios pequeninos. Parecia que lhe encantava falar com gente que trabalhava em casas seguradoras. — Mas não era nada muito grave. Cansava-se um pouco... O que acontece é que teve um susto, não faz muito, um enjôo ou um desmaio, uma coisa assim, e se assustou. Mas nada de mais. Se tivesse sido grave, da maneira que fumava não teria dado tempo de Adrià lhe dar um tiro. Ha, ha, ha. — O riso saía do fundo de uma caverna, sem alegria.

Agora que o novo médico se juntava à indiscrição, o doutor Marín se mostrava mais aliviado.

— Estava dizendo que todo mundo sabe aqui no hospital. Era o assunto preferido dele.

— O seu único assunto. Isto e o futebol.

— Isto e o futebol, sim. Não sabia falar de outra coisa. A sua cardiopatia, o futebol e as suas perguntas idiotas.

Riram com moderação. Uma contração triste, como a que usam para rir das idiotices dos mortos.

— As suas perguntas idiotas? — disse, ansioso de incorporar-me à brincadeira privada.

— Antes me perguntava qual era o sistema do Casagrande para vender os seus produtos.

— Ele ainda podia se agüentar — concedeu o Farina.

— Normalmente são uns chatos — esclareceu o Marín. — Só tentam ser complacentes, é claro, eu entendo, mas, como não têm muitos argumentos, os propagandistas têm de ser insistentes. E, de vez em quando, aparece o bajulador, aborrecido, de quem você não consegue se livrar. Falam conosco no horário do trabalho, ou seja, num tempo que nos paga ou o hospital ou a Seguridade Social com os impostos de todos, porque esta clínica, embora seja privada, tem um convênio com a Seguridade Social. São capazes de interromper você numa urgência. Muitos médicos se escondem deles tão logo os vêm chegar.

O elevador tinha parado no terceiro andar, as portas se abriam e corríamos o risco de que a conversa se interrompesse.

— Mas Casagrande... — disse Beth, muito oportuna.

Estávamos num cômodo quadrado de onde saíam três corredores.

— Não, o Casagrande era aceitável — reconheceu o Marín, equânime. — Devia ser um bom vendedor, porque me parece que tinha bastante êxito.

— Apenas fazia umas perguntas idiotas — relembrei, tentando não deixar o assunto pela metade.

— Ah, sim, isto sim. Estava sempre perguntando, sobretudo às enfermeiras e aos médicos residentes: "Escuta, você sabe quando é o aniversário da mulher do médico?", ou a data do casamento, para poder enviar um presentinho à senhora no dia indicado. Ou: "Este médico novo que veio para o hospital, para que time torce? Barça? Espanyol? Real Madrid? Ou não liga para futebol?", "Gosta de touradas?". E, deste modo, quando visitava o médico, sabia como comportar-se para ser simpático. Isto o tinha obcecado, de tal maneira que às vezes fazia perguntas bem absurdas. Um dia me perguntou se um dos médicos daqui tinha cachorro e como se chamava!

— Talvez quisesse lhe enviar uma caixa de ração para cães — disse Beth.

Rimos os quatro.

— Ha, ha, que animal.

— Mais bem dito impossível.

— Para quem o Casagrande trabalhava? — perguntei.

— Para os Laboratórios Haffter — disse o Farina.

— Se querem saber mais sobre o Casagrande — disse Farina ao Marín em confiança, como se nós não estivéssemos presentes —, poderiam falar com a Melània *Melons*.*

---

* *Melons*: melões, em catalão, metáfora para "seios grandes". (N. do T.)

— A Melània *Melons*? — disse.

E o doutor Marín, surpreso:

— A Melània *Melons*?

— Não sabia? É que você não presta atenção em nada, Miquel, já que fica o dia todo ocupado... Não sei se vocês sabem, mas, aqui no hospital, os residentes são os que ganham menos e os que fazem todo o trabalho, ha, ha. — Cravou uma pancada excessivamente cordial nas costas do novato. Via-se que ele era tão ou mais bem-disposto que o Marín, ainda que, no seu caso, os sorrisos cordiais fossem dedicados a mim, e não a Beth. — Um rapaz bem-nascido, o Miquel. Há uma enfermeira que se dava muito bem com o Casagrande. Chamam-na de Melània *Melons*, mas seu nome, de fato, é Melània Lladó. Faz o turno do dia, na sala de controle — fiz um gesto interrogativo. Esclareceu-me: — Na sala de hospitalização. Chamam-na de sala de controle, onde sempre é preciso haver alguém no comando da nau.

— Acha que podemos encontrá-la agora?

— Experimentem no final deste corredor. — O doutor Farina indicou o que poderíamos denominar corredor A. Inesperadamente, o seu olhar se fez penetrante, carregado de más intenções. Desta vez falou olhando-me nos olhos, como se pensasse que eu me chamava Marín: — E também poderíamos falar da discussão do Casagrande com a Helena Gimeno, não acha, Marín?

— Helena Gimeno? — disse o outro com cara de idiota.

— É que você anda nas nuvens, Marín! — Parecia que estava ralhando comigo. — Faz uns dez ou 12 dias, o nosso amigo Ramon Casagrande e uma propagandista de um outro laboratório, a Helena Gimeno, tiveram uma discussão aos gritos na ala das consultas.

— Por que discutiam? — perguntei, em vez de "por que está me contando?".

— Não sei. Coisas de trabalho, suponho. Foram para um canto e discutiram gritando em voz baixa, se entende o que quero dizer. Em voz baixa, mas com muita irritação, não? Somente aumentou o tom de voz quando ela lhe gritou: "Você ainda vai ouvir falar de mim! Juro que por esta você me paga! Você vai acabar mal, Ramon!" E ele a pôs para correr de uma maneira bem pouco elegante. Com palavras impróprias para um cavalheiro.

— Havia mais testemunhas, além de você? — perguntei.

— Dois ou três propagandistas que estavam por ali, e alguns médicos e enfermeiras.

— Algum zelador? Talvez Adrià Gornal?

— Não sei! — Farina se exasperava, como se eu não tivesse formulado a pergunta adequada.

— Onde podemos encontrar esta moça, a propagandista, Helena Gimeno?

Aquela era a pergunta adequada.

— Vem freqüentemente aqui, quase todo dia. Circula pela ala das consultas, como todos os propagandistas. — Apontou-nos com um gesto o, digamos, corredor B. E, de repente, para recompensar o meu tino interrogativo, recuperou o bom humor, aproximou-se, e temi que colocasse a mão em mim. — Sabem? Eu, se não tivesse sido médico, gostaria de ter sido detetive. Acho um trabalho apaixonante. É claro que nós, médicos, de algum modo, também somos detetives, porque procuramos pistas, que são os sintomas, e fazemos deduções para descobrir os vírus e as bactérias responsáveis pelas doenças, e, quando os encontramos, os julgamos e executamos, ha, ha.

Havia algum tempo o doutor Marín olhava para o seu colega como que se perguntando se ele não tinha tomado uma dose de alguma droga experimental.

— O Barrios deve estar nos esperando... — disse a ele.

— Ah, sim — disse o doutor Farina. Tirou um cartão do bolso e me deu. — Qualquer coisa que precisarem, qualquer dúvida que tiverem, me liguem. Ou me procurem se estiverem por aqui no hospital. Tudo bem?

Os dois médicos se foram pelo corredor adiante. O Farina ainda se virou duas vezes para acenar com a mão, todo sorridente.

— Estranho, não acha? — comentei quando os médicos desapareceram. Beth me olhava interrogativa. Esclareci: — Tanta amabilidade.

— O doutor Marín? — testou.

— Não. O outro. Quando entrou no elevador era uma pessoa inacessível e abstraída em seus pensamentos, mas, assim que soube que éramos investigadores de uma companhia de seguros perguntando por Casagrande, tornou-se muito mais amável, falante, indiscreto e colaborador. "Qualquer coisa que precisarem, qualquer dúvida que tiverem..."

— Bem. É que disse que gostaria de ser detetive.

— Sim — concordei. — Deve ser isso. Mas não posso evitar de me perguntar por que odeia tanto a Melània Lladó e a Helena Gimeno.

Já estava entrando no corredor, digamos, A.

— Ei — Beth me deteve. — Ele disse que os propagandistas ficavam para lá.

— Sim, mas agora me deu vontade de falar com essa enfermeira, a Melània *Melons*. Parece que eu ouvi que o doutor Barrios estará ocupado com uma reunião agora, não é? Aproveitaremos sua ausência para falar com liberdade.

Percorremos um corredor povoado de pacientes de bata e muletas, ou em cadeiras de rodas, e de visitantes solícitos que os animavam dizendo-lhes que faltava pouco, como se os doentes estivessem servindo o exército.

— Disse um disparate ao interessar-me pelo Colmenero? — perguntou Beth enquanto penetrávamos no Departamento de Hospitalização, o mais importante do estabelecimento. E, sem me dar tempo de abrir a boca, ela mesma respondeu. — Sim, disse. Sou uma burra. Puxa, desculpe.

— Não — protestei. — Fez muito bem. Saber improvisar sobre o roteiro é uma das qualidades de um bom detetive. Justificou-se muito bem.

— Sério? Não está dizendo isso para eu não ficar deprimida?

— Você esteve brilhante. Agora já sabemos que ele morreu por um erro médico. Era alérgico a um medicamento e alguém se enganou.

— O que você acha?

— Eu gostaria de saber quem se enganou e por quê. E o que isto tem a ver com a morte de Ramon Casagrande e com Adrià Gornal. Muitas perguntas. E gostaria que você as fizesse, Beth.

— Eu?

— Sim. Vou gostar de ver como você trabalha.

— Mas eu...

3

A sala de controle, além de uma porta, tinha uma mesa onde as enfermeiras atendiam o público. Podiam ser vistas trabalhando naquele reduzido espaço, preparando seringas ou fazendo constar as temperaturas dos pacientes nos boletins médicos, ou entrando e sorrindo por umas portas batentes que levavam a outras dependências.

Antes de chegar na altura da mesa, já ouvíamos a voz desesperada de um homem muito desgostoso.

— Não era isso o que eu queria dizer! Mas o que é esta tolice? Você pensa que estamos em Ruanda-Burundi?

Pelo que se via, o doutor Barrios não pensava em chegar pontualmente ao encontro que tinha com Marín e Farina, porque logo o reconhecemos ali, diante de nós, com um jaleco verde. Estava falando com uma enfermeira, os dois muito atentos a uma mancha de pintura que havia na parede.

— Como me disse que o tapássemos e o pessoal da manutenção não podia vir imediatamente, eu mesma...

Era uma tolice, efetivamente. Na parede havia quatro ou cinco pinceladas de tinta branca feitas com descuido e indiferença, e umas gotas enormes tinham escorrido até o chão, fazendo o resto da sala, pintado de um branco que o tempo havia tornado bege, parecer sujo. Aquela enfermeira não tinha talento para a pintura, ou tinha se visto obrigada a fazer um trabalho que acreditava que não era de sua alçada e havia tratado de demonstrar a sua inaptidão naquele campo.

— Por que não veio logo, o pessoal da manutenção? Porque estão aí, não é? Que coisas mais urgentes têm para fazer? Esta é uma área aberta e pública...

Ao gesticular para demonstrar, o doutor Barrios virou-se para nós e nos viu. Desde que posara para a fotografia do quadro, tinha feito a barba. Era um homem robusto, mais corpulento que eu, com o corpo esculpido em algumas das academias mais seletas de Barcelona, com mãos de dedos longos e delicados, como era de se esperar de um cirurgião miraculoso, e com a pele bronzeada pelo sol de Gstaad e do Admirals Cup, no mínimo. Reprimiu a sua irritação num instante.

— Mas, se temos de pintar a sala toda — objetava a enfermeira, acabrunhada diante da perspectiva de um trabalho aniquilador —, teremos que retirar todo o mobiliário, doutor...

Evidentemente, aquelas pinceladas deveriam ter apagado umas letras de um palmo, feitas com um marcador de tinta vermelha e ponta grossa, que custavam a desaparecer. Tive curiosidade para saber o que dizia aquele grafite. Forcei a vista. Mas a atenção do doutor e da enfermeira já estava cravada em nós e tive de adiar a leitura para mais tarde.

O doutor Barrios sentenciou:

— Então daqui a 15 dias, na Semana Santa, quando haverá menos trabalho. E não é preciso aborrecer o pessoal da manutenção, já que estão tão ocupados. Eu mesmo me encarregarei disto. Conheço um pintor competente e de confiança. Fará o serviço em poucas horas.

Melània Lladó e eu nos permitimos duvidar que alguém pudesse fazer aquele trabalho em poucas horas. Parece-me que nós dois imaginamos a confusão que implicaria, durante a Semana Santa, retirar as mesas daquele pequeno espaço, e os computadores, os armários e, especialmente, uma ciclópica vitrine de metal e vidro, de um metro e meio de altura por três de comprimento, sem pés e encostada numa parede, repleta de material e aparelhos médicos e de enfermaria, com abundância de utensílios de aparência frágil e quebradiça, que não devia pesar menos que um navio de carga abastecido. O esvaziamento e a remoção daquele móvel exigiriam, no mínimo, as forças combinadas de quatro sujeitos musculosos. Uma boa desordem, tendo em vista que não poderiam deixar de atender os pacientes, já que os doentes não ficam bons apenas porque o hospital está em obras.

— Muito bem, doutor.

O doutor Barrios olhou o relógio e, ao descobrir que já estava atrasado para o seu encontro, veio em nossa direção e saiu sem nos dirigir o olhar, esquivo como são os médicos que temem que os parentes de algum doente os detenham para pedir explicações.

Antes que a enfermeira pudesse bloquear nossa passagem fechando a meia porta que ele havia aberto, impedi-a pondo o pé e aproximando-me muito.

— Perdão, queremos falar com Melània Lladó.

Mostrou-se contrariada. Aparentava uns 30 anos e tinha uma cara redonda e tola, borrada com tanta maquiagem que blindaria toda a área facial contra balas e obuses de calibre moderado. Usava cabelo chanel, tingido de vermelho, e, de corpo, era pneumática. A alcunha Melània *Melons* era entendida perfeitamente à primeira vista. Parecia cansada, talvez por ter dormido mal em função dos turnos de plantão.

— Sou eu. — Tinha a intenção de impedir-nos a passagem.

— Queremos falar com você em particular — disse aproximando-me um pouco mais, invasor, entrando no seu espaço vital.

— Sobre o quê?

— Sobre duas mortes — pareceu-me que uma formulação como esta seria contundente e convincente. — Sobre as mortes de Marc Colmenero e Ramon Casagrande. Eu preferiria não fazer muito alarde... — Olhei por cima do ombro, como se me dispusesse a dar um grito para convocar todo o público possível.

Melània deu um passo para trás. Cedi a passagem para Beth, cavalheiresco, e toquei seu cotovelo para lembrar-lhe que lhe cedia a palavra. Mantendo-me num discreto segundo plano, desloquei-me dissimuladamente rumo à pintura da parede.

— Duas mortes? — exclamou a enfermeira, um pouco alarmada. — Por que duas? O que uma tem a ver com a outra?

— Não sabemos — disse Beth. — Você sabe?

Preenchendo com o auxílio da lógica os vazios das letras que tinham ficado mais tapadas, era fácil deduzir o que dizia: "Médicos = todos k-brões"* (ou talvez "k-britos") e uma outra palavra longa que acabava em "sinos", possivelmente "assassinos".

— O que querem? Quem são vocês? — o nervosismo já fazia a pobre Melània *Melons* sofrer.

Beth pôs-se a improvisar como pôde. Não levava preparado nenhum discurso, o que se percebia. Má coisa, a improvisação.

— Eu trabalhava com o Sr. Colmenero. Era a sua secretária. E este senhor é detetive particular, da agência de seguros, que está investigando irregularidades nos papéis da herança. Supõem que eu tive alguma coisa a ver com aquela morte. O Sr. Colmenero era alérgico e, não obstante, vocês lhe injetaram o medicamento que o matou...

---

* *Cabrones*, em espanhol, quer dizer safados. (N. do T.)

Melània já parecia a ponto de sufocar. Pensei que, de um momento para outro, começaria a gritar pedindo socorro.

— Escute, escute, escute... Não sou eu quem tem de falar dessas coisas... Isso vocês têm de perguntar ao doutor Barrios...

Estava morta de medo e começava a se descontrolar.

Adotei a minha expressão mais tranqüila e amável e intervim:

— Calma, calma. Isto é apenas uma comprovação... É claro que falaremos com o doutor Barrios, mas não queremos tirar as coisas dos eixos.

— Ah, não? — protestou Melània. — Pois para mim parece que essa moça está muito assustada. Talvez porque a acusem em falso, sem provas...

— Você não entendeu. Eu trabalho para esta moça. Ela me contratou para provar a sua inocência.

— Pensava que a inocência já estava provada por definição. Que a culpa é que precisava ser comprovada.

Aquela lenga-lenga tinha me permitido elaborar um discurso.

— A Srta. Carrera não conseguiu se explicar bem. Vejamos: há quem acredite que existe alguma relação entre a morte do Sr. Colmenero e a do Sr. Casagrande. Como sabemos que o Sr. Casagrande foi morto por Adrià Gornal, queríamos saber qual relação poderia ter o Sr. Gornal com o Sr. Colmenero. Não lhe ocorre nenhuma?

Aquela era uma pergunta concreta, e perguntas concretas tranqüilizam porque permitem respostas concretas. Melània Lladó parou para pensar e respondeu:

— Não. Não me ocorre nenhuma.

— Achávamos que você conhecia muito bem o Sr. Ramon Casagrande...

— Conhecê-lo? Eu? Muito bem?

— Todo mundo diz que saía com ele... — insinuou Beth.

— Todo mundo sabe? Quer dizer que todo mundo sabe? Quem sabe? Quem disse?

— O que quer dizer? — impacientei-me. — Que não é verdade ou que quer esconder isso de nós? Se não é verdade, desculpe e iremos falar com quem nos contou. E, se quer nos esconder, tudo bem, tem todo o direito, mas me parece muito significativo.

Odiou-me por um momento com seus olhos repintados.

— Saí com ele umas cinco ou seis vezes em um ano, e a última faz mais de um mês. Nada de especial. Ele era solteiro e eu sou separada. Saíamos para passar o tempo.

— Foi na sua casa? — inquiri tentando entender o que significava para ela exatamente o conceito de *passar o tempo*.

— Escute — impacientou-se —, você por acaso me vê chorando e arrancando os cabelos? Tenho pena que aquele imbecil o tenha assassinado, sim, mas nada mais. Éramos só conhecidos.

Deixei que Beth fizesse a pergunta seguinte:

— O que você sabe da discussão que teve com uma propagandista chamada Helena Gimeno?

— Uma discussão?

— Num canto da ala de consultas. Eles trocaram insultos. Ela o ameaçou de morte. Há testemunhas.

— Então perguntem às testemunhas. Eu não faço idéia. Já lhe disse que faz mais de dois meses que não nos falávamos, e eu não presto atenção em mexericos, tenho outras ocupações.

Para demonstrar-nos que efetivamente tinha outras obrigações, naquele momento entrou uma outra enfermeira, que lhe fez uma pergunta incompreensível, à qual Melània *Melons* respondeu com perfeita seriedade. Como se aquela interrupção tivesse algum significado oculto, Melània pôs-se a procurar imediatamente um medicamento na colossal vitrine de ferro e vidro que havia contra a parede. Obstinava-se a torcer-se de costas para nós, mas não relaxou.

— Mas com certeza deve saber que o Sr. Casagrande e Adrià Gornal eram muito amigos...

— Muito amigos... — queria dizer "Não é para tanto".

— Disseram-nos que Adrià Gornal era um pouco doidivanas, endiabrado, intrigante... — Os olhos de Melània confirmavam as minhas palavras opondo uma certa resistência, como se tivesse medo do que pudesse falar. — Não estava por aqui quando operaram Marc Colmenero?

— Não... — Melània Lladó fazia um esforço de memória, mas respondia antes que as lembranças voltassem.

— Pense bem.

— Não, Adrià Gornal não estava — agora estava segura. — Lembro perfeitamente dos zeladores que estavam por aqui, e nenhum deles era Adrià Gornal.

— E você?

— O quê?

— Você estava aqui quando o Sr. Marc Colmenero morreu?

Não podia dizer que não, lembrava-se que Adrià estava ausente.

— Sim, sim, estava. Mas, sobre isso, não tenho nada a dizer. Falem com o doutor Barrios.

— Só quero que me confirme o que já sabemos. O Sr. Colmenero era alérgico a um medicamento e vocês lhe administraram o medicamento...

— Foi um acidente, um equívoco. Foi feita uma investigação, quem cometeu o deslize foi despedida...

— Uma mulher?

— Pergunte ao doutor Barrios.

— Se nos disser o nome de quem...

— Pergunte ao doutor Barrios.

— Está bem, está bem. E isto? — disse, de repente, apontando para o borrão na parede. — Um paciente descontente? — Ela tinha se esquecido da parede. Negou vagamente com a cabeça e levantou um ombro. — Poderia ter sido Adrià Gornal? — Não tinha passado pela sua cabeça, mas a possibilidade não lhe parecia nenhum disparate. — Eu diria que combina com a sua maneira de ser, não acha?

— Poderia ser — ela aceitou —, porque é idiota o bastante para isso e muito mais, mas não acredito.

— Por quê?

Suspirou, fatigada, desejando acabar de uma vez.

— Esta sala nunca fica vazia — explicou —, nem de dia nem de noite. Aqui entramos e saímos constantemente, as enfermeiras e os auxiliares dos dois turnos. No máximo, pode chegar a ficar vazia três ou cinco minutos, não mais. Ou seja, quem o fez estava vigiando, à espreita, até que se apresentou a oportunidade. E aqui, normalmente, os únicos que passeiam para cima e para baixo pelos corredores, tirando o pessoal do andar, são os doentes. Com certeza foi um deles.

— Afirmou com a cabeça, pensativa, tentando imaginar qual dos seus doentes podia ser tão rancoroso por um erro no serviço. — Há uns bem pentelhos. Às vezes te dá vontade de partir a ponta da agulha antes de dar a injeção.

Ergueu a vista para comprovar que reação eu tinha diante das suas palavras imprudentes e viscerais.

Nenhuma. Limitei-me a sorrir.

— Tem idéia de qual doente poderia ter feito isso?

— Não tenho. O que isto tem a ver com a morte do Ramon... ou com a do Sr. Colmenero?

— Tem razão. — Mais sorrisos para amolecê-la. — Mas voltemos a Adrià Gornal... Acha que Adrià Gornal poderia ter escrito aquelas coisas na parede se tivesse oportunidade? — Encolheu os ombros. — Escute: é evidente que Adrià é louco, já que fez o que fez. Só estou tentando fazer uma idéia de qual é a sua loucura...

Já farta de me ouvir, encurralada, Melània decidiu acabar de uma vez:

— Claro que poderia. Era capaz de qualquer coisa.

— Como, por exemplo?

— Apanharam ele com uma enfermeira... Não faz muito tempo. Queria fazer amor com ela num quarto onde havia um velho. Na cama que havia livre ao lado... Tecnicamente, parece que era uma violação. E, no ano-novo... — interrompeu-se.

— O que aconteceu na noite de ano-novo?

— Ele ficou com o turno de guarda e estava angustiado, via-se que tinha bebido um pouco demais. E, de repente, decidiu comemorar por conta própria. Abandonou o local de trabalho, na porta de emergência, e, com mais dois zeladores, uma caixa de champanhe e alguns pacotes de biscoito de milho e amêndoas salgadas, foram receber o novo ano no depósito. Pensaram que lá ninguém os apanharia. Mas foram pegos, creio que sim. Foram suspensos do trabalho e seu pagamento foi cancelado, eles uma semana e o Adrià 15 dias, porque era o responsável por toda a armação. O que, pensando bem, eu me pergunto...

— Se pergunta...?

Olhou-me, muito intrigada. Era a primeira vez que se propunha aquela questão:

— Eu me pergunto como é que não o colocaram para fora. Outros foram expulsos por muito menos. — Estava pensando em alguém em especial.

— Está pensando em alguém em especial? — perguntei.

— Não, não — mentiu. — Só me estranha que o Adrià ainda trabalhasse aqui, com tantas que ele fez.

— Talvez fosse muito bem recomendado... — sugeri.

Ouviu-se uma vibração discreta e numa tela pendurada no teto se acendeu um número de cor laranja. Algum daqueles pacientes pentelhos reclamava o atendimento da enfermaria. Melània Lladó olhou aquela luzinha como os navegantes perdidos e a ponto de naufragar olham o farol salvador em meio à névoa.

— Perdoem-me. Tenho trabalho.

E fugiu para a salvação, esquecendo de pedir que saíssemos daquele local restrito aos funcionários.

De todo modo, saímos.

— Me saí bem? — perguntou Beth, ansiosa, enquanto percorríamos corredores.

— Fantasticamente. Por isso quero que você faça um trabalho sozinha agora.

— Eu, sozinha? Você confia?

— Claro que sim. Quero que você vá ver o chefe dos zeladores e pergunte por Adrià Gornal. Quero saber se tinha sido recomendado por alguém importante. Como é que não o castigaram por todas as suas estrepolias. Quem respondia por ele, você me entende.

— Sim, sim. Tentarei me sair bem. E você, aonde vai?

— Visitar os propagandistas.

4

Havia três propagandistas na sala de espera da ala de consultas do hospital. Distinguiam-se dos pacientes pelo fato de portarem maletas de executivo e também porque, juntinhos num canto, falavam em voz baixa e afetavam consternação e desconcerto, provavelmente imersos numa discussão sobre o assassinato do seu colega Casagrande. Dois eram homens. Supus que a mulher fosse Helena Gimeno.

Observei-a antes de abordá-la. E, de passagem, gravei-a com a microcâmera de vídeo. Uma tomada curta, de dez segundos, suficiente para extrair uma fotografia decente. Queria reter a imagem daquela mulher que tinha ameaçado Ramon Casagrande e profetizado que ele acabaria mal.

Deu-me a impressão de que era uma mulher decidida a conseguir o que queria. Decidida, mas não acostumada, e isto já marcava uma diferença. Notava-se nela a atitude um pouco defensiva de quem não suportava que lhe batessem a porta na cara e, mesmo assim, se viu muitas vezes nessa situação. Devia ter por volta de 30 anos. Cabeleira castanha arrumada freqüentemente no salão de beleza, olhos castanhos e expressivos, boca pequena que devia se estreitar até doer quando a contrariavam. Era alta e talvez há dez anos tivesse tido tipo de modelo, mas agora o álcool e o cansaço lhe haviam tomado a curva da cintura, arredondado os ombros e amargado o sorriso. Andava arrumada, sem renunciar a um toque de sensualidade, pensei que para se fazer atraente aos seus clientes, os médicos, sem correr o risco de ofender os mais antigos. Um equilíbrio suficientemente bem conseguido.

Levantava-me para dirigir-me a ela quando a porta de um dos consultórios se abriu e um médico com aspecto bonachão fez sua aparição estelar. Imediatamente, um dos propagandistas tirou umas camisetas da maletinha e correu os 10 metros livres até ele.

— Doutor Fañé! Doutor Fañé! — chamava. O doutor Fañé não mostrou nenhum entusiasmo em vê-lo e até mesmo tentou escapulir virando de costas, mas o outro, com uma resvalada magistral, bloqueou sua passagem com o corpo e lhe plantou uma das camisetas na cara.

— Doutor Fañé, olhe, olhe que camisetas fizemos! Pensei que seus filhos gostariam e lhe cairiam bem, agora, na entrada da primavera.

Uns 4 metros à minha frente, de costas para mim, Helena Gimeno fazia que não com a cabeça, como se lamentasse profundamente o que estava vendo.

O médico encurralado resignou-se a inspecionar as camisetas, enquanto o outro sorria servil. Eram peças de qualidade, estragadas pelo fato de levarem a inscrição LABORATÓRIOS TRUVEN na frente.

— Bem, bem, certo, aceito uma. Muito obrigado.

— Não, não, uma não!, o que disse, uma?! Três! Que o senhor tem três filhos, não é?

Pensei na opinião que o doutor Farina tinha dos propagandistas. O propagandista, humilhando-se diante de um médico que tinha de aceitar um presente lamentável na mira de uma arma.

A Gimeno virou-se para mim e começou a caminhar como se não pudesse suportar mais aquela visão. Passou pelas minhas costas sem me ver. Fui atrás dela e a alcancei diante da porta do elevador.

— Helena Gimeno?

Olhou-me recriminando o abuso de confiança e o ataque covarde:

— Sim. — Os seus olhos me interrogavam: "E você, quem é?"

— Estou investigando a morte de Ramon Casagrande — disparei para começar.

"Investigando?", fizeram os olhos, como se o verbo fosse sinônimo de *fervilhando*, ou *calçando*, ou *fazendo bolhas de sabão*.

— É policial? Gostaria de ver a sua identificação.

— Da companhia de seguros — sobrepus à "sua identificação".

— Companhia de seguros? — Deu meia risada de "Não me faça rir" e dirigiu sua atenção ao botão do elevador, que não chegava.

— Me disseram que você discutiu com o Sr. Casagrande.

— Não foi nada.

— Uma discussão violenta. Dizem que se bateram.

— Não me lembro.

— Você discute com o Casagrande, diz que ele se arrependerá do que disse ou fez, e, pouco tempo depois, alguém acerta um tiro na cabeça dele.

— Alguém, não: um senhor muito concreto que se chama Adrià Nãoseioquê.

— Você não o conhecia?

— Nunca o vi.

— Trabalhava aqui, no hospital.

— É o que dizem.

As portas do elevador se abriram. Ela entrou, e eu, atrás dela. Olhou-me com irritação. Apertou o botão do primeiro andar e optei por baixar o tom.

— Apenas faço o meu trabalho, como você faz o seu. Pediram-me um relatório e me pareceu que seria interessante incluir a sua opinião. Nada mais.

— Não penso em testemunhar em nenhum tribunal, nem a favor nem contra nada. Aquele imbecil não merecia.

— Nada de tribunais! Dê-me material para preencher o relatório, o que seja, e irei embora contente. Quatro coisas. Por que brigaram, por exemplo. Se é que pode me dizer.

Ela não me olhava. Pensei que adoraria me explicar por que tinha brigado com Ramon Casagrande, mas, assim que a porta do elevador se abriu, começou a caminhar sem me esperar.

— Deixe-me adivinhar — disse, adaptando meus passos aos dela através da portaria. — Apenas diga sim ou não. Você tinha uns médicos como clientes, médicos que prescreviam medicamentos do seu laboratório. Mas, um dia, o Sr. Casagrande deu um basta nisso. Aqueles médicos que garantiam seu sustento começaram a adquirir medicamentos dos Laboratórios Haffter. Sim ou não?

Chegou à porta da rua e abriu-a com a força que seria necessária para rachar a cabeça do Casagrande, ao mesmo tempo que me olhava por cima do ombro e reconhecia, fatigada:

— Sim.

Com mão firme, impedi que me fechasse a porta na cara. Segui o passo vivo de Helena Gimeno para a rua.

— Com quais métodos? — reclamei. — Como fez? Como conseguiu que os médicos mudassem de opinião? Ele os subornava? Dizem que todos os medicamentos são iguais, no fim das contas...

Chegou a um BMW 323 vermelho. As coisas não iam mal para ela. Até me atreveria a dizer que iam melhor do que para Casagrande. Usou o controle remoto e as luzes das setas piscaram para ela, todas ao mesmo tempo.

— Sabia muitas coisas dos médicos — insisti. — Os aniversários, as datas de casamento, se um era do Barça ou do Espanyol, se o outro gostava de touradas, se o outro tinha cachorro...

Abriu a porta do BMW 323 vermelho e virou-se para mim como dizendo "Vai ficar me incomodando muito tempo ainda?". Mas disse uma outra coisa:

— Sim. Sabia muitas coisas dos médicos.

Voltou a fechar o carro e acrescentou:

— Me convida para um café?

A única cafeteria que havia perto era a do hospital, de modo que retrocedi sem perdê-la de vista e pus a mão sobre o grande puxador dourado que servia para mover a porta de vidro. As luzes do BMW 323 tornaram a piscar para indicar que voltavam a dormir, e Helena Gimeno veio em minha direção. Dei passagem a ela. Atravessamos o vestíbulo de novo, ela na frente, sempre tensa e decidida, eu atrás, como um cãozinho fiel. A cafeteria ficava no térreo.

— Peça um gim-tônica para mim, por favor.

Foi diretamente a uma mesa, dando como certo que eu me encarregaria do pedido. Eu também decidi que tomaria um gim-tônica, ainda que não fosse a minha bebida preferida. Talvez eu tenha pensado que aquele detalhe serviria para nos aproximar um pouco.

Naquelas horas, a clientela do pessoal médico e de visitantes de doentes era escassa e estava espalhada, todo mundo falava em voz baixa e cuidava das suas coisas, de modo que o ambiente era suficientemente discreto para qualquer confidência.

Helena Gimeno estava distraída, submersa nos seus pensamentos, com as mãos juntas como se rezasse e os lábios franzidos sobre os dedos, numa espécie de autobeijo. Estava discutindo com ela mesma, muito concentrada, tentando elucidar algum tema transcendental.

Levei para a mesa os dois gins-tônicas, sentei-me na frente dela e esperei.

Ainda me fez esperar um pouco mais. Acendeu um cigarro com um isqueiro que lançava uma chama como de bazuca e me olhou efusivamente. Eram olhos de assassina, de bandida de filme, de fera sem piedade. Uns olhos muito belos.

— Quer dizer que se pode fumar aqui? — comentei.

Era o pior que lhe podia dizer. Deu um solavanco de impaciência, olhou à sua volta, como um criminoso perseguido, jogou o cigarro no chão e pisou-o com ferocidade, olhando-o fixamente como se esperasse ver aflorar sangue sob a sola do sapato.

— É claro que não — murmurou. — Não se pode fumar em lugar nenhum, merda! Olhe que tenho umas idéias também... meter-me no bar de um hospital... E por que permitem beber gim-tônica? Porque não mata, o gim?

Não perguntava a mim, mas me pareceu a oportunidade de fazê-la perceber minha presença.

— Suponho que pensem que o gim mata de um em um, e que o tabaco, por sua vez, é uma espécie de arma de destruição em massa.

Imobilizou-se, centrando em mim a sua atenção, apertou as mãos em torno da tulipa e balançou a cabeça, talvez pensando que eu ou o mundo não tínhamos remédio.

— Este é o trabalho mais merda do mundo — disse, amargurada. — Ou o segundo, depois dos garçons de casamento e batismo, que têm de desfilar marcando o passo ao ritmo de *Que Viva España* quando saem com as bandejas de comida. Você estava na sala de espera quando meu colega fez o numerozinho das camisetas, não é? O que achou? Gostou? Você acha que é uma boa maneira de ganhar a vida? — Declinei do desafio de contestá-la. Ainda tinha aquele isqueiro-bazuca nas mãos e não queria correr o risco de morrer incinerado. Continuou: — De um lado, os médicos nos tratam como se tivéssemos lepra, como se criássemos dificuldades, porque certamente criamos, e muita... E, de outro, os laboratórios nos pressionam: as vendas têm de ser incrementadas de qualquer jeito, os objetivos fixados por um executivo que coça o saco num escritório com ar-condicionado e música de fundo têm de ser cumpridos. E, se você não consegue, então já sabe onde é a fila do desemprego. Isto lhe obriga a se arrastar como o meu colega das camisetas, a rir das bobagens dos médicos e a deixar que lhe tratem como se fosse uma pimenta no cu, e, depois, a dizer obrigado e a sorrir e oferecer-lhes umas férias pagas num congresso no Caribe, como se fossem eles que te fizessem um favor. — Tomou ar e expulsou uma baforada ainda com restos de nicotina. — Você tem uma ficha para cada médico, e ali vai anotando tudo o que sabe. Como se é de direita ou de esquerda, para não meter a colher quando surge a política na conversa, de que tipo de comida ele gosta, para o caso de algum dia convidá-lo para almoçar, as datas dos aniversários dos familiares, para lhe dar um mimozinho...

— E... — me permiti uma digressão — como os laboratórios podem controlar o que vende cada propagandista?

— É muito simples. De um lado, num hospital como este, que não tem cem leitos e que, portanto, não está obrigado a ter um serviço de farmácia hospitalar, o controle vem dado pelo que compra diretamente o hospital, que é o que pedem os médicos. De outro, com relação às pessoas que saem com a alta na mão ou as que vêm de consultas externas, a maioria compra os medicamentos nas farmácias mais próximas. Com um simples estudo estatístico informatizado pode-se saber se estamos nos saindo bem ou não, há uma empresa que se dedica especificamente a isto e trabalha para todos os laboratórios.

— E supondo que haja normas éticas entre os propagandistas...

— Um mínimo de jogo limpo. Se você vai ver um médico, quem chega primeiro tem direito a vê-lo primeiro, assim que o médico permite. Mas Casagrande...

— Mas Casagrande...

— Ele se infiltrava sempre. Fazia o que queria.

— O que queria.

— Casagrande era um rato. Um filho-da-puta. Um trapaceiro.

— Por quê? Quais eram os métodos dele? Subornava os médicos? O *suborno*? A *fraude*? Chantagem?

Helena Gimeno fez uma pausa para sublinhar e pôr em maiúsculas e em negrito o que estava a ponto de dizer.

— Extorquia os médicos. — Olhou-me com cara de "Opa, agora eu já disse" e desafiando-me que lhe replicasse que não acreditava. Não o fiz, é claro. — Tinha tudo nas fichas.

— As fichas — repeti.

— As fichas, sim. As suas famosas fichas. Uma caixa de sapatos cheia de fichas. Não as viu?

Fitava meus olhos convencida de que através deles veria minha alma e saberia se estava mentindo ou não.

— Não.

Aquilo era o que lhe interessava. As fichas do Casagrande. Seus olhos felinos diziam que estava disposta a incendiar cidades inteiras para conseguir as fichas.

— Se investiga a morte do Casagrande, você deve ter estado no apartamento dele.

— Não, não estive. Não sou da polícia.

— Mas poderá estar. As fichas têm de estar no apartamento. Para os seus familiares não têm nenhum valor nem nenhum significado. Estou certa de que você pode consegui-las para mim facilmente.

— Por que as quer? Para continuar fazendo chantagens?

— Eu não falei de chantagens. São detalhes, pequenas estratégias...

— Pequenas estratégias com as quais Casagrande seduzia todos os médicos que queria.

— Pequenas estratégias — repetiu. — Por exemplo, o doutor Aramburu. Um médico conceituado que há muito tempo somente receitava analgésicos e antibióticos do meu laboratório. Certamente fazia isso porque gostava de olhar meus peitos enquanto lhe fazia a visita, o que me é indiferente. O caso é que, de repente, um dia entro no seu gabinete e o encontro ansioso, e me confessa que a partir dali receitará os produtos do Laboratório Haffter, os do Casagrande. Não podia acreditar. Ele estava muito nervoso, quase começou a chorar. E me explicou tudo.

— O que aconteceu?

— O doutor Aramburu era casado e tinha uma amante. De que modo Casagrande tomou conhecimento disso, eu não sei. Imagino que fazendo perguntas, observando, investigando. Ou talvez por casualidade, tanto faz. O caso é que, um dia, o Casagrande apareceu na danceteria onde o Aramburu e a sua amante iam de mãos dadas e os surpreendeu. Os dois paradinhos, dançando um bolero e beijando-se na pista, e eis que o Casagrande surge do nada e os cumprimenta: "Puxa! Que coincidência!", e Aramburu não sabia que cara fazer. Casagrande lhe diz: "Calma, calma, por mim você não precisa se preocupar, sou um túmulo." Mas, na visita seguinte, a primeira coisa que lhe disse, como se fosse uma piada particular, foi: "Puxa, um empregado da danceteria me disse que você vai freqüentemente lá. Não sabia que gostava tanto de 'dançar'." Dançar, pronunciado assim, me entende, e, em seguida, sem se deter: "Bem, você examinou as propriedades da nova apresentação clínica do Banatil?", como se uma coisa não tivesse nada a ver com a outra. Não era uma chantagem, entende o que quero dizer? Era só uma pergunta. E o que Aramburu tinha de fazer? Para Aramburu não importava receitar os meus produtos ou os do Casagrande; são iguais, não nos enganamos.

— E tomou o cliente de você. Foi por isso que discutiram aquele dia. Por isso o ameaçou?

— Não, essa história do Aramburu aconteceu há seis meses. Tive de morder a língua por medo de prejudicar o médico, porque já lhe disse que éramos amigos... Mas, desde aquele dia, os sucessos do Casagrande se multiplicaram.

— Ou seja, fez outras chantagens.

— Tenho certeza. Em que consistiam as chantagens, o que tinha descoberto exatamente de cada uma das suas vítimas, não sei. Mas aquela situação de ir visitar um médico que receitava produtos Pedrosa e sentir que de repente começou a protelar para acabar me informando, com cara de culpado, que mudara para Haffter e que não tinha argumentos nem explicações, esta situação, sim, se repetiu cinco ou seis vezes. Era óbvio o que estava acontecendo. Em suma, Casagrande tinha tudo anotado nas suas malditas fichas. E eu gostaria muito de dar uma olhada... depois de você, é claro.

Suas pupilas acesas eram como o gênio da lâmpada convidando-me a escolher qualquer desejo em troca daquelas fichas.

— Vou procurá-las.

— E me dará. Não as originais, não é preciso. Fará fotocópias e me entregará. E eu, em troca, lhe direi os nomes dos médicos que, pouco a pouco, foram passando para os Laboratórios Haffter.

— De acordo — disse.

Porque me ocorreu que dificilmente poderia ter acesso àquelas fichas. Porque, muito provavelmente, era aquela caixa de sapatos que estava dentro da bolsa que Adrià levava quando saiu do apartamento do Casagrande.

— Fizemos um trato — quis se assegurar.

— Fizemos um trato — admiti.

Peguei meu pequeno caderno.

— Então comece a anotar — ela se rendeu. — Já lhe disse o nome do doutor Aramburu. Em novembro passado, o doutor Farina, da equipe do doutor Barrios. Em setembro, a doutora Falgàs, da Cirurgia Pediátrica. Em fevereiro, o doutor Barrios...

— O doutor Barrios?

— Sim, o doutor Barrios em pessoa. O eminente cirurgião, uma referência que, além disso, influi sobre outros médicos na hora de escolher os medicamentos que vão usar. Um golpe de mestre, mas, como antes disso o doutor Barrios já não receitava praticamente nada dos meus laboratórios e não me afetava muito, agüentei...

Anotei "doutor Barrios" embaixo dos outros.

— Finalmente, faz dez dias, a doutora Mallol, médica anestesista, também da equipe do Barrios. Foi aí que não agüentei mais, porque a Mallol era uma das minhas melhores clientes. E por isto discuti com o Casagrande, e o ameacei, sim. Estava de saco cheio. Agora me pergunte se comemorei a notícia da sua morte, e lhe direi que sim, francamente, sim. Pergunte-me se contratei esse Adrià Nãoseioquê para que o matasse e lhe direi que não. Nunca odiei tanto alguém para desejar sua morte. E nunca conheci ninguém capaz de matar. Isso não me entra na cabeça.

5

O quadro emoldurado tão perto da recepção do hospital tinha 1,10m por 0,90m e mostrava a totalidade dos membros da equipe do doutor Barrios. Três dos cinco que Helena Gimeno tinha mencionado estavam lá. Eduardo Barrios em pessoa, a doutora Mallol, anestesista, e o meu conhecido, o doutor Farina, rechonchudo e traumatologista. Qualquer um deles, vítimas da chantagem do Ramon Casagrande, era um assassino potencial. Além disso, possivelmente os três tinham intervindo na operação de Marc Colmenero. De como podia relacionar as peculiares chantagens do Casagrande com a morte do magnata do transporte, ainda não tinha certeza.

Desci para controlar o pessoal que circulava pelo vestíbulo e que visitava a recepcionista e, então, vi que Beth se aproximava excitada com alguma urgência.

— Esquius!

— Beth. Preciso de você.

— É que acabam de me ligar da agência.

— Será bem rápido.

— É que tenho de ir correndo.

— Mas é isso. Sairemos os dois daqui correndo.

— É que viram que há uma emergência...

— Eu também tenho uma. Temos de levar aquele quadro.

— O quê?

— Temos de pegar este quadro e sair correndo.

— Este quadro?

— Sim.

— Quer roubar este quadro diante do nariz da recepcionista?

— Não temos outro remédio.

— Mas é enorme!

— Tenho tudo sob controle.

— Você andou bebendo com a Helena Gimeno?

— Bebendo e fazendo outras coisas terríveis.

— Você está doido.

— Depois acompanho você à agência. Prometo.

— E quando será isso? Quando tivermos saído da prisão?

— Beth: às vezes os detetives particulares têm de fazer coisas como esta.

— Mas...

— Será muito rápido. Um numerozinho de mágica. Você não está com bolsa?

— Não.

— Melhor.

O quadro estava, praticamente, numa área de passagem. Na mesa havia apenas a recepcionista. Duas senhoras esperavam sentadas numa poltrona. Do outro lado da porta de vidro, já na rua, havia dois fumantes compulsivos. Seguindo a parede onde penduravam os quadros, para a minha direita, um corredor se comunicava com a ala de consultas externas. Àquela hora, os médicos já não visitavam e não circulava muita gente por lá. Para a esquerda, porém, abria-se um corredor muito mais amplo que levava às escadas, à área do elevador, ao bar e, de fato, ao resto do hospital. Este já estava mais animado. Demais.

Quando informei meu plano a Beth, entendi sua excitação, como de menina seduzida diante da perspectiva de uma sacanagem. Disse-me que meu plano lhe parecia fantástico e teve de cerrar os punhos para não se pôr a saltar e gritar.

Esperamos uns minutos até que se produziu um momento de calma no trânsito do corredor da esquerda. O outro continuava deserto. De um momento para outro, a vegetação começaria a abrir passagem entre os ladrilhos do chão.

— Estamos aqui!

Beth foi para o corredor da direita até chegar ao ponto de onde a recepcionista não tinha ângulo para vê-la. De onde eu estava, sim, eu a via. De repente, lançou um chute num armário metálico, coisa que provocou um estrondo ensurdecedor, e, imediatamente, deixou-se cair no chão.

— Aiiiiiiiii! Ladrão, ladrão!

A recepcionista e as duas senhoras que estavam no vestíbulo foram rápidas para ir até lá ver o que acontecia. Os dois caras que fumavam na rua nem se moveram, talvez porque considerassem que os cigarros eram mais importantes, ou talvez porque não tivessem ouvido nada, mas estavam na rua e, no momento, não representavam para mim nenhum problema.

Levantei o quadro. Com dedos inábeis por causa do nervosismo e por querer fazer depressa demais, fui abrindo uma por uma as presilhas que fechavam a cobertura de trás da moldura.

A poucos metros, Beth continuava no chão e tinha monopolizada a atenção do público que havia se juntado à sua volta:

— Ai, ai, ai!

— Mas o que está acontecendo?

— Não consegue se levantar?

Aproximava-se gente da frente, vindo da área dos elevadores.

— A bolsa! Me roubaram! Fugiu por lá! — Beth apontou os que vinham da frente, que logo olharam para trás para assegurar-se de que não eram eles que estavam sendo acusados de ladrões.

— Lá, lá, acho que passou por lá! Por favor! Façam alguma coisa!

Afastei a cobertura da moldura, tirei o papel de baixo, onde estavam presas as fotografias dos médicos, e deixei o *passe-partout* de cima, onde havia os furos que as enquadravam.

Agora, onde estava Beth, tinham chegado alguns médicos e enfermeiras, alguém reclamava a presença dos guardas de segurança. O fenômeno da *misdirecton* é realmente notável: toda a atenção concentrada num ponto onde, na realidade, não acontece nada, enquanto, onde ninguém olha, acontece o que importa de verdade.

— Você está bem? — diziam para Beth, muito incomodados. — Está doendo alguma coisa?

— O tornozelo... — Achei que a moça exagerava um pouco na representação. Precisava de um mestre na Actor's Studio. — Aiiiiii!

— Pode ser a fíbula... — opinava um médico. — Consegue girar o pé, senhorita?

— Não, o que você está dizendo? São os ligamentos — lhe contradizia outro médico, mais experiente. Além de tudo, estávamos num hospital de traumatologia. — Peguem uma maca!

Justo quando estava fechando as garras da cobertura posterior, ouvi um barulho nas minhas costas. Eu próprio, atraído pela confusão armada pela Beth, havia me esquecido de controlar o corredor solitário, o da direita.

Quando me virei, encontrei-me diante do doutor Farina, que me olhava parado a uns 3 metros de distância.

— Eeeeeh... — esbocei, não sei com que intenção nem objetivo concreto, enquanto pensava "Agora vai fazer um escândalo".

— Ah, olá, senhor detetive — disse o doutor Farina. Seu olhar se entreteve alguns segundos na atividade das minhas mãos, de modo que não era possível dizer que não se desse conta do que eu estava fazendo. Apesar de tudo, continuou caminhando como se não fosse nada e me dedicou um sorriso amistoso que naquele momento me pareceu completamente idiota. Um sorriso que, como se diz, me convidava a carregar todos os outros quadros e os detalhes de ornamentação, e até mesmo a arrancar com uma alavanquinha os marcos das janelas, se me apetecesse.

Passou ao largo das minhas costas e deixou para trás o grupinho que atendia Beth, como se estivesse acostumado demais a ver quedas como aquela.

Ao acabar meu trabalho, tornei a pendurar o que agora era o quadro dos médicos invisíveis e escondi o papel pregado de fotografias entre a jaqueta e a camisa.

Enquanto isso, Beth se recuperava miraculosamente.

— Já não está doendo. Vêem? Posso caminhar! — E dava uns pulinhos, afastando-se para a saída, enquanto as pessoas e os médicos que já tinham imaginado operá-la de emergência a olhavam atônitos. — Posso dançar! De verdade! Que bom! Não quebrei a fíbula! Nem mesmo rompi os ligamentos! Não é preciso que me internem, nem que operem, nem nada! Um outro dia, se for o caso!

— Mas e a bolsa que roubaram?

— Bem, não levava nada importante...

Eu ainda olhava o doutor Farina, que se perdia na direção do bar. Que merda estava acontecendo com aquele cara?

Reuni-me com Beth do lado de fora. Estava brincalhona e as chispas que saltavam das suas pupilas a faziam especialmente sexy. Pendurou-se no meu braço, não podia reprimir o riso.

— Viu a cara que fez aquele médico quando eu lhe disse que podia dançar e tudo? Era a ressurreição de Lázaro. Estava a ponto de cair de joelhos e gritar: "Milagre, milagre!" Se me descuido, me metem na sala de cirurgia e me amputam a perna! O que vamos fazer agora? Vamos quebrar vidros?

— Não temos tempo. Você estava com pressa para ir à agência, não?

— Putz, tem razão!

Já tínhamos chegado ao meu carro.

No caminho para a agência, Beth me perguntou como tinha sido com Helena Gimeno. Eu lhe respondi perguntando o que havia averiguado sobre Adrià Gornal falando com o chefe dos zeladores. E, como era eu quem mandava, teve de guardar sua curiosidade e me contou.

SEIS

1

Adrià Gornal tinha sido muito popular entre os zeladores do hospital. Era o piadista, sempre de bom humor, sedutor com as moças e bom amigo dos amigos. Gostava de beber, era um pouco mulherengo e, ainda que não fosse o trabalhador ideal, todo mundo tendia a perdoar-lhe os erros. Não era aquela a imagem que eu tinha obtido da minha observação. Eu tinha conhecido um homem mais para amargo e taciturno, oprimido por alguma angústia tenebrosa. E Beth me confirmou que, de fato, aquela era a sensação que Adrià transmitia de uns tempos para cá. Alguma coisa grave tinha acontecido com ele. "Poderia ser o incidente do ano-novo?", perguntou Beth, mas o chefe dos zeladores, muito discreto e corporativo, fez-se de desentendido. No dia do ano-novo todo mundo faz brincadeiras, o fato não tinha sido tão grave, e, além do mais, Adrià já tinha se acertado com a direção do hospital; se eles tinham considerado que só merecia um castigo discreto, não havia nada mais a dizer. O chefe dos zeladores nunca tinha notado que Adrià não tinha sido recomendado por ninguém e, sem dúvida, jamais teria pensado que pudesse cometer um crime como o que lhe atribuíam. Que tipo de amizade o unia com Ramon Casagrande? O chefe dos zeladores não sabia nada. Onde poderia se esconder Adrià Gornal? Não tinha idéia.

Beth estava me dizendo que com certeza eu teria tirado mais substância do interrogatório quando abri a porta da agência e os dois tivemos um bom susto.

O que estava acontecendo?

Primeiro pensei que uma revolução havia começado sem que eu tivesse dado conta, e que as massas insurgentes tinham declarado a Agência Biosca o seu objetivo número um. Senão, não havia explicação para o que via.

Amèlia, que tem muita habilidade com trabalhos manuais, provida de uma Black-and-Decker, estava cravando com parafusos uma tranqueta da espessura de uma morcela na porta inferior, a que comunicava seu escritório com a sala (não passarão!). Boa parte das mesas do escritório grande tinha sido retirada, talvez com a intenção de convertê-las em barricadas se chegasse o momento. Num canto havia amontoadas umas bolsas de supermercado com bebidas e latas de conserva e até um fogãozinho, para resistir ao cerco. Octavi estava em mangas de camisa e com a coronha da sua pistola *king-size* bem visível na cartucheira, como se a perspectiva do tiroteio fosse iminente.

No meio de toda aquela confusão, Biosca se movia com uma vitalidade insólita, como um comandante entre trincheiras, dando instruções a torto e a direito.

— Depois ponha uma tranqueta no meu escritório — ordenava à Amèlia. — E na porta principal também.

— Mas na porta principal já tem duas!

— Melhor sobrar do que faltar! — Naquele momento percebeu minha presença. — Ah, olá, Esquius. Chegou no momento certo. Precisamos de reforços. Desobstrução de combate. As crianças e as mulheres primeiro. Como vai o seu caso?

— Mas o que está acontecendo? — disse eu, incapaz de formular o meu desconcerto de uma maneira mais original.

— Fuja! — soou atrás de mim a voz do Tonet. Era uma das frases mais longas que o tinha ouvido dizer desde que trabalhava na empresa. Com aquela cara de máquina de venda de bebidas que fazia, o gigante passou pelas minhas costas portando uma cama dobrável sob cada braço. Ia tropeçando com tudo o que encontrava na frente.

— Muito bem, Tonet — dizia Biosca. — Ponha-as aqui, no meio da sala.

— Ah, Beth — exclamou Octavi, muito contente. — Já era hora. Precisávamos de você para fazer as camas.

A moça deu um salto.

— Por isso me fez vir? Para arrumar camas?

— Eu desde o exército não faço camas, menina — respondeu Octavi com aquele sorriso tão ofensivo. — E tem de fazê-las bem, que as convidadas são de categoria.

Convidadas de categoria?

Teria podido deduzir eu sozinho, mas Biosca se adiantou a mim. Aproximou seus lábios do pavilhão da minha orelha e a encheu de perdigotos.

— Ficam aqui.

— Ficam aqui? Quem fica?

— Felícia Fochs e a irmã.

— Ficam aqui?

— Venha.

Agarrou-me pela manga e me arrastou para seu escritório. Que Felícia Fochs estava lá dentro, me confirmaram logo o cheiro de perfume caro e viciante e o fato de que Octavi nos seguisse.

— Sim, sim, faremos um *bram stocker* — ia dizendo, com o seu inglês que ele imaginava de Oxford. Imaginei que se referia a uma "brainstorm", a uma tempestade de idéias.

— Senhoritas, apresento-lhes Àngel Esquius, um dos meus melhores homens! — anunciou-me Biosca, com um entusiasmo excessivo. — Esquius, dotado de um coeficiente intelectual que não menciono para não complexar ninguém, é mais homem de intelecto do que de ação, a massa cinzenta da casa. Ele nunca comete erros — dirigiu um olhar significativo e reprovador para Octavi. — Agora está ocupado investigando um assassinato muito importante, mas também nos dará uma mão. Inclusive, Esquius, lhe telefonou um policial da Homicídios chamado Soriano. Porque você tinha de ir prestar depoimento e ainda o está esperando.

Saiu ao meu encontro uma espécie de monja secular, de expressão confusa e hostil, que teria podido ser atraente se tivesse estudado maquiagem, depilação, desenho e urbanidade. Apertou minha mão com firmeza militar. Dei-lhe pouca atenção porque, assim que se entrava naquele lugar, os olhos eram imediatamente monopolizados pela presença da espetacular Felícia Fochs.

— Sou irmã de Felícia — apresentou-se a monja secular, reclamando com brusquidão um pouco de atenção. — Emília Fochs.

Fiz o esforço de olhá-la e sorrir, complacente.

— Emília?

Gostou de eu ter me surpreendido.

— Colette é meu nome artístico para o programa de rádio de madrugada.

Ou seja, não se chamava Colette nem tinha aspecto de mulher voraz que sugeria na rádio a sua voz aveludada. Até mesmo o sotaque francês exagerado e sedutor que eu tinha ouvido era falsificado: do natural apenas se notava nela um matiz afrancesado quando arrastava os erres, tanto os duplos como os simples. Imaginei a decepção do Octavi ao conhecê-la. Tantos e tantos momentos de entretenimento solitário enquanto escutava aquela voz de conselhos insolentes, na madrugada, para acabar se encontrando com aquela espécie de gárgula, tão insignificante ao lado da exuberante Felícia.

A modelo e cantora, espetacular apesar de seus olhos inchados e vermelhos de tanto chorar, aproximou-se de um salto e me ofereceu as suas bochechas perfeitas, que combinavam com o resto do seu corpo, para que lhe desse dois beijinhos. Marejava a vista, drogava o olfato e atordoava o tato. Era daquele tipo de moças que podem converter os sátiros em poetas e os poetas em sátiros. De fato, Octavi, que tinha se sentado sobre a mesa do Biosca numa postura muito de filme, fazia cara de estar procurando adjetivos qualificativos que rimassem com "Felícia".

— Muito prazer — disse a estrela com uma voz trêmula que eu não me lembrava dos filmes. "Buá, buá." Foi enorme a vontade de agarrá-la pela cintura e apertá-la contra o meu corpo. — Pelo amor de Deus! — exclamei. — Está tremendo de medo?

Aqueles olhos amendoados que alguma vez tinham me incitado a fumar uma determinada marca de cigarros das páginas de um suplemento de domingo agora me fitavam espavoridos, suplicando-me desesperadamente que não a obrigasse a fazer nada ruim.

— São minhas convidadas — disse Biosca, feliz. — Nós nos instalaremos todos aqui até que possamos desmascarar o assediador maldito. Não é uma idéia genial? Te ocorre um esconderijo mais seguro, Esquius?

Olhei para o teto, em parte suplicando paciência aos deuses do céu, em parte para comprovar que não houvesse câmeras ocultas destinadas a divulgar a minha expressão atônita para a audiência televisiva.

2

— Ocorreu-me que num hotel estariam mais confortáveis. Ocorreu-me que poderiam perder-se pela geografia nacional ou internacional enquanto nós solucionávamos o problema. Ocorreu-me até mesmo que num apartamento do Eixample, incógnitas, se sentiriam mais protegidas que aqui, precisamente nas dependências da agência encarregada de protegê-las. É evidente que o assediador nos conhece, e aqui terá localizada a sua vítima.

— Estou de acordo — interveio Octavi. — Eu lhes ofereci o meu apartamento do Eixample, mas não querem vir.

Compreendi que, se a alternativa que tinha sido oferecida para elas era o apartamento do Octavi, as duas tivessem optado por aquele disparate sem pé nem cabeça. E eu não estava disposto a abrir as portas da minha casa, de modo que era melhor deixar as coisas tal como estavam.

— Por favor, Esquius — interveio Biosca. — Seus comentários me parecem impróprios de uma mente privilegiada como a sua. Até me deu um nó na garganta. O que você bebeu além do razoável? Absinto? A casa do condomínio onde vivem estas irmãs Fochs é o seu lar, a única propriedade que lhes resta dos seus pais desde que morreram, coitados, os dois juntos, num acidente faz poucos anos. Lá nasceram e cresceram, lá viviam felizes até que este descarado interferiu nas suas vidas. Procurar um novo lar, ou até mesmo fugir para o estrangeiro, seria a derrota absoluta, o fracasso estrepitoso, o triunfo do mal sobre o bem. O que temos de fazer é apanhar esse filho-da-mãe e retirá-lo de circulação para que estas duas cidadãs possam voltar a viver tranqüilamente na sua torrezinha e como se nada tivesse acontecido. Vai ser só uma noite ou duas, Esquius. Estamos quase pegando-o.

— Já sabem quem é?

— Quase. Não pense que ficamos perdendo tempo todos esses dias. O Octavi levou a termo uma tarefa excepcional seguindo a pista do celular do assediador. Já sabemos que é um aparelho de cartão, comprado num grande centro comercial nas festas do Natal passado e pago em dinheiro...

Estava falando mais para as clientes que para mim. De fato, com aquelas palavras, o que acabava de dizer era que o aparelho era absolutamente inlocalizável.

— ...Além disso, há a sofisticada técnica de localização GPS, que pode determinar o lugar exato onde se encontram o celular e o seu proprietário enquanto o telefone está conectado...

Deduzi que o celular que perseguíamos sempre estava desconectado, ou já o teríamos agarrado. Ou seja, que aquele sistema também tinha fracassado.

— ...E, caso tudo isso seja pouco, mediante um contato subornado que temos na companhia telefônica, obteremos uma relação de todas as ligações que foram feitas com esse aparelho. Deste modo, saberemos a quem mais liga e, conhecendo a identidade da pessoa para quem liga, além da Srta. Felícia, conheceremos seu círculo de amizades e relações, que é o mesmo que dizer que teremos o assediador servido numa bandeja.

— E se o seu contato falhar? — objetou Emília Fochs. — Porque eu, pela minha irmã, faço qualquer coisa, mas aqui há somente um banheiro e seremos muitos para dormir.

— Está vendo, Esquius? Estes são os primeiros resultados da sua mensagem derrotista. Senhoritas, por favor, podem nos deixar a sós enquanto falamos num nível mais profissional que sem dúvida as aborreceria? Não se preocupem que não brigaremos. E, se tivermos de brigar, me ouvirão chamar o Tonet.

— Eu não quero voltar a ouvir as gravações! — guinchou Felícia sem motivo aparente.

— Não seja pateta — lhe disse a irmã, um pouco aborrecida.

— Tenho muito medo, Emília!

— Calma, Felícia, que eu estou aqui — disse Octavi, tentando compor uma estampa heróica.

Felícia nem lhe deu atenção.

— Você fica? — perguntou à irmã.

— Tenho de me distrair com alguma coisa, não?

— Fica! — guinchou Felícia, para sublinhar adequadamente aquele ato de coragem.

— Não, é uma reunião entre profissionais — negou meu chefe.

Biosca as estava empurrando para obrigá-las a abandonar a sala. Octavi queria segui-las provavelmente para aproveitar a estreiteza da porta para encostar-se na top model, mas Biosca o agarrou pelo braço e o reteve. "Calma , Octavi", lhe disse. Uma vez as clientes colocadas para fora, repreendeu-me com uma careta.

— Por favor, Esquius, que falta de tato! Você não vê que, se as quero aqui, é precisamente para atrair o assediador para que venha e se aproxime da armadilha? Baixou seu coeficiente intelectual?

Enquanto falava, num tom rotineiro que desmentia sua fingida irritação, tirou da gaveta da escrivaninha um aparelho digital e o conectou. Sem demora, pediu-me silêncio com um gesto.

— Esta é de ontem à noite. Quando atendeu o Octavi.

Um ronco metálico e distorcido, uma voz de monstro agônico, falando das profundezas de uma caverna, encheu o escritório. Tivemos de escutar a mensagem duas vezes porque os bramidos que Octavi tinha intercalado na gravação turvavam a audição. Anotei alguns detalhes curiosos no meu caderno.

"Ui, é o gigantão que vigia a Felícia!... E você pensa que me espanta?... E pensa que é possível que uma coisinha como você impeça o ato sublime de submissão da putinha aos meus mais toldados anelos? Um gigantão de cuecas e top. Oh, e a pistola... se até mesmo você vai equipado com um símbolo fálico... Já que talvez seja pequeno o teu bilau? Fala comigo, imbecil, não está me vendo?"

Havia pausas freqüentes, que o assediador preenchia com sua respiração pesada. Biosca desligou o gravador.

— O que pensa, Esquius?

— Tem mais? — perguntei.

— Sim, uma outra anterior, além da que já escutou.

— Ponha.

"Minha Felícia... Hoje imagino os teus lábios chupando o meu pênis gigante... de joelhos diante de mim, sorvendo meu obsequioso leite goela abaixo, viciosa e sedenta... Não é mesmo, meu figuinho? Me diz de uma vez onde nos vemos? Ou você prefere uma machadada na cabeça?"

De repente, Octavi sentou-se às pressas numa cadeira e cruzou as pernas numa postura tão forçada quanto seu sorriso. Teve uma ereção? Puxa, teve! Ocorreu-me que a testosterona naquele homem corria pelas veias com a força de um gêiser.

Biosca me passou uma cópia impressa da mensagem SMS que tinha levado as vítimas a encontrar a Lily Moixaines pendurada pelo pescoço. "Eu me acabei de rir, Felícia, bobinha. Ah, sim, não me esqueça: deixei um presentinho no armário da despensa."

Eu continuava escrevendo na minha caderneta. "Gigantão, toldado, bilau, top, machadada."

— Alguma idéia, Esquius? — disse o Biosca.

— Palavras estranhas. *Toldado*...

— Quer dizer *escuro, sombrio, turvo* — interveio Octavi, que tinha consultado o dicionário.

— Eu sei, eu sei — disse. — Mas por que não diz *escuro, sombrio* ou *turvo*? E top, em vez de camiseta regata? E bilau.

— E *anelo*.

— *Anelo* não é uma palavra estranha, Octavi.

— Claro que é — teimou. — Eu nunca a tinha ouvido.

— Então deve ser porque os jogadores de futebol não têm anelos — disse. — E *machado* — notei. — Por que não *marreta*?

— *Machado* é valenciano — devolveu o Octavi. — Os valencianos chamam marreta de *machado*. Sei porque tenho um cunhado de Alacant. Vou te dizer o que penso: este cara é valenciano e foi dissimulando a entonação e cuidando muito bem das palavras que usa, mas no final lhe escapou uma.

— E acaba que o representante da Srta. Felícia é valenciano — disse o Biosca, triunfal.

— Emília Fochs não está de acordo com esta teoria, mas é uma possibilidade — Octavi falava muito dependente de como eu aceitava as suas palavras. — Pelo que se vê, quer possuir Felícia desde que a conheceu.

— Isto é o mesmo que se passa com você — comentei sem olhar para ninguém. E me levantei imediatamente, preparando minha saída.

— E você não é suspeito.

— Bem, mas o que você pensa? — Biosca se sentia desamparado.

— Ainda não tenho nada claro. Gigantão, toldado, bilau, top, machada. Pensarei nisso, estudarei e, se eu chegar a uma conclusão, te aviso.

Saí do escritório e procurei não reparar muito na Felícia, que contemplava extasiada a minha passagem pelo meio das camas dobráveis, colchões e lençóis.

— É melhor que façam alguma coisa — disse Emília — ou, ainda que este filho-da-mãe não a pegue, Felícia acabará tendo um ataque do coração. Além disso, o meu programa de rádio é gravado, mas ontem tive de voltar a fazer ao vivo, com ligações do público. E não vejo como poderia deixá-la sozinha em casa de noite nesse estado.

Ofereci-lhe um sorriso amável.

Beth estava esfregando o chão para que Felícia não sujasse os pezinhos se lhe ocorresse fazer pipi à meia-noite. Felícia a olhava aterrorizada, como se o esfregão fosse um aracnídeo venenoso provido de um longo ferrão. A blusa de lã da Beth não tapava a parte inferior das costas e as calças baixas deixavam à vista o elástico da calcinha. É curiosa a moda moderna.

— Tchau, Beth — disse, de passagem, quando já era tarde demais para despedidas mais afetuosas.

— Ah, tchau. Até amanhã. Vai precisar de mim amanhã?

— Eu ligo.

Achei que ficou tão cabisbaixa quanto a Gata Borralheira quando lhe disseram que não poderia ir ao baile. Ou talvez fosse só imaginação minha.

3

Ao chegar em casa e tirar a jaqueta, dei-me conta do peso que representava no bolso o livro que havia me deixado Flor Font-Roent: *The Reckoning: The Murder of Christopher Marlowe*, de Charles Nicholl. Espalhei as fotografias dos médicos do Hospital de Collserola sobre a mesa da sala de jantar e dei uma olhada um tempo, perguntando-me qual deles podia ser o assassino. Dependendo de como eu os olhava, todos pareciam inocentes e felizes, ou então velhacos, traidores e psicopatas. Até mesmo o jovem e confiante Miquel Marín, que, a se acreditar no Farina, nunca percebia nada.

Conectei a câmera de vídeo digital ao computador e pude contemplar a gravação que tinha feito sub-repticiamente de Helena Gimeno. Escolhi uma imagem bem nítida, imprimi e incluí o resultado na coleção de fotografias.

Depois, tive uma inspiração e entrei na internet. Pedi ao Google que me levasse ao Hospital de Collserola e comprovei que poderia ter me poupado o acidentado roubo das fotos. Estavam todos lá, na tela da minha casa, muito orgulhosos de pertencer à entidade e às equipes em que militavam o doutor Barrios, e o Farina, e a Mallol, e o Marín... E, se você procurasse o Aramburu, também estava. E a doutora Falgàs lhe sorria do Departamento de Cirurgia Pediátrica. Fiz cópias de todos.

Pus o pijama e os chinelos, preparei uma salada de tomate e queijo de cabra e uns ovos estrelados com batatas crocantes e procurei tirar da cabeça a morte de Ramon Casagrande, a estupidez de Adrià Gornal, a operação de Marc Colmenero e a agradável companhia de Beth e o medo desmedido de Felícia Fochs. Tinha de me lembrar que de manhã havia combinado um encontro com Maria, a amiga da minha filha. E tinha de passar na delegacia para prestar depoimento ao impaciente Soriano.

Busquei o termo *stratfordiano* na enciclopédia britânica. Era uma espécie de epílogo ao verbete "Stratford". Assim, soube que os stratfordianos eram os que acreditavam que as obras de William Shakespeare tinham sido escritas pelo próprio Shakespeare. Acontece que havia outras teorias, defendidas por grupos bem numerosos, que diziam que William Shakespeare era só um pajem semi-analfabeto que tinha sido utilizado como escudo por um outro escritor com mais conhecimentos, estudos e base econômica. Talvez Sir Bacon, talvez o duque de Oxford, ou talvez o nosso estimado e recém-descoberto Christopher Marlowe.

Vá lá.

Enquanto jantava, submergi na leitura do livro de Charles Nicholl. A primeira coisa que descobri é que *reckoning* queria dizer "pagamento que se faz por um serviço ou por uma coisa".

O autor começava apresentando o cenário do crime, a pequena localidade de Deptford, próxima de Londres e às margens do Tâmisa, e, depois, indo por partes mas com abundância de documentação, fazia uma reconstituição detalhada do assassinato.

Jantei com o nariz enfiado naquelas páginas apaixonantes, sem sentir o gosto da comida, e, depois, sem afastar os olhos da leitura, às apalpadelas, transferi-me para minha poltrona preferida. Sob o cone de luz do meu canto preferido, fiquei sabendo que, num dia de 1593, quatro homens tinham se reunido numa espécie de pousada, propriedade de uma viúva chamada Bull. Dois eram vigaristas e usurários, o terceiro era um espião e o quarto era Christopher Marlowe, poeta, dramaturgo e igualmente espião. Todos envolvidos na luta subterrânea entre anglicanos e católicos. Os anglicanos acabavam de tomar o poder depois do parêntese protagonizado por Maria Tudor, e os católicos conspiravam para recuperar o poder sob a proteção de Maria Stuart, rainha da Escócia. Diziam que os católicos tinham muita vontade de assassinar a rainha Isabel. Marlowe, nos seus 29 anos, estava em liberdade provisória, acusado pela facção conservadora anglicana de ateu, de blasfemo, de sedicioso e de homossexual. Ao cabo de alguns dias, tinha de comparecer diante do tribunal, e o prenderiam, torturariam e, com um pouco de má sorte, executariam. De repente, depois de passar o dia vadiando, passeando pelo jardim e jogando *backgammon*, de tarde, no seu quarto, começou uma violenta discussão entre Marlowe e Ingram, um dos vigaristas. Tratava-se de decidir quem pagava a conta, ainda que oficialmente tivesse sido Ingram quem convidara Marlowe para aquela reunião. Ingram estava sentado no meio de uma banqueta, ladeado pelos outros dois e de costas para o poeta, de modo que discutiam sem se olhar. Estranha maneira de discutir, sobretudo tendo em conta que, de repente, Marlowe saltou da cama, pegou o punhal de Ingram, que o levava na cintura, e tentou matá-lo. E conta a história que Ingram, então, arrancou a arma de Marlowe e, como quem não tinha nenhuma outra alternativa, já que não podia fugir, a cravou em seu olho direito, com o que lhe provocou morte instantânea.

Às três da madrugada meus olhos se fecharam, e sonhei que Biosca me encarregava de investigar quem tinha realmente matado Marlowe. Eu ia vestido como um cavalheiro do século XVI e Biosca me dizia:

— É absolutamente essencial que descubra quem matou Marlowe, Esquius. Por que não percebem que essa teoria não se sustenta de forma alguma?

Um daqueles sonhos que, na manhã seguinte, parecem lembranças.

4

Havia uma teoria que não se sustentava e acordei com a sensação de que somente poderia descobrir a chave do mistério com a ajuda da Beth. "Vai precisar de mim amanhã?", tinha me perguntado, e eu havia dito "eu ligo", como quem se faz de interessante, e somente me faltava acrescentar "... se me pedir direito". Pareceu-me que aquela despedida podia ter sido ofensiva para a pobre moça e que era urgente uma reparação.

Esta foi a primeira idéia do dia, quando ainda estava deitado na cama, olhando o teto, e a segunda idéia, enquanto tomava banho, foi que tínhamos de obter informação da discoteca Crash e que Beth era a mais indicada para fazer o trabalho de campo.

Quando escolhia a roupa que ia vestir, lembrei-me de que às dez da noite tinha um encontro com Maria, a amiga da minha filha, e que por nada desse mundo eu podia esquecer. Troquei de pulso o relógio como artifício para a memória e até mesmo, por via das dúvidas, ativei o alarme do celular para que soasse às nove da noite.

De surpresa e à traição, depois de uns dias de sol e boa temperatura, o céu tinha se encoberto e a luz se tornara cinzenta e úmida. Ao mesmo tempo me veio à mente a terceira obrigação do dia: ir à delegacia, para ver o inspetor Soriano, para o depoimento.

Deixei o carro no estacionamento de Josep Tarradellas e fui para a agência a passos determinados, como o homem de negócios atarefado que eu não era. Logo comprovei que tinha chegado tarde demais. Ao abrir a porta com minha chave, topei com um fedor de mofo quase sólido. Ocorreu-me, não sei por quê, que isto parecia cenário de depois de um desastre natural. Amèlia estava encostando camas dobráveis e sacudia lençóis, enquanto Octavi olhava fumando um cigarro. Emília

Fochs, despenteada e maltratada após algumas horas de sono nada reparador, esperava diante do banheiro com a toalha pendurada no braço. Escutava, impassível e resignada, os peidos estrepitosos provenientes do outro lado da porta, com os quais o Tonet dava sinais de vida.

— Onde está Beth? — perguntei, casualmente, indo para o escritório do Biosca.

Octavi estava explicando à sofredora Amèlia alguma coisa referente à influência dos raios ultravioleta sobre o sexo masculino, e nem escutei.

No seu escritório, nosso chefe e senhor estava dando nó na gravata enquanto olhava as notícias da CNN, sem som, como se fosse capaz de ler os lábios dos locutores, quase ignorando Felícia Fochs, que se queixava que não podia tomar banho como Deus manda.

— Um excesso de higiene — lhe explicava — acaba alterando o sistema imunológico das pessoas e provoca alergias devastadoras. Li numa revista de toda confiança. Ah, Esquius, como vamos?

Pôs as mãos nos ombros de Felícia e empurrou-a para a porta sem contemplações.

— Querida e rutilante estrela das nossas telas, agora terá de me perdoar porque tenho de ter uma conversa privada e secreta com meu melhor colaborador. Obrigado pela sua compreensão.

Deixou-a do lado de fora e virou-se para mim.

— Voltaram a ligar? — perguntei.

Biosca franziu a testa e negou com a cabeça, querendo dizer que ninguém tinha voltado a ligar, mas que ele não queria falar do tema, e, imediatamente, seu rosto se iluminou como o de um pai orgulhoso do seu filho. Eu já estava abrindo a boca para perguntar se a Beth tinha vindo, mas ele se adiantou a mim:

— Esta luzinha nos olhos — disse. — Inconfundível. As calças amarrotadas, não trocou de roupa, não cheira à sua colônia habitual — nunca usei colônia —, o barbeado está diferente, ou seja, não usou a maquininha nem o sabão de sempre... Tudo isto quer dizer que você não dormiu em casa, Esquius. Nada escapa ao meu olhar penetrante e à minha surpreendente capacidade dedutiva. E pôs o relógio no punho errado, além disso, coisa que quer dizer que se vestiu depressa e correndo. Teve de sair correndo, talvez?

Dei uma olhada à minha volta procurando uma escapatória. Como Beth não estava por lá, não havia nada que me retivesse. Ah, sim. Ocorreu-me uma coisa que na noite anterior tinha me passado por alto. Tirei uma fotocópia da fatura do hotel que Adrià tinha enviado para Flor.

— Temos de investigar isto. Comprovar de qual hotel de Cotlliure é esta fatura, quem esteve lá e quem a pagou.

Nem ouviu.

— Estava com ela há dez minutos, quando me ligou?

— Com ela? O que quer dizer?

— A Srta. Font-Roent, que nos fez um depósito de 3 mil euros na conta. Está muito contente com você. Não sei o que fez com ela, Esquius, que a tem deslumbrada. — Sorria cúmplice para me indicar que, enquanto eu gerasse depósitos periódicos de 3 mil euros, aprovava e dava suporte à minha tarefa, até mesmo no caso de eu precisar ter funções de reprodutor. Olhou a fatura recortada e franziu a testa. — Mas como quer que façamos? Aqui não há nenhuma data, exceto a importância da fatura e o nome do lugar!

— Por isso somos detetives, Biosca.

— Cotlliure é uma cidade turística. Os franceses vão passar férias lá. Deve haver um monte de hotéis. Uma coisa assim teria de se fazer no próprio campo. Teríamos de ligar para alguma agência de detetives de lá. Talvez tenhamos de molhar a mão da polícia. — Uma explosão de cobiça iluminou seus olhos. — Vai custar um dinheirão para a Srta. Font-Roent! Ha, ha! É melhor que você seja cortês com ela, Esquius. Vá vê-la de tanto em tanto... para mantê-la informada, você me entende. De fato, quando ligou, perguntou por você.

— Isto quer dizer que não estávamos juntos, não acha? Se perguntou por mim...

— Percebia-se muito bem que ela dissimulava. Você, quando tiver um tempinho, liga para ela e diz quatro coisinhas. Bem, não é preciso que eu explique, porque sabe o suficiente, o que há de dizer e o que há de fazer. Não veja isso como uma perda de tempo. Nunca é uma perda de tempo. No nosso negócio, o tempo perdido é dinheiro ganho. Este é o meu lema.

Apresentei-lhe uma careta estimulante para fazê-lo crer que, a partir daquele instante, também seria meu lema, e saí do escritório aproveitando que Tonet entrava envolvido em fragrância de Floïd, fragrância de barbearia antiga e pobre.

— Bom-dia, Tonet — disse.

Não sei se ele me viu.

Naquele momento, a atividade de Octavi consistia em olhar de uma confortável poltrona como Amèlia, suada e congestionada, movia mesas carregadas com pesados computadores para voltar com elas às suas posições originais.

— Devagar — repreendeu sem ocultar a sua repugnância pelo trabalho malfeito —, sem empurrar tanto para não riscar o chão. — Ao me ver, exclamou com admiração de *supporter*: — Nossa, cara! Meus parabéns! Biosca já me disse que você transou com Floreta! Gosto disso! Eu não teria feito melhor! Já te disse que ela era muito gostosa!

Amèlia me dirigiu uma olhada curiosa, como se nunca pudesse ter pensado de mim coisa semelhante. Em vez de tirá-los do erro, voltei a perguntar pela Beth.

— Não sabem onde está?

— Está investigando o novo suspeito do caso da Felícia Fochs — disse a Amèlia.

— Conversando com vizinhos e vizinhas — replicou Octavi, pondo-se em pé. — Tem facilidade para isso.

— Por que a procura? — perguntou Amèlia. — Não quer que digamos nada para ela?

— Não, só precisava dela para ir fazer algumas perguntas na discoteca Crash — improvisei. — Eu já sou grande demais para passar despercebido em certos ambientes.

— Ligue para o celular dela.

— Não, não é preciso. Faremos amanhã. Não há pressa.

Dirigia-me para a porta quando Octavi pôs o braço sobre meus ombros e me levou para longe das orelhas da Amèlia.

— Queria te falar disto, Esquius, da Beth. A propósito, tem de me contar como é a Florzinha na cama. Você não acha que as mulheres com pinta de melindrosa, quando são levadas para a cama, sofrem uma transformação tipo Jekyll-Hyde?

— Quer falar da Beth? — cortei-o.

— Sempre me perguntei por que será que as mulheres que usam óculos têm mamilos maiores... Não reparou?

— Quer falar da Beth? — insisti.

— Eu a mandei investigar o representante artístico da Felícia, um tal Vicenç Balaguer, aquele que é valenciano. E, sabe o que eu acho? Que está irritada comigo. Não sei que porra aconteceu. Ela é rude, me evita, me olha com cara ruim. Vê-se que a pobrezinha tinha ilusões e agora, é claro, está com ciúme da Felícia. É natural, não há termo de comparação, como você pode se importar com uma menina como ela quando há um monumento na casa? E, vou te dizer, a Felícia é efusiva demais, sabe? Muito imprudente, sensual, eu diria, e quase uma exibicionista, sabe?, e a Beth sofre em silêncio.

— Imagino.

— Quando ela se foi, fazia um bico daqui até a porta. Tinha raiva de deixar-me sozinho com a Felícia.

— Talvez você tivesse de demonstrar-lhe um pouco mais de afeto e consideração.

Deixei-o meditando sobre o meu conselho.

— O que quer dizer? Que lhe meta a mão? — gritou quando eu já entrava no elevador.

5

Do estacionamento da Catedral, subi Via Laietana acima, sem pressa, sob o guarda-chuva que me defendia de um chuvisco tênue. Quando parei para comprar o jornal, chamou minha atenção uma antologia de poemas de Benet Argelaguera em edição de banca. Aproveitavam sua morte recente e o estardalhaço que tinha feito a imprensa com o acidente de bonde para vender barato os livros. Comprei-o e guardei no bolso.

Encontrei Soriano na mesma porta principal da sede central da Polícia, ao lado da sentinela. Tinha os braços cruzados e as pernas separadas, bem firmes no chão, como se tivesse ficado esperando naquela atitude desafiadora e impaciente desde a primeira hora da madrugada, disposto a ir ao meu encontro e a impedir que procurasse o amparo do meu aliado Palop. Tão jovem, tão bem vestido, tão seguro de si próprio, estou certo de que ele pensava que era a imagem da polícia ideal, eficiente, reta, orgulhosa, honesta. A verdade é que, se tivesse ido vestido com um uniforme de um *Oberstleutnant* das SS, não teria inspirado mais respeito. Ignorou a mão que eu lhe oferecia, como se fosse incapaz de prestar atenção em qualquer coisa que estivesse abaixo do nível do seu nariz, e não disse nem uma palavra enquanto me identificava diante do guarda da recepção.

— Vim vê-lo — aleguei, apontando-o com um polegar pejorativo.

Soriano limitou-se a concordar com a barbinha e com um piscar de olhos, como que dizendo "Sim, sim, infelizmente meu trabalho me obriga de tanto em tanto a tratar com gentalha dessa espécie".

Esperou a solidão do elevador para abrir a boca.

— Nós o esperávamos ontem — informou, seco. — Não sei em que país você pensa que vive. Esquius, é a Espanha, lembra-se? E, em outros países que você conhece, não sei, mas na Espanha a polícia tem autoridade. E sabe o que quer dizer autoridade? Que quem manda, manda e quem obedece, obedece. E, se está combinado num dia e numa hora, a gente tem de ir ao encontro naquele dia e naquela hora.

Cortei-o, misturando a insolência com a atitude palerma de quem ignora o que devia saber.

— Não tínhamos combinado para hoje a esta hora?

Abriu a boca. Voltou a fechá-la, abriu-a de novo, fechou-a e, por fim, decidiu dizer:

— Não.

E pronto.

Enquanto avançávamos pelos corredores, indo para os gabinetes da Divisão de Homicídios, pensei que poderia ter-lhe dito: "Ontem acabou ficando tarde, não sabia que sua mulher demorava tanto para atingir o orgasmo." Se eu fosse um detetive de filme, isso teria me ocorrido antes e, além disso, lhe teria dito.

— Aqui é onde são investigados os assassinatos cometidos em Barcelona — disse Soriano ao entrar na sala onde havia seis ou sete mesas, três ou quatro computadores e dois caras durões em mangas de camisa e ostentando pistolas sob a axila. — E nós os investigamos, não sei se entende o que quero dizer... Aqui, neste país, os assassinatos não são investigados pelos cheira-braguilhas.

— Bem. Neste momento apenas estou investigando o assassinato de Marlowe — lhe disparei como quem não diz nada.

— De quem? — quase saltou.

— Christopher Marlowe — disse, como se pensasse que ele era um pouco duro de ouvido.

— Quem? — repetiu, alarmado e desconfiado, possivelmente imaginando-se um turista apunhalado nas ruelas do Bairro Gótico.

— Sim, homem. O autor do *Fausto* que anos depois inspiraria a memorável obra de Goethe... — disse-lhe com o tom ofensivo e humilhante que usam os eruditos pedantes para fazer-se valer, aquele tom falsamente modesto de quem parece que dá por sabido que todo mundo compartilha os mesmos conhecimentos e que tem como principal objetivo marginalizar os que não estão à altura requerida. É um papel que odeio, mas naquele momento o interpretei com deleite. — Estou falando de um poeta do século XVI, da época de Robert Greene e de Thomas Kyd. Da época de Shakespeare. Já ouviu falar de Shakespeare? — Desisti dele. — Bem. Um caso teórico.

Se Soriano tivesse uma pistola com ele, creio que teria me enchido de tiros. Como a tinha deixado em casa, limitou-se a arrasar-me com o laser dos olhos. De imediato, impaciente para acabar de uma vez, desviou sua atenção para o escritório e, para demonstrar até que ponto me menosprezava, remexeu um monte de papéis até encontrar um que me entregou como se estivesse sujo de merda.

— Este é o seu depoimento do outro dia. Assine aqui.

— Se não se importa — respondi com uma parcimônia insolente —, vou lê-lo primeiro.

Não podia se opor. Pus os óculos de leitura e li com extrema atenção o texto redigido em castelhano. Em geral coincidia com o que eu tinha dito, mas havia pequenas diferenças. Recorri à caneta hidrográfica que levava no bolso superior da jaqueta para riscar algumas linhas da declaração. Soriano se arrepiou. Isso o obrigaria a escrevê-la de novo.

— Eu não disse para quem trabalhava — esclareci.

— Pelo amor de Deus! É a mesma coisa! Todo mundo sabe para quem trabalha!

— Mas não quero que conste como se eu tivesse dito isso.

— Agora terei de voltar a digitar todo o depoimento.

— Com o computador, isso não é nenhum problema. Você só vai ter de fazer uma pequena mudança e voltar a imprimi-lo. Ah, e isto sobre o declarante ter suspeitado desde os estágios iniciais da investigação de que Adrià Gornal agia animado com o próposito de prejudicar dom Ramon Casagrande, eu também não disse. — Risquei ainda mais o papel. — Nem no fundo nem na forma.

— Você disse, sim.

— Disse que estranhava o seu comportamento, o que não é o mesmo.

— Nenhum desses detalhes tem a menor importância.

Naquele momento apareceu o comissário Palop, vindo de um outro cômodo. Vinha sorridente, expansivo, de braços abertos como um santo pai alegre distribuindo bênções *urbi et orbi*.

— Ei, Esquius, como vai isso? Veio para assinar o depoimento?

— Assinarei assim que o inspetor Soriano o passar a limpo — apertei a mão enorme do Palop. — Como anda o caso?

Soriano, excluído, apertou os lábios e sentou-se diante do computador com a expressão de quem está acometido de hemorróidas sangrentas. Olhava-me com o rabo do olho, enquanto eu conduzia Palop para seu gabinete de chefe do Grupo da Brigada Judicial.

— Ainda não sabemos onde Adrià Gornal está escondido — ia me dizendo o comissário, inconsciente da ferida que estava infligindo ao seu subordinado —, mas é certo que o encontraremos logo. Por enquanto, constatamos que está pelado: não voltou à sua casa depois do crime, não houve nenhum movimento nas suas contas bancárias e, por outro lado, tampouco é provável que transportasse alguma fortuna do domicílio do Casagrande. Como não é um delinqüente habitual, não pode ter muitos recursos para se esconder, nenhum apartamento livre nem contatos clandestinos... Continuamos vigiando a casa dos pais e da namorada, e, por mais que demore, o apanharemos. — Fechou a porta do gabinete. Soriano, definitivamente expulso do paraíso, tinha os olhos cravados em nós enquanto calculava crimes perfeitos. — E você? Ainda acredita que o Gornal é inocente? — Palop estava me pedindo que o surpreendesse.

— Creio que não cai bem ao Adrià matar ninguém com um tiro na nuca.

— Não sacaneie, Esquius, porra. Só faltou ao Adrià Gornal levar um notário que lavrasse ata de que havia cometido o assassinato. Todo o bairro o viu.

— Mas o meu cliente me paga para que esgote as possibilidades de demonstrar a inocência do Gornal, e eu tenho de fazer isso, sendo ele culpado ou não. Tenho de fazer diligências para preencher meu relatório. Escute-me: se Gornal não o fez... — E o caso é que Palop me olhava como se quisesse acreditar em mim. — É apenas uma suposição. Se Gornal não o fez, o assassino tinha de fugir pelo estacionamento do centro comercial. — Levantou as sobrancelhas enquanto eu enfiava a mão no bolso. — E o estacionamento e o centro comercial estão cheios de câmeras de vídeo de segurança. Quero te pedir um favor...

Estendi em cima da sua escrivaninha a coleção de fotos dos médicos do Hospital de Collserola. O doutor Barrios, o doutor Farina, a doutora Mallol, o doutor Miquel Marín, o doutor Aramburu, a doutora Falgàs e, como uma intrusa, a propagandista Helena Gimeno.

— Ramon Casagrande teve discussões ou desavenças sérias com toda essa gente. Por que não revêem vídeos do centro comercial e verificam se alguma destas pessoas passou pelo estacionamento naquele dia, naquela hora?

Soriano abriu a porta sem bater, ansioso para bisbilhotar o que tínhamos nas mãos, o que eu estava exibindo sobre a mesa do seu chefe. Voltou a me oferecer o depoimento como se ele tivesse sido feito em papel higiênico usado.

— Está pronto — disse, com os olhos fixados nas fotos do quadro médico do Hospital de Collserola. — Assine.

Li o depoimento corrigido, concordei com ele e assinei. Enquanto isso, Palop explicou ao outro, como se fosse um gracejo, que eu tinha metido na cabeça que o assassino de Casagrande não era Adrià Gornal.

— Qualquer um pode fazer especulações — respondeu o Soriano, permitindo que se intuísse o conceito *idiota* depois do *qualquer*.

— É uma teoria — insisti.

Parecia que Palop achava graça de tudo isso. Soriano, nada. Insisti para me assegurar da sua inimizade:

— Ah, também precisaria do nome e endereço de uma parenta do Ramon Casagrande... Uma tia, que foi sua fiadora no aluguel do apartamento. Com certeza você tem esses dados no atestado.

— Claro — disse Palop. — Soriano: procure o nome e o endereço desta parenta do Casagrande, por favor.

Soriano olhou o seu superior com comiseração. Quando viu que pegava o telefone, negou com a cabeça, "não há nada a fazer", virou-se de costas e saiu do gabinete, porque sua sensibilidade não suportava uma indignidade como aquela.

— Monzón? — disse Palop, alegremente. Tinha telefonado para o Departamento da Polícia Científica. — É o Palop. Vou te passar para o Esquius, que está aqui no gabinete e não sei o que ele quer te pedir.

Deu-me o telefone.

— Monzón? É o Esquius.

Fui bem recebido. Expliquei que tinha me passado pela cabeça a excepcional teoria de que Gornal podia não ter matado Casagrande, que me parecia que o assassino tinha de ter fugido pelo centro comercial, e lhe perguntei se podia rever os vídeos de segurança procurando determinadas pessoas, cujas fotos eu tinha comigo.

Monzón riu.

— Você é foda! — disse.

— Não dará muito trabalho. Temos de controlar apenas os minutos imediatamente seguintes ao assassinato. Se não virmos nenhum dos suspeitos, eu não disse nada.

— Não disse nada e me paga um jantar no Salamanca da Barceloneta.

— Para você e o Palop — prometi, sempre temerário. E transmiti o suborno ao chefe da Judicial: — Se não pescarmos ninguém, vamos jantar os três no Salamanca, e eu pago.

— Feito — disse Palop.

— Diga ao Palop que me mande as fotos dos suspeitos e eu pedirei todos os vídeos do centro comercial. Já te direi alguma coisa.

— Escuta... Na revista que fizeram no apartamento do Casagrande, encontraram remédios?

— Sim, é claro — respondeu Monzón, um pouco surpreso, como se desconfiasse. — É claro: era propagandista. Tinha muitos medicamentos, até mesmo em caixas. E não estavam abertas.

— Que espécie de medicamentos? Você lembra? Quero dizer: eram psicotrópicos, antidepressivos?...

— Não, não. É claro que nós prestamos atenção. Não: eram, sobretudo, analgésicos, antibióticos, antipiréticos e coisas semelhantes. Tanto os laboratórios como Casagrande eram especializados em traumatologia.

— E não percebeu se estavam desarrumados? Quer dizer, como se alguém os tivesse remexido...

Palop me olhava, perguntando-se onde eu queria chegar.

— Não, não percebi nada disso.

— E não viram se faltava alguma coisa no apartamento? Alguma marca no pó dos móveis... Não sei...

Uma pequena hesitação.

— Não.

— Algum móvel limpo há pouco? — insisti. — Que todos tivessem uma pátina de pó, exceto um que tivesse acabado de ser limpo...

— O que você está pensando? Que somos do CSI?* Eu é que sei! Em que está pensando, Esquius?

— Me pergunto o que é que Adrià Gornal roubou do apartamento do Casagrande.

— Vai saber. Há gente que mata por nada. De todo modo, logo nos dirá o Adrià quando o pegarmos.

Quando desliguei, Palop estava pensativo e movia afirmativamente a cabeça.

— Vejo o caminho que está tomando. Propagandista, medicamentos, a discoteca Crash, o sem-vergonha do Romà Romanès... Suponho que agora me dirá que, na sua coleção de fotos, eu inclua a de Romà Romanès, não é?

— Ia te pedir isso, sim.

---

* CSI: *Crime Scene Investigation*, série televisiva conhecida no Brasil como *CSI: Investigação Criminal*. (N. do T.)

— Faz sentido — dizia ele, sem parar de afirmar com a cabeça, reflexivo. — Sim, faz sentido. Teríamos um motivo, que agora não temos. Tráfico de medicamentos na discoteca Crash, e o Casagrande seria o fornecedor.

— É uma possibilidade — disse a ele, enigmático.

Soriano abriu a porta e me entregou um papelzinho onde havia escrito um nome e um endereço. A tia do Casagrande se chamava Margarida Casals e vivia em Badalona.

Fui embora antes que o inspetor ordenasse a alguns dos seus homens que me surrassem com os cassetetes.

6

Saí da A-19 por Badalona-Norte-Mollet e subi a avenida President Companys e a avenida de Pomar até a estrada da Conreria, onde há um restaurante interessante. Chama-se Campo de Tiro, porque está num descampado, ao lado de um campo de tiro, e ao ar livre pode-se comer um excelente coelho ao alho e óleo, churrasco argentino e um guisado de carneiro mais que recomendável. Optei por esta última possibilidade, precedida de uma salada, e me dispus a gozar da combinação de comida, sol e brisa primaveril. E, para que não faltasse nada, incluí a poesia catalã do livrinho do Benet Argelaguera que levava no bolso.

A literatura argelagueriana acabou sendo o ingrediente discordante. Depressivo demais. O poeta prescindia de temas clássicos como o amor e a alegria de viver, porque com certeza lhe pareciam estúpidos, de mau gosto e superficiais, e se concentrava em nutrir as mais profundas idéias suicidas dos leitores. Eram poemas sobre homens e países que arrastavam correntes das quais nunca podiam se libertar, elegias sobre a sombra da morte que sempre nos acompanha. Como se tratava de uma antologia, pude comprovar que, aos 20 anos, o nosso homem ilustre ainda conservava uma espuma de otimismo e defendia o *carpe diem* ("Encha o copo, o inverno se aproxima / Não restam rosas no jardim / A lua foge, a noite é escura / Vermelho de sangue, vermelho de vinho").

Aos 22, porém, algum malogro pessoal abriu os olhos do poeta para uma realidade catastrófica ("Com feridas nas mãos / Corrupto o corpo / envenenado o sangue / nada temos de esperar / apenas a morte / e até mesmo a criança / que está no berço / andará de luto / antes de ficar grande"). Fechei o livro antes que tivesse vontade de me jogar do alto de uma cobertura. Para consolar-me, permiti-me um uísque de malte com gelo.

Voltei, sem pressa, pela estrada da Conreria para o centro de Badalona e pela avenida do Presidente Companys, que se converte na rua Sant Pau, rumo ao mar.

A Sra. Margarida Casals, tia do Ramon Casagrande, vivia na rua Eduard Maristany, num décimo andar com vista para os depósitos da Campsa, a fábrica de Anís del Mono e, parcialmente, para o mar.

Até apertar o botão do porteiro eletrônico, não tinha começado a preparar o discurso com o qual conseguiria que a velhinha me explicasse os segredos do seu sobrinho. A confiança do veterano. No final das contas, já nos conheceríamos. E acrescentaria: "Trabalho por conta do Hospital. O seu sobrinho tinha um cargo de muita responsabilidade, conhecia muitos segredos, tanto de médicos quanto de pacientes, e eu hei de me empenhar para que este segredo profissional fique garantido, a senhora me entende, não?"

Uma vozinha respondeu.

— Quem é?

— Sra. Casals? — perguntei.

— Ah, sim, sim — respondeu ela. — Suba, suba.

Abriu a porta. Enquanto estava no elevador, tornei mais preciso o discurso: "Tenho de olhar todos os móveis do seu sobrinho, todas as gavetas, os seus papéis, para o caso de haver alguma coisa indiscreta, sabe? Não ouviu falar destes papéis de hospitais que de tempos em tempos são encontrados no lixo? É um escândalo, e é isto precisamente o que queremos evitar, que segredos de pessoas particulares venham um dia à tona... Apenas tentamos fazer bem o nosso trabalho."

A velhinha de cabelos brancos e aspecto frágil me esperava no patamar da escada, pequenina, enrugadinha, vibrando de vitalidade.

— Ah, olá — disse.

— Boa-tarde... — falei.

— Entre, entre. — Precedeu-me rumo ao interior do apartamento. — Olhe, aqui tenho os móveis. Olhe-os o quanto quiser. Pode abrir e fechar as gavetas, esquadrinhe tanto quanto precisar, eu lhe direi quais eram do meu sobrinho. Com os meus não se tem de fazer nada, é claro.

Pensei que a boa mulher tinha o dom da telepatia. Apenas fui capaz de responder: "Ah." Encontrei-me num apartamento pequeno, que ficava ainda menor pela grande quantidade de pertences, móveis quebrados, instrumentos e caixas de papelão cheias de bens pessoais do sobrinho defunto. Os vizinhos bem-intencionados que tinham ajudado a velhinha a fazer a mudança tinham se limitado a deixar tudo no meio da passagem, as cadeiras empilhadas no vestíbulo minúsculo, algumas com as pernas para cima, as caixas alinhadas no corredor, por onde tivemos de circular de lado, esfregando as costas contra a parede. Na sala de jantar havia dois sofás, quatro poltronas, duas mesas grandes e ao menos cinco pequenas. E mil cantos onde podia estar escondida a caixa de sapatos com as fichas dos médicos do Hospital de Collserola.

— Parece muita coisa, mas não é tanto. Quatro móveis, poucos, mas bons. O pobre Ramonzinho não pôde aproveitar. Tão jovem, meu Deus, tão jovem.

Eu já tinha começado a fazer o meu trabalho abrindo as caixas de papelão. Havia duas cheias de roupa de cama, edredons, cobertores e lençóis; uma outra continha bibelôs, jarros e pequenos objetos de decoração; uma outra, pratos e panelas; e havia a de roupa de vestir, e a dos livros de auto-ajuda (*Jogue como Homem, Ganhe como Mulher; Aprendendo a se Amar; Coração Estressado*), e uma cheia de sapatos. E uma decepcionante caixa de sapatos onde encontrei um decepcionante par de sapatos quase novos.

— Quando será o enterro? — perguntei, apenas para preencher o silêncio.

— Ah, dizem que teremos de esperar até sexta-feira. Para a autópsia, dizem. Suponho que no final já estará fedendo, tantos dias... Ou talvez não, se tirarem tudo de dentro dele... O que você acha?

Eu olhava à minha volta e pensava que talvez precisasse de quatro horas para encontrar a maldita caixa de sapatos entre tanta desordem.

— São trâmites inevitáveis — disse, evasivo.

— Por que têm de fazer autópsia? Sabem bastante bem do que morreu. Deram-lhe um tiro. É evidente que morreu de um tiro, não acha? Se tivesse morrido de repente... Porque podia ter morrido de repente, já que sofria do coração. E o pior é que não se cuidava nem um pouco. Fumava, bebia, fazia tudo o que lhe haviam proibido. Ele dizia: "Eu já tomo o remédio, titia, não vai me acontecer nada se eu tomar." Eu já me preparava para que um dia me ligassem para dizer que estava morto de vez. E você vê... Sim, porque me ligaram, sim, mas para dizer-me... É tão idiota isso do tiro! Nem se estivéssemos na América...

Ergui-me e olhei ao meu redor, desanimado.

— Lá está a escrivaninha — indicou-me a senhora. — Que talvez seja o móvel mais bonito que tinha o Ramonzinho. Eu lhe dei de presente.

— Que mar de coisas — comentei.

Abri a escrivaninha e abri e fechei caixas onde não poderia caber de modo algum uma caixa de sapatos. Havia faturas da tinturaria, notas fiscais de diferentes supermercados e grandes magazines, entradas de cinema, um monte de anúncios de publicidade enviados por correio, extratos bancários, faturas, uma coleção de seis postais, um deles assinado por um tal Rossend ("Isso é fabuloso, babe, babe"), uns tantos jogos de cartas, um gobelet com dados de pôquer, cadernetas cheias de contas, subtrações, multiplicações e divisões, chaves num chaveiro em forma de pênis, um cartão magnético para abrir a porta de um quarto do Hotel Husa Imperial Tarraco, de Tarragona... Pensei nas caixas de remédios e ia dedicar-me a elas quando a senhora voltou a se adiantar.

— E ainda havia mais coisas e caixas — disse. — Graças a Deus, faz um tempinho vieram do asilo geriátrico para carregar todas as caixas de remédios e amostras que tinha o Ramonzinho. Eu fiquei apenas com uns cremes para a psoríase, porque minha pele escama, sobretudo os braços, e me dizem que é dos nervos, mas todos os outros remédios foram levados. Quer ver?

Virei-me para ela, que já estava arregaçando as mangas para mostrar-me as chagas.

— O asilo geriátrico? — disse enquanto observava com atenção as escoriações dos cotovelos ossudos.

— Sim... — pareceu desconcertada pela minha pergunta.

— Devem ter-lhe dado um recibo, suponho.

— Sim. — Procurou nos bolsos do roupão de flores que usava e tirou um papel cor-de-rosa amassado. Enquanto o passava às minhas mãos, ergueu as sobrancelhas e me reconheceu. — Você e eu já não nos conhecemos?

— Sim. Ontem nos vimos na portaria do seu sobrinho, quando estavam descendo todos os móveis.

— Ah.

Ficou pensativa. Tomei nota do endereço do asilo de idosos O Lago Dourado, encimado pela inscrição "dir. Dr. Mercè Bartrina". Com o rabo do olho, então, reparei na tela do computador e na torre do hardware que estava no chão, entre duas poltronas.

— O computador era do seu sobrinho?

— Sim, é claro.

— Posso...?

Tocou o porteiro eletrônico.

— Um momento.

A Sra. Margarida foi abrir.

Agachei-me diante do computador. Não estava conectado, é claro. Até me pareceu que faltavam cabos. Não podia conectá-lo imediatamente. A velhinha voltou:

— Escute-me... Quem é você? — Antes que pudesse lhe responder. — Você não vinha comprar os móveis do meu sobrinho?

Isso explicava tudo.

— Não... Lembra-se do que eu lhe disse ontem? Estou investigando a morte do Ramonzinho e, ah...

— O que veio procurar? Aquelas fichas da caixa de papelão?

— Sim — disse, incapaz de recuperar-me da surpresa.

— Pois não as tenho. Hoje veio um médico do Hospital para procurá-las, e também o confundi com o senhor que tinha de vir para levar os móveis. E procurou e revirou tanto quanto quis e não as encontrou.

— Um médico? — surpreendi-me, porque esperava que tivesse feito referência a uma mulher com olhos de assassina em série, Helena Gimeno. — Lembra o seu nome?

— Não.

— Como era?

— Baixo, gordinho, com uma calva que tapava penteando assim, partindo...

O doutor Farina.

— ...Disse que nas fichas havia anotações sobre os doentes do hospital e que precisava delas com urgência. Já tinha revirado tudo sem encontrar e ele ainda me dizia: "Não procuramos bem, temos de procurar mais! É muito importante, pagarei pelas fichas se quiser!" No final lhe disse que, se não fosse embora, avisaria a polícia, e o empurrei escada abaixo.

Um homem com óculos de fundo de garrafa enquadrou-se na porta e tossiu discretamente. A Sra. Margarida virou-se para ele.

— Vem para comprar os móveis? — perguntou.

— Sim...

— É mesmo? Depois não me venha dizendo que é do hospital e que está procurando uma caixa de sapatos...

— Caixa de sapatos? Não, não...

— Não me diga que é da polícia e que está investigando a morte do meu sobrinho...

— Polícia? Investigando uma morte? — O homem estava assustado.

— Eu compro o computador — ofereci-me, tirando a carteira do bolso. — Quanto quer?

A mulher piscou os olhos muito depressa.

— Mas você não era o investigador?

— Sim, mas compro o computador. Quanto quer?

— Você compra — a senhora me apontou com o dedo indicador. E, com o mesmo dedo, dirigiu-se para o homem dos óculos de fundo de garrafa. — E você?

— Eu... Eu... também compro. Mas, se não querem que eu compre, vou embora...

— Não, não! — gritou a velhinha.

— Ele compra todos os móveis — sentenciei. — Eu compro o computador. Porque o computador contém segredos do Hospital que ninguém pode ver. Olhe... — Tinha apenas 50 euros. — Eu lhe dou isso de adiantamento e amanhã lhe trarei o resto do dinheiro e levarei o aparelho, concorda?

Escrevi nas costas de um cartão: "Adiantamento do computador", e, na parte da frente, sob meu nome, a indicação: "Investigador caso Casagrande", para que se lembrasse de mim. Depois de pôr o cartão nas mãos da Sra. Margarida, desloquei-me para onde estava o futuro comprador do resto de tralhas e o peguei pelos ombros para evitar que disparasse a correr. Ele se encolheu, convencido de que me dispunha a derrubá-lo no chão com um murro. Deixei-os plantados lá e saí do apartamento lamentando levar tão pouco dinheiro no bolso.

— Não se esqueça de que o computador já é meu! — gritei, como forma de despedida.

Saí da casa como quem foge, como se tivesse entrado sem permissão e tivessem me apanhado roubando.

SETE

1

Quando saí na rua, tinha começado um aguaceiro violento e a terra tinha aquele odor tão unanimemente valorizado que não sei como é que Christian Dior não fez um perfume. Voltei a Barcelona embaixo de chuva, com o pára-brisa a toda velocidade, e dei por acabada a jornada de trabalho.

Se minha filha Mònica pedisse que eu me jogasse na via do trem, eu o faria sem hesitar. Para agradá-la, era até mesmo capaz de dedicar meia tarde a escolher uma camisa, uma gravata e uma jaqueta, e a tomar banho e a fazer barba. Embora os encontros às cegas que tinha arranjado para mim anteriormente houvessem terminado, no melhor dos casos, de modo grotesco, e, em conseqüência, eu não me entusiasmasse em ir e nem me iludisse com os resultados, tomava isso sempre com o espírito esportivo do primeiro dia. Porque, de fato, pouco me importava a mulher com quem tinha de encontrar: a que realmente me interessava agradar era Mònica.

Já podia pôr o relógio no pulso esquerdo. Encarei-me no espelho e pensei que não estava mal. Depois suspirei, conformado e um pouco deprê, como sempre que me olho no espelho. Vi-me só, só demais sem a Marta pedindo-me que subisse o zíper do seu vestido, ou perguntando-me se gostava do seu penteado, ou consultando-me sobre qual colar devia pôr, ou fazendo-me esperar demais antes de sair, fazendo-me desesperar, fazendo-me exasperar.

Como me sobrava tempo, sentei-me diante do computador, despreguei as velas e pus-me a navegar pelo oceano dos laboratórios e dos produtos que fabricavam.

Os Laboratórios Haffter, para os quais trabalhava Ramon Casagrande, tinham a sua sede em Munique, sucursais em 18 países diferentes e diversas linhas de produtos. Com o nome de Laboratórios HP, eram especializados em veterinária; com o nome de Laboratórios Beneham, se dedicavam a pesticidas e adubos para cultivos e plantas. A divisão Andrionics fabricava próteses cirúrgicas.

No site dos Laboratórios Haffter-Barcelona, constava uma lista dos medicamentos que produziam. Analgésicos na linha da aspirina (salicilatos e acetilsalicilatos); antiinflamatórios como o diclofenaco, ou paracetamol; antiarrítmicos como a amiodarona, o atenolol ou a digoxina; anticonvulsivos como o clonazepam; e antibióticos como a amoxicilina, a cefazolina, a ceftriaxona...

Pelo pouco que sabia de toxicologia, não parecia que Ramon Casagrande pudesse tirar da sua empresa nenhum elemento químico que servisse para a fabricação de drogas sintéticas. Não eram mencionados analgésicos morfínicos, nem anfetaminas, nem psicotrópicos de nenhum tipo.

Tocou o telefone.

— Como vai Marlowe? — disse uma voz com um sonsonete inconfundível. Flor Font-Roent.

— Hoje me dediquei ao *Caderno de Sombras* do Benet Argelaguera.

— Oh, o Argelaguera! Fascinante, o Benet Argelaguera. Não acha que seus poemas são um cântico à vida?

Fiquei sem saber o que dizer.

— Bem, sim, não sei. O que me vem à cabeça agora é aquele dos esqueletos e da podridão que me dão boas-vindas...

— Oh, claro! Sublime! "Quando os esqueletos mais amados / e a podridão / e os vermes / e o pó / e as lembranças / e a saudade / me dão as boas-vindas, / pelo modo como me olham / saberei como vivi." Não acha extremamente estimulante? Olhar a morte de frente é o melhor modo de se dar conta de que você está vivo, não acha? Tem algum compromisso para o jantar?

Aquela era a pergunta que motivava a ligação.

Senti-me como o funileiro do meu bairro, que diz que, quando não tem trabalho, não tem trabalho, e que, quando aparece trabalho, é tanto que não pode aceitá-lo.

— Desculpe-me — disse. Escolhi um adjetivo que ela pudesse compreender e aceitar: — Tenho um compromisso inelutável. — Com certeza lhe agradava mais a palavra *inescapável* que a *ineludível* ou *inevitável*. Ainda que talvez tivesse acertado mais recorrendo a *fatal* ou *inexorável*.

— É claro, é claro — disse manifestando descaradamente a decepção. — Não é nada. Temos uma conversa pendente sobre Marlowe, mas há tempo, não é?

Quando desliguei, pensava que aquela ligação tinha sido como um SOS. Cansada de dar voltas pelos aposentos da sua mansão, de fazer perguntas sobre o seu estimado Adrià, se era um assassino, onde devia estar escondido, quando já tinha acabado de roer todas as unhas, tinha decidido passar ao estágio seguinte da consternação: sair para a varanda e pedir ajuda aos gritos.

Saí para a rua com o nome de Benet Argelaguera fixado nos meus pensamentos, como se aquele homem com os seus poemas sinistros estivesse tentando transmitir-me uma mensagem em código. Benet Argelaguera, e os seus esqueletos, os seus mortos, os seus recém-nascidos de luto, os seus supostos cânticos à vida, era como aquela palavra que você tem na ponta da língua e não quer sair, a intuição de alguma coisa importante que você não lembra. Olhei algumas vezes o pulso esquerdo para comprovar que o relógio ainda estava ali, que não havia esquecido do encontro com Maria porque estava indo precisamente encontrá-la.

Tinha bastante tempo para parar no centro e comprar-lhe um CD de que eu gostava tanto que não podia imaginar que alguém não gostasse. Rita Lee, a brasileira que canta os Beatles. *Bossa'n Beatles*. Depois me perguntei se não seria quente demais, sensual e sugestivo demais para um primeiro encontro.

Às quinze para as dez cheguei naquele ponto da praça Molina onde fazia duas noites Beth tinha me beijado, enquanto eu temia que Maria estivesse me observando de uma janela. Tinha parado de chover fazia uma hora, mas o ar tinha ficado saturado de uma umidade fria que se instalava na medula dos ossos. Um pouco enrijecido pelo frio, brincando com o guarda-chuva, comecei a contemplar as mulheres que vinham em minha direção com a expectativa do psicólogo especializado na seleção de pessoal. Algumas me pareciam muito jovens, outras velhas demais, uma que era atraente falava sozinha como se discutisse com alguém invisível, uma outra tinha a idade ideal, mas ia vestida como se tivesse 17 anos. Em geral, quando passavam de longe sem me dizer nada, eu suspirava. Apenas num par de vezes o suspiro foi uma decepção.

Começava a me perguntar como a reconheceria, se não tinha nem idéia do seu aspecto, e se não acabaria cometendo uma indelicadeza dirigindo-me a alguma desconhecida, quando ela apareceu numa esquina e veio direto para mim, com certa timidez, mas tão convencida de que não se equivocava de pessoa que não tive nenhuma dúvida de que, valorizando sua mercadoria, Mònica lhe havia mostrado fotografias minhas.

Era uma mulher magra e miúda, de não mais que 1,60 m. De longe, uma menina disfarçada com roupa de mãe: jaqueta com saia curta e justa e sapatos de salto. O corpo pequeno conservava o equilíbrio das formas. Talvez as ancas tivessem se alargado com a experiência da maternidade, mas ela as mantinha na linha na academia onde conhecera Mònica. Pernas bonitas que avançavam com uma certa falta de jeito, com passinhos curtos e inseguros, como se estivesse se esquivando continuamente de poças e cocôs de cachorros.

— Àngel? Você é o Àngel, não?

Devia ter uns 40 anos bem disfarçados. Usava o cabelo bastante curto, mas não tanto que não se visse que era muito encaracolado. E com um piscar de olhos contínuo evidenciava a sua timidez.

— Olá, Maria — disse.

Dei-lhe dois beijinhos, um em cada bochecha, no mais despudorado estilo Felícia Fochs.

— Parece que cheguei um pouco tarde, desculpe-me.

— O que disse? Aqui, o único especialista em chegar tarde sou eu, que te deixei esperando desde anteontem. Trouxe isso aqui para que você me perdoe.

Dei-lhe o CD da Rita Lee.

— Mas, não era preciso.

— Claro que era preciso. Conhece?

— Não a conheço, mas gosto dos Beatles e gosto de bossa nova, de modo que a mistura me agradará com certeza. Mas você não precisava...

— O meu vidente de cabeceira me disse que, se eu não o fizesse, cairia um raio na minha cabeça como castigo divino.

— Ah, se é assim, fez bem.

Rimos da nossa situação: dois desconhecidos que não sabiam exatamente o que dizer-se e tinham de preencher o silêncio. Não era a primeira vez que me via numa condição semelhante, mas nunca conseguia me acostumar com aquela espécie de transe, estendendo os sorrisos até o ponto de rachar, enquanto pensava "e agora o que digo, e agora o que digo?".

— Além disso, não foi um grande problema. Eu moro aqui mesmo, neste prédio.

Apontou o edifício que tínhamos em frente e me arrepiei ao experimentar mais uma vez a sensação de ser observado, enquanto Beth me dava aquele beijo imprudente.

— Bem... Onde me leva?

— Aqui, não muito longe. Gosta de caminhar?

— Vamos andar.

Piscava os olhos continuamente, como se tivesse entrado alguma coisa no olho, ou como se a ofuscasse um foco muito potente. Lembrei-me da Shirley McLaine mais deliciosa. Pensei que talvez fosse um pouco boba.

— Pensei — ela disse — num restaurante especializado em cozinha francesa que acabam de abrir aqui perto. Dizem que fazem uns fondues de carne muito bons.

— Você é especialista em alimentação.

— Eu pensava que todos os detetives fossem gastrônomos e hedonistas excepcionais.

— Isso só acontece com os detetives comunistas que passaram para a CIA e queimam livros na lareira.

Levou-me a um lugar pequeno, com velas nas mesas, o que propiciava a intimidade. Enquanto, inspirados pelas poças da rua, falávamos da chuvarada que tinha caído naquela tarde e de alguns temas apaixonantes, questionei-me por que uma mulher como ela estava só e necessitada de encontros às cegas. É claro que, possivelmente, ela perguntava o mesmo em relação a mim; talvez me imaginasse suspenso pela lembrança de minha mulher, negando-me a substituí-la, ou talvez espantado, incapaz de amar novamente por medo de sofrer uma outra jogada do destino e ter de voltar a passar pelo transtorno da dor e da raiva e do desconcerto. "I'm a rock, I'm an island", como dizia aquela canção de Simon e Garfunkel. E, como sou apenas uma pedra ou uma ilha, nada pode me fazer mal. Aquilo explicaria o meu comportamento devasso, freqüentando de noite lugares onde punham Sex Bomb e sendo beijado por jovenzinhas que poderiam ser minha filha. Inevitavelmente, falamos da Mònica. Maria achava-a uma moça fantástica, e eu também, ou seja, neste ponto, estávamos de acordo. Superada esta fase, falamos dos seus filhos, porque ela também os tinha, um de 13 e um de 8, e eu evitei uma pergunta sobre a figura paterna.

2

Uma vez sentados à mesa e confrontados com o difícil exame do menu, a personalidade de Maria mudou de repente. Como se fosse um piloto de avião no momento de sentar diante dos comandos do Boeing. Os pratos, os talheres, os guardanapos e o cardápio: aquelas eram as suas armas.

Deixei que ela me instruísse. Explicou-me que, o que nós catalães chamamos *filet* e os castelhanos *solomillo*, os franceses chamam *aloyau*, e o dividem em duas partes: a de cima, que é o *faux filet*, e a de baixo, o *filet*. Quando me interessei pelo seu restaurante, fugiu do assunto:

— Um dia você vai vê-lo. O que eu faço é para provar, não é para comentar.

Ainda que a especialidade da casa fossem os *fondues* de carne, aconselhou-me outras opções. Saladas sofisticadas e *faux filet* ao creme de estragão.

— *Bleu* — especificou a Maria.

— O que disse? — falou o garçom.

— Malpassado — ela esclareceu. — Muito malpassado.

— E para beber?

— Água sem gás. — consultou-me. — E vinho? — Concordei, submisso. — Gosta de vinho tinto? — Concordei de novo e ela pediu, autoritária: — O Añares de 95. — E, quando o garçom se distanciou, acrescentou: — Muito mal, quando um garçom de um restaurante francês não sabe o que quer dizer *bleu*. — Mas, imediatamente, como se não fosse nada, retomou a conversa anterior: — Em compensação, o seu trabalho sim é que é literário.

— Literário? — ri.

— O que está investigando ultimamente?

Bem, ela que tinha usado a palavra "literário", de modo que pude responder o mesmo que havia dito para o inspetor Soriano, mas com um outro tom e sem me sentir pedante nem agressivo:

— Estou tentando descobrir quem matou Marlowe.

— Philip Marlowe? — ela saltou, encantada da vida, entrando na piada. — Ah, que interessante! Mas não me parece muito difícil de resolver. Matou-o o próprio Chandler, não acha?

Referia-se a outro Marlowe, o mais próximo de mim, de fato, mas não a corrigi. Agradou-me que conhecesse Philip Marlowe.

— Chandler? — aceitei o tema. — O pai que mata o filho? Sempre me pareceu que eram os filhos que tinham de matar o pai.

— Os autores sempre acabam odiando os seus personagens — corrigiu-me como se soubesse muito bem do que falava. — Concretamente, tinha entendido que Chandler odiava Marlowe porque ele, de fato, não queria escrever romance policial nem romance *noir*. O Chandler queria escrever poesia, ou grande literatura, e ser aclamado como um Joyce ou um Proust. Menosprezava o trabalho que fazia.

Pareceu-me que falava de Chandler com muito pouco respeito, e ia fazer-lhe essa observação quando o garçom nos trouxe o vinho e umas torradas com manteiga.

— A senhora provará o vinho — disse. Deveria ter dito senhorita? Talvez tivesse cometido uma gafe? — Ela entende disso mais do que eu.

Não armou nenhum espetáculo. Não olhou a taça na contraluz nem bochechou o vinho entre os lábios e os dentes. Limitou-se a cheirar a taça discreta, quase dissimuladamente, e a reter a bebida um instante na boca, antes de engoli-la. Supus que estava detectando o gosto do carvalho dos tonéis, o encorpamento do líquido, o perfume que acaricia o paladar e outros detalhes que a mim sempre escapam. Sorriu:

— O Añares é uma aposta segura — disse. E, com um movimento de cabeça quase majestoso, deu permissão ao garçom para que ele enchesse as taças.

Não passou manteiga nas torradas, de modo que eu também me abstive.

— Raymond Chandler é um dos melhores autores de romance policial — afirmei. — Mas não diria o melhor. Se não fosse Hammett, seria o melhor.

— Não se eu estou a favor da liberdade religiosa — respondeu com uma luzinha irônica no fundo dos olhos. — E mais: o meu doutorado em filologia foi sobre Raymond Chandler.

— Ah, sim?

Ela adorava me surpreender, e seu sorriso era mais embriagador que o vinho.

— Por isso nos conhecemos, de fato. A sua filha me disse que era detetive particular e lhe pedi o favor de nos apresentar. É o primeiro detetive que conheci na vida, sabe?

— Que honra.

— De carne e osso, quero dizer. Antes de você, houve o Marlowe, o Spade, o Poirot, o Nero Wolfe, o Jerry Bosch... Na minha época, na universidade, era muito valorizado o romance *noir*, tal como todo romance popular em geral. Não eram tão aristocráticos como agora. Acreditavam numa cultura majoritária, aberta a todo mundo. Agora, os gurus cultivam o prazer de saberem-se poucos, seletos e privilegiados, e defendem uma literatura obscura e distanciada. Todos os críticos sonham em descobrir o autor ignorado pelo mundo e torná-lo conhecido e erguê-lo nos altares da religião da cultura. Se conseguirem isso, é porque eles mesmos triunfaram como críticos e sacerdotes. Se não conseguirem, quer dizer que ninguém lhes dará atenção e que são uns fracassados. Mas, é claro, o mérito é beatificar alguém que seja difícil de ler, que não tenha sido aplaudido previamente pelas massas. O romance policial, que agrada a todo mundo, até mesmo àqueles que se proibiram de lê-lo, não é uma boa aposta para os gurus que querem vencer. É mais fácil você gostar de um romance *noir.*

Trouxeram as saladas. Maria, então, dedicou toda a sua atenção à liturgia de provar o prato. Suas mãos, manipulando os talheres, de repente eram mãos de uma profissional. E a expressão de absoluta concentração era a melhor homenagem que alguém já havia rendido àquela salada. Eu estava fascinado. Olhou-me.

— Gosta?

— Não sei. Não provei. E você?

— Não está mau, mas acho que lhe trouxe ao restaurante errado.

— Você deveria ter me levado ao seu.

Para mim, a salada não estava tão má, ainda que eu não seja um entusiasta do molho *rosé.* Fiz um gesto de benevolência.

— Temo pela carne — anunciou Maria.

Piscou os olhos, temerosa, e então me dei conta de que havia bastante tempo que não o fazia. Gostava dos seus olhos. Olhos claros, ainda não sabia bem de que cor, se azuis ou verdes, mas carregados de sabedoria. Eram olhos que tinham chorado muito, que tinham aprendido a chorar chorando, e as lágrimas os tinham curtido, limpado e deixado um olhar nítido e direto.

— E qual era o título da sua tese de doutorado? — perguntei.

— Um título elementar: "Chandler, um autor de gênero contra o gênero."

— Você não gosta do Chandler — sentenciei, como se isso me desgostasse.

— É claro que eu gosto, lhe garanto. Mas escreveu um opúsculo infecto, *A Simples Arte de Matar,* tendencioso, insultante, destrutivo e míope, e os estudiosos da época se confundiram e pensaram que eram as tábuas da lei, e se puseram de joelhos e o adoraram. E, sobre as idiotices que Chandler dizia naquele artigo, foram erigidas montanhas e montanhas de idiotices. Achei que era preciso pôr as coisas no seu lugar, e foi o que eu fiz.

Pegamos as taças de vinho ao mesmo tempo, mas aquele não parecia o momento mais adequado para um brinde. Bebemos, numa pausa deliciosa, e sorrimos partilhando um mesmo momento delicado, e eu recapitulei:

— Como disse? Tendencioso, insultante... Naquele artigo, Chandler disparava contra o romance policial tradicional, como os de Agatha Christie, onde a única coisa que importa é saber quem é o culpado...

— Isso não é certo. O romance de mistério tem milhões de seguidores em todo o mundo, e reduzi-lo a essa vulgaridade é supor que toda essa legião de leitores é imbecil. O romance de mistério é um jogo de engenho, uma peça de relojoaria na qual, se é bem-feito, tudo tem de se encaixar à perfeição, e os leitores obtêm o prazer que se extrai desse jogo. Uma outra coisa é você não gostar de jogar, mas então não pode se dedicar a esse gênero, que é essencialmente lúdico.

— Eu não acredito que Chandler quisesse jogar.

— Ah, não? Você não acha que os diálogos, tão divertidos, eram um jogo? Aquilo do porteiro que pergunta ao Marlowe: "Você é policial?", e ele lhe responde: "Não, mas sua braguilha está aberta"... Creio que é de *A Irmãzinha*.

— Em todo caso, ele buscava motivações mais verossímeis para os seus crimes e aproveitava a história para fazer um tipo de denúncia social baseada na simples exposição da realidade. Estava mais interessado no realismo e na denúncia social que no jogo.

Retiraram os pratos de salada. Maria não tinha terminado totalmente, e justo quando eu estava pensando que ela não tinha gostado nada de mim e que devia estar entediada, me olhou e sorriu.

— Realismo — disse.

Tinha a boca, de lábios carnudos, fechada dentro de um parêntese que fazia pensar em risadas descaradas, contagiosas, risadas capazes de fazer companhia até mesmo nos momentos menos favoráveis. Eu teria gostado de ter por perto um sorriso como aquele quando Marta morreu. Aquela mistura de faíscas tristes nos olhos e alegria irreprimível dos lábios transmitia uma confortável sensação de sinceridade, de espontaneidade. Comparada com ela, Beth era o reflexo de uma mulher na superfície de um lago, frágil, incerta, instável, como corresponde a uma moça recém-saída da adolescência. Comparada com ela, Felícia Fochs era só um corpo, um físico sem química. Comparada com ela, Flor Font-Roent era como a alegria de uma banda de aldeia contrastando com a música que toca o coração de verdade.

— Realismo? — exclamou, divertida. — Sim, isso é o que diz na primeira linha do seu famoso artigo. Mas não é certo. Realismo nos romances de Chandler? Você os leu bem? O único realismo que há é nos parágrafos onde diz que a polícia não é como pensávamos e que os detetives particulares não são infalíveis. No que se refere ao resto, os seus melhores diálogos são como os dos filmes dos irmãos Marx, esplêndidos mas delirantes, e têm muitas cenas que são como de *vaudevile*. Assassinatos com três ou quatro testemunhas escondidas atrás do sofá, gente que entra e sai com pistolas na mão, gente desmaiada que despertará, indefectivelmente, vez ou outra, ao lado de um cadáver... Chandler era um excelente narrador, mas um pouco tosco na hora de criar intrigas e tramas. Não conhece a anedota de quando rodava uma versão cinematográfica do seu romance *O Sono Eterno*?

— Sim, que o roteirista e o diretor lhe telefonaram para perguntar quem diabos tinha matado um personagem secundário... — ia acrescentar um *mas*, e não me deixou.

— Exato. Faulkner e Howard Hawks lhe telefonaram. Queriam saber quem tinha matado Owen Taylor, o chofer dos Sternwood, aquele que atiram com o carro no mar. E dizem que respondeu: "Não faço a menor idéia." Isso foi muito aplaudido pelos devotos de Chandler, e, em conseqüência, ouve um monte de romances policiais cheios de mortos que ninguém sabe como morreram, nem por quê, nem nas mãos de quem. Um desastre. Isso, pelo menos, fala de um modo de escrever muito desastrado, muito pouco profissional. Não era a atitude adequada para fazer análise literária nem para dar conselhos. Chandler se descuidou daquele morto porque estava ocupado demais fazendo literatura.

— Tenho a impressão de que você não gosta de Chandler — concluí, notando que se tratava de brincadeira freqüente.

Trouxeram a carne e aquilo provocou uma nova pausa de provadora profissional. Cortou um pedaço, sob meu olhar admirado, e o meteu na boca com muito cuidado, como se suspeitasse que aquele naco pudesse estar envenenado. Perguntei-me se acabaríamos na cama aquela noite.

Franziu o nariz numa careta que me encantou.

— Não gosta?

— Sim, gosto muito do Chandler. O que eu não gosto é da carne. Evidentemente, acabam de tirá-la do congelador, e, como a pedimos malpassada e nos atenderam, por dentro ainda está fria como um sorvete.

— Devolvemos?

Suplicou-me com o olhar.

— Não gosto de fazer escândalos. É suficiente não acabarmos de comê-la e não voltarmos nunca mais a este restaurante. Sinto muito. Não está nada correta.

Continuei comendo. Qualquer um que a visse diria que a entusiasmava aquele *faux filet* com estragão.

As lapelas da jaqueta, sóbria, quase masculina, formavam um decote em V entre dois peitos que não tinham nada de masculinos. Evidentemente, sob aquela jaqueta não devia levar nada além do sutiã. De repente, dei-me conta de que tinha de fazer um esforço para desviar o olhar para o meu prato. Para mim a carne não pareceu tão má. Um pouco frio o centro do pedaço, mas acabava sendo saborosa e tenra.

— O molho não está mau — me fez notar. E acrescentou: — Mas o que é fantástico é o Chandler. Chandler me entusiasma, ainda que você pense que não! Mas sabe por que gosto dele? Pois precisamente porque escreve romance policial, romance lúdico, romance com mistério e com final inesperado. Exatamente o romance como ele próprio criticava. Nas suas obras, Chandler propunha um crime do qual se ignorava o culpado, e todo o romance estava destinado a descobrir este culpado, a desvelar um mistério, uma intriga. Havia uma seqüência de interrogatórios com a finalidade de desvendar o mistério. Esta é exatamente a mesma estrutura de um romance de Conan Doyle ou de Agatha Christie. E, no final, o assassino, o culpado, era quem você menos esperava. Normalmente uma mulher, note bem. O culpado dos romances de Chandler não costumava ser um gângster, nem um policial corrupto, nem um político prevaricador, mas uma mulher. Este era um ponto essencial da minha tese de doutorado. Em *O Sono Eterno*, a culpada se chamava Carmen, Carmen Sternwood; em *Adeus, Querida!*, a famosa Velma...

— Charlotte Rampling no filme — indiquei.

— Em *A Janela Alta*, não me lembro, me parece que havia uma mulher que tinha jogado uma outra da janela... Em *A Dama do Lago*, tinha a Crystal, que tinha feito se passar por... Não: a Mildred matou a Crystal e, depois, se fez passar por ela... Realismo! Em *A Irmãzinha*, a filha-da-puta era precisamente a irmã mais nova...

— Está bem, está bem, me convenceu, me rendo...

— E sabe por que as culpadas eram, no final, sempre as mulheres? Não porque fosse um misógino, ou não apenas por este motivo, mas porque Chandler procurava surpreender o leitor com o final inesperado, tal como os autores de romance de mistério que ele criticava, como todos os autores que cultivaram esse gênero.

Tínhamos acabado de jantar.

— Está bem — disse —, me convenceu. Mas com tudo isso não me demonstrou que fosse Chandler o assassino de Marlowe. De fato, quando morreu, Chandler deixou bem vivo o seu personagem num romance inacabado. *Assassinato em Poodle Springs*. Vivo e casado. E casado... Ou talvez seja a isso que você se refere quando diz que ele o assassinou?

Rimos, felizes de estar juntos.

— Não quer sobremesa? — me perguntou.

— E você?

— Não. Não estou com vontade e não quero me arriscar.

— Eu também não.

— E café? — fazia o papel de anfitriã.

— Não.

— Uísque? — Recusei com a cabeça. Já havia tomado a minha dose de uísque aquela tarde, no Campo de Tiro de Badalona. — Que tipo de detetive é esse que não bebe uísque?

— Um detetive que já bebeu demais ao longo de sua vida.

Paguei. Não deixamos gorjeta.

Na rua, a atmosfera estava tão saturada de umidade que dava a sensação de que chovia vapor d'água. Atrevi-me a passar o braço por cima dos ombros de Maria. Tinha gostado de conhecê-la. Se tivéssemos nos encontrado num bar e a tivesse visto de longe, eu teria tido vontade de me aproximar e passar a noite com ela.

Uma moto, atrás de nós, estralejava com uma insistência irritante.

— Na próxima vez, no seu restaurante? — disse.

— Quer me fazer trabalhar, é?

Eu começava a me perguntar qual era o objetivo preciso daquele encontro. Era porque os dois viviam numa época de abstinência sexual e eram adultos sem preconceitos e, portanto, estavam pensando em acabar na cama? Eu estava pensando em acabar na cama? Já não tenho idade para tirar as calças diante da primeira que passa.

— Gostei de jantar com você — disse-lhe enquanto caminhávamos.

— Pois o jantar foi uma porcaria.

— Digamos que o jantar não estava à altura de suas expectativas de especialista, mas, apesar disso, gostei de jantar com você.

— Também gostei de jantar com você.

O barulho agudo da moto, atrás de nós, começava a ser insuportável. Cravado nas minhas costas como um punhal. Atravessando as orelhas como uma broca.

— É muito interessante comer com uma especialista em comida.

— E especialista em Chandler — disse Maria.

— E especialista em Chandler — concordei.

— Que surra que eu lhe dei, hein?

— Não, de maneira alguma.

— Vim para que me contasse coisas da sua vida de detetive e acabei lançando sobre você a minha conferência. Ficou aborrecido?

— Não!

— Você sabe o que acontece. Sai com uma pessoa pela primeira vez e quer ficar bem, e os silêncios são incômodos e você tem tendência a fazer propaganda de si própria, para dar uma boa imagem, não é? "E olha o que eu sei fazer, eu penso assim e assado", e acaba sendo uma chata...

O barulho da moto continuava entre nós. Evidentemente, circulava em cima do passeio. Perguntei-me se estava nos seguindo.

— Não, não. Nada de chato. Eu é que sou calado demais.

— É verdade. Sabe escutar. Ainda que não goste do que escuta.

— Gosto muito.

— Eu atacava o seu amado Chandler e não lhe deixava nem abrir a boca.

— Bem, a noite é uma criança. Vamos tomar alguma coisa e substituo você. Vou te contar a minha vida.

Um tremor distorceu minha voz. Supus que era o tremor da indignação, porque aquele barulho maçante que levávamos enganchado nas costas já tinha esgotado minha paciência. A moto estava nos seguindo, com certeza. É claro que também podia ser o nervosismo provocado pela proposta de tomar uma bebida num bar, de prolongar a noite que ninguém sabia como podia acabar. Mas, então, Maria cortou toda esperança consultando o relógio.

— Não é tão criança a noite — comentou. — Não é tão criança.

Isto queria dizer que a noite tinha um limite e, portanto, que tinha acabado. Isso é o que acontece com a noite: ou é criança e então não tem limites, ou já acabou.

Tínhamos chegado à praça Molina. Já cruzávamos Balmes, para a Via Augusta, e a moto que nos perseguia, zumbindo como uma vespa venenosa, deveria ter acelerado e se distanciado de nós, mas não o fazia. Continuava pela calçada, evidentemente pela calçada, colada atrás. Eu já não tinha nenhuma dúvida de que estava nos seguindo. E, ao virar para protestar pelo cerco, ou para defender-me de um previsível ataque, descobri que estava claramente zangado. Aquela rajada de trovões interminável estava interrompendo uma conversa que podia ser essencial para o meu futuro. E não me restava tanto futuro para esbanjar assim.

— Espere um momento — disse à Maria.

Virei-me e, a menos de 10 metros, vi uma moça extravagante metida numa moto extravagante. Uma moça vestida com uma malha preta de algodão, apertada com vontade, que não lhe tapava o umbigo, uma minissaiazinha de couro que parecia um cinturão grosso, meias arrastão como as que usavam as coristas de *music hall* de quando meus pais eram jovens, e botas de salto alto, um pouco *maîtresse* de sadomasô. E um capacete fechado preto-e-branco que combinava com o resto da indumentária.

Aproximei-me dela e disse:

— Olá.

Era Beth. Levantou o visor do capacete fechado para que eu pudesse ver a sua expressão de felicidade.

— Que diabos você está fazendo aqui?

— Viu como te achei?

— Que diabos você está fazendo?

— Me disseram que tínhamos de ir à discoteca hoje...

Maria se aproximava. E eu não queria que se aproximasse, mas não podia impedir.

— Mas o que você disse?

Maria já estava ao meu lado, tão serena, tão adulta, tão formal com a sua jaqueta cinza-escura e os sapatos de salto. Qualquer um que nos visse imaginaria uma cena doméstica: os pais discutindo com a filha doidivanas.

— Você não estava me procurando para ir à discoteca Crash esta noite? — disse.

— Uma colega de trabalho... — balbuciei. Estava consciente de que tinha ficado muito vermelho. Queria deixar claro que a minha relação com aquela moça era apenas profissional e, ao mesmo tempo, não podia tirar da cabeça que, provavelmente, Maria tinha visto como nos beijávamos, Beth e eu, duas noites antes. — Agora não posso ir, Beth.

— Se é por mim, não se incomode — disse Maria. — Eu já tenho de ir para casa. Tenho a babá dos meninos, que está me esperando...

Uma vozinha escondida em algum canto ignorado do meu cérebro não parava de repetir: "Oh, meu Deus, oh, meu Deus", e coisas piores. Enquanto isso, eu dizia, como um apatetado:

— Ah.

— Se você tem obrigações, vá cuidar delas. De verdade. Eu já vou subir, e boa noite...

— Bem...

— Trouxe um capacete para você — disse Beth. — Ponha e vamos à discoteca de moto, quer? Depois te levo até onde quer que você tenha deixado o carro.

Maria e eu nem sequer nos demos o beijo de despedida. Ela forçou um daqueles sorrisos seus, encorajadores e compreensivos, um pouco irônico, talvez, enquanto os seus olhos tristonhos se lembravam de alguma coisa dolorosa relacionada com primeiros encontros suspensos e moças descaradas com moto.

— Bem, boa noite, Àngel.

— Nos ligamos, não?

— Claro.

— Da próxima vez você jantará melhor, prometo.

— Jantei muito bem.

— Boa-noite.

Maria entrou em casa. Virei-me para Beth, que nos contemplava maravilhada, como se fôssemos protagonistas do seu filme preferido.

Pus o capacete e peguei a barulhenta Scooter Piaggio, atrás da amazona, muito agarrado a seu corpo.

3

Beth estava entusiasmada. Aproveitava cada semáforo ou cada trecho reto e sem tráfego que não requeria toda a sua atenção para virar-se para mim e tentar dizer-me alguma coisa. Os capacetes fechados e a barulheira que fazia a moto impediam que a ouvisse. Enquanto corríamos pela rua Balmes acima, para encontrar a Ronda de Dalt, com as minhas mãos sobre a pele suave da cintura da moça, fui acalmando e desapareceram o nervosismo e a irritação. Talvez tenham influído a juventude da pessoa que me carregava, a energia transbordante que me transmitia o contato com o seu corpo elétrico e o fato de que Maria, tão sensata, tinha dado a noite por terminada. Poucos minutos depois de nos termos separado, já me arrepiava a perspectiva de subir a um apartamento onde dormiam meninos e onde uma babá jovenzinha e amargurada teria lido nossos pensamentos. Montados na Piaggio skr 125 4t, eu não sabia onde acabaria tudo aquilo, mas, fosse como fosse, estava certo de que me meteria na cama muito mais jovem do que quando tinha levantado.

A megadiscoteca Crash era visível de longe graças a um letreiro néon azul e fúcsia e um feixe de focos que perfuravam a noite como se estivessem esperando um ataque aéreo. Naquelas horas, no estacionamento, havia muito mais carros que da outra vez em que eu tinha estado lá, atrás dos passos de Casagrande e Adrià Gornal.

Juntamos a moto a uma fileira de milhares de motos semelhantes. Quando Beth tirou o capacete, pude admirá-la em todo o seu esplendor: a malha negra que lhe marcava uns peitos muito mais maduros que ela, o umbigo, a minissaiazinha sem segredos, as meias arrastão e as botas de *maîtresse*. E o umbigo. Usava um penteado despenteado com mechas que lhe caíam ao longo do rosto, emoldurando as bochechas. Tinha se maquiado com um vermelho muito vermelho nos lábios e um preto muito preto em volta dos olhos, com toques de purpurina aqui e ali. Ao balançar os cabelos, espalhou à sua volta o cheiro de um perfume que teria de ser catalogado como arma química. Se Octavi a tivesse visto desse jeito, a essas horas devia estar na delegacia por tentativa de estupro.

— O que você acha do meu disfarce de discotequeira?

— Bom — disse.

— O que está olhando?

Estava olhando seu umbigo. Não podia desviar os olhos do seu umbigo. Teriam de compor uma música com este título: "Não posso desviar os olhos do seu umbigo."

— O quê? Nada. Ah, você está muito bonita.

— O que você achou de como eu te encontrei?

— Ah, sim. Fiquei bem surpreso.

— Quando me disseram hoje na agência que estava me procurando para me levar numa discoteca, pensei que uma boa detetive encontraria você sem problema. Quer saber como fiz? — Pulava de euforia. Era aquilo o que queria me contar durante a viagem. Não teria aceitado um não por resposta. — Ontem te ligou esta senhora, a Maria, lembra? Porque você não tinha comparecido ao encontro do dia anterior, e iam se encontrar no mesmo lugar e na mesma hora... "Às dez, na praça Molina"... Bem, claro que você tinha comparecido, mas chegou tarde. Chegamos tarde, de fato, porque eu ia com você. E, bem, então, ontem, no carro, olhei o número dela no seu celular e me chamou a atenção porque era um número muito peculiar: dois três seguidos de dois dois, e era o mesmo número de trás para a frente, e o total somava exatamente quarenta...

— Entendi — comentei. Era evidente que tinha feito um esforço para decorar o número, e, se isso não era uma invasão da minha intimidade, as vacas se poriam a voar de um momento para outro. — Um número facílimo.

— Sim, é claro — continuava ela, sem captar a ironia. — Porque se você leva em conta que todos os números de Barcelona começam com 93 e que aquele era quase o mesmo de trás para a frente, tinha de acabar em 39, não? E, como havia dois três seguidos de dois dois, de fato somente me faltavam dois números que, e isso eu lembrava com certeza, não se repetiam nem eram iguais, de modo que somente me restavam duas opções...

— Ou seja, lembrou do número...

— Telefonei, perguntei pela Maria e disse que já sabia que tinha saído para jantar e que queria falar com ela. A babá, naturalmente, tinha o telefone de onde estavam para o caso de alguma emergência. Me deu. Telefonei para o restaurante e não tiveram nenhum inconveniente em dar o endereço. Fiz bem?

— E você se plantou lá sem se perguntar se era inoportuna ou não... — estava a ponto de repreendê-la.

— É evidente que não fui inoportuna.

— Ah, supõe que não tenha sido inoportuna!...

— É claro. Você está aqui, não? — disse com faceirice trapaceira.

— Você já é grandinho. Se aquela fosse a sua namorada, ou tivessem planos mais excitantes, você teria me despachado, não é? E ela não teria dito que ia para casa. Se a sua noite tivesse sido lá, você não estaria aqui, não é mesmo?

Perguntei-me se a moça merecia uma bofetada ou não. Antes que encontrasse uma resposta, ela assumiu uma postura que tornava a atrair toda a minha atenção para o seu umbigo.

— Bem, o que vamos fazer?

Expliquei-lhe. Era mais que provável que naquela discoteca circulassem drogas. Não me interessavam as drogas tradicionais, como a coca, nem a anfetamina e seus derivados, como o ecstasy, porque os laboratórios de Casagrande não trabalhavam com esses elementos. Tratava-se de encontrar alguma coisa especial, que eu não sabia exatamente bem o que podia ser... Naturalmente, se eu entrasse e me pusesse a fazer perguntas, ninguém me diria nada. Em compensação, Beth teria mais possibilidades de se sair bem. Não queria lançá-la aos leões sem proteção, porém, e por isso tínhamos de ir juntos.

— Eu entro primeiro — estabeleci —, e depois vem você. Me dê uma margem de dez minutos e passe misturada com um grupo. Não deixe ninguém notar você. Certo?

Estava emocionada como o espião antes de atravessar as linhas inimigas. Cerrou os punhos e deu uns saltinhos.

— Aiiii, que nervoso!

Pensei "meu Deus" e me encaminhei para a discoteca.

Depois de pagarmos e passar pelo pouco dissimulado controle dos dois gorilas da porta, tivemos acesso a um grande vestíbulo de onde saía a escada para a região menos barulhenta. Demorei-me como faria um forasteiro aborrecido, recém-chegado de qualquer lugar, que não conhecesse as regras do jogo. Observei a máquina de cigarro como se nunca tivesse visto uma e admirei a coleção de fotografias que decorava a parede. Em todas aparecia Romà Romanès. Eram fotos em preto-e-branco, para que parecessem antigas e combinassem com a inevitável capa e o chapéu e os cigarros próprios de gângster de Chicago. Ele aparecia, fanfarrão, em companhia de celebridades que alguma vez tinham visitado o local. Atores, um cantor da moda, um grupo de atletas reconhecidos. Até mesmo uma com um vereador da Câmara. Romanès estava sempre no centro da fotografia, agarrando os outros como se fossem troféus de caça.

Pausadamente, subi a escada até a parte de cima, onde tocava música antiga: Pretenders, Christopher Cross, Fleetwood Mac e outras coisas dos anos 80. Para um garçom que parecia hipnotizado pedi um uísque com gelo, o segundo do dia, o que me havia proibido no final do jantar, como se o Esquius da discoteca fosse diferente do Esquius que havia conhecido a Maria. Prometi-me que o faria durar e me aproximei do mirante de paredes de vidro que me permitia contemplar a discoteca de baixo, onde os jovenzinhos se moviam ao ritmo de uma música diferente da que eu ouvia.

Localizei Beth, maravilhosa, dançando como uma a mais da galera.

Sentei-me numa cadeira, ao lado de uma mesa de madeira pequena e frágil onde não me atrevia nem a encostar. À minha volta havia gente mais madura que os de baixo. Alguns casais se beijavam apaixonadamente em sofás dispostos de propósito pelos cantos, outros dançavam agarrados, como há décadas os jovens não dançam nas discotecas.

Na pista de baixo, Beth falava com uns rapazes que não tiravam os olhos do umbigo dela. Riam e fumavam (eu nunca tinha percebido que Beth fumava) sem parar de dançar de modo mecânico. Um dos rapazes pegou-a pela mão e levou-a para fora da pista, para os fundos. Distingui o indicador luminoso dos banheiros ao lado de um indicador de saída de emergência e temi que saíssem da casa. Irritei-me como um pai superprotetor.

Calculei que aquela saída de emergência levava aos fundos do prédio.

Levantei-me da cadeira e localizei um indicador de saída de emergência próximo de onde me encontrava. Aproximei-me. Havia uma porta e, atrás dela, você ouvia a música estrepitosa e a barulheira de baixo, num balcãozinho, uma espécie de passarela, uma pontezinha que sobrevoava a discoteca dos jovens. Se você olhasse para baixo, via duas mesas ocupadas por moças que bebiam e falavam de alguém que dançava. Aquele balcãozinho era um canto misterioso, provavelmente construído por ordem das autoridades e dos bombeiros para favorecer a fuga em caso de incêndio. Uma flecha indicava que, para se salvar, você não teria de ficar parado lá, tinha de atravessar uma nova porta, atrás da qual encontrei escadas que desciam para um canto escuro da seção juvenil.

Em vez de descer para procurar a Beth, que era o que me pedia o corpo, voltei para a mesa de brinquedo do mirante. Localizei-a logo. Saía do banheiro acompanhada de dois moços que não me agradaram. Ela ria e balançava a bunda como se nunca tivesse estado tão feliz, mas eles estavam muito sérios e a olhavam de alto a baixo, como se elaborassem planos de violação. Alguém devia estar tocando sua bunda, porque ela reagiu com uma de suas risadas, virou-se para os dois e, da maneira mais frívola e excitante do mundo, empurrou-os suavemente, recusando sua companhia, e se distanciou em direção ao balcão.

Os dois moços não foram atrás dela, e isto eu estranhei. Não era normal que se rendessem de primeira. Parecia que estavam dispostos a sair da boate. Dirigiram-se para o vestíbulo e passaram sob os meus pés.

Sem pressa, fui até a escada principal. Precisei apenas descer três degraus para comprovar que os dois rapazes estavam falando com os gorilas da porta. Tinha um gorila com uma camiseta de manga curta, para exibir uns bíceps como pernis, e um outro que escondia a musculatura sob uma jaqueta xadrez feita sob medida.

Voltei para cima, para a minha mesa-observatório. Beth agora falava no ouvido de um outro rapaz. Este usava óculos e ria como se lhe faltasse um parafuso. Não sei o que lhe dizia Beth, mas as pernas do rapaz se dobravam de tanto rir.

Sob meus pés, procedentes do vestíbulo, apareceram o gorila da manga curta e um dos jovens mal-encarados. Abriam passagem pela multidão de bailarinos, em linha reta para onde estava Beth.

Com o pesado copo de uísque fiz pontaria contra as garrafas que havia atrás do balcão, por cima da cabeça do garçom hipnotizado. Ao mesmo tempo que estouravam os vidros e o conteúdo de algumas garrafas se descarregava sobre o empregado, agarrei a mesinha de madeira e a usei para tentar quebrar o vidro do aquário. A mesa se fez em pedacinhos entre os meus dedos, de modo que joguei os restos para um lado e me armei com uma cadeira.

Ao virar-me, confirmei que precisava de uma arma, porque o garçom hipnotizado vinha em minha direção.

— Ei, você, filho-da-puta! — gritava.

Recebi-o jogando-lhe a cadeira na cara. Um outro móvel que se fez em pedaços enquanto o pobre homem saía atirado para trás e caía sentado sobre um casal de mãos dadas. Houve gritos e movimentos convulsos.

Tenho uma carteira de couro com um cartão de aspecto muito oficial que eu mesmo fiz no computador. Na parte da frente do cartão há uma placa colada que parece metálica mas é de plástico e que tem uma inscrição que diz "Sheriff Kansas City", que, de longe, não se lê. Faz efeito. Mostrei-a para o público.

— Polícia — disse para que ficassem parados.

Tinha conseguido o que queria. Os gritos e o estrondo tinham agitado toda a boate. As pessoas, embaixo, tinham se movido como uma espécie de maré, como um redemoinho humano, para ver o que se passava em cima. O gorila da manga curta e o rapaz que o acompanhava tinham tomado um susto e esquecido um instante a moça que fazia perguntas comprometedoras. Automaticamente, tinham corrido para as escadas que haviam de levá-los até mim. Ao mesmo tempo, o gorila da jaqueta xadrez devia ter abandonado a porta para subir os degraus da escada principal de dois em dois para ver que diabos estava acontecendo.

Não podia me distrair.

O garçom hipnotizado, porém, tentou. Disse, em castelhano: "Policía, tu? Y una mierda!", e veio para mim como uma locomotiva sem freios. Esta espécie de animais costuma subvalorizar os tipos como eu. Vêem uns cabelos brancos e uma figura seca e pensam que terão apenas de bufar. Não tentei lhe opor resistência, porque seria suicídio, é claro. O impulso daquela mola poderia ter perfurado os muros de uma prisão. Simplesmente, me movi com agilidade e recorri àquele velho truque de fazer com que a força do inimigo se volte contra ele. Não me encontrou onde supunha que eu havia de estar, e, ao mesmo tempo, os seus pés tropeçaram nos meus. Destruiu um par de cadeiras e mesas daquelas que pareciam construídas com fósforos.

No fim das contas somente solucionava um problema. Tinha mais. Se não calculava mal, a gorilada já devia estar chegando ao topo da escada, e já não me via agora com coragem de enfrentar três ou quatro brutamontes.

Com três passadas me achei no balcãozinho, na passarela, na pontezinha, chamem como quiser, e, sem pensar, passei primeiro uma perna e depois a outra por cima do parapeito. Naquele momento, a porta se abriu de um golpe, com um grande estrondo, e vi a menos de 2 metros o gorila da manga curta que irrompia como uma máquina de guerra. Viu-me, mostrou os dentes como fazem os cães e esticou para mim aqueles braços como pernis. Eu me pendurei com as mãos no parapeito, aproximando os meus pés do andar de baixo, machuquei os cotovelos e os pulsos — e tenho de dizer que estava tremendo como se tivesse febre —, e finalmente me soltei.

Caí em pé sobre uma daquelas mesinhas de casa de bonecas. Despedaçou-se por causa do meu peso, eu me deixei cair como pude, rodeado de gritos, rolei pelo chão e então me doeram a cabeça e os ombros. Pus-me em pé de um salto, porque minha vida corria perigo. É curioso como, em circunstâncias assim, a idade fica relegada a um segundo plano. Poderia ter quebrado uma perna ou um braço, mas não aconteceu nada disso. Uma vez em pé, voltei a usar a carteira do cartão e o emblema de xerife, "polícia, polícia", para abrir passagem por entre a massa.

Encontrei a passagem aberta até o balcão, onde Beth me olhava com os olhos esbugalhados. Recebeu-me exclamando com um sorriso idiota:

— Mas o que está fazendo? O que deu em você?

Os gorilas já deviam ter dado meia-volta, já deviam estar precipitando-se escada abaixo como possuídos. Agarrei Beth pelo braço e a puxei para que corresse comigo até a saída de emergência que havia ao lado dos banheiros.

Bendita seja a invenção da porta de emergência, que se abre apenas empurrando. De repente, já estávamos do lado de fora.

E Beth continuava repetindo:

— Você ficou louco! Mas o que deu em você?

Como a lógica mais elementar dizia que, para chegar rapidamente à área onde estavam os carros, tínhamos de ir para a direita, puxei Beth para a esquerda. Não contava que os neurônios dos nossos perseguidores fossem mais além da lógica elementar. Corremos, colados na parede, à velocidade de 100 metros livres, atentos a qualquer grito que pudesse explodir atrás de nós. Atrás e adiante, nos barrava a passagem um aramado de mais de 5 metros de altura. Comecei a calcular como poderíamos saltá-lo se, ao chegar ao final da parede, não nos restasse outro remédio. Beth emitia barulhinhos agudos com a boca, "hi, hi, hi", que podiam parecer uma risada deformada, mas que eram apenas histeria. Quando chegamos à esquina e comprovamos que era possível dobrá-la, e a dobramos, e ainda não havia explodido nenhum grito atrás de nós, nos sentimos um pouco mais seguros, mas não muito. Ainda nos restava toda uma parede para margear, mais de 100 metros de corrida no escuro, antes de chegar aos carros, que já se entreviam no final. E tínhamos de avançar, e avançávamos, por um estreito caminho de não mais de um metro de largura, entre os muros de tijolos aparentes e a alta barreira de arame. Íamos às apalpadelas, tropeçando em pedras e ervas daninhas que nos faziam escorregar, e de tempos em tempos os sapatos enterravam-se na lama. Xingávamos, renegávamos, ofegávamos, e nos "hi, hi, hi" da Beth cada vez se podia identificar mais inequivocamente um choro.

De repente, lembrei-me, "Não podem ser tão idiotas", e desde então acredito em alguma forma de telepatia ou de sexto sentido, ou digam como quiser. Agarrei Beth pelo braço e me deixei cair no chão, arrastando-a comigo. Disse-lhe "Quieta!", e ela se calou de uma só vez, e ficamos muito quietos, muito quietos, lá, no escuro, respirando pesadamente com a boca aberta, o coração e os pulmões agitados, muito agarrados. Ouviam-se gritos na parte de trás da boate. Não podiam ser tão idiotas para não olhar para aquele lado. Por onde fugiríamos a não ser pelo estacionamento? E, se olhassem, nos veriam antes que chegássemos aos carros.

Estiquei o braço para a parte baixa do aramado. Não estava preso na terra e era flexível. Fiz pressão para cima e forcei um buraco por onde poderíamos tentar passar.

— Vou por aqui! — disse uma voz ao fundo.

Com certeza queria dizer que vinha por aquele beco em que estávamos. Dois minutos mais e aquela besta estaria tropeçando nos nossos sapatos.

— Venha — disse. — Com cuidado.

Rolei, puxando Beth, por baixo do aramado. Primeiro tinha de dar impulso com os joelhos e os cotovelos, mas logo tomamos uma descida traiçoeira escondida pelo mato e senti que nos precipitávamos no meio de um matagal fechado, Beth abraçada a mim, e rolamos por um terreno mole e enlameado até pararmos num buraco, arranhados e doloridos, muito quietos e calados, com medo de que a queda tivesse sido muito barulhenta.

Quietos e calados enquanto ouvíamos uns passos que se aproximavam fazendo barulho suficiente para encobrir o que tínhamos feito.

Iam-me emergindo dores à flor da pele. Nos cotovelos e nos pulsos, no antebraço direito, nas pernas, no ombro esquerdo.

Descobri-me abraçado ao pequeno corpo de Beth, com aquela respiração fatigada de depois de fazer amor. Sentia o seu perfume provocativo, e muito calor e muito volume ao meu lado. Já não sabia se a estava protegendo ou se era uma outra coisa. Ocorreu-me que talvez pudéssemos ficar escondidos naquele buraco, sob o matagal, ou correr através de campos até chegar ao primeiro ponto civilizado. Também me ocorreu que, se ficássemos muito tempo mais deitados e abraçados, talvez me apetecesse inspecionar mais a fundo o corpo da moça.

Minhas pernas tremiam, e já não era pelo cansaço e a corrida. Uma parte de mim, a mais importuna do mundo, animou-se. Estava consciente de que a minha mão estava sobre a cintura nua de Beth, e que aquele monte que me pressionava o músculo era um dos seus peitos. Fechei os olhos e no escuro pensei que, naqueles momentos, eu teria de ser como Maria. Só me faltava sentir a umidade dos seus lábios na orelha.

— Só têm coca — disse com um sussurro mínimo, quase inaudível.

— O quê? — disse, com a boca seca.

— Que só têm coca. Coca, tanta quanto queira, mas nada mais. Até há pouco havia mais coisas, mas parece que já não há.

— Deixa estar, por enquanto, certo? Logo terá tempo para me contar.

— É que estou me cagando de medo. Se não falar, me cagarei de verdade. Ou farei xixi.

Tapei-lhe a boca.

— Aqui não estão! — gritou a voz rouca muito próxima, justo por cima das nossas cabeças.

Fechei os olhos, como quando era pequeno e me parecia que assim não me veriam. Estávamos entre os galhos daquele matagal. Não podiam nos ver, mas nunca se sabe. Talvez tivéssemos deixado algum rastro, talvez tivesse caído alguma coisa dos meus bolsos, talvez fosse evidente demais que tínhamos forçado a cerca... O homem passou ao largo e, com ele, seus gritos se distanciaram.

Já não havia necessidade de estar intimamente abraçado com aquela mocinha. O perfume estava me deixando mal.

— Até há pouco, vendiam uma coisa que se chama Special K — retomou a mocinha sem separar-se de mim nem um milímetro. — Sabe o que é?

Concordei com a cabeça energicamente, para convencê-la ao mesmo tempo de que sabia mesmo do que falava e da conveniência de que se calasse de uma vez. E pensei: "Special K, sim, ketamina."

— Disseram-me que há alguns meses corria muita — sussurrou Beth. — Mas, de repente, já não se encontra. — E, para minha surpresa, com muita doçura: — Está assustado? Porque eu não estou mais.

— Vamos — sussurrei eu também. — Mas com cuidado. Procure não fazer barulho quando sairmos daqui.

Levantei-me e arranhei-me com os últimos galhos. A manga da jaqueta enganchou-se em algum lugar e a soltei com um puxão brusco.

Trepei com facilidade e voltei ao beco passando por baixo do aramado. Beth se juntou a mim.

— É emocionante, não? — ofegou.

— Abaixada — repliquei. — Os carros estão aqui mesmo.

Levantei-me e continuei a marcha dando como certo que Beth me seguiria.

Assim chegamos à esquina. Os carros estacionados, que pareciam uma infinidade, estavam lá mesmo. Com dois saltos, acocorados, nos colocamos entre os veículos. Então, nos sentimos mais seguros. Os gorilas estavam nos procurando, podiam ser vistos diante da porta principal, esticando o pescoço e olhando à direita e à esquerda, mas não podiam abandonar o seu local de trabalho nem alcançar todo o estacionamento os dois apenas.

Agachados, às vezes nos arrastando, chegamos até a área das motos.

Deitada no chão, Beth pôde abrir o cadeado de segurança e pegar os dois capacetes. Nós os colocamos.

Agachada, com os saltos das botas tocando-lhe a bunda, ligou a Piaggio.

O barulho do motor me pareceu uma explosão atômica no relativo silêncio que havia no ambiente.

Não pude ver, mas sei que naquele momento os olhares dos dois gorilas giraram para onde estávamos.

Enquanto subia na moto atrás de Beth, vi como vinham correndo pelo meio dos carros. Um fazia sinais para alguém que estava na outra ponta do terreno e lhe gritava alguma coisa que não entendi.

A moto arrancou com tanta força que estive a ponto de cair de costas. Uma das minhas mãos agarrou sem querer um dos peitos de Beth. Soltou-o logo para pôr-se sobre a pele suave da sua cintura.

Um carro surgiu no meio dos outros carros e tentou interceptar o caminho para chegar à rua. Estava distante demais. É claro que corria mais que nós, e, por um momento, pensei que nos alcançaria, ou nos interceptaria a passagem ou nos atracaríamos, mas não aconteceu assim. O último pensamento antes de sentir que tínhamos conseguido nos salvar foi "Agora só faltava que tivessem pistolas e que as usassem" (e me ficou como um eco a idéia: "Pistolas, o assassino de Casagrande tinha pistola e não hesitou em usá-la"), mas isso não aconteceu. Não havia pistolas, somente um xingamento muito grosseiro quando passamos.

A moto fez um "esse" inesperado, movimento que me fez pensar que iríamos cair, e por fim já estávamos sobre o asfalto da estrada, deixando para trás a megadiscoteca Crash.

Íamos por uma rua de casas geminadas decorada com arbustos novos. A moto era lenta demais e fazia uma barulheira que com certeza interrompia o sono de qualquer um. De um momento para outro nossas orelhas começariam a assobiar. Quem sabe se a nossa salvação chegaria quando todos os vizinhos saíssem às janelas para lançar-nos objetos contundentes. A moto era lenta demais e, em contrapartida, o carro que vinha atrás de nós ia a mais de 200. Não tínhamos nenhuma possibilidade. Por isso Beth desviou para a direita e se meteu no passeio. O carro não podia fazer o mesmo, porque era um passeio estreito e a fileira de arbustos novos formava uma barreira entre os perseguidores e nós. Puseram-se na nossa altura e reduziram a marcha para poder insultar-nos e ameaçar-nos com prazer. Entre gritos dificilmente inteligíveis por causa do ruído dos motores, entendi que tinham a intenção de fazer-me uma operação de mudança de sexo ou uma coisa desse tipo. Para a Beth gritavam dizendo que, quando acabassem com ela, mijaria sangue. Eu procurava não olhá-los.

Intuí a morte bem perto. O passeio tinha irregularidades, havia rebaixamentos para a saída dos carros, locais por onde podia sair um veículo inesperadamente. E, sobretudo, o passeio tinha um final, e lá estaria nos esperando aquele bando irritado.

Ao chegar à esquina, porém, Beth virou para a direita, seguindo o passeio para cima, e vimos diante de nós, como destino salvador, a zona mais povoada do bairro. Luzes, néons, até mesmo gente que brincava com a vida, ficando à nossa frente.

Um casal teve de correr para deixar-nos passar, e dei uma risada.

É claro que poderiam ter nos alcançado com o carro, mas nem mesmo tentaram. Uma vez estando em contato com a civilização, certamente pensaram que não poderiam nos fazer todo o mal que gostariam e que, assim, não valia a pena colocar as garras sobre nós. Além disso, supus que não lhes agradava em nada ter de falar com a polícia, nem mesmo tendo a razão do seu lado.

E deixaram pra lá.

Ufa.

OITO

1

A toda velocidade, como o menino espantado pelo dobermann que não pára de correr até que se vê sob as saias da mãe, pegamos a rodovia A-7 e, depois, a C-58. Passamos por Montcada e por aquele trecho apoteótico de dez ou mais trilhos de trem, que divide ruas para este bairro ou para aquele, como um alegre jogador que reparte cartas no começo da partida, e de repente deixamos as grandes avenidas e nos internamos pelas ruas de Sant Andreu.

Quando paramos no primeiro sinal vermelho, Beth me falou por cima do ombro e através do visor do capacete:

— Que diabos você fez? — Era evidente que estava ruminando a pergunta há algum tempo. E me pareceu perceber um fio de irritação na sua voz.

— O quê? — respondi desconcertado.

— Que diabos você fez? Que coisa que você nos aprontou!

— Eu? — Parecia-me injusto. Eu a salvara da ameaça daqueles malandros!

— Não! Eu! — disse ela.

Arrancou e continuamos avançando pelas ruas calçadas com pedra, apequenados pelos carros estacionados de um lado e outro. Até o sinal seguinte. Estava me perguntando aonde íamos e pensei ter reconhecido a alameda de Fabra i Puig, mas, antes que pudesse satisfazer minha curiosidade, ela se voltou:

— Pode me explicar ou não?

— O quê?

— O que deu em você.

— Já te conto.

Quando menos esperava, enfiou a moto numa calçada e parou alguns metros mais adiante, diante de um prédio de tijolo aparente. Desceu da moto. Tirou o capacete e então reparei no seu aspecto. Dava muita pena, com os cabelos embaraçados, a malha suja e escangalhada, e as meias rasgadas, que lhe davam o aspecto de putinha barata e humilhada. E os círculos de rímel em volta dos olhos, tão pretos que pareciam hematomas de prognóstico grave. Só faltavam as botas de *maîtresse* da Beth para que parecesse que vínhamos diretamente de uma sessão sadomasoquista.

Disse, repreendendo-me com infinita paciência:

— Estava fazendo o meu trabalho e, de repente, você começou a quebrar mesas. Caiu daquele balcão? O que deu em você?

Não teve consciência do perigo que corria. E não era o momento de lhe explicar todos os detalhes. Não adiantaria nada.

— Eu sou assim — disse. — Ainda não me conhece bem. Onde me trouxe?

— Para a minha casa.

— A sua casa?

Tomei consciência de que a mão que tinha estendida para a moça tremia como se estivesse me dando um ataque de Parkinson. De fato, minhas pernas tremiam também. E meus joelhos doíam.

— Sim, minha casa. Alguém tem de cuidar de você, porque você não se viu. Não sabe como está a sua cara.

Não, não sabia como estava minha cara. Como tinha de estar? Ninguém tinha me tocado o rosto. Ao tirar o capacete, porém, me vi sujo de sangue. E, quando pus a mão, mão preta de tão suja, na bochecha direita, retirei-a suja de sangue. E me escureceu a visão. Pensei que estava a ponto de desmaiar e ocorreu-me que não queria que Beth me visse inconsciente.

— Eu estou bem, não me dói nada. — Queria dizer que nada me provocava uma dor aguda o bastante para me atirar no chão e começar a berrar. — Pegarei um táxi.

Não me deu atenção.

— Venha, entre — Beth me empurrava para a porta daquele edifício de tijolo aparente. Obedeci como o sobrevivente de uma catástrofe obedece abalado às ordens dos voluntários da Cruz Vermelha, sem dar um pio. Estava caindo em cima de mim um cansaço cósmico, um capacete de sono me oprimia o crânio e me fechava os olhos, e por todo o corpo iam emergindo dores penetrantes, como velhos amigos que aparecessem dando gritos à meia-noite. Os joelhos, as costas, o ombro esquerdo, os braços, os cotovelos, o punho direito. E, por fim, é claro, não podia faltar, o arranhão na bochecha.

Atravessamos um vestíbulo de cheiro peculiar, indefinível, como de desinfetante doce, e subimos num elevador muito apertado. Beth comentou que esperava que o corte na bochecha não precisasse de pontos. Sei que respondi "Que bobagem", e me saiu uma voz que me fez pensar nos dois uísques que tinha bebido ao longo do dia, e no Añares que tinha liquidado com Maria. Disse-me: "Você está bêbado. Isso é o que está acontecendo: está bêbado."

Quando entrávamos no apartamento, que me pareceu pintado de uma mistura de cores e cheio de brinquedos, sei que eu ia dizendo que já não estava para aventuras como aquela. Também ia repetindo "um tempinho e me vou, que já é tarde".

Depois, Beth estava desinfetando meu arranhão na bochecha com algodão e álcool e me dizia que não era nada, que o sangue é muito escandaloso. Estava muito próxima, envolvida com aquele perfume tão resistente à evaporação, e me ocorreu que estávamos no seu apartamento, os dois sós (talvez), e que somente era preciso levantar a mão esquerda para tocar aquele peito rotundo e firme. Então me deu vontade de rir.

— Do que está rindo?

— De nada.

— Não, vai, me diga.

Não podia lhe dizer.

— Nada. É que já não tenho mais condições para essas coisas.

— Não sei o que te deu.

Colocou-me um esparadrapo, deixei-me cair contra o encosto do sofá e meus olhos se fecharam. Tudo me doía. Aquecido ainda era capaz de destruir um bar, mas, rapaz, quando me esfriava o sangue... Contudo, estava satisfeito de tê-lo destruído, e de ter quebrado a cara do garçom hipnotizado, e de me encontrar na casa de uma moça tão linda como a Beth. Suponho que dormi com um sorriso no rosto.

De repente, acordou-me a dor do braço. Estava esticado no sofá, vestido, coberto com uma manta, de costas, com todo o peso do corpo sobre um braço dolorido que dizia o suficiente. Abri os olhos num escuro absoluto. E me chegou o cheiro, aquele perfume, muito próximo. Não tinha me acordado a dor, mas um movimento, ou uma respiração, ou aquele cheiro, ou talvez apenas um olhar. E, pouco a pouco, penetrando nas trevas, percebi uma presença perto de mim, a menos de um metro. Tive a certeza de que Beth estava sentada ali, numa cadeira, não direi que me olhando, porque não podia ver, mas sim atenta a mim. Pensando em mim. Voltei a fechar os olhos e creio que recuperei o sorriso. Possuiu-me uma ternura imensa, uma ternura paternal. E adormeci pensando na minha filha Mònica quando era pequena. Aquela vez em que eu estava doente, com gripe, e ela se pôs a chorar, exigindo que Marta pegasse para ela a fantasia de enfermeira que tínhamos no alto do armário.

Acordei às seis, mais entorpecido que dolorido, mas sobretudo sufocado pela roupa. De repente, tanto a manta quanto a camisa, as calças e as meias estavam como que emplastrados de sujeira que grudava no meu corpo e não me deixavam respirar. Dei braçadas e pernadas lançando longe a manta e me vi sentado no sofá, olhando o relógio e esfregando a cara e passando a mão pela cabeça. Fiquei um bom tempo olhando a parede da frente com cara de idiota. Então lembrei uma canção francesa que falava de um cara que passava as noites fantasiando sobre seu amor impossível, vendo as imagens projetadas no teto do seu quarto, e me pus a rir. "Você está bem bêbado, Esquius", me dizia.

Beth não estava. Na mesa da cozinha encontrei um bilhete: "Fui ao setor de produção dos Laboratórios Haffter para ver o que consigo."

No espelho do banheiro me vi pálido demais, com umas bolsas muito escuras sob os olhos e uma expressão de idiota. Fixei-me nas rugas do pescoço e pensei: "Mas que diabos está pensando? Que uma moça como a Beth e da idade da Beth ficou a fim de você? Está brincando, está só coqueteando com você porque gosta de lhe ver babando nas suas costas. E você faz o jogo dela."

Enquanto tirava a roupa para tomar banho, voltaram todas as dores. Nos joelhos, no antebraço direito, onde tinha um sinal azul que dava medo; no cotovelo esquerdo. Os ossos rangiam quando me meti na banheira cheia de água bem quente. E lá, submerso e achatado, fechei os olhos e me senti mais velho que nunca. Como se meu trem já tivesse chegado à última estação.

Mais velho que nunca naquele apartamento pequeno decorado com pôsteres de cantores da moda, com bonecos de pelúcia, gibis e caixas de papelão com pedaços de pizza em frente à televisão.

A jaqueta nova, com aquele buraco na manga e as manchas de sangue na lapela e no ombro direito, eu já podia jogar fora. Enrolei-a e meti numa sacola de plástico.

Ao sair na rua, uma rua desconhecida num bairro desconhecido, não sabia para onde tinha de seguir para recuperar o norte ou achar um táxi. Reencontrei aquela sensação voluptuosa da minha juventude, quando saía assim de um apartamento remoto, depois de uma noite louca. O conceito do que era uma noite louca, em todo caso, tinha variado com os anos. Havia noites loucas de carícias, risadas e orgasmos, e, depois, o medo do que diriam os pais por voltar tão tarde para casa, e havia noites loucas como a que acabava de acontecer, com bofetadas e quebradeira, em cujo final não me esperava ninguém e não havia nenhum lugar onde procurar refúgio. Tanto fazia que ficasse no apartamento da Beth como se fosse embora. Dava no mesmo.

Joguei a jaqueta suja de sangue numa lixeira e um táxi me levou para casa. Para mim era indiferente que fosse por um caminho ou por outro, porque não tinha nenhuma pressa. Já tinha chegado tarde em todos os lugares. A morte de Marta tinha encerrado uma etapa da minha vida e, quando queria começar a nova etapa, fosse qual fosse, o destino ria de mim e me marcava com estas palavras fatídicas.

Tarde demais.

2

Voltei para meu apartamento da Gran Via como um daqueles detetives solitários que voltam para as suas casas vazias, tristes e cansados do mundo onde vivem. Gente sem futuro e sem esperança, que é o mesmo que dizer gente sem vida.

Quando caio nesse estado de ânimo, tenho de me esforçar para pensar nos meus filhos e nos gêmeos, os meus dois netos. Talvez não sejam a razão da minha vida, mas ao menos me lembram que há gente sim que tem razões para viver.

Enquanto uma cafeteira para quatro esquentava, uns ovos fritavam na frigideira e eu trocava de roupa, escutei as ligações da secretária eletrônica da tarde anterior.

Uma era do Ori para me lembrar que sábado almoçaríamos na sua casa.

Uma outra era da propagandista dos olhos de tigresa, Helena Gimeno.

— Não se esqueça de mim — dizia. — Lembre-se de que fizemos um trato.

Referia-se às fichas de Casagrande. Não pude determinar se o tom de voz que usava era de promessa lasciva ou de ameaça. Possivelmente, no seu caso, as duas coisas admitiam combinações.

Acabrunhado pela ancilose e depressão, optei por ficar diante do computador e ao lado do telefone e fazer o trabalho em casa.

Enquanto ligava o aparelho e se sucediam as telas preliminares, movendo o mínimo de músculos possível, liguei para Monzón para perguntar-lhe se tinha visto as fitas de vídeo.

— Já lhes pedi e me trouxeram — me disse. — Quando tiver um tempinho, vou vê-las e comparar com as fotografias que você deixou comigo. Escute: aquilo que disse do jantar no restaurante Salamanca era para o caso de não encontrar nada suspeito, ou apenas em troca do trabalho de assistir às fitas, havendo nelas alguma coisa ou não?

Sorri.

— Era para o caso de não encontrar nenhum suspeito, mas, se quiser, amplio para qualquer caso. Só por assistir aos vídeos você já pode contar com uma *paella*. — Acrescentei: — Gosto de ver que estão acreditando na minha teoria.

— Já sabe que o Palop sempre presta atenção em você. Ontem mandou o Soriano ir nos Laboratórios Haffter.

— Ah, sim?

— Disse-lhe: "Vamos, você, em vez de ficar aqui coçando o saco, por que não vai aos Laboratórios Haffter e faz algumas perguntas?"

— E Soriano?

— Você pode imaginar. Cuspindo fogo pelas ventas. Disse para um outro, não sei se o conhece, o Graña: "Para mim esse veado cheirou a braguilha do Palop, não é? E mais de uma vez! Senão, não dá para entender!"

Monzón rebentava de rir. Perguntei-me se Palop teria acolhido o comentário com tão bom humor.

— E no que deu? O que apurou?

— Ah, isso não sei. Estou aqui, no meu laboratório, e sei apenas o que me dizem. Em todo caso, não apuraram nada que considerassem bastante importante para me dizer. Pergunte ao Palop.

Liguei para Palop e lhe perguntei. Depois de um breve silêncio durante o qual imaginei o delegado espreitando à direita e à esquerda para ver se Soriano circulava por lá, disse:

— Soriano foi lá ontem à tarde e voltou puto da vida. Disse que falou com o gerente e o chefe de pessoal e que lhe asseguraram que Casagrande não tinha nenhum acesso aos medicamentos, além das amostras que levava para os médicos, e que não podia ter amostras de psicotrópicos de nenhuma espécie simplesmente porque não fabricavam. Casagrande somente passava pelos escritórios centrais, aqui, no centro de Barcelona. Nem mesmo o conhecem no setor de produção e nos depósitos, que estão em um polígono industrial do Vallès e que é onde, em todo caso, haveria as drogas que poderiam lhe interessar. Não cabe dizer que Soriano me observou, com sua sutileza habitual, que infelizmente tínhamos perdido tempo por sua culpa.

— Quando o vir, apresente-lhe as minhas mais humildes desculpas — disse.

— O que está acontecendo, Esquius? Está gripado?

— Não, Palop, nunca estive melhor.

Recuperei a mensagem misteriosa que Adrià Gornal tinha enviado à delicada Flor. Dizia: "Querida Flor. Se me acontecer alguma coisa, diga à polícia que investiguem Marc Colmenero."

Para começar, eu não tinha dito nada para a polícia sobre aquela mensagem. Justifiquei-me alegando que ainda não tínhamos constatado que tivesse acontecido "alguma coisa" com Adrià (exceto de se ver implicado como o principal suspeito num assassinato). E anotei num papel: "Marc Colmenero." O que poderia descobrir a polícia sobre Marc Colmenero, morto em 10 de janeiro por um erro médico, que eu não pudesse descobrir?

Prosseguia: "...Que bonitos que são os hotéis de Cotlliure na primavera." E a referência a alguém, não se sabia quem, que tinha pernoitado num hotel em Cotlliure, não se sabia qual.

"Suponho que Scherazade lhes explicará o resto da história. Mas, Flor, te imploro, se não me acontecer nada etc. etc."

De modo que entrei no Google com a palavra *Scherazade*.

Apareceram três resultados, e os três se referiam à heroína das *Mil e Uma Noites*.

Se digitava *Anna*, por exemplo, surgiam 13 milhões de documentos, entre os quais páginas pessoais de moças que se chamavam assim, ou páginas de listas de pessoal de empresas, ou de alunas de academias, ou de psicopatas internadas em prisões de alta segurança. Se digitava Eufrásia, ainda apareciam 4 mil documentos. Mas com Scherazade apenas três, e nenhum deles me desvendava o mistério. As listas telefônicas tampouco me solucionavam nada, porque não constava ninguém com esse nome.

Podia imaginar perfeitamente pais batizando assim a sua filha. Por que não? Conheço Luas, e Giestas e Geadas. Li um artigo num jornal que dizia que na República Dominicana há mulheres que se chamam Expresso, Válvula, *Et Cetera*, Hiroshima e até mesmo Pelusa María, em homenagem a Maradona. Por que não Scherazade, que provinha de uma das obras-primas da literatura universal? Scherazade Pérez. É claro que também podia ser um nome artístico. De bailarina, de atriz, "a Scherazade contará para vocês o resto da história". Muito bem, Adrià, mas a qual teatro temos de ir para encontrar essa maldita Scherazade?

Aproveitando que estava imerso no ciberespaço, voltei à página dos Laboratórios Haffter. Queria só confirmar uma idéia. O Special K que se encontrava até há pouco na discoteca Crash era ketamina, uma droga sintética de propriedades alucinógenas que se cheira ou se fuma. Mas tinha ouvido dizer que a ketamina é usada em veterinária, como tranqüilizante de animais de grande porte, e isso queria dizer que havia laboratórios que a estavam sintetizando de modo legal.

De modo que acessei os Laboratórios HP, o ramo dos Laboratórios Haffter dedicado à veterinária. E, sim, na lista de produtos que fabricavam, constava um que dizia kimina. Ketamina pura, em ampolas etiquetadas com a imagem de um cavalo branco em atitude de relinchar, tão eufórico como se tivesse andado cheirando cocaína.

Imprimi a página em questão, em seguida fechei os olhos e recostei a cabeça no encosto de minha poltrona anatômica (presente dos meus filhos). Procurava o sono reparador, mas em seu lugar assaltaram-me alguns pensamentos excitantes. Vi claramente que Ramon Casagrande fazia chantagem com alguém por algum detalhe referente à morte de Marc Colmenero. Mas tinha de ter provas, e o único documento que tinha era aquela fatura de um hotel em Cotlliure, impossível de rastrear.

Apareceu-me então a enfermeira chamada Melània Lladó, aliás Melània *Melons*. Estava nervosa, gaguejando, esquivando-se do meu olhar, "não direi nada, falem com o doutor Barrios, foi um acidente, foi feita uma investigação, quem cometeu o deslize foi despedida, pergunte ao doutor Barrios, pergunte ao doutor Barrios".

Abri os olhos uma outra vez, peguei a jaqueta jeans do armário e saí de casa sem dar importância à dor que sentia nos joelhos e procurando não arrastar os pés.

3

Entrei no Hospital de Collserola ansioso para falar com o doutor Barrios, mas uma enfermeira me disse que ele não estava.

— O doutor Barrios hoje não virá. Ontem ficou operando até muito tarde e hoje tirou o dia livre.

Então fui ver Melània Lladó, que saía da área de enfermeiras sem o jaleco branco e com uma bolsa na mão. Dirigia-se para os elevadores. Agradeci a colaboração à enfermeira que tinha me atendido e disparei a correr com pernas que pareciam alheias, ortopédicas e mal encaixadas.

Não cheguei a tempo de pegar o elevador onde tinha se enfiado Melània Lladó, mas, providencialmente, as portas de um outro se abriram em seguida. Meti-me nele com espírito de competição. O elevador do lado levava apenas uma ligeira vantagem. Saí no vestíbulo, atravessei-o com quatro passadas doloridas e cheguei a tempo de ver a enfermeira caminhando pelo estacionamento.

Fui atrás dela tão depressa quanto minhas articulações permitiam. Não era preciso ser um *profiler* do FBI para se dar conta, até mesmo de longe, que a pobre moça tinha problemas pessoais. Gostaria de estar mais magra e por isso usava uma roupa muito apertada e justa que devia provocar-lhe problemas respiratórios. Gostaria de ser mais alta e por isso fora do trabalho usava uns sapatos com exagerados saltos agulha que a obrigavam a caminhar de uma maneira grotesca, dando estranhos saltinhos, como se pisasse em ovos e não existisse coisa no mundo que lhe provocasse mais nojo. E, por fim, não lhe agradava nada, mas nada, a cor dos seus cabelos, porque preferia tingi-los de cor vermelho-sangue.

— Ei, Srta. Lladó!

Tinha a chave na mão e estava a ponto de enfiá-la na fechadura de um Ford Fiesta branco, velho, sujo e escangalhado. Levantou os olhos e virou-se bruscamente para mim, sobressaltada como se a tivesse apanhado fazendo alguma coisa errada. Então, percebi que me reconhecia e que me esperava firmando os pés no chão. Esperava o pior.

— Vim avisar você! — disse, tratando-a por você de propósito, quando ainda nos distanciávamos uns 5 metros. — Andei falando de você para a polícia.

— Pouco me importa — me lançou como uma bofetada, raivosa.

— Precisam de um culpado para a morte de Marc Colmenero e escolheram você.

— Uma merda! — disse sem afrouxar. — Já têm uma culpada. Já despediram uma enfermeira...

— Falei da polícia. A enfermeira castigaram os do hospital. Não sei que trato deviam ter com ela. Mas a polícia fala de tribunais, de pena de prisão. E estão pensando em você.

— Uma merda! — repetiu, mais mansa.

— Adrià Gornal, que é o assassino que temos mais à mão, não estava no hospital no dia da morte de Colmenero, você me disse. A outra enfermeira alguém deve estar protegendo. E você não deve pensar que investirão contra os médicos... Só resta você, Melània *Melons* — lancei-lhe a alcunha com toda maldade, com a intenção de minar as suas defesas.

Consegui. A pobre mulher já tinha medo no corpo. Era-lhe penoso respirar e ela não sabia para onde olhar.

— Estou pouco me lixando! — disse. E me explicou, tratando-me com uma familiaridade tão insolente quanto a minha: — Se o que diz é verdade, pouco me importa, porque sou inocente, não poderão provar nada contra mim. Mas é que, além disso, não é verdade. Você veio aqui só para me fazer falar. E, quer que diga uma coisa? — Desafiando, feroz: — Estou disposta a falar. Estou disposta a falar mais do que você pensa. Da morte de Colmenero e de alguma coisa mais que você não espera. Me pague mil euros e não pararei de falar.

— Por quê?

— Por quê? — surpreendeu-se.

— Por que agora sim e no outro dia não?

Movia a cabeça para cima e para baixo e mostrava os dentes, como se estivesse mantendo um combate muito violento e eu lhe desse precisamente as réplicas que ela esperava. Sim, sim, os dois sabiam o papel.

— Por dois motivos — disse. — Um te digo de graça. Porque eu não tenho nada a ver com tudo isso, não sou culpada de nada. Se quer me jogar em cima da polícia, vamos, pode me levar. E sairemos perdendo você e eu. Você, porque não saberá o que eu sei. E eu, porque a polícia não me pagará nada.

— Também não vou te pagar nada, Melània — sentenciei, duro.

— Não preciso. Disse que vinha avisar você, não lhe fazer falar. A única coisa que não entendo é que você se sinta tão segura. É enfermeira, estava lá quando morreu Colmenero e, pelo que sei, nenhum médico livra a sua cara. Para a outra enfermeira, sim, que se deu bem... — Era um golpe às cegas, eu não sabia muito bem do que falava, mas dizia-o com uma firmeza despeitada, quase insultante, perdoando-lhe a vida e tratando-a de pobre desgraçada, e nos olhos pequenos de Melània as pupilas começavam a dançar. — Mas você? Você ainda está aqui, e esteve envolvida com Casagrande, e Adrià Gornal, quando desapareceu, apontou para você com um dedo muito comprido: "Investiguem a Melània *Melons*", disse. E é o que estamos fazendo. Tanto a polícia quanto a companhia de seguros, que sou eu.

Dei meia-volta e fingi que ia embora.

— Espera!

Detive-me, virei-me para cravar-lhe um olhar fulminante. Ela pôs uma mão sobre o teto do seu carro e me pareceu que o fazia porque precisava de um ponto de apoio para não cair. Pareceu-me uma pobre mulher maltratada.

— Todos... — começou. — Todo mundo sabe que o Ramon e eu saíamos, e todo mundo vem me perguntar se eu tenho a merda da caixinha de sapatos, ou se sei onde está escondida...

— Mas você não sabe — afirmei, contundente, sem perder de vista a sua reação. — Não tem nem idéia. — Olhou-me um pouco mais mansa que antes. — Você não tem a caixa, já sei. Mas todo mundo lhe persegue, não é? Quem é todo mundo? O doutor Farina...? — Seus olhinhos disseram "sim". — O doutor Barrios...? — Houve surpresa. "Como pode dizer essa besteira?" Não, o doutor Barrios não a perseguia. E, então, uma intuição: — Helena Gimeno.

"Sim!" Os seus olhos se iluminaram com uma espécie de guincho. "Sim, Helena Gimeno, ela!" Improvisei, certo de que acertaria no alvo:

— Depois de falar comigo, Helena Gimeno foi ver você e lhe disse que, se eu voltasse a lhe visitar, me contasse tudo. Porque assim saberiam o que eu sabia, não é?

Fora de combate. Acabava de desarmá-la.

— Esta era a minha informação além do mais — reconheceu, vencida. — Tinha de lhe dizer tudo o que sei e, além disso, pensava em lhe dizer que era ela, Helena Gimeno, que tinha me dado... — lhe escapou. Talvez quisesse usar o verbo *dizer* e tivesse a cabeça em outro lugar.

— Lhe dado? — fiz-lhe observar.

Não queria falar, mas, falou:

— Sim, me deu mil euros.

— Mil euros dela, e mil euros meus...

— Não faço isso por dinheiro!

— Ah, não?

— Não! Faço isso porque houve um assassinato! Faço porque não quero me meter em confusão. Eu não tenho nada a ver com isso, não tenho nada a ganhar.

Tinha os olhos cravados na ponta dos meus pés. Se eu fumasse, teria sido o momento de tirar um cigarro e acendê-lo com parcimônia, deixando que a enfermeira se afundasse em seu próprio elemento. Mas até mesmo para mim aquele silêncio se tornava longo.

4

Fazia calor e estávamos com o sol a pino, no meio dos carros. Minha camisa estava se ensopando. Mas não me atrevia a mover-me nem a deslocar a conversa para um outro lugar mais confortável. Era como se tivesse encurralado Melània Lladó, como se tivesse uma mão no seu pescoço e a estivesse apertando contra um muro. E havia certa brutalidade naquela entrevista estática, os dois em pé como se fossem adolescentes que não soubessem o que fazer com as mãos. Se eu me movesse, ou fizesse uma digressão, ou procurasse o abrigo de uma sombra, seria como se afrouxasse a garra, e então a presa escapuliria, entraria no seu carro escangalhado, fugiria e já não poderia agarrá-la nunca mais. De modo que não tinha outro remédio a não ser agüentar firme, com os joelhos doloridos suportando o peso do corpo e com uma dor de cabeça crescendo entre as sobrancelhas.

— Não acredito que você saiba nada que eu não saiba — desafiei.

— O nome da enfermeira que despediram? Na administração do hospital vão me dizer.

— Virtudes Vila i Torqué — disse em voz baixa. E me olhou com olhos submissos, acovardados, suplicantes. Tirei o caderno e a caneta e anotei "Virtudes Vila i Torqué". — Eu não quero que me metam em confusão, está certo? Eu colaborarei, mas não quero saber nada nem de Helena Gimeno, nem do doutor Farina, nem de ninguém.

— O que mais pode me dizer? O nome do médico que estava de plantão no atendimento de urgência no dia em que entrou o Sr. Colmenero?

— Era o doutor Farina.

— Ah, o doutor Farina... — Escrevi "Farina" no caderno. — Foi o que recebeu o doente no atendimento de urgência? Bem, ele devia fazer constar em algum lugar se o paciente era alérgico ou não. Isso é escrito em algum relatório, não?

— Ele preencheu o relatório do atendimento de urgência, para o histórico clínico...

— Histórico clínico? Ali é onde consta tudo?

— Sim, mas... Não exatamente. Quando entra um paciente, abre-se o dossiê do histórico clínico. — Agora era uma aluna aplicada recitando uma lição. Apoiou o peso do corpo na perna direita, lançando as ancas para a esquerda. — O hospital usa uma pasta de papelão que leva o nome do paciente na capa e na lombada. É nela que são postos a folha de identificação, com o nome do paciente, o endereço, os telefones de contato e o resto, e todo o expediente, com referência sobre as circunstâncias de internação, e o relatório do médico de plantão que o atendeu. Aí vão pôr as radiografias, os exames, o eletrencefalograma, os testes de coagulação e todas as comprovações necessárias antes de uma operação. E, é claro, ali é onde fica também o relatório do atendimento de urgência, onde constam os dados sobre alergias. Mas esse dossiê do histórico clínico é muito grande, um pouco inútil, de modo que as enfermeiras usam o prontuário, que é como um resumo de tudo isso. Ali consta tudo o que é preciso saber sobre o tratamento do paciente. É uma folha que levamos presa numa prancheta de madeira, já deve ter visto.

— E quem preenche esse prontuário?

— O médico que se encarrega do doente no andar. Nesse caso, suponho que devia ser o doutor Barrios.

— E no prontuário consta tudo o que é preciso saber sobre o doente.

— Tudo.

— Por exemplo, se sofre de alguma alergia.

— Isso consta numa área muito visível, marcada em vermelho. E, ao lado, consta a medicação alternativa que o paciente não tolera.

— E na folha do Colmenero...? — Melània Lladó, com a cabeça baixa, negou com a cabeça, mas não soube se queria dizer que não constava. Não era suficientemente decisivo. Apoiou o peso do seu corpo na perna esquerda, lançando as ancas para a direita. Experimentei: — Talvez Colmenero tenha entrado inconsciente, ou sedado, ou não tenha dito...

— Entrou inconsciente. Mas a filha o acompanhava. E a filha é claro que avisou que o pai era alérgico ao *Nolotil.*

— E que disse o doutor Farina?

— Disse que é verdade. Que ele o fez constar no impresso do atendimento de urgência. E é verdade, porque o impresso está no dossiê do histórico clínico e pudemos comprovar isso. Lá consta tudo o que se tem de saber sobre o paciente.

Pensei que estava me escondendo alguma coisa. Ou que havia alguma coisa que lhe era custoso dizer.

— Certo, mas você me disse que não olham esse impresso do atendimento de urgência para ministrar a medicação. E o prontuário...?

Olhou para o chão, furibunda, enquanto torcia os tornozelos, como se os sapatos lhe fizessem muito mal e reprimisse a vontade de cagar na mãe que os tinha parido.

— Havia muito trabalho aquele dia... Não sei. E temos pensado e repensado nesse caso. A morte do Sr. Colmenero foi um escândalo, sabe? Não extrapolou os limites do hospital, mas se tivesse saído daqui... Foi feita uma investigação muito profunda, sabe? Este prontuário nós olhamos mil vezes, a frente e o verso...

— Não entendo. Não era preciso olhar tanto para ver se ali constava ou não se o Sr. Colmenero era alérgico ao Nolotil.

— Claro que constava.

Aquilo me confundiu. O sol já me queimava através da jaqueta e da camisa. Notava suar na testa e o coração me batia dentro do cérebro. E aquilo me confundiu.

— Então... Não entendo o propósito de tanta investigação. Se o relatório do atendimento de urgência e o prontuário diziam que Marc Colmenero era alérgico, a culpa só podia ser das enfermeiras. A enfermeira que, com o prontuário na mão, ministrou em Colmenero o medicamento mortal. Como se chamava? — Consultei o caderno. — Virtudes Vila? Poderei falar com ela?

Melània Lladó encolheu os ombros.

— Não sabe onde posso encontrá-la?

Melània Lladó brincava de trançar os dedos.

— Não faço idéia.

— Era colega de trabalho e não tem o telefone dela, nem sabe onde mora, nada?

— É claro que sabia onde morava. Mas, depois que a colocaram para fora, um dia liguei para a casa dela para nos encontrarmos. E já não morava lá. No seu apartamento havia inquilinos novos e não sabiam nada. Mais ainda: liguei para a agência imobiliária e me disseram que também não sabiam de nada. Nem se lembravam da Virtudes.

Deixei passar alguns segundos. E ela sofria. Movia a cabeça cada vez com mais insistência.

— Ou seja, eram muito amigas as duas...

— Não, não.

— Não eram muito amigas e você ligou para a casa dela e, quando disseram que não estava mais lá, foi vê-la e ligou para a imobiliária?...

Era evidente que aquilo requeria uma explicação, e ela se apressou a me dar, e não há nada que soe mais falso do que uma explicação apressada:

— Antes que fosse embora, tínhamos discutido, e eu queria me desculpar... E queria saber como estava indo. Não queria que, por minha culpa...

— Por sua culpa?

Melània Lladó tinha se metido numa confusão terrível e não sabia como sair.

— Só queria ajudá-la. O que lhe aconteceu foi muito desagradável... Um erro como o seu qualquer um pode cometer... Não era uma moça muito sociável. Eu era a sua colega de turno e a pessoa que tinha mais relação com ela. A única pessoa com quem às vezes fazia brincadeira era o doutor Farina.

— O doutor Farina?

— Sim, a Virtudes Vila, antes de vir para o andar de traumatologia, tinha trabalhado com o doutor Farina.

— E quer dizer que...?

— Não! — rejeitou a insinuação como se fosse um disparate. Exasperada, apoiou o corpo na perna direita e, em seguida, na perna esquerda, com um rápido movimento de quadris, quase de coreografia. — O doutor Farina é um reprimido, um asqueroso. Se toca uma mulher, lava as mãos. Mas, em troca, olha, sabe o que quero dizer? É um voyeur. Sempre bisbilhota atrás das portas, sabe?, para ver se surpreende alguma enfermeira ou algum paciente trocando de roupa... Muito rato de igreja, muito rato de igreja, fica vermelho por qualquer coisa, se é que você me entende.

— Mas, se a Virtudes trabalhava com ele, talvez o doutor Farina possa me dizer alguma coisa...

— Talvez sim. Pergunte a ele.

— Farei isso. Bem, conte como foi a morte do Sr. Colmenero. Morreu na sala de operações ou...?

— Não, não. Morreu durante o pós-operatório. Operaram-no assim que uma sala ficou livre. Recebeu tratamento preferencial. Porque era quem era, me entende? Assim que entraram no atendimento de urgência, a filha nos pediu que chamássemos o doutor Barrios. Exigiu que seu pai fosse tratado somente pelo doutor Barrios, disse que pagaria o que fosse preciso. É lógico: Barrios é um cirurgião de prestígio. E desceu o doutor e, é claro, tratou-a como se ela fosse a rainha de Sabá, com reverências e beijos na mão e tudo. Informou-se de tudo, fez o paciente passar na frente de todo mundo, mobilizou toda a equipe. Eu não sei quanto cobrou à filha do Colmenero por aquela operação, mas posso dizer que este ano o hospital não fechará no vermelho.

De repente, para sublinhar a sua raiva, deu um pontapé para desprender-se do sapato direito, que foi parar quem sabe onde, debaixo de um carro. E, em seguida, como uma criança cheia de birra, lançou o outro sapato pelo ar. Ficou mais baixa, mas fechou os olhos com uma expressão de alívio infinito.

— Quem participou da operação? — disse, francamente impressionado com aquele rompante.

— O doutor Barrios e o doutor Martí. Não pense em nada: era uma operação simples. Ninguém podia imaginar que acabaria mal. Era simples e foi muito bem. Eu estava na sala de operações e posso afirmar que não houve nenhuma complicação. O Colmenero havia tido uma luxação no ombro, que o Farina tinha resolvido no atendimento de urgência sem problemas, e uma fratura complicada de cúbito e rádio. Os ossos tinham se estilhaçado e as lascas se cravado no músculo. Era muito doloroso e a operação era muito demorada, mas também muito simples. Ir tirando pedaços de osso do músculo e reparar a fratura...

— E depois?

— Depois, Colmenero passou para a sala de reanimação, sob a responsabilidade do anestesista.

— O anestesista era a doutora Mallol?

— Sim. E depois o levaram para o andar. Virtudes lhe ministrou a medicação por volta das oito da noite. E uns 45 minutos depois, começou o show.

— No momento em que aconteceu, quando a Virtudes lhe ministrou o Nolotil, a filha estava no quarto?

— Sim, mas lhe ministraram acrescentando-o ao soro, pela veia que estava aberta. Ela não podia saber se estavam lhe dando Nolotil ou qualquer outra coisa...

— E o Nolotil demorou 45 minutos para fazer efeito?

Descalça sobre o asfalto quente, movia os dedos dos pés como se aquela parte do seu corpo estivesse impaciente para pôr-se a sapatear.

— Em resumo, foi uma combinação infeliz. É claro que a reação devia produzir-se antes, de maneira quase imediata. Mas acontece que a filha, depois de todo o dia de nervosismo, quando voltou a entrar no quarto e viu que seu pai estava bem, foi dormir. E um dos efeitos mais perigosos da alergia é uma inflamação da garganta. Ou seja, o doente, entre a convulsão que tinha e o estado de debilidade do pósoperatório, não teve força nem para gritar. Pelo menos, para gritar com bastante força. Foi sufocando-se pouco a pouco, sozinho, sem poder fazer nada... Até que, finalmente, a filha acordou e viu o que se passava e saiu berrando pelo corredor. Depois de tudo foram rápidos, é claro. O doutor Farina e o Marín e dois ou três mais, mas já era tarde. Só se a filha não tivesse dormido e tivesse podido avisar imediatamente, o teriam salvo.

— E todo este percurso foi feito com o prontuário.

— O doente sempre vai acompanhado do prontuário.

— Com um prontuário onde dizia que era alérgico ao Nolotil... — Ela não disse nem que sim nem que não. — Me pergunto... Por que tanta investigação e tantas dúvidas? Por que me disse antes que a tinham olhado de um lado e de outro, de alto a baixo?

— Porque... — era-lhe penoso falar. De repente começou a brincar com os botões e as casas. Estava desassossegada. Ofegava. Acabou de desabotoar a jaqueta e a tirou, depositando-a sobre o teto do carro. Tive a premonição de que continuaria tirando a roupa. A blusa, escurecida pelo suor, estava apertada demais. — É que... Virtudes garantia que o prontuário não dizia nada.

— E...?

— E tinha muita certeza.

— Mas você viu este prontuário!

— Sim...

— E...?

— Não sei.

— Como que não sabe?

— Na sala de controle. Virtudes estava muito nervosa, dizendo-me que o prontuário não dizia nada, não dizia nada, e me mostrou o prontuário... — Pausa. E, por fim: — E, não sei, não reparei muito bem...

— O que quer dizer, que não reparou?

— Sim, olhei, mas não devo ter olhado direito, e lhe disse "Nossa, Virtudes, é verdade, aqui não diz nada de alergia alguma", mas sem prestar muita atenção, e ela estava muito nervosa, entende, e dizia "Está vendo, está vendo? Você vai dizer para o doutor Barrios que eles se equivocaram...?". E lhe disse que sim, que sim, que lhe diria, mas para fazê-la ficar quieta...

— Mas o prontuário dizia que o paciente era alérgico ou não?

— ... Entramos com Virtudes na saleta do lado, onde há a máquina de café, e ela começou a trocar de roupa. E então ouvimos que entrava o doutor Barrios na sala de controle, e lá havia o prontuário... E o ouvimos dizer "Onde está este maldito prontuário?" — Maquinalmente, desabotoou um botão da blusa. — Todos estávamos histéricos. E Virtudes me agarrou e disse: "Não saia, não saia, deixe que ele veja e se acalme." Disse a ela: "Como quer que eu não saia? O que quer? Que fiquemos aqui trancadas?" Estava histérica, a Virtudes. E saio e encontro o doutor Barrios com o prontuário nas mãos. Pergunto: "O que acha?" Disse: "O que eu acho?" Gritava assustado. Nunca o tinha visto daquele jeito, mas nunca, hein? Dava medo. Dizia: "Mas o que aconteceu? Quem fez essa merda? Como é possível?" Assim, com palavrões e tudo. E me mostrou o prontuário, e o prontuário estava certo.

— O prontuário estava certo?

— Lá dizia: "O paciente é alérgico às dipironas", ou seja, ao Nolotil. Todas as advertências correspondentes nas áreas correspondentes, e as referências à medicação alternativa, tudo bem visível.

— E você tinha visto que não dizia nada...?

— Não, não sei o que vi... Devia ter me equivocado. Virtudes me dizia com tanta convicção... Foi então que Virtudes ficou histérica. Pôs-se a gritar: "Você viu! Diga-lhe que você viu! Não dizia nada de dipironas!" Mas claro que dizia, estava lá, escrito. E lhe disse: "Claro que está, olha", e virou uma fera e me xingou. Dizia: "Você a trocou! Você a trocou!" E me deu uma bofetada.

Desabotoou o segundo botão da blusa e pude ver que usava sutiã amarelo. Sutiã amarelo, ou dourado como o trigo sob o sol.

— E se alguém tivesse trocado o prontuário?

— Não! — escandalizou-se Melània. — Por que alguém teria feito isso? No formulário do atendimento de urgência, no histórico clínico, constava perfeitamente. A filha do Colmenero tinha uma cópia do formulário do atendimento de urgência. Não pude dizer nada. E, além disso, depois, todo mundo do hospital olhou aquele prontuário 20 mil vezes. Imagine! Era evidente que não tinham acrescentado depois a observação de alergia... A caneta era a mesma, e a letra era a mesma... Não, impossível.

— E não há a possibilidade de que o doutor Barrios substituísse o prontuário onde não constava a alergia por um outro correto?...

— Impossível. Não tinha tempo de preencher um novo prontuário. Desde que lhe telefonaram para avisá-lo do quadro anafilático, até que o encontrei na sala de controle, não passaram nem três minutos. Ir procurar um outro prontuário, achá-lo, preenchê-lo e fazer a troca em três minutos? Isto seria como fazer os 100 metros rasos em três segundos. Além disso...

— Sim?

— Se o tivesse feito, não imagino como, o que fez do prontuário velho? Quando o surpreendemos na sala de controle, ia em mangas de camisa, e nas mãos tinha somente o prontuário que me mostrou.

Meteu os dedos na cintura da saia. Temi que a abaixasse ali mesmo, na minha frente. Eu a via bem capaz de fazer isso.

— Talvez o tenha amassado e escondido no bolso? — sugeri.

— Não. O prontuário é grande assim, como disse, vai pregado numa base de madeira, ainda mais grossa. Era impossível que o doutor Barrios o escondesse. Quando saiu dali, não levava nada nas mãos.

— Bem, neste caso, não há nenhuma outra explicação: o erro tinha de ser de Virtudes Vila — concedi.

Melània Lladó mexeu a cabeça, aflita. Tinha uma vontade louca de tirar as saias, de ficar nua ali mesmo. Era notável o esforço que tinha de fazer para resistir a um strip-tease compulsivo.

— Mas Virtudes... Me odiou. Ficou louca. Queria me pôr de testemunha. Afirmava que eu tinha visto que no prontuário não dizia nada de alergia. Chamou-me de mentirosa e traidora. Por isso, depois, eu quis vê-la, para justificar-me, para lhe pedir desculpas ou dar-lhe uma explicação, não sei...

— E não a encontrou — disse.

— Não a encontrei — disse. — Quer saber algo mais?

— Só uma coisa. Sabe onde mora o doutor Barrios?

— Em Sant Cugat, mas não sei o endereço exato.

— Qual é o segundo sobrenome dele?

— Duran.

Agradeci e afastei o olhar quando me pareceu que os seus dedos já estavam procurando o zíper. Despedi-me com um aceno de mão e me distanciei, sem olhar para trás, e a deixei sozinha, livre com suas perversões e neuras.

Pobre mulher de cabelos vermelhos.

5

Passava de uma hora da tarde, mas os túneis de Vallvidrera estavam próximos e isso queria dizer que tinha Sant Cugat a menos de meia hora de carro. Pensei que talvez pudesse encontrar o doutor Barrios em casa na hora do almoço.

Enquanto corria pela Ronda de Dalt, arrisquei a vida usando o celular para ligar à agência. Atendeu Octavi e lhe pedi que localizasse na lista telefônica um Eduard Barrios Duran, em Sant Cugat, e que me dissesse o caminho mais curto para chegar à sua casa a partir dos túneis.

Já tinha passado o pedágio quando voltei a arriscar a vida atendendo o celular que tocava. Era Amèlia. Segundo me explicou, Octavi tinha lhe passado o encargo de procurar o endereço do Barrios logo que desliguei o telefone. Permiti-me um comentário:

— Que safado.

— Você já sabe como ele é — Amèlia, que tinha alma de mártir, desculpou-o. — Além disso, é que por aqui há um pouco de comoção com isso da Felícia Fochs.

— Recebeu mais mensagens?

— Acho que sim, mas o grupo todo está tão histérico que prefiro observá-lo de longe. — Nisto concordávamos. Claro que deviam estar histéricas, se usava a expressão "um grupo" para se referir apenas a duas pessoas. — Pode tomar nota do endereço?

Tive de parar no acostamento da rodovia. Escrevi um nome de rua e um número de casa no verso de um bilhete de estacionamento. Antes de se despedir, a eficiente Amèlia disse:

— Barrios a esta hora está em casa. Liguei para ele fingindo ser uma pesquisadora e ele atendeu.

Entrei em Sant Cugat à uma e quinze e fiquei rodando e perguntando a passantes até uma e quarenta e cinco, hora em que parei na frente do chalé do doutor Barrios. Era uma construção nova, de dois andares e sótão, com um telhado que caía mais de um lado do que do outro, com um efeito estético curiosamente estudado pelo arquiteto. Muito de vidro e materiais de construção dos mais caros e seletos, e um jardim com uma grama tão cuidada e uniforme que parecia que o próprio cirurgião se ocupava de cortar os raminhos, um por um, com um bisturi de precisão. No fundo se via um alpendre de tipo rústico falsificado, mas com graça. Também tinha piscina, é claro. Não chegava à categoria da mansão dos Font-Roent, nem da dos Gornal, mas parecia um lugar mais cômodo para viver, e, de todo modo, para poder permitir-me uma casa como aquela, eu teria de roubar um carro-forte um dia que estivesse bem cheio.

Um cão com cara de poucos amigos, um pastor alemão com um pêlo tão brilhante e as orelhas tão em pé que parecia ter um *personal stylist*, corria para cima e para baixo latindo e perseguindo os passarinhos. Tinha uma bonita voz de tenor.

Ao lado da grade havia uma campainha com vídeo e porteiro eletrônico. Penteei-me com os dedos, para dar uma imagem mais digna daquele contorno, e abotoei a jaqueta e ajustei a gravata. O arranhão da face jogava um pouco contra mim, mas eu não podia fazer nada.

Toquei e perguntei pelo doutor Eduard Barrios à mulher que me atendeu.

— Da parte de quem?

— Àngel Esquius. Sou de uma companhia de seguros.

Pela lógica, a mulher responderia "Sinto muito, não precisamos de mais seguradoras". Por isso, quando ouvi que dizia "Desculpe-me, mas já temos tudo coberto em matéria de seguros", sorri satisfeito.

— Não é para uma venda, é para uma reclamação — apressei-me a esclarecer antes que pudesse desligar. — Diga-lhe que se refere ao falecimento do Sr. Marc Colmenero.

— Ah... Como disse? Marc Colmenero?

— Sim.

— Um momento.

Segundo os ingleses, um momento dura exatamente um minuto e trinta segundos. Um minuto e quarenta segundos depois, a porta da casa se abriu e saiu o doutor Eduard Barrios em pessoa. De pele bronzeada, cabelo grisalho, largo de ombros, atlético, veio até mim. Estava vestido em trajes esportivos, mas, apesar disso, parecia mais elegante que eu. Botas campeiras, calças jeans de marca, um cinto que valia mais que tudo que eu usava e uma camisa azul, de algodão, selecionada entre as mais distintas da loja mais distinta da região.

Atravessou o jardim pisando na grama porque era sua. O cão, ao vê-lo, saudou-o com latidos ensurdecedores e começou a pular em volta dele. Ele, porém, não dissimulava a sua desconfiança. Levantava uma sobrancelha. Falou através da grade, como o carcereiro fala com o preso.

— Disse que veio para um assunto relacionado com a morte de Marc Colmenero?

Passei para ele entre as barras um cartão que dizia "Àngel Esquius. Investigação de seguros".

— É um assunto delicado que tem de ser tratado com discrição, e por isso tomei a liberdade de vir ao seu domicílio, em vez de ir ao hospital.

Abriu o portão.

— Entre.

O cão mostrou-me os dentes e fez um barulho turbulento com a garganta, como se estivesse se preparando para cuspir um pigarro.

— Não faz nada — disse o doutor Barrios.

— No momento, dá medo — respondi.

O cão aproximou-se de repente, insultando-me e ameaçando-me. Dei um pulo. O doutor Barrios gritou, autoritário, "Chega!, passa pra lá!", e dei um outro pulo. O cachorro ficou calado, mas me controlava muito de perto enquanto cruzávamos o jardim. Quase preferia que latisse. Agora, em silêncio, parecia-me que a besta estava olhando meus tornozelos perguntando-se qual deles gostaria de mastigar primeiro.

Entramos na casa, o monstro ficou do lado de fora e eu senti que tirava um peso de cima de mim.

Num vestíbulo forrado com madeira de sicômoro, decorado com um Miró bem colorido (*Mulher e Pássaro*, suponho) e perturbado por uma música ensurdecedora, obsessiva e enlouquecedora que enchia a casa, encontrei uma mulher escultural, quase gigantesca, valquíria, com óculos de hipermetropia, uma espécie de deusa excessiva, loura agrisalhada, em cujo rosto carnudo redundava desconcertante um sorriso cristalino e acolhedor. Estendeu-me a mão e, com a falta de jeito do estrangeiro que não domina os costumes do país, ofereceu-me as bochechas para que nos beijássemos. Não me opus.

— Perdoe a bagunça da casa — disse com sotaque centro-europeu. A casa estava tão arrumada que dava vertigem. Virou-se para a sala de estar contígua. — Quer fazer o favor de abaixar esta música? Parece que os jovens de hoje nasceram surdos.

O doutor Barrios cortou o ritual de acolhida:

— É da companhia de seguros — disse seco e desmanchaprazeres.

— Àngel Esquius, a seu dispor — disse, pegajoso.

— Por favor...

O doutor levou-me para o segundo andar por uma escada em caracol que subia pelo interior de um cilindro de vidro.

No seu escritório particular, no sótão, o Barrios tinha fotografias penduradas de toda a família, a mulher e um filho e uma filha adolescentes, todos muito grã-finos, e também pranchas que mostravam detalhes de diferentes ossos do corpo humano, e de como uns se encaixavam nos outros. Uma parede estava reservada para diplomas e artigos do *The Lancet* assinados por ele e emoldurados, e para diplomas de prêmios nacionais e internacionais e para fotografias onde era visto acompanhado de autoridades de todo tipo. Tudo muito bonito, muito arrumado, cada coisa no seu lugar, para compor um conjunto harmônico, pronto para fazer uma fotografia e publicá-la na *Casa e Jardim*.

Sentamo-nos, separados pela escrivaninha onde tinha o computador. Estava um pouco tenso, mas se esforçava para parecer paciente e tolerante.

— Você dizia...

— Estamos tentando determinar as causas da morte do Sr. Marc Colmenero, para decidir se é preciso pagar ou não um seguro de acidentes que tinha subscrito conosco.

Pareceu-me que as minhas palavras o relaxavam um pouco. Encostou as costas no espaldar da poltrona.

— Morreu há três meses — observou-me.

— Sim, mas há uma companhia de seguros que não tinha sido informada.

— Qual companhia de seguros?

— Agora não posso dizer o nome.

— Por quê?

— Porque os possíveis beneficiários do seguro não apresentaram nenhuma reclamação.

— Entendo — sorriu, cúmplice. — E, se não a apresentarem, vocês não a pagarão.

— Este seguro está ligado a um cartão de crédito que ele tinha com uma entidade estrangeira: é como uma espécie de vantagem incluída para os titulares do cartão. Supomos que os herdeiros o ignoram. Agora há pouco cancelaram o cartão, e foi então que a seguradora foi informada de que o titular estava morto.

— E o enviaram para investigar o que aconteceria se a seguradora não pagasse o que tem de pagar. Pode ser que os beneficiários possam se informar algum dia e reclamem o que é seu com perdas e danos. É isto?

Comprovar que eu era um sem-vergonha o havia deixado muito contente. Supunha que eu estava falseando, que me tinha em suas mãos. Sorria como se estivesse vendo um hamster numa gaiola. Mas não tinha a intenção de me colocar para fora de sua casa.

— O caso é que não temos conseguido esclarecer se a causa da morte foi um acidente ou não.

Os dedos longos e bem cuidados do cirurgião localizaram uma minúscula partícula de pó sobre a mesa, capturaram-na e a depositaram num cinzeiro muito artístico que nunca havia sofrido nenhuma queimadura de cigarro. Imaginei o doutor Barrios investindo um longo tempo para centralizar quadros pendurados nas paredes, com um olho fechado e o outro aberto, ou, até mesmo, ordenando os papéis amassados da cesta de papéis conforme a cor e a consistência para que o conjunto ficasse decorativo.

— E não lhe ocorreu falar com a filha do Sr. Colmenero, não?

— Não nos pareceu oportuno. Ainda.

O doutor Barrios sacolejou-se um pouco de rir. Parecia que estava se divertindo muito.

— De fato, o que querem estabelecer — continuei — é se a morte foi conseqüência da queda do cavalo e, neste caso, seria um acidente coberto pela nossa apólice...

Ficou sério e me interrompeu:

— Marc Colmenero caiu do cavalo e foi um acidente grave. O pé ficou enganchado no estribo e o cavalo o arrastou um bom tempo. Tinha convulsão cerebral com perda de consciência, contusões por todo o corpo, luxação do ombro direito e fratura do cúbito e do rádio. Agora, se me perguntar se era necessariamente mortal, terei de lhe dizer que não.

— Mas morreu.

— Sim.

— Por que morreu?

Um silêncio. Um suspiro quase inaudível, mas suficiente para transmitir a idéia de que vivemos num mundo imperfeito. Agora, o doutor Barrios esfregava uma sobrancelha com a ponta dos dedos. Custava-lhe ter de reconhecer um fracasso profissional.

— Depois da intervenção, quando estava em reanimação com o anestesista, fui vê-lo. Era um cliente importante, tínhamos lhe dado um tratamento diferente, de modo que pensei que gostaria de ver o diretor do hospital e chefe do Departamento de Traumatologia ao seu lado, ao acordar. Gemia. A fratura era francamente dolorosa, mas, de todo modo, não me pareceu oportuno lhe dar nenhum calmante. Disse-lhe de brincadeira: "Vamos, vamos, está reclamando por nada, isso já está superado, agüente como um homem, que isso não é nada." E disse à doutora Mallol: "Não é nada. Está perfeito. Já podem subir com ele para o andar. Uma vez no seu quarto, já com a sua filha, Marc Colmenero voltou a se queixar. E então, como é natural e de praxe, a enfermeira lhe administrou Nolotil. E aconteceu que o Sr. Colmenero era alérgico às dipironas. O Nolotil é uma dipirona.

Agora, o seu olhar era desafiador, quase provocativo.

— Um choque anafilático.

— E não puderam fazer nada por ele?

— Chegamos tarde. A filha dormiu e não percebeu que o pai estava sufocando... Quando nos avisaram, já era tarde demais. Aplicamos nele corticóides e adrenalina diretamente na veia, fizemos manobras de reanimação cardiopulmonar, ou seja, massagem cardíaca... Mas foi inútil.

— Você sabia que ele era alérgico à dipirona?

— Claro que sim. A filha dele nos informou logo que ele entrou.

— Mas... no prontuário das enfermeiras constava a alergia do Sr. Colmenero?

— Sim.

— Você comprovou isso?

— O que você acha? — disse, como se não pudesse acreditar que lhe fizesse perguntas tão estúpidas. — Assim que me disseram o que tinha acontecido, fui para a ala de enfermeiras, peguei aquele prontuário e o comprovei.

— E o que disse a enfermeira responsável?

— O que queria que dissesse? Primeiro disse que sim, que constava a advertência, depois alegou que não estava segura e no final admitiu que não tinha prestado atenção. — E acrescentou, sem nenhuma convicção e sem nenhuma intenção de convencer-me: — Sim, já sei o que está pensando. É uma vergonha. Foi culpa daquela moça, mas, de algum modo, a culpa moral é de todos nós do hospital, do sistema que permitiu que aquela pessoa incompetente e grosseira estivesse trabalhando lá.

— Então, poderíamos dizer que foi uma negligência médica.

Por um momento, o doutor pareceu vencido, mas de repente reagiu.

— Em todo caso, no que diz respeito ao que lhe interessa, não foi um acidente. — E acrescentou: — Nós nos entendemos com a família do falecido. Tanto eles como nós preferimos nos poupar da publicidade desnecessária daquele fato desgraçado.

— A família não apresentou nenhuma reclamação legal, nenhuma denúncia?...

— Não. — E, olhando-me fixamente, frio como um cadáver, mudou de tom: — Está bem, senhor detetive de seguros, já entendi por que veio. Suponho que daqui a dois dias receberei uma circular, ou um documento rotineiro de uma companhia de seguros, e então terei de considerar bem o que ponho ali sobre o Sr. Colmenero.

Sorri para ele.

— O meu trabalho consiste em poupar dinheiro para a minha empresa.

— E está me ameaçando também?

— Como?

— Parece que entendi que, no caso em que eu dissesse um disparate, vocês se encarregariam de divulgar todos os detalhes da morte de Marc Colmenero.

— Eu não disse isso. É claro que, se ocorresse um julgamento e o conseqüente escândalo por parte dos beneficiários da apólice, não poderíamos evitar que o nome do hospital se sujasse um pouco.

Disse com alegria nos olhos, como se estivesse contando uma piada escabrosa a um amigo do peito.

Ele se pôs de pé para deixar claro que a sua boa vontade tinha se esgotado e que eu não merecia um segundo mais do seu tempo. Declarou, solenemente:

— Saiba que seu trabalho me dá nojo. Quer fazer o favor de sair da minha casa, por favor?

— É claro — disse-lhe fazendo meu papel de cínico insolente. — Talvez pudesse me dar o endereço da enfermeira que cometeu o erro?

— Despediram-na. Não tenho nem idéia de onde está.

— E, se o soubesse, tampouco me diria, não é?

Imaginei que, enquanto falávamos lá dentro, o cão tinha estado fazendo planos e croquis, no jardim, organizando o ataque e a destruição do intruso indesejável que eu era, porque, logo que pisei a soleira da porta, apareceu de trás de uma moita, prontamente, latindo, direto para mim. Dei um pulo.

— Chega, Scherazade! — gritou o doutor Barrios, com voz de domador. — Quieta aqui!

O cão, ou a cachorra, considerou-se requisitado e ficou cravado onde estava.

Eu também.

6

Eram quinze para as quatro quando cheguei à agência. Havia apenas Amèlia na recepção, lendo uma revista de viagens e comendo um sanduíche vegetariano. Disse-me que todo mundo estava comendo no Epulò, uma marisqueira que tinham acabado de abrir no bairro.

— Tem notícias da Beth? — perguntei.

— Não. Pensávamos que estava com você.

Lembrei-me que deveria ter ligado para o celular dela para verificar como iam as coisas pelos Laboratórios Haffter e achei grave que não me tivesse lembrado ao longo de toda a manhã. Curiosamente, porém, deixei a ligação para mais tarde e me dirigi ao Epulò.

O proprietário do Epulò era um ex-padre que tinha decidido se perverter. Concretamente, o nome do restaurante vem da parábola que conta São Lucas no capítulo 16, versículo 19, onde um rico epulão que se vestia de púrpura e linho e comia como um boi não se dignava a dar nem uma migalha ao pobre Lázaro, que, coberto de chagas, passava fome na porta do palácio. A citação bíblica decorava as paredes do restaurante acompanhada por ilustrações que pareciam tiradas de uma bíblia orto-doxa russa, com muitos dourados e muito drama. Era uma marisqueira cara que pretendia ser exclusiva para milionários. Os clientes tinham de suportar ocasionais homilias do dono, que havia adotado uma apa-rência mefistofélica e passava entre as mesas com ares de soldado para o harém, como se, entre os clientes, estivesse escolhendo algum que lhe apetecesse sodomizar.

Depois de contemplar minha braguilha e umedecer os lábios, o ex-padre me indicou que meus colegas estavam fechados num reserva-do. Tê-los-ia encontrado sem a sua ajuda, porque, na extremidade de um corredor, a presença do Tonet não podia passar despercebida. O gigante, com os braços cruzados, tinha um olhar tão ameaçador que os clientes que tinham de passar por lá para ir ao banheiro preferiam agüentar a vontade.

Dentro do reservado estavam Biosca, Octavi e as irmãs Fochs, de-leitando-se com uma longa sobremesa de cafés, drinques e cigarros.

Quando entrei, Felícia Fochs deu um grito de espanto e os outros deram gritos de alegria que, no momento, me pareceram excessivos.

— Ah, Esquius! — exclamou Biosca. — O seu olfato de detetive superdotado o fez farejar a lagosta desde a outra ponta da cidade! Entre, entre, venha aqui! Sente-se! Quer comer alguma coisa? Umas verduri-nhas, um filé, umas trufas, uma tequila? Como foi o trabalho?

Deu uma entonação especial à palavra *trabalho* e dirigiu uma olha-da tipo Groucho Marx à sua volta, para sublinhar o significado preciso que lhe designava. Não há nada pior do que Biosca quando, ao seu delírio normal, acrescenta-se o alcoolismo e a ostentação do seu senso de humor.

— Uauuu — disse Octavi. — Olhem que arranhão Esquius tem na cara! E parecia uma mosquinha morta, a puta!

Três garrafas vazias de vinho Ribeiro explicavam a euforia dos dois homens. Octavi olhava o decote de Felícia com uma intensidade capaz de fazer saltar os botões e acabar de abrir totalmente aquele rasgo vertiginoso. Felícia Fochs nem notava, abstraída no seu tremor privado e incontido. Estava com olheiras e cansada. E um pouco mamada também. Se demorássemos muito a resolver seu caso, murcharia. Ou ela própria se descobriria familiarizada com os pêlos da bunda do Octavi sem saber como tinha podido chegar àquele grau extremo de intimidade. Sua irmã Emília fazia cara de laranja azeda cada vez que Biosca e Octavi disparavam uma de suas piadas. Deu-me a impressão de que aquela mulher estava começando a perder a fé na agência.

— Voltou a ligar — disse Felícia Fochs com voz trêmula.

Sentei-me entre Octavi e Biosca. Quando veio o garçom, decidi ser frugal e pedi apenas uns aperitivos de camarões e lulas. Não, obrigado, não queria vinho, porque tinha dormido pouco e cochilaria se bebesse. Apesar disso, Biosca pediu mais uma garrafa de Ribeiro, para o caso de mudar de idéia.

Enquanto os outros escutavam um melancólico gracejo de Octavi referente a uma mulher entusiasta de ser violada repetidamente, fiz um aparte com Biosca:

— Já falaram com os franceses?

— Como?

— Aquilo de Cotlliure.

— Ah, sim. Tenho os orçamentos de duas agências de detetives de Perpinyà. Amanhã nos decidiremos por uma.

— Não poderia ser esta tarde?

Biosca abaixou o tom de voz:

— Cara, Esquius, cacete, quanto mais prolongarmos tudo, mais iremos receber.

Resignei-me a calar e comer.

— Voltou a ligar — insistia Felícia Fochs.

Ninguém lhe dava atenção.

Assim as coisas estavam: enquanto Adrià Gornal não aparecesse, para Biosca o meu era um caso rotineiro que funcionava sozinho, no sentido que assegurava uns depósitos escassos e, em contrapartida, o de Octavi estava destinado a figurar num lugar de destaque na história da investigação criminal.

Enquanto me concentrava em comer, recapitulei um pouco. Um dia, Ramon Casagrande (que Deus o guarde) tinha perguntado ao doutor Marín se o doutor Barrios tinha um cachorro e como se chamava, depois acontecia que o doutor Barrios tinha uma cadela que se chamava

Scherazade, e Adrià Gornal nos havia dito que Scherazade nos explicaria o resto da história. O que queria dizer tudo aquilo?

Acabava sendo difícil concentrar-se com Octavi fazendo-se de palhaço ao lado. Agora tinha pego a mania de implicar com Emília Fochs.

— Vai, vamos, faça aquela voz tão sedutora que faz no programa de rádio! Faça uma demonstração para nós! — E, como a Emília não se dignava a responder, decidiu ele mesmo fazer uma imitação, com o seu francês mal aprendido e mal assimilado: — *Aaaah, l'amooooug, mon amouggg, j'aime ton ggosse chose...*

— Por favor, Octavi, está sendo ridículo — disse na porta uma mulher fatal.

Usava o cabelo preso, impenetráveis óculos escuros para montanha e um sóbrio conjunto de casaco e pantalonas, com gravata.

Todo mundo se calou. Penso que fui o único a reconhecê-la.

— Beth! — exclamei com enorme alegria, como se temesse que ela estivesse em perigo.

Enquanto me levantava para ir ao seu encontro, Octavi e Biosca explodiram numa gritaria de boas-vindas:

— Beth!

— A menina!

— Onde vai disfarçada de mulher?

— Olhe a pobrezinha!

— Veio para pegar a sobremesa?

Agarrei-a pelo braço e a levei para um canto, para sussurrar:

— Está vindo dos Laboratórios Haffter?

— Dos Laboratórios HP, que são o ramo veterinário dos Haffter. Apresentei-me como Adriana Veí, inspetora de Seguro Social. E conheci o Sr. Moragues e o Sr. Piulachs, de recursos humanos. — Parecia muito vaidosa e orgulhosa do seu trabalho, e, sem dúvida, esperava o meu aplauso. — Parti da hipótese de que Ramon Casagrande devia ter algum contato com o setor de produção dos Laboratórios e que este contato, por alguma razão, tinha falhado com ele havia dois meses, porque faz dois meses que a discoteca Crash está sem ketamina...

— Muito bem — disse com fervor.

— De modo que comecei dizendo que queria falar da conveniência de uma baixa da sua empresa...

— Uma baixa? — juntei-me à sua risada entusiástica.

— Um tiro no escuro.

Atrás de nós, Octavi e Biosca continuavam a sua balbúrdia:

— Não se aproxime muito, Esquius, que contaremos para a Floreta!

— Tirem uma foto deles, tirem uma foto deles, que depois faremos chantagem!

— Ei, as mãos, vamos ver o que ele está fazendo com as mãos!

— É falta de educação vocês dois ficarem de segredinhos aí juntos!

— Imediatamente me falaram de uma baixa — disse Beth sem lhes dar atenção. — Bem, de uma demissão. Um tal Carles Joan Pardal, químico e, caramba, supervisor da área de produção veterinária. Colocaram-no para fora e ele saiu cravando um soco na porta, enfurecido, mas segure firme: quando o procuraram para formalizar a demissão, a proposta de acordo de indenização e os encargos, e a assinatura e tudo o mais, o Pardal não estava. Desapareceu de um dia para o outro. Sua família diz que está no exterior.

— Por que o despediram?

— Irregularidades no trabalho. Não me disseram quais.

— Houve denúncia na polícia?

— Não, ainda que eu tenha farejado que houve delito. Que tinha metido a mão na caixa, ou algo semelhante...

— Esse tipo de delito o laboratório não desejaria ocultar.

— Foi o que eu pensei. Em troca, claro que desejariam ocultar o roubo sistemático de uma substância como a ketamina, por exemplo. E, se fugiu para o exterior, não deve ter sido para fazer turismo...

— Bingo — disse, ainda que odeie esse tipo de expressão.

O silêncio reinante no reservado acabou atraindo a nossa atenção para os que nos rodeavam.

Estavam nos contemplando boquiabertos, intrigados pelo nosso ar conspiratório.

Beth tirou os óculos e disse, alegremente, recuperando o seu papel de sempre:

— Qual o motivo para tanta comemoração? É porque já sabem quem é o assediador? Ou já conseguiram a lista de ligações feitas do seu celular?

— Não! — exclamou Biosca reagindo como um autômato. — Só usa o celular para ligar para os números da Felícia. É um psicopata metódico, precavido e diabolicamente inteligente. Astuto. Um rival formidável, tenho de admitir! Um rival da minha alçada, Esquius! — E, como se fosse uma excelente notícia: — Agora acontece que localizou o esconderijo da Srta. Felícia, veja!

Cruzei um olhar com Emília e com Felícia tentando comunicar-lhes mentalmente que não tinham de dar atenção ao comportamento amalucado dos meus colegas de trabalho. Mas tanto nos olhos de uma como nos da outra li o desânimo mais absoluto. Pensei que estávamos a ponto de perdê-las como clientes. Se aceitassem pagar a sua parte na conta, poderíamos nos considerar sortudos.

— Voltou a ligar — disse Felícia Fochs com uma vozinha tremida. — Para o telefone da agência.

Emília concordou com uma expressão sombria.

Biosca acabava de tirar um pequeno gravador e o oferecia a mim.

— Olhe, olhe o que lhe disse o filho-da-mãe!

— Não quero escutar! — guinchou Felícia.

— Sim, mulher, não seja covarde, se não disse nada...

— Não têm um fone de ouvido? — pedi, compadecendo-me da vítima.

— Já vai ver! — disse Biosca. — Fica claro que sabe onde está a Felícia! Ou seja, que o psicopata se aproxima da armadilha. Aproxima-se para o combate final, um enfrentamento apoteótico, já podemos dar por feito! Ria do Sherlock Holmes e do Moriarty no abismo de Reichenbach!

Apertei o botão do gravador e, ao mesmo tempo que Felícia tapava os ouvidos e Biosca exigia silêncio de todos os presentes, Beth e eu pudemos ouvir aquela voz distorcida, metálica e gelada:

"Você imaginou que pudesse ser mais sagaz que eu? É uma idiota se pensa que me esqueci de você! Não adianta se esconder: você é minha e sou teu amo, faço com você o que quiser. Pense em mim a cada minuto, que eu penso em você a cada segundo. Pense que nunca mais você viverá em paz, e que meus desejos me fazem onipotente!"

Fechei os olhos. Martelava com as duas primeiras frases. "Imaginou que fosse mais sagaz que eu? É uma idiota se pensa que me esqueci de você!" Repeti mentalmente a primeira: "Imaginou que fosse mais sagaz que eu?" Por que não dizia "Pensou que era mais esperta que eu"?

— O que acha, Esquius? Hein? O que acha? O que percebeu? Com certeza percebeu alguma coisa! O que me diz, Esquius? Ha, ha, fiz um dístico. O que me diz, Esquius? Esquius, o superdotado, resolve essa! Ha, ha, um outro dístico! Diga, Esquius, ilumine-nos! Esclareça-nos!

Abri os olhos e encarei Octavi com um meio sorriso. No rosto do meu colega apareceu uma fagulha de advertência. "Se for capaz de dizer-nos um modo de apanharmos imediatamente o assediador, te mato! Se pegar esse assediador antes de mim, te capo sem anestesia!"

Suspirei. Olhei para Beth e disse:

— Estou com a cabeça em outro lugar. O meu caso é muito complicado.

Mas com o rabo do olho informei ao Octavi que talvez tivesse acabado de descobrir alguma coisa que ele nem desconfiava.

Sabia que aquela expressão minha o aborrecia muito. E a sua contrariedade era um bálsamo para as minhas dores, que diminuíam pouco a pouco.

O almoço estava muito bom.

NOVE

1

Para chegar à mansão dos Colmenero era preciso sair de Barcelona pela rodovia A-9, em direção à comarca do Maresme, e abandoná-la na altura de Vilassar. Descendo para o mar pela estrada da Argentona, imediatamente antes de uma curva muito fechada e sem visibilidade, via-se à esquerda um desvio assinalado com uma placa que dizia "Propriedade particular, não entre". Então, era preciso arriscar a vida indo procurar aquele caminho apesar da faixa contínua e penetrar na estrada de terra violando a proibição de passagem. Dois quilômetros mais adiante, encosta acima entre uma paisagem de pinheiros, chegava-se ao cume de um monte, descobria-se que de lá de cima tinha-se vista para o mar, e encontrava-se diante da obra de um louco.

O louco devia ter sido um daqueles arquitetos modernistas de princípios do século passado, e a obra era um castelo neogótico com um par de torres que acabavam em ponta e um outro par que acabavam em ameias, decoradas com frestas e arcos ogivais e gárgulas e símbolos maçônicos, e envolvidas por um muro de pedra rústica, capaz de resistir a um cerco de dez ou 12 anos, no mínimo. Podíamos muito bem supor que em torno da edificação havia um fosso com crocodilos, uma ponte levadiça e uma grade protetora.

Por ora, bloqueando a passagem, encontrei um Mercedes preto que, procedente do interior da muralha, tinha-se chocado contra um dos dois pilares que ladeavam a porta de acesso. Não parecia um acidente catastrófico, mas o produto da preguiça de alguém que tinha se esquecido de usar o freio de mão ao abandonar o veículo numa ladeira. O Mercedes tinha deslizado suavemente, até que aquele sólido pilar o havia parado e o convertido num obstáculo para os intrusos.

Porque eu não era o único visitante que tivera de deixar o carro naquele ponto final do caminho. Antes de mim, tinha chegado o proprietário (proprietária, melhor dizendo) de um BMW 323 vermelho que reconheci imediatamente.

Do outro lado do muro, encontrei um jardim muito grande. A distância até a mansão era longa, mas o passeio não era nem um pouco aborrecido. Estive em parques temáticos menos interessantes e coloridos do que o que estava vendo.

A primeira coisa que chamava a atenção do bisbilhoteiro era uma carcaça de avião bimotor, um Piper PA-31 Navajo, segundo se podia ler na fuselagem, posta em cima de um tipo de pedestal. Em um lado tinha pintado o logotipo de Transportes Temair, dois tês ligados e cercados por uma bandeira verde, branca e amarela. Mais além, uma moto, uma Derby dos anos 70 com o mesmo logo pintado sobre o tanque. Completavam aquela espécie de exposição uma caminhonete DKW arruinada e, sobretudo, uma estátua de Marc Colmenero, esculpida em mármore, onde era visto vestido de aviador, numa postura heróica, agarrado a uma hélice gigantesca e olhando para o céu como que meditando se as condições meteorológicas aconselhavam a voar. Levava pendurado a modo de bandoleiro um surrão com o logo da Temair e, no conjunto, aquilo parecia um versão adaptada ao século XX do tema de Miguel Strogoff.*

Os psicólogos que visitassem aquela casa poderiam redigir um diagnóstico diáfano sobre o defunto Marc Colmenero. Aquele jardim dizia aos gritos: "Olhem o que eu fiz, olhem o avião escangalhado e a merda da caminhonete de segunda mão com que comecei, e olhem aonde eu cheguei. E, assim que tiverem visto, comparem-me com vocês e a sua vida miserável, e confessem a que conclusões chegaram."

E ainda tinha mais.

Se você prestasse atenção, perceberia que os canteiros de flores do jardim reproduziam todos, com diferentes espécies de flores, a combi-

---

* Miguel Strogoff: personagem do romance homônimo de Júlio Verne. (N. do T.)

nação de cores do logo da Temair. Era certo que, quando jorravam, os repuxos do jardim também criavam essa bandeira onipresente. Se você prestasse mais atenção ainda, descobriria pasmo que a perspectiva da casa desde a entrada da mansão também era composta de um modo calculado: o verde de uma extensão de grama, o branco da fachada do edifício das torres pontiagudas e os telhados pintados de um amarelo ocre. Toda esta simetria cromática ficava obscurecida por certo desleixo que se adivinhava recente: a grama fazia alguns meses que precisava ser aparada e faltava uma regada nas flores, como se a herdeira de Marc Colmenero, por respeito ou para manter o luto, não tivesse ousado continuar a loucura do pai morto.

Quando cheguei à porta, já não me surpreendeu que, em vez de campainhas, houvesse uma velha buzina daquelas de borracha. Apertei-a com cuidado e arranquei dela um "trim, trim" nada digno nem elegante.

Se eu esperava que me abrisse a porta uma rapariga com touca e avental branco sobre vestido preto, ou então um mordomo com colete listrado e o nariz apontado para o céu, decepcionei-me. Quem tinha diante de mim era um atleta de cachos louros e olhos azuis, vestido com abarcas, calças brancas de algodão com elástico, ajustadas para exibir o volume, e uma camiseta regata que deixava à vista uma coleção de músculos deltóides, bíceps, tríceps, supinadores, cubitais, palmares, pronadores e braquiais, cuidados pelo seu proprietário com a devoção com que uma mãe cuida do seu bebê. Ocorreu-me que, se algum dia me decidisse a mudar de orientação sexual, iria procurá-lo.

— Vim ver Anna Colmenero — disse com prudência, como se duvidasse que o adônis pudesse entender o meu idioma.

— Ah, sim, entre — respondeu, desajeitado.

Não me perguntou nome, nem o motivo da visita, nem me pediu que esperasse um momento enquanto me anunciava. Deixou a porta aberta e disparou a correr dando por certo que eu a fecharia e o seguiria. Se eu tinha passado antes por uma experiência similar, tinha sido como porteiro de discoteca, e para estes não há meio-termo: ou te deixam passar ou não te deixam passar. E, se te deixam passar, não estão obrigados a nenhum tipo de cerimônia.

Segui-o atravessando um vestíbulo e um amplo corredor com quadros que reproduziam motivos relacionados com o transporte e com vitrines cheias de modelos aeronavais e terrestres em miniatura, em direção a uma acalorada discussão feminina que pouco a pouco ia se fazendo inteligível.

— Ah, sim, certo — escutei quando já ficava claro que a disputa tinha lugar no outro lado da porta dos fundos. — E Elvis Presley está vivo, escondido na América do Sul. E Marilyn Monroe foi assassinada pessoalmente pelo presidente Kennedy cravando-lhe um saca-rolha na orelha. Gosto sim das teorias conspiratórias para passar o tempo.

— Não é tão inverossímil! — replicou, vibrando e irritada, a voz de Helena Gimeno. — O caso é que a enfermeira desapareceu!

O atleta pôs a mão sobre a maçaneta da grande porta, mas eu o detive. Olhou-me. Sorriu.

— Oh, sim. Coitadinha da Virtudes... — continuava a conversa do outro lado do batente. — Deve estar trabalhando como empregada para o Elvis.

— E, antes de desaparecer, disse a uma colega que o erro não tinha sido dela.

— É a primeira coisa que diz todo mundo que comete um engano, não é? Dizer: "Eu não sabia." Se continuar acreditando em tudo o que te dizem, lindinha, vai acabar encostada num poste, vestida de oncinha e com a bolsa cheia de preservativos.

Depois de me dar uma olhada indecisa de "E eu, o que faço?", o atleta cansou-se de escutar e me franqueou a passagem a uma sala imensa e de pé-direito muito alto, que devia ter sido o refúgio lúdico de Marc Colmenero. Havia uma lareira um pouco maior que o portal da minha casa, e um monte de mesas de estilo colonial e sofás e cadeiras de bambu, uma mesa de bilhar, duas máquinas de *pinball* e, num outro canto, uma tela de cinema como as dos multiplex, uma boléia de caminhão onde tinham instalado o projetor, autênticas hélices de avião penduradas no teto para servir de ventiladores e um tapete feito sob medida que cobria toda a sala e que reproduzia integralmente um planisfério. Sob uns janelões longos e finos, justo em cima da Nova Zelândia, vi uma mesa de cavaletes com um computador, uma garrafa de uísque Cutty Sack, meio vazia e sem copo à vista, e um cinzeiro cheio de guimbas.

Ao lado daquela mesa, Helena Gimeno e Anna Colmenero, as duas em pé, pareciam a ponto de se atracar. A propagandista agitava o dedo indicador a um palmo do nariz da outra, que, de braços cruzados, a desafiava com uma expressão de nojo infinito no rosto.

— Não se atreva a me insultar de novo! Talvez eu não seja podre de rica como você, mas tenho dignidade! — disse Gimeno.

— Então deve levar a dignidade escondida sob as calças, chata, porque não se percebe nada em você — respondeu a filha de Marc Colmenero.

— Senhoras, senhoras! — intervim um segundo antes que Helena Gimeno fizesse uma besteira. — Senhoras, por favor!

2

Anna Colmenero ainda não tinha 30 anos e era atraente como somente sabem ser as meninas mimadas que nunca se privaram de nada. Atraente contra a sua vontade, vestida com uma camiseta grande para ela, uma malha simples, e descalça, com o cabelo preto e abundante cortado bem curto, e somente lhe faltavam uns dois ou três goles de Cutty Sark para ficar bêbada. Apesar de tudo, era atraente. Excessivamente magra para o meu gosto, como se em algum momento da vida tivesse praticado a anorexia, peito reto e pernas longas, mas possuía uma harmoniosa curva nas cadeiras, e os olhos claros e a cara sardenta, e a Helena Gimeno, ao seu lado, com um vestido vermelho decotado demais e sapatos com salto agulha, parecia uma Vênus de discoteca de bairro.

— Que porra de sujeito é esse, Jonàs? — perguntou assim que me viu.

— Jofre — disse o atleta.

— Jofre? — perguntou-me a proprietária da mansão. — Jofre e o que mais? O que veio fazer aqui?

— Não — corrigiu-a o musculoso. — Eu me chamo Jofre. Não me chamo Jonàs, me chamo Jofre.

— E que diabos me importa como você se chama? Ele, estou perguntando! Ele! — Anna Colmenero disparava o dedo indicador como se quisesse cravá-lo no meu olho. — Como ele se chama? Por que o deixou entrar?

— É o Sr. Àngel Esquius — interveio Helena Gimeno. — Investigador especializado em assassinatos.

Olhei-a. Olhou-me. Anna Colmenero também nos olhava. O que a Helena Gimeno estava procurando lá? O que poderia estar procurando, depois de ter falado com a Melània Lladó, a enfermeira que sabia tanto das irregularidades cometidas na morte do Marc Colmenero? Só podia estar procurando provas para a extorsão, naturalmente. Invejava a habilidade repugnante do infeliz Casagrande para pressionar os médicos e agora o queria imitar. E lá estava, tentando obter dados comprometedores da herdeira do magnata do transporte.

— Um outro abutre? — resmungou a herdeira. — É policial?

— Não sou policial — tranqüilizei-a. — Nem procuro nenhum escândalo. Apenas quero algumas informações.

— Porra! Um outro que quer informação! Quem vocês pensam que eu sou? Uma agência de notícias? Uma confidente?

— Quer que o coloque para fora? — Jofre se ofereceu.

Anna Colmenero quase teve um sobressalto de impaciência. Deu duas passadas até uma cômoda e da gaveta de cima tirou um punhado de notas.

— Toma! Onde está o outro? Toma!

O atleta se aproximou timidamente e apanhou o dinheiro.

— Quem? O Ronaldo?

— Isso, onde está o puto do Ronaldo?

— Não sei... Faz um tempo que o vi no terraço.

— Então vá buscá-lo e vão comprar alguma coisa bonita antes que fechem as lojas. — O adônis duvidava, como se pensasse que não merecia aquele dinheiro, e que, em todo caso, apetecia-lhe muito fazer o que se supunha que tinha de fazer para ganhá-lo.

— Chamarei vocês, se precisar — liberou-o Anna Colmenero. — Ande, cacete, que fecham cedo na Calvin Klein!

O cafetão abandonou o lugar mais rico que alguns momentos antes, mas cabisbaixo e humilhado. E a sua humilhadora cravou-me um olhar de água-marinha capaz de abrir feridas.

— E o que você conseguirá com a informação que eu der? Quero dizer: onde vê a possibilidade de ganhar dinheiro?

Não era uma pergunta fácil de responder. Olhei para Helena Gimeno com o rabo do olho, confiando que me daria apoio, e disse:

— Trabalho para um escritório de advocacia. O meu trabalho consiste em localizar vítimas de acidentes e de negligências de todo tipo dispostas a fazer reclamações judiciais. Os advogados para os quais trabalho recebem apenas uma módica comissão no caso em que se consiga a indenização.

— Então já pode ir embora. Aqui ninguém está disposto a fazer nenhuma reclamação.

— Como assim? Disseram-me que seu pai morreu por causa de uma negligência médica e não tenho notícia de que haja qualquer reclamação judicial em curso.

Anna Colmenero me olhava como os meninos de 3 anos olham os palhaços da tevê. Como se me visse ridículo mas, ao mesmo tempo, divertido e até um pouco enternecedor.

— Mas, cara... — repreendeu-me sem muita animosidade. — Advogados daqueles que perseguem ambulâncias? Não te dá vergonha ganhar a vida assim?

— Um pouco — reconheci. — Mas tenho de fazer implantes de titânio na boca e custam muito dinheiro.

Imagine, minha resposta lhe agradou e a predispôs um pouco a meu favor.

— Ah, pelo menos tem senso de humor. Aprenda, rainha, aprenda. Este senhor é um profissional. E não você, com umas mentiras em que eu não poderia acreditar nem que o Santo Pai as contasse para mim. — Esclareceu-me: — Diz que é do comitê de empresa do hospital de Collserola e que veio para defender a honra perdida da enfermeira idiota que matou o meu pai. — Aproveitou que estava me apontando para pedir: — Você se importa de ficar na Austrália, por favor? Me dá agonia vê-lo em pé no meio do Pacífico. Parece que você vai se afogar de um momento para outro.

Não me importava agradá-la, de modo que me desloquei dois passos até ter o mapa da Austrália sob os meus pés.

— E você, menina, ponha-se lá. — Anna Colmenero indicou, imperativa, um ponto à margem de Hong Kong. — Em Macau, rainha.

Acho que Macau combina mais com você. Ex-colônia portuguesa e lugar cheio de moças valorizadas por marinheiros de toda a região.

Helena Gimeno engoliu a humilhação com cara de quem engolia desinfetante de vaso sanitário e me consultou com o olhar. Com um movimento de cabeça, indiquei-lhe que era conveniente satisfazer a herdeira. Ela concordou reprimindo um sorriso de admiração e cumplicidade que selava pactos estratégicos com cláusulas secretas e ilegíveis ditadas por ela.

Anna Colmenero deixou-se cair numa poltrona giratória e se deslocou sobre rodas até a mesa do computador. Tocou o mouse e o protetor de tela do computador desapareceu para dar passagem a um ícone muito colorido, LIAMMAIL, que dava estranhas voltas. Chamou-me a atenção aquele nome quc cra lido do mesmo jeito da esquerda para a direita ou vice-versa. Um palíndromo. LIAMMAIL. A jovem pegou a garrafa de Cutty Sark e colocou-a na boca para beber um bom gole. Depois, girou sobre si mesma, como uma menina, até que parou de cara para nós, um pouco aturdida.

— Tem direito a uma reparação — insisti. — É o que se faz normalmente.

— Os do hospital se comportaram às mil maravilhas — disse Anna com ar frívolo de menina caprichosa. — Quando levei meu pai, todos foram atenciosos. O doutor Barrios é o maior traumatologista da Catalunha; veio atender quando eu chamei e adiou operações menos urgentes para encarregar-se imediatamente do caso, ele em pessoa. E, depois do que aconteceu, me deram acesso sem nenhum problema a todos os documentos da investigação interna, desculparam-se e ofereceram-me uma compensação de 150 mil euros que eu aceitei sem discutir. Em contrapartida, renunciei a prestar qualquer tipo de queixa, para evitar o escândalo. E dei imediatamente o dinheiro à Eco-Mon e à Caritat Cristiana, que eram as ONGs preferidas do meu pai. É que 150 mil euros, sabe, Gimeno, para mim não dão para chegar nem ao fim do mês.

Helena Gimeno fez um barulho estranho com a boca.

— Com uma reclamação judicial — disse eu — teria conseguido muito mais dinheiro e teria contribuído para impedir que esse tipo de erro se repetisse.

Anna Colmenero fez que não com a cabeça durante mais de um minuto, desaprovando profundamente a minha maneira de pensar. Ficou um tempo calada franzindo as sobrancelhas, concentrada, como se parecesse intuir as vibrações premonitórias de um terremoto, e, depois, do fundo de algum tipo de poço, disse em voz muito baixa:

— Isso é o que ele teria feito, se fosse eu a morta. Pôr tudo em pratos limpos até ter certeza de que uma pobre desgraçada como a enfermeira imbecil acabava na prisão ou arruinada, ou se suicidava. Então, quando tivesse pago olho por olho, todo mundo o teria admirado e parabenizado. "A sua filha está vingada." E assim teria ficado tranqüilo, o papai. Isso é o que ele teria feito. Mas eu não sei, cacete.

Falava em voz tão baixa que estive a ponto de migrar da Austrália para aproximar-me. Mas achei preferível ficar onde estava e reter Helena Gimeno com um gesto. Ficamos calados e quietos. Anna Colmenero continuava falando, imóvel, com a vista fixa em algum ponto da China.

— O que isso quer dizer? Que sou uma inútil? Que sou uma imbecil? Tantas coisas que eu tinha para lhe dizer! Você percebe justo quando é tarde demais, sabem? Quando o vê no caixão. Tantas coisas que eu tinha para lhe dizer! Para lhe dizer o quê? Para perdoá-lo. Papai, te perdôo por não estar no hospital quando minha mãe estava morrendo, te perdôo... se você me perdoar por ter te matado tantas vezes, quando era pequena, cravando agulhas naquele boneco. Te perdôo por me mandar para aquele internato de merda, se você me perdoar por não ter sido tão rápida, nem tão inteligente quanto você esperava. Te perdôo por me afastar do Gerald, aquele trabalhador da empresa que queria se casar comigo, e por mandá-lo como gerente para Buenos Aires, se você me perdoar por ter me apaixonado por um filho-da-puta que só estava atrás do seu dinheiro e que foi embora sem nem se despedir, aceitando o suborno que você lhe ofereceu. Uma troca de perdões, é isso o que fica faltando quando morre um pai, não é? — Ressuscitou de repente, erguendo o olhar em nossa direção e com um suspiro que não a libertou de todo o peso que a oprimia. Seus olhos claros eram como pedras de gelo que estivessem derretendo e lhe abrandassem os traços angulosos do rosto. De repente era uma menina. Uma menina pequena que tinha perdido o seu pai: — Morreu e eu não fiz nada. Eu... — Os suspiros e os soluços lhe interrompiam. — ... Dormi. E ele morreu, e eu sonhava, e não fiz nada. Como eu poderia culpar outra pessoa? — Bebeu um outro gole de uísque. E desmoronou, escondendo o choro entre as mãos: — E, além do mais, isso não pode compensar ninguém! Nada nem ninguém pode compensar isso!

Aquela explosão de choro foi tão violenta e profunda que, por um momento, tive medo que se quebrasse, tão magra e tão pouca coisa que era. Nunca teria imaginado que uma pessoa como ela pudesse chorar daquela maneira.

Exatamente antes que me despertasse uma ignominiosa compaixão, dei meia-volta e procurei a saída, com o coração apertado, confiando que Helena Gimeno tivesse o bom gosto de seguir-me.

Deixamos Anna Colmenero repetindo: "Nada nem ninguém pode compensar isso!" Nada podia compensar a sua dor. Nem a mansão neogótica, nem os jogos de computador, nem os adônis de aluguel, nem o uísque.

3

Enquanto atravessávamos o jardim verde, branco e amarelo, Helena Gimeno, que vinha atrás de mim, amenizava o passeio com comentários carregados de ressentimento e fúria:

— Veja uma família. A filha repelente e o pai, o rei dos transportes, um filho-da-puta. E a menina ainda o respeita...

— O respeita e o odeia — eu precisava, imparcial.

— Se tivesse sido o meu pai... Olha, olha aquele outro maltrapilho na estátua...

— Isso nunca se sabe. Os sentimentos são complicados.

— Deixa de história. Um filho-da-puta é um filho-da-puta.

— E um pai é um pai.

— E a filha de um filho-da-puta é a filha de um filho-da-puta.

— Foi bom o que ela disse. "Uma troca de perdões, é isso o que fica faltando quando morre um pai." — Naquele momento, de fato, eu estava pensando em meu próprio pai e na sua morte, tantos anos atrás. Parece que foi ontem. E ainda restavam tantos perdões para trocar.

Helena Gimeno interrompeu meus pensamentos:

— E as fichas? — Olhei-a por cima do ombro. — Você me prometeu. Eu te dava os nomes dos médicos encurralados pelo Casagrande e você me dava a caixa de papelão cheia de fichas.

— Não tenho a caixa — disse.

— Ei, ei, ei! — disse ela, como quem diz "Pára o carro!". — Agora não vai me abandonar no meio do perigo, não é?

Parei ao lado do Mercedes encalhado no pilar do muro e me voltei para ela como se tivesse a intenção de deixá-la passar primeiro. De repente, ela achou que a estava encarando.

— Você não estava abandonada num momento de perigo. De fato, agora mesmo estava arriscando a vida, não? Veio aqui arrancar alguma informação da herdeira para fazer chantagem com algum dos médicos do hospital.

— Mentira!

— Mentira?

— Eu só quero informação...

— Já sei que tipo de informação. A mesma que você queria obter de Melània Lladó em troca de mil euros.

— Isso é mentira! — saltou, raivosa. — Mil euros? Está louco?

— Não deu mil euros a Melània Lladó?

— De onde tirou isso?

— Não lhe deu mil euros?

— É claro que não!

— Não?

— Não! Ela me pedia mil, mas eu só lhe dei trezentos!

Escapou-me uma meia risada. Afinal, tanta cara-de-pau até mesmo tinha graça.

— Você falou com ela, ela te disse que tinha falado comigo e, quando soube que eu me interessava pela morte do Colmenero, sem perder tempo veio ver o que mais arrancava, remexer a merda.

Deu-me um sorriso.

— Melània Lladó te disse que me encontraria aqui?

— Foi casual.

Aproximou-se de mim. Parecia que tinha a intenção de tirar alguma sujeira da minha gravata.

— Casagrande me tomou muitos clientes. Por culpa das suas táticas asquerosas e das suas chantagens tive de engolir muita bronca na minha empresa. Mereço uma compensação. Não serei pior do que sou aproveitando as fichas do Casagrande. Os médicos estão acostumados. Se eu não fizer, outro fará, são as regras do jogo. Sentiriam falta se ninguém os pressionasse. E te prometo que vou pressioná-los apenas um pouco para que valorizem o produto que lhes ofereço.

Estava se aproximando tanto de mim que preferi recuar para o meu Golf, apalpando o corpo em busca das chaves, como se não soubesse onde estavam. Ela parou do lado do seu BMW e se encostou como uma modelo prestes a ser fotografada para um anúncio. Abriu ligeiramente as pernas, avançou um pouco a pélvis e passou a língua pelos lábios.

— Tem alguma coisa para fazer agora, ou já acabou o dia de trabalho? — perguntou.

O que está acontecendo com elas? Receio que façam isso porque os meus cabelos brancos lhes sugerem que sou inofensivo. Era como um desafio a mim e a ela própria. Serei capaz de ressuscitar a libido desse velho acabado? E, apesar do cansaço que me entorpecia e da dor em todo o corpo, que acrescentava anos a cada movimento, estava mais que a ponto de aproveitar a ocasião, para lhe mostrar com quem estava falando, quando as primeiras notas de *La Cumparsita* reclamaram a minha atenção.

— Está com cara de cansado. Venha para minha casa — ela estava dizendo, abaixando duas oitavas o tom de voz.

— Sim? — respondi no telefone. Sempre existia a possibilidade de que se tratasse de um engano e eu não tivesse nenhuma desculpa para evitar o convite.

— Policial? — disse uma voz trêmula ao mesmo tempo que Helena Gimeno me informava que tinha uma *jacuzzi* de dois lugares que ia me deixar como novo.

— Policial? — exclamei. — Não. Está enganada.

Distingui uma explosão de triunfo naqueles olhos de tigresa que me ofereciam prazeres e perversões de todo tipo.

— Não é o Sr. Àngel Esquius? — voltou a perguntar a voz trêmula.

— Sim, mas...

— E não é policial? Não deixou em minha casa o seu cartão dizendo que era o encarregado do caso do meu sobrinho Ramon?

Era a tia de Ramon Casagrande, a Sra. Margarida Casals, de Badalona. Desculpei-me com Helena Gimeno fazendo uma contração de resignação, que foi correspondida com uma careta desdenhosa de "você não sabe o que está perdendo", e me distanciei alguns passos movendo um pouco o celular como quem procura cobertura. Quando tive certeza de que ela não podia ouvir, voltei a falar:

— Agora. Pode falar.

— É o senhor que investiga a morte do meu sobrinho ou não?

Na voz trêmula vibrava uma ansiedade especial. A mulher estava muito assustada. Podia ter tentado explicar-lhe que não, que eu não era exatamente um policial, mas a compaixão e a curiosidade se juntaram para fazer-me dizer que sim, que sim, que era o encarregado de encontrar o assassino de Ramon Casagrande.

— Porque — insistia a senhora, perturbada — me deixou um cartão onde dizia, tenho aqui, "investigador do caso Casagrande", e não sabia para quem ligar...

— Estou lhe dizendo que sim, senhora! Pode falar! O que aconteceu?

— Oh, um senhor acabou de me ligar e disse que, por minha culpa, muita gente morrerá, que sou uma assassina. Disse: "Você será a responsável pela morte de um homem!", e disse: "Assassina!" E, escute, me assustou, porque eu fiz tudo de boa-fé. Não sabia para quem ligar...

— Espere, espere um momento. Explique-me exatamente como foi tudo. Quem era esse homem?

— Não sei quem era, não me disse.

— O que queria?

— Disse, ligou e me perguntou pelos medicamentos que o meu sobrinho tinha em casa. Disse: "O que foi feito daqueles medicamentos?" Disse: "Dei para um asilo de velhos." Disse "Mas todos os remédios, todos, todos?", e eu vi que já estava ficando nervoso, mas lhe disse: "Todos, todos." O que podia lhe dizer, se era verdade? Disse: "Bem, todos não, fiquei com os da psoríase, porque tenho psoríase", ele nem me deixou acabar. Começou a gritar "Que se foda a psoríase! À merda a psoríase!", que parecia que tinha ficado maluco. Disse: "Aquele que se chamava...", não sei como me disse que se chamava. Dixan, ou Diquisan, disse: "Aquele que estava em cima do criado-mudo do Ramon, também deu?" Disse: "Sim, sim, aquele também", porque me lembro perfeitamente que o vi, que era o que o Ramon sempre pegava para aquilo do coração. Disse: "Sim, sim, aquele também" e, então, ao me ouvir, aquele homem se pôs a praguejar como um carroceiro, que parecia o anticristo. Nunca ouvi ninguém praguejar como aquele homem. Que se me cago por tal, se me cago por qual, cagou, com o perdão da palavra, cagou no mais sagrado. Mas com nome e sobrenome, hein? Nas três pessoas da Santíssima Trindade, na Hóstia Sagrada, na Santa Madre Igreja Católica e Apostólica... Tal como está ouvindo. Parece que todos os outros remédios não lhe importavam, mas aquele, aquele, aquele o deixou como uma fera. Disse: "Por sua culpa alguém morrerá! Você é uma assassina!", e não sei quantas coisas mais me disse, "irresponsável" e coisas piores.

Helena, abandonada ao lado do BMW, acabava de tomar uma decisão. Já estava ao volante e arrancava com uma acelerada ensurdecedora.

— E, depois, me perguntou qual asilo era, esse dos velhos, e o endereço.

— E a senhora lhe deu?

— Bem, sim, é claro, o que podia fazer?

— Como se chama o asilo?

— O Lago Dourado. É aqui mesmo, em Badalona...

Pedi-lhe o endereço e tomei nota sustentando o celular entre a orelha e o ombro.

— E não sabe quem é esse homem que ligou, não mesmo?

— Não, não, não me disse o nome.

— Não podia ser o doutor Farina?...

— Aquele homenzinho? Não, não... Era uma voz de homem, sim, porém mais jovem... Uma voz que eu não conhecia.

O BMW arrancou ao meu lado e se distanciou estrada abaixo com uma brusquidão feroz e uma velocidade que eram enérgicos protestos. Desapareceu dentro de uma nuvem de poeira e, telepaticamente, quase ouvi o grito de Helena Gimeno: "Vai tomar no cu!"

— Mas ele disse que cagou no Pai, no Filho e no Espírito Santo?

— Sim, senhor, sim.

— Com essas mesmas palavras?

— Exatamente.

— E na Santa Madre Igreja Católica e Apostólica?

— Com essas palavras, nem mais nem menos, uma por uma. Vou lhe dizer que eram uns palavrões muito originais. Nunca os tinha ouvido.

— Bem, então não se preocupe...

— Não, não, não me preocupo. O senhor pode calcular o mal que pode fazer a Deus a intempestividade de um louco...

— Digo que não se preocupe com essa ligação. Não aconteceu nada. Deixe em minhas mãos.

— Oh, de fato, foi por isso que liguei. Para deixar em suas mãos, porque eu, tudo o que fiz, fiz de boa-fé.

— Obrigado por ligar, senhora — cortei-a.

Interrompi a comunicação e fiquei pensativo, encostado no meu Golf. Estava se instalando em mim um tipo de vibração dolorosa na boca do estômago.

Entrei no carro e desci pela estrada de terra até a estrada da Argentona. A caminho da rodovia, ia me perguntando quem podia ser o homem que tinha ligado para a tia de Casagrande. Um homem que sabia que Ramon Casagrande tinha comprimidos para insuficiência cardíaca em cima do criado-mudo. Um homem, então, que tinha estado no apartamento de Casagrande nos últimos dias. Inevitavelmente, pensei em Adrià. Adrià tinha estado no apartamento de Casagrande com duas putas. E tinha as chaves do apartamento. E tudo fazia pensar que saía do apartamento de Casagrande quando alguém disparou aquela pistola no portal. Tudo apontava para Adrià.

O BMW vermelho de Helena Gimeno estava me esperando na entrada da rodovia. Deixou-me passar e veio atrás. Diminuí a velocidade e ela também; acelerei e ela acelerou. Não estava disposta a me perder. Era uma pessoa tão curiosa quanto eu.

De modo que me pus na pista da esquerda e pisei fundo no acelerador. Quando ela fez o mesmo e vi pelo retrovisor que havia as condições necessárias, passei bruscamente para a pista do centro, coisa que produziu um protesto acústico de alguém que vinha por ali e que barrou a passagem do BMW. Continuei cruzando para a direita enquanto Helena Gimeno se via obrigada a continuar na estrada, e passava de longe e se perdia irremediavelmente rodovia além. Pela segunda vez, tive a sensação de que as minhas antenas telepáticas captavam um uivo raivoso: "Vai tomar no cu!"

Parei no acostamento da rodovia e peguei o celular.

— Flor? — perguntei.

— Sim? — aquela voz tão harmoniosa.

— Àngel.

— Oh, Àngel! Que alegria te ouvir! — E realmente parecia de repente feliz. — Àngel e Flor! Não te parece muito lírico? Flor e Àngel, Àngel e Flor! A Flor do Àngel! Parece mentira que ninguém tenha escrito um poema com esse tema, não acha?

— Acho que sim. Mas estou ligando por um motivo menos poético. Vou te propor uma charada.

— Uma charada é sempre muito poética, Àngel. Diga. Mas aviso que não sou nenhuma maravilha decifrando enigmas. Aqui, o investigador sagaz é você.

— Diga-me... — Como poderia dizê-lo sem ofender as suas ternas orelhas? — Conhece algum homem que prague je manifestando, por exemplo, o seu desejo de satisfazer as suas necessidades fisiológicas nas três pessoas da Santíssima Trindade? Ou que tenha dito alguma vez que queria desonrar, escatologicamente falando, a Santa Madre Igreja Católica e Apostólica?

A voz de uma alma sensível, tocada sob a linha de flutuação, vacilou um momento:

— Mas agora já não diz... — balbuciou. — Dizia, quando nos conhecemos, quando era um diamante bruto, um espírito puro para desbastar, mas agora já não... — Interrompeu-se com um soluço. — Oh, meu Deus! Adrià! Onde você está?

— Creio que sei onde encontrá-lo e me parece que seria conveniente que estivesse comigo quando o encontrar.

— Vou agora mesmo a toda velocidade! Onde tenho de ir?

Ditei-lhe o endereço e fui em busca da primeira saída da rodovia, para o caso de o BMW vermelho estar me esperando mais adiante. Cheguei a Barcelona pela N-II, costeando o mar.

4

Não sei como aconteceu, mas, ainda que eu estivesse mais perto de Badalona que ela, cheguei ao asilo geriátrico no preciso momento em que Flor Font-Roent descia de um táxi. Pagou lançando um punhado de notas por cima do ombro do taxista e correu para mim com a boca e os braços abertos, como a heroína da obra de qualquer uma das irmãs Brontë no momento de reencontrar o seu amado. Pôs as mãos no peito de uma maneira que eu não teria ousado fazer e me olhou com um dramatismo aprendido em infinitas e eternas noites de ópera.

— Onde está Adrià? Fizeram mal a ele? Por favor, não prolongue este sofrimento que é um não-viver. Diga-me o que aconteceu!

Usava um vestido *chemisier*, verde e de corte antiquado, que se fechava de alto a baixo com botões grandes como descansos para copos. A sua carinha era branca e fina, de porcelana, e os óculos, tão transparentes e nítidos, poderiam ter sido fabricados com cristais da Boêmia. Ocorreu-me que era uma mulher de brinquedo.

— Calma — falei. — Talvez o encontremos aqui.

— Mas o que estaria fazendo Adrià num asilo de velhos?

— Venha.

Já estava escuro. Tarde demais para visitar uma instituição como aquela.

Quando subi os seis degraus que levavam à porta, os ossos e os músculos me lembraram os excessos da noite anterior e que eu tinha dormido pouco. A cabeça doía. E o braço, e o ombro, e os joelhos, e o traseiro. Havia a possibilidade de que, ao verem-me tão decrépito, não permitissem minha saída, e a verdade é que não me agradava em nada ficar vivendo naquela caverna.

O asilo O Lago Dourado devia seu nome ao filme protagonizado por Henry Fonda e Katherine Hepburn na sua época crepuscular. Ali, porém, não se via nenhum lago, nem nenhum jardim: só cimento. Era um edifício quadrado e cinza e com algumas rachaduras bem visíveis na fachada, que já de entrada fazia você considerar de cara a possibilidade da eutanásia como alternativa à estadia de uma semana que fosse num lugar como aquele. Tão logo você entrava no vestíbulo, recebia-o um bafo daquele cheiro confuso de remédios e verduras cozidas e quem sabe o que mais, capaz de murchar até mesmo as flores de plástico que enfeitavam os cantos. Alguém tinha tido a brilhante idéia de decorar as paredes da recepção com quadros de paisagens estivais e naturezas-mortas, com o objetivo de tentar alegrar o ambiente, mas as pinturas pareciam compradas numa loja de Tudo por 1,99, e o efeito que produziam era o contrário do pretendido. Se isso injetava vida no ambiente do asilo, era uma vida berrante e barata que não valia a pena ser vivida.

Uma freira gorda, com hábito pré-conciliar, estava empurrando sem muitas contemplações um vovozinho magro, coxo e um pouco parkinsoniano que resistia com todas as suas forças, que não eram muitas.

— ... É hora de dormir — dizia a matrona.

— *"La comida reposada y la cena paseada"** — recitava o vovô em castelhano.

— Não é hora de passear por aqui.

— Não posso dormir se não passear um pouco.

— Você quer é fugir outra vez.

— Claro que não.

— Boa-noite — eu disse, desembaraçado e incontestável, enquanto tirava do bolso, ao mesmo tempo, a carteira e a fotografia já um pouco amassada de Adrià Gornal. — Viu este homem por aqui?

A freira me olhou um pouco zarolha, desconcertada. Mostrei-lhe o cartão que me creditava como detetive particular.

— Sou detetive particular. Estou investigando um caso de assassinato e é urgente. Este homem veio aqui?

— Sim, sim, veio — disse o vovô.

— Sim? — disse Flor Font-Roent, a ponto de pôr-se a cantar o *Hino à Alegria* de Beethoven.

— Fique calado — disse a freira, suponho que se dirigindo ao velho.

— Não faz muito tempo — acrescentou o velho, rebelde. — Veio não faz ainda meia hora. E vá com cuidado com a irmã Remei, que chamará os cachorros.

— Interessou-se por um medicamento?

---

* "A comida repousada e a ceia passeada." (N. do T.)

— Espere um momento — disse a freira, muito nervosa. — Sr. Carceller,* Sr. Carceller!

— Já está chamando o cão — indicou o velho.

— Olhe — segurei a religiosa. — Veio este senhor e lhe perguntou por uns medicamentos que receberam ontem. Vinham da casa de um propagandista chamado Casagrande, que morreu assassinato com um tiro faz uns dias...

— Sr. Carceller, Sr. Carceller! — continuava gritando sóror Remei.

— O cão — nos esclarecia o ancião.

Segurei-a pelos ombros, encarei-a e sacudi-a sem nenhum respeito pela sua condição consagrada.

— Quer responder de uma vez? Pensa que estou brincando? Estou falando de assassinatos! É uma questão de vida ou morte! Veio um senhor, pediu-lhe um medicamento. Qual medicamento?

— Dixitax! — ela disse, quase batendo os dentes.

— Dixitax — repeti, para memorizá-lo. E acrescentei, para que visse que eu sabia do que falava: — Um medicamento para a insuficiência cardíaca, não é? Bem, e você o que lhe disse? O que fizeram do Dixitax que levaram do apartamento de Casagrande?

— Veio um senhor e me perguntou a mesma coisa. Estava muito nervoso, como você agora. Não sei o que dizia, que aquele medicamento estava em mau estado, que havia sido um erro... Mas nessas horas a diretora não está, e eu lhe disse "Espere até amanhã, que estará a diretora", e então esse rapaz ficou como um louco. E lhe disse que sim, que levaram um frasco de Dixitax na última remessa. Lembrei-me porque não costumam usar esse medicamento em cápsulas, ainda que a diretora diga que é ideal para alguns dos nossos hóspedes...

— Para qual, concretamente, dos seus hóspedes?

— ... porque é em cápsulas, e não em pastilhas — continuava ela, surda —, ou pela composição ou não sei o quê...

— Para qual dos seus hóspedes? — repeti aos gritos. — Como se chama?

---

* "Carceller", em catalão, significa "carcereiro". (N. do T.)

Então chegou o Sr. Carceller, um homem de uns 40 anos recém-completados, barrigudo, mal barbeado, com um uniforme que não lhe ficava bem.

— Que diabos está acontecendo? — vinha gritando do fundo de um corredor, ao mesmo tempo que abotoava as calças. — Já não se pode nem cagar tranqüilo, cacete! O que está acontecendo?

— Este é o cão — anunciou-me o velhinho.

— Estes senhores — apontou-nos a freira —, que querem saber não sei o quê.

— Não diga não sei o quê — corrigiu-a Flor. — Sim, que sabe o quê.

— Agora não é hora de querer saber nada — sentenciou o bruta-montes. — Não é hora de visitas. Vamos, voltem amanhã.

— Foi a mesma coisa que disse para o outro senhor que veio antes — disse o velho. — E o colocou para fora aos empurrões.

— Colocou-o para fora? — exclamou Flor, aflita.

Agarrei de novo a manga da freira:

— Disse para o outro senhor quem era o hóspede que tomava Dixitax?

— Ei, ei, ei, não toque, não toque — ladrou o cão, com uma mão casualmente apoiada sobre um cassetete.

— Começou a gritar — choramingava sóror Remei —, e agarrou-me pela roupa e me sacolejou!

Deixei-a livre, mas continuava encurralando-a com minha presença.

— Mas a senhora lhe disse?

— Estava assustada!

Formávamos um tipo de balé. Eu avançava, ela retrocedia em círculo, o guarda de segurança me agarrava pela manga.

— Disse, sim — esclareceu o velhinho.

— E o que lhe disse? — Dirigi-me ao velhinho, que parecia o mais conversador e coerente dos três. — Para qual hóspede destinaram o Dixitax?

— Para o Sr. Gomis — disse o velhinho, encantado em subverter a autoridade vigente.

— Sr. Merino, por favor! — exclamou a religiosa, severa.

— Está fodido, o Gomis — acrescentou o Sr. Merino, sem esconder uma satisfação interna. — É claro que, quando há baile, é o bastante para que desça e fique rondando a Paquita.

— Em qual quarto está? — perguntei.

— Não lhe diga! — exigiu sóror Remei.

— Não lhe diga! — ladrou o Carceller.

— Não posso lhe dizer — admitiu o vovô. — Poderia haver represálias. Aqui são capazes de tudo, até mesmo de te confiscar a dentadura postiça nos dias em que há bife.

Então, Flor se pendurou no pescoço dele apaixonadamente, como se acabasse de lhe ocorrer que aquele senhor era Adrià disfarçado. Deulhe um beijo na bochecha e se encostou tanto nele que, se o vovô tivesse trinta anos menos, teria corrido o risco de ficar grávida.

— É muito urgente. Peço-lhe, por favor.

A freira e o guarda Carceller empregavam todas as suas forças combinadas, desesperadamente, para desenganchar a jovem do velho.

— Quarto 31, no primeiro andar — este confessou, agradecido.

— Obrigado, Sr. Merino — e Flor lhe deu um outro beijo. Pensei que talvez fosse conveniente uma boa dose de Dixitax para o bom homem.

— Bem, agora já sabem! — exclamou Carceller, enfurecido. — Já sabem! Agora já podem ir embora!

Então, teatral como um mau ator, exibi a carteirinha com a placa de xerife e escureci a voz para anunciar:

— Não estamos pensando em ir. Polícia. — Fiz um gesto pomposo para a porta da rua e gritei. — Adiante, rapazes! Já são nossos!

O Carceller, a freira e o velhinho se viraram, como bonecos de feira, para a porta. Peguei Flor pela mão e a puxei para onde tinha localizado o elevador e as escadas. Optamos pelas escadas, de três em três, para cima, porque os elevadores são uma armadilha.

— Ei, aonde vão?

Deixamos para trás os gritos exasperados dos guardiães e a risada alegre do velho. Depois, correria.

Chegamos ao primeiro andar. Um corredor estreito, ladeado por portas. Havia uma marcada com um 21, e uma outra com um 19. Tínhamos de correr para o outro lado. Os nossos passos faziam um estrépido insólito naquele ambiente de hospital pútrido. Carceller me perseguia uivando:

— Venham aqui, filhos-da-puta! — sem se importar com o cartaz onde se suplicava que se respeitasse o descanso dos velhos.

Fincamos os sapatos no chão e deslizamos por alguns metros até chegarmos diante da porta número 31. Precipitei-me sobre a maçaneta, acionei-a, empurrei a porta e entrei no quarto.

— Merda — me escapou.

Adrià Gornal virou-se para nós com os olhos esbugalhados e com boca de peixe, a expressão do homem que foi surpreendido no momento mais comprometedor da sua vida. Com uma das mãos segurava a cabeça do velhinho que estava deitado na cama, e estava enfiando dois dedos da outra mão na sua boca.

— Cuspa! — dizia-lhe. — Vomite!

Era um esforço inútil, porque até mesmo para vomitar há de se ter forças, e para o vovô já não lhe restavam. Estava pálido como um morto, tinha olhos de morto e o corpo rígido como um morto. Escapou um gemido de Adrià Gornal ao mesmo tempo que saltava para trás.

— Matei-o! — bramou. — Matei-o, tornei a fazer uma cagada! Sou um assassino filho-da-puta. Cago na Santa Madre Igreja Católica e Apostólica! — Era uma figura grotesca, suada, aterrorizada, vestida com um macacão verde com um distintivo vermelho no peito. De repente, tinha um frasco na mão e nos mostrava como se fosse uma arma com a qual nos quisesse manter na linha. — Nunca poderá me perdoar, Flor! Sou um assassino! Estou condenado! Matei-o, Flor! Não me olhe assim, Flor, não me olhe assim!

Flor Font-Roent, naturalmente, gritou "Adrià!" com o tom mais melodramático do seu repertório. E, daquela vez, tinha razão.

Eu não sei o que pensava fazer, porque naquele momento não estava pensando. Sei apenas que Adrià Gornal nos atirou o frasco de Dixitax na cabeça, que nos abaixamos como se temêssemos que estivesse cheio de algum material explosivo, e que ele aproveitou a oportunidade para voltar-se para a janela por onde tinha entrado.

Pulei para a frente esticando o braço para agarrá-lo pelo macacão, mas o meu pé tropeçou com outro pé que um segundo antes não estava ali e perdi o equilíbrio e me vi sobre a cama, de cara com o pobre falecido. Adrià já tinha passado uma perna por cima do parapeito, já estava passando a outra e tive a sensação de que se deixava cair no vazio. Enquanto eu me levantava, afetava nojo distanciando-me do morto e chegava à janela, Adrià Gornal já tinha percorrido uma cornija, se deixado cair sobre o teto de um edifício anexo e, de lá, não lhe custou nada saltar para o asfalto e perder-se correndo no meio dos carros estacionados.

Virei-me para Flor e a vi toda rígida.

— Perdoe-me, Àngel, perdoe-me! Foi um impulso irrefreável! Adrià não merece a prisão! É um bom rapaz!

Atrás dela, fora do quarto 31, sóror Remei aparecia e o vigilante Carceller latia pelo celular.

— Polícia? — dizia. — Um assassinato. Venham depressa!

5

Usei o celular para ligar para o Palop.

— Temos um outro morto — disse. — E Adrià Gornal também está envolvido. Pensei que te interessaria.

— É claro que me interessa. Te mando o Soriano.

— O Soriano? Palop, não fode, cacete. É um pouco complicado. Não poderia vir você?

— Complicado? — perguntou.

— E que venha Monzón com você também porque ele gostará do espetáculo que temos montado.

— Gostará do espetáculo que têm montado? — repetiu o delegado, zombeteiro. — Que coisa aprontou agora, Esquius?

Enquanto isso, Flor e a freira quase tinham chegado às vias de fato. Tive de separá-las. Sóror Remei gritava que tinha visto perfeitamente, com os seus próprios olhos, como o senhor do macacão verde asfixiava o Sr. Gomis metendo as mãos na sua boca, e que tinha ouvido, com os seus próprios ouvidos, como confessava a fila de assassinatos, e estava disposta a declarar, além disso, que Flor tinha contribuído para a fuga do assassino dando-me uma rasteira. Flor, exaltada, perdida toda a compostura, exigia-lhe que parasse de dizer besteiras com a ameaça de quebrar-lhe a cara.

Tive de acalmá-las e pôr distância entre as duas, e, durante os vinte minutos que a polícia demorou para chegar, fiquei abraçado com minha cliente para tranqüilizá-la e contê-la. E ela ficou ensopando-me a camisa de lágrimas, como se fosse um lenço, num estado catatônico que fazia temer que tivesse de esperar cem anos até que Adrià Blau* voltasse para despertá-la com um beijo de amor.

Antes que a polícia, chegou a diretora do geriátrico, a Sra. Bartrina, uma mulher soberba, hirta, dura, automática e disfarçada com premeditação de preceptora malvada de conto de fadas. Nem lhe passou pela cabeça subir para a câmara mortuária. Assim que entrou, do limiar da porta apontou acusadora a freira e o guarda de segurança, com um dedo que podia servir como uma arma perfurocortante, e ordenou com um latido:

— Você e você! Passem para dentro! — Aquele estabelecimento parecia um canil.

Parecia que nem olhava para Flor e para mim. Mas acho que reparou na gente sim. Eu diria que os gritos que ouvimos através da porta do seu gabinete nos eram dedicados.

— Polícia? — ouvimo-la uivar. — Quem ligou para a polícia? Estão loucos? Querem afundar meu negócio? Há indícios de violência? Então o velho morreu porque tinha de morrer, e acabou! Chamem o nosso médico, que assine a certidão de óbito e fim de história! Não é o primeiro vovô que morre, pelo amor de Deus!

Em seguida, abriu a porta bruscamente e o dedo atacou Flor e a mim.

— Querem entrar um momento, por favor? — atirou-nos.

Entramos, submissos. Fechados naquele gabinete, senti-me numa espécie de reunião de um comitê de crise.

A Sra. Bartrina era uma pessoa pragmática, desembaraçada, rigorosa e disciplinada como um coronel inglês.

---

* Note-se que, em catalão, "príncep blau" (literalmente, "príncipe azul") significa, em português, "príncipe encantado". E que "Blau" rima com "Gornal", o sobrenome da personagem. Sobre a palavra "Gornal", sua etimologia é incerta, mas talvez se relacione a "cornàs", nome de uma planta nociva e parasita. (N. do T.)

— Disse que é policial? Identifique-se!

— Sou detetive particular — disse numa voz baixa que queria pedir calma e respeito. Mostrei-lhe as minhas credenciais de detetive particular. Se me pedisse a insígnia de xerife, não estava disposto a mostrá-la.

— Qual a razão para tanta balbúrdia? — desafiou-me, erguendo o queixo. — Há um velho que morreu de morte natural, sim, e que mais?

— Tinha um homem...

— O Sr. Gomis era velho, padecia de uma insuficiência cardíaca. Sabe quantos velhos morrem, neste centro, a cada mês?

— Tinha um homem enfiando a mão na boca dele...

— Um homem? — despeitada.

— Sim, um homem que estava enfiando a mão na boca do velho quando nós quatro entramos no quarto.

— Uma mão na boca?

— Sim, e nos pareceu um pouco suspeito.

— Um homem? Uma mão na boca?

— Por isso o seu guarda, aqui presente, ligou para a polícia...

— Onde está esse homem? Há sinais de violência? A língua para fora, cor de pele violácea, marcas de dedos ou de corda no pescoço do morto? Não entendo por que temos de ligar para a polícia! Um homem? Que homem? Onde esse homem está agora?

A Sra. Bartrina passeou o olhar por cima das cabeças de sóror Remei e do Sr. Carceller, que em seguida se puseram a protestar com voz aguda. Como se tivessem sido iluminados por uma revelação divina, mudaram imediatamente a versão dos fatos. Eles tinham visto um homem com um macacão verde na cama do Sr. Gomis, sim, mas não se lembravam de que tivesse os dedos dentro da boca de ninguém. E aquele homem tinha saído pela janela, sim, mas não tínhamos de estranhar tanto isso, já que, pelo que se via, também havia entrado por aquela janela.

A proprietária e diretora do geriátrico plantou-se diante de Flor e diante de mim com uma atitude que lembrava a do diretor de Auschwitz dando as boas-vindas aos novos reclusos.

— Um ladrão — estabeleceu. — Entrou um ladrão e olhava se o pobre Sr. Gomis tinha dentes de ouro. Mas, quando um ladrão age assim, é porque já encontrou a vítima morta... — especialista em ladrões de dentes de ouro. — Até que se prove o contrário, o Sr. Gomis terá morrido de morte natural, como todos os velhos que morrem nessa instituição.

Mantive-me em silêncio, com um sorriso entre complacente e insolente, e me preservei para quando chegasse a polícia.

Que chegou naquele preciso momento, tocando as sirenas.

Antes de abrir a porta para sair e recebê-los, a Sra. Bartrina reiterou que, para ela, não havia nenhuma dúvida de que estava disposta a fazer qualquer coisa com o fim de salvar o seu negócio.

Vimo-la sair do asilo fazendo sinais com os braços para o carro da polícia, como se estivesse tentando deter uma caravana composta de milhares de pessoas.

— Não aconteceu nada! — dizia. — Não aconteceu nada! Alarme falso, alarme falso!

Dois policiais uniformizados desceram do carro e falaram com ela. Os três entraram no edifício, passaram em frente a nós e foram escada acima, para o primeiro andar. Incluí-me na comitiva e escutei com atenção as precipitadas explicações da Sra. Bartrina. Dizia que o defunto Sr. Gomis tinha de tomar a cápsula de Dixitax às sete em ponto e que não havia nenhuma freira nem nenhuma enfermeira encarregada de lembrar-lhe, porque o Sr. Gomis era obediente, escrupuloso e maníaco com os horários. De fato, desde que chegara ao asilo, ele próprio sempre tinha se medicado nas horas marcadas sem nenhum problema.

Quando um dos agentes me olhou com o rabo do olho, disse-lhe, amavelmente:

— Vão vir agora o delegado Palop, chefe do GEPJ, e o chefe da Homicídios e o Monzón, da Científica. — A Sra. Bartrina ficou cravada no seu lugar. — Estou dizendo para que procurem não tocar em nada na cena do crime.

— Cena do crime? — exclamou a Sra. Bartrina, indignada. — Mas que cena do crime? Mas o que está dizendo? De que está falando? Esse homem é louco!

— Há indícios de ato criminoso — dirigi-me, confidencialmente, aos policiais, ignorando a histérica. — É melhor não contaminar a cena do crime.

Havia então um seriado de tevê muito popular chamado CSI, protagonizado pela Polícia Científica, onde costumavam falar muito seriamente da contaminação da cena do crime e outros tecnicismos. Os dois policiais se sentiram muito importantes diante daquela expressão que os elevava à categoria de protagonistas televisivos. Tão importantes se sentiram que me olharam com hostilidade e me falaram com violência:

— E você quem diabos é?

— Um detetive que veio para confundir tudo — apresentou-me a *madame*.

— Identifique-se.

Identifiquei-me.

Quando estávamos no quarto 31, diante do cadáver do velho Gomis, saí-me dizendo:

— Este homem era objeto de uma agressão quando eu cheguei, acompanhado de uma freira, um guarda de segurança e esta senhorita — Flor não se afastava de mim, calada e encolhida.

— Mas o que está dizendo? — resmungou a Sra. Bartrina com voz fraca.

— E agora está morto.

— Morto de morte natural, pelo amor de Deus. Este homem era cardíaco, tinha os dias contados.

— Por causa dessas irregularidades, o guarda lhes telefonou. Senão, não o teria feito.

A Sra. Bartrina me disse, com o olhar, que seria a minha pior inimiga até o dia em que um de nós morresse.

— Teremos de pegar depoimento dessas testemunhas — disse um policial ao outro, com um movimento de sobrancelhas que indicava a resignação diante do inevitável.

Fecharam-se no gabinete da diretora com a freira, que com certeza era a testemunha que lhes inspirava mais crédito. Enquanto estavam fechados com o guarda, chegaram Palop, Soriano e Monzón.

Palop vinha nervoso porque não entendia muito bem o que se passava, e o Soriano vinha indignado porque aquele era o seu estado de ânimo natural, especialmente quando eu me encontrava em seu raio de ação. O fato de ver como Flor se agarrava a mim, como o pára-quedista se agarra ao pára-quedas, acabou de irritá-lo. O Monzón levantou as sobrancelhas arqueadas e me deu um tapinha amistoso no ombro.

— Porra, Esquius, você está com uma cara horrível.

— Estou arrebentado. Vamos acabar de uma vez, porque preciso dormir dez horas seguidas.

— E prepare-se. Tenho uma má notícia para você.

Fechei os olhos e pensei: "Não, não poderei agüentar." Mas, quando abri os olhos, Soriano estava na minha frente e me olhava muito severo, e claro que pude agüentar.

— Suponho que saiba — disse — que, se tinha alguma informação sobre Adrià Gornal, ou sobre um crime que estava a ponto de cometer, tinha de nos comunicar.

— É claro que sei — respondi.

Os policiais perfilaram-se diante dos recém-chegados. Fecharam-se todos no gabinete da diretora, falaram quatro palavras e voltaram a sair. O inspetor Soriano, com os papéis dos depoimentos nas mãos, me cravava com um olhar depreciativo.

— Esquius — resmungou Palop, levando-me à parte. — Fiz vir o chefe dos Grupos Especiais da Polícia Judicial, o chefe da Homicídios e o chefe da Científica para que vissem um velhinho que morreu placidamente na sua cama do asilo. E na tevê passavam um documentário esplêndido sobre a vida dos atores e das atrizes pornô. Espero que me convença.

Suspirei. Tinha um zumbido no ouvido.

— Não se preocupe, Palop. Eu sempre te convenço. — Tirei do bolso a fotografia de Adrià Gornal e a dei para ele. Indiquei-lhe sóror Remei, que estava por lá. — Mostre-lhe e pergunte se este homem estava ao lado do morto quando entramos no quarto. Pergunte-lhe se não estava enfiando as mãos na boca do defunto. E pergunte-lhe se não fugiu pela janela.

Palop me deu atenção. Levantei a voz para que todo mundo me ouvisse:

— Irmã Remei: entendo que a sua religião não lhe permite dizer mentiras.

Depois de superado aquele trâmite, Palop ficou convencido. Também o Soriano, que riu e comentou:

— Pensava que você era um defensor de Adrià Gornal, Esquius. Esse segundo crime quase o converte num assassino serial — disse, empolgado como se no Natal passado tivesse pedido um assassino serial ao Papai Noel.

Flor agarrou minha mão e a apertou suavemente para transmitir-me sua apreensão.

— Vão ver esse pobre homem — pediu Monzón.

Subiram em peregrinação ao primeiro andar, até o quarto do Sr. Gomis. Eu os deixei passar e usei o elevador. Já conhecia aquelas escadas de cor e meus joelhos e solas dos pés estavam dizendo chega.

Estava tudo como havíamos deixado. Até mesmo o frasco de Dixitax num canto do chão. Enquanto o Monzón fazia uma detida observação de cada centímetro quadrado do lugar, pedi permissão para sentar e, refestelado, fazendo um esforço sobrenatural, fiz um resumo dos acontecimentos. O chefe da Científica não tocava em nada, porque estávamos esperando os seus homens com toda a parafernália, mas se abaixava para olhar as coisas de perto, o frasco, o nariz do morto, a tranca quebrada da janela. E eu recitava as minhas elucubrações:

— O medicamento veio do apartamento de Ramon Casagrande. Era, exatamente, o medicamento que Casagrande tomava, ele sofria da mesma doença que esse pobre homem. Insuficiência cardíaca.

— O coração não tem bastante sangue ou não tem força suficiente para expeli-lo — explicou-nos Monzón. — A digoxina é um inotrópico positivo que aumenta a força, como a velocidade de contração miocárdica.

— O que aconteceria se aumentasse demais a força contrátil do coração? — perguntei. — Por exemplo, com uma superdose?

Monzón me olhou. Os olhos do Soriano iam de um a outro dilatados pelo alarme. Não entendia nada.

— Teria de ser uma overdose cavalar, mas, nesse caso, poderia ser provocada uma fibrilação e o doente morreria — respondeu-me.

— Morreria de morte natural, não?

— Parada cardíaca. A mais natural das mortes.

— Morreria da sua própria doença — resumi. — Um cardíaco que morre de um ataque do coração. Isso é normal, não?

— O mais normal do mundo.

— Então imagino que deve ser o que aconteceu. Sendo esse medicamento apresentado em cápsulas, não deve ser difícil abri-las e acrescentar mais princípio ativo do que o recomendável. Podem verificar.

Agora os policiais tinham abandonado a observação do local dos fatos e me olhavam interrogativos, franzindo as sobrancelhas. Até mesmo a Flor me olhava interrogativa e franzindo as sobrancelhas.

— Adrià sabia que esse medicamento podia matar alguém. Ligou para a tia do Casagrande e lhe disse. Veio correndo e obstinou-se em recuperar esse frasco de qualquer jeito. Quando o colocaram para fora, procurou um modo de chegar a este quarto, atravessou o teto de um edifício anexo, percorreu uma marquise e forçou uma janela.

— Quer dizer que estava tentando salvar a vida desse vovô? — disse Soriano, sarcástico, como se esperasse provocar uma risada coletiva com aquele disparate.

— Nem mais nem menos — disse.

Ninguém riu.

— O meu Adrià! — exclamou Flor, com lágrimas nos olhos, abraçando-me ainda mais forte. — Eu sabia! Sabia que ele era inocente!

— Mas como é que sabia que esse frasco podia matar alguém? — perguntou o Palop.

— Bem, porque foi ele que pôs o Dixitax no apartamento do Casagrande, na mesinha-de-cabeceira.

— Ele pôs?

— Para levá-lo à morte, sim.

— O quê? — exclamou Flor, dando um salto para trás.

Não lhe dei atenção.

— É assim que eu vejo — continuei. — Adrià consegue as chaves e, um dia, entra no apartamento do Casagrande para colocar o frasco de Dixitax na sua mesinha-de-cabeceira, em substituição ao que o amigo tinha lá...

— Ou seja, reconhece que Gornal é o assassino — concluiu Soriano, triunfal.

— Não, não, não — dizia Flor, convulsa. — Não, não, não.

— ... Mas alguém se adianta a ele — continuei eu, surdo a tudo. — Antes que o Casagrande pudesse tomar um só dos comprimidos, alguém lhe arrebenta a cabeça com um tiro...

— Te digo que não, Àngel!

— Adrià foge. Ninguém dá importância àquele frasco lacrado que há em cima da mesinha-de-cabeceira do Casagrande. Não tem nada de particular: era seu remédio. Mas, depois, Adrià tem remorsos...

— Um assassino com remorsos? — disse o Soriano.

E Flor:

— Não, não, não.

— ... Liga para a tia do Casagrande e, quando fica sabendo que deu os medicamentos para esse asilo de velhos, fica arrepiado e faz das tripas coração para evitar que alguém tome uma dessas cápsulas.

Flor me olhava desorientada. Pensei que podia desmaiar de um momento para o outro.

Os policiais pareciam bastante convencidos.

— E suponho que nunca teríamos analisado o conteúdo das cápsulas, porque era lógico que esse medicamento estivesse no apartamento do Casagrande... — disse o Monzón.

E repisou Palop:

— ... E porque Casagrande, de fato, teria morrido de morte natural.

E Monzón, entusiasmado:

— Se as análises da autópsia te derem razão, Esquius, este é um caso extraordinário.

Pobre Sr. Gomis, esquecido no seu leito de morte.

— Mas o Adrià — disse Flor — é bom ou mau?

Ninguém respondeu à sua pergunta.

— Em resumo — ofegou Soriano, atordoado —, o que quer dizer é que o pobre Sr. Gomis morreu assassinado por Adrià Gornal. E ainda não nos explicou por que o amiguinho da sua cliente saiu fugindo do apartamento do Casagrande imediatamente depois que se ouviram os tiros, sujo de sangue.

Quis dedicar-lhe um sorriso amistoso, mas me saiu uma careta exausta.

— Esta é a parte difícil, mas, com um pouco de tempo, também a terei resolvido. Paciência.

Levantei-me como pude, apoiando-me na parede e na cadeira, possuído pelo fantasma da decrepitude que vivia naquele edifício, e arrastei os pés para o elevador.

— E agora, se me permitem... Flor, perdoe-me que não te acompanhe até em casa, mas...

Flor não me escutava. De repente, tinha se irritado e começado a responder ao Soriano insultando-o e ameaçando unhá-lo e tudo. Acho que dizia: "Você é um imbecil, você não entende nada de nada, não ouviu que o meu Adrià é inocente como um recém-nascido?", e Palop teve de se interpor para evitar uma tragédia. Tudo isso, porém, deixei para trás. Corria para a minha cama como o ludomaníaco corre para a roleta. Não existia nada mais no mundo que pudesse despertar o meu interesse. Nem mesmo o que Monzón pudesse me dizer.

— Ei, Esquius, não fuja.

Alcançou-me na porta do elevador. Olhei-o sem interesse.

— Estive olhando os vídeos do centro comercial. E tenho de te dizer que nos deve um jantar e que penso em pedir os pratos principais mais caros do cardápio. Mais de cinco horas vendo gente que olhava vitrines, até que meus olhos só vissem estrelas. E tenho de te dizer que nada de nada, Esquius. Nem aqueles médicos das fotos, nem a moça, nem o Romà Romanès. Nenhum dos que você mencionou estava no centro comercial. Nem mesmo ninguém que se parecesse com eles.

Fiz uma careta de contrariedade.

— Tem certeza? — supliquei.

— Com certeza. Desta vez falhou o seu radar, Esquius.

E chegou o elevador.

DEZ

1

Quando tocou o telefone, acordei mais jovem. Havia dormido mais do que o previsto, mas estava mesmo precisando. A dor e o mal-estar tinham desaparecido do conjunto do meu organismo e se concentrado em pontos muito concretos. Se não flexionasse o braço bruscamente ou não pressionasse os pontos onde tinha hematomas, estava como novo. Nada que umas fricções com Reflex* não pudessem solucionar. O meu cérebro já não estava embotado e cruzava pensamentos com a sua lucidez habitual. Tão claro estava que, enquanto pegava o telefone e consultava o relógio, ocorreu-me que, se o assassino não tinha abandonado o local do crime atravessando o centro comercial, como pareciam revelar as câmeras de segurança, só podia ter fugido pela porta da rua e, então, teríamos de aceitar que se tratava de Adrià Gornal. Todo mundo o tinha visto correndo, sujo de sangue e apavorado. Por que resistir à evidência?

— Sim — disse.

— Esquius? — Era Biosca. — Está em casa ou está usando o redirecionador de chamadas? Não é preciso que responda essa pergunta. Está doente? Ou esta noite com o Adrià e a sua namorada Figaflor**

---

* Equivalente, no Brasil, a pomadas como o Gelol. (N. do T.)
** "Figaflor", em catalão, significa uma pessoa muito delicada e melindrosa. Preferi manter o termo no original. (N. do T.)

Font-Roent o deixou fora de combate? Qual dos dois o virou de barriga para cima, Esquius? Também não é preciso que responda a essa pergunta. Sei todas as respostas. Todas exceto uma, a mais importante: como é que ainda não está na agência? Responda-me, Esquius!

— Não estou na agência porque ainda estou em casa — resmunguei, cheio de paciência.

— Boa resposta, Esquius! Digna de um superdotado! É para mim um orgulho e um motivo de admiração tê-lo entre os meus subordinados. Agora faça o favor de vir correndo ao meu escritório. O inspetor Soriano, da Homicídios, ligou-me dizendo que ontem à noite o Adrià Gornal investiu contra um outro homem num asilo de idosos, e que você estava lá, e quero que me passe um informe verbal imediatamente.

— Não vai dar, Biosca, porque tenho trabalho. Mas não se aborreça, que em torno do meio-dia estarei com você, filando seu vermute e contando-lhe tudo.

— E o que vai fazer, se não é perguntar demais?

— Nada. Apenas vou dar uma volta num centro comercial. Mas não se preocupe, não vou comprar nada. Só vou dar uma olhada.

Desliguei.

Depois, fiz umas tantas flexões e levantei alguns pesos para recuperar autoconfiança e refiz-me com um suco de laranja natural e torradas com presunto ibérico. E, às 11h45, entrava com o Golf no estacionamento no centro comercial da rua Pemán. Posicionei-me diante da saída de emergência que dava para o prédio onde morava Ramon Casagrande, ativei o cronômetro do relógio e me pus na pele do assassino.

Pendurei no braço a jaqueta dobrada, como teria feito o assassino com a sua própria jaqueta ensopada de sangue, para poder circular sem levantar suspeitas nem provocar desmaios.

Iniciei o jogo do homem invisível.

Atravessar o subterrâneo, no meio dos carros estacionados, sem que ninguém pudesse controlar a minha presença, não foi muito difícil. Só havia câmeras de segurança nas áreas de entrada e saída de carros, sobre as guaritas de cobrança. Era perfeitamente possível ir do ponto de partida até as escadas rolantes que subiam para o centro comercial sem ficar registrado em nenhuma fita de vídeo. Era algo tão claro que praticamente não precisava de mais provas.

Nenhum objeto indiscreto vigiava o trajeto ascendente, mas, uma vez no alto, na entrada do centro, descobri uma câmera pendurada no teto, focando quase toda a largura do corredor que comunicava com as lojas e também a saída lateral através da qual se tinha acesso diretamente à rua. Se o assassino tivesse escapulido por lá para o exterior, teria ficado imortalizado num vídeo. Para se esquivar daquela câmera, o fugitivo teria de colar o corpo na vitrine de uma loja de artigos esportivos, como se quisesse entrar atravessando o vidro. Fiz isso e me encontrei irremediavelmente dentro do centro comercial.

Diante de mim, havia duas filas de lojas. Na da direita, brilhava o logotipo do caixa automático de uma agência bancária, coisa que implicava uma câmera de vigilância. Se desse meia dúzia de passos naquela direção, entraria no seu raio de ação. Impossível ir por lá. Peguei a fila da esquerda.

O telefone tocou tão inoportuno como sempre e na tela apareceu o nome da Mònica. Imediatamente, por associação de idéias, lembrei-me da Maria e parece que pensei "Ai", se é que se pode pensar uma coisa tão breve.

— Ei, o que está fazendo? — perguntou-me com voz de filha superprotetora.

— Nada, trabalhando.

— Naquele caso da Felícia Fochs que me disse?

— Não, não. Uma outra coisa.

Uns 20 metros mais além me deteve a ameaça de uma loja de eletrônicos com câmeras que focavam os transeuntes e projetavam as imagens em telas de plasma expostas na vitrine. Provavelmente não gravavam as imagens em nenhuma fita, mas disse a mim mesmo que o assassino prudente não teria se arriscado a passar ali em frente. Então, que outra opção tinha?

— Só queria lembrar que amanhã almoçaremos todos juntos na casa do Ori — estava me dizendo a Mònica. — Você não tinha esquecido, não é?

— Não, não, é claro que não.

Olhei ao meu redor com a sensação de que se tratava de uma barreira invencível que enterrava todas as minhas teorias.

— Você está triste?

— Não, de jeito algum.

— Parece triste.

— Pois não estou. De verdade.

Localizei uma saída. Uma loja de guloseimas, justo antes de chegar à loja de produtos eletrônicos. Tinha duas entradas: uma por onde me achava e uma outra para a fila paralela.

— O que eu queria te dizer? Ah, sim! Ontem vi a Maria na academia.

— Ah. A Maria.

Com o celular enganchado na orelha, entrei na loja, vazia de clientes naquela hora da manhã, enchi uma cesta de gelatinas, nuvens, serpentes, línguas e balas de anis e me dirigi ao caixa, coisa que me permitia sair pela outra porta. Havia uma atendente com o ar amargurado e preocupado de quem planeja muito seriamente um suicídio.

— Quanto é isso? — perguntei.

A moça pesou a cesta como se aquele fosse o último ato social da sua existência.

— Onde está? — me perguntava Mònica.

— Numa loja de guloseimas, comprando gelatinas, nuvens, serpentes, línguas e balas de anis para meus netos.

— Pai! São pequenos demais! Ori vai se aborrecer.

— Que conservem no congelador para quando forem maiores. — Pisquei o olho para a atendente para alegrar-lhe a vida. Ela me respondeu com uma expressão débil e tenebrosa.

Saí da loja açucarada e, uma vez no outro corredor, descobri uma nova câmera dos sistemas de segurança do centro, pendurada no teto na área do bar. Ainda que fosse giratória e que o seu olho de Grande Irmão varresse pausadamente o terraço do bar, naquele momento não me focava e pude retroceder até uma travessa que, de repente, me colocou diante de uma das saídas do centro. Não podia acreditar: não havia nenhuma câmera que me controlasse.

— O que estava dizendo? — falava, enquanto isso, Mònica. — Maria. Que está encantada, mas encantada, hein, com você... Disse que é amável, esperto, divertido, atento... Que passaram tão e tão bem...

— Te disse isso?

— Claro! E estou contando só a metade! O que você pensava? Ainda é atraente para as mulheres, pai!

Pensando na Beth, e na Helena Gimeno, e na Flor Font-Roent, e até na Melània Lladó, saí por uma passagem perpendicular para a rua Pemán. Mas, se queria continuar evitando câmeras espiãs, tinha de seguir a passagem para cima forçosamente. Indo para baixo, numa esquina havia uma outra agência bancária com caixa automático e, portanto, uma outra câmera. O assassino tinha seguido para cima, com certeza, e eu segui seus passos.

— E não te contou como tinha sido a coisa? — disse, referindo-me à onipresença da Beth. Beth beijando-me no meio da praça Molina na noite em que deixei a Maria esperando. Beth apresentando-se com sua moto, a minissaia e as botas de *maîtresse* de sadomasoquismo.

— Disse-me que tinham falado de literatura. Que você é um homem de muita cultura.

Talvez Maria não tivesse querido ferir a Mònica revelando-lhe o tipo de monstro que era o pai.

Eu avançava por aquela passagem estreita, seguindo a fachada lateral do centro comercial. Depois de margear um prédio de apartamentos, tinha ido parar, finalmente, nuns armazéns arruinados e vazios, rodeados por uma cerca de arame. Um cartaz de uma construtora anunciava a iminente demolição daqueles blocos e oferecia os apartamentos que seriam construídos, com todas as comodidades imagináveis, a preços muito competitivos.

— Ah, bem, sim... — ia dizendo. — Passamos bastante bem...

— Vocês têm que sair de novo, pai — me ordenava minha filha, do fundo da sua alma de Celestina.*

— Certo, ligarei para ela — disse, obediente.

Numa das partes da cerca de arame, alguém tinha soltado a tela de arame das barras de ferro que a prendiam e era preciso apenas empurrar para que aquilo se abrisse como uma porta.

— Tem certeza de que está bem?

— Tenho, Mònica, tenho.

---

* Célebre personagem da tragicomédia homônima de Fernando de Rojas. Mulher que serve de intermediária para que um homem conquiste uma mulher. (N. do T.)

No outro lado, numa franja de jardinzinhos que havia antes do edifício fechado e cercado, podiam ser vistos papelões no chão, restos de comida e de uma fogueira e garrafas vazias. Não era preciso ser Sherlock Holmes para deduzir que lá dormiam indigentes.

— Tem certeza de que gostaria de ver de novo a Maria?

— Te juro.

— É que você diz como se quisesse só me agradar.

— Digo como se tivesse a cabeça num outro lugar nesse momento...

— Ah, sim? E onde ela está?

Duas esquinas mais acima, numa pequena pracinha, havia cinco latas de lixo. Uma para papel, uma para vidro e três para resíduos comuns. E a possibilidade de se perder por toda a rede de ruas de Barcelona sem nem uma câmera indiscreta à vista.

— Pai?

Consultei o cronômetro. No fim das contas, tinha demorado cinco minutos e quarenta segundos. E estava certo de que, uma vez que soubesse o caminho, era possível chegar do vestíbulo do prédio do Casagrande até lá em apenas dois ou três minutos.

— Correto! — exclamei.

— O que está acontecendo, papai?

— Nada. Coisas do trabalho. Eu tinha razão. Como sempre.

2

Octavi estava tomando sol, sentado num banco, diante daquela deformação de monumento de mármore e água suja que erigiram em 1964 em memória de José Antonio Primo de Rivera. Lia um jornal de esportes com uma atitude tão relaxada e ociosa que despertava o desejo de levar para ele um vermute e umas azeitoninhas. Distraído como estava na leitura, tive de dar uns cascudos de leve na sua cabeça para que se desse conta da minha presença.

O susto fez com que lançasse o jornal para o ar e que metesse as mãos na jaqueta com a evidente intenção de esgrimir aquela pistola *king size* da qual estava tão orgulhoso. Impedi-o.

— Calma, porra, Octavi, sou eu!

— Putz, Esquius! Cacete! Que susto!

— O que está fazendo aqui?

Não sei se a careta que fez significava que não estava fazendo nada de proveitoso ou que era a missão mais importante que já tinham lhe confiado.

— O Biosca meteu na cabeça que o assediador deve estar rondando o bairro, porque já localizou a Felícia, de modo que me destacou aqui fora para agarrá-lo assim que aparecer.

— E como pensa em fazer isso? Vai aproveitar quando estiver na sua frente e bater no teu crânio, como eu agora?

— Não, Esquius. Já estive fazendo um trabalho de reconhecimento do terreno, sabe?

— Ah, sim? E achou muitos suspeitos?

— Três ou quatro. Caras suspeitos que iam pela rua falando no celular...

— De verdade? Falando no celular? Pela rua?

— Sim, estivemos a ponto de acabar na porrada. Não queira saber como alguns ficam quando você toma o aparelho deles para verificar para qual número estavam ligando! Adoram esses aparelhos, você não pode imaginar. Comportam-se como se você tivesse dado um chute num de seus filhos, ou na sua mãe, ou algo assim. Eu lhes disse: "Ei, anão, é só um telefone! Não é um deus, nem um amuleto de boa sorte, nem um consolo! É um telefone!" Pois teve um que até mesmo queria chamar a polícia.

— Mas agora você não estava perseguindo adoradores de telefones.

— Porque já me cansei! Além disso, estou farto daquelas duas histéricas. São umas desagradáveis. Não param de reclamar de tudo e de criticar tudo. E a Felícia passa as noites berrando e gemendo cada vez que ouve um barulhinho.

— Talvez ficasse mais tranqüila se dormisse do seu lado...

— É o que sempre lhe digo!

— E ela não acha bom?

— É uma babaca — resumiu, indignado.

Deixei-o ali, possuído pela preguiça, e subi para a agência.

279

No interior do andar continuava-se respirando aquele fedor de pousada improvisada e mal ventilada. Logo adivinhei que Tonet continuava tendo problemas de aerofagia. Pareceu-me que todo mundo estava de mau humor. As irmãs Fochs, instaladas em volta da minha mesa, jogavam parchís com Amèlia e Tonet, como se aquela fosse uma das disciplinas corretivas de um campo de trabalhos forçados. As duas, depois de três dias vivendo e dormindo ali, estavam adquirindo o aspecto de zumbis de filme.

Beth me olhou por trás do computador com um olhar que parecia carregado de rancor. Uma daquelas olhadas que fazem você se perguntar "O que é que eu fiz agora?". Não pude me aproximar para perguntar-lhe, porque Biosca tinha me ouvido chegar e impôs-nos o que ele pensava ser uma presença imponente.

— Amigo Esquius! Faz tempo que espero o informe do que aconteceu ontem num asilo de idosos de Badalona! Poderá passá-lo para mim, ainda que seja oral e resumido, nos próximos minutos?

— Terá de ser muito resumido e nos próximos segundos, porque tenho de ir a um enterro — disse, rápido, enquanto entrava no seu escritório. — O que quer saber?

Fechei a porta e tive de agüentar uma chuva de censuras e advertências. Como explicava ir achando cadáveres pelo mundo? Estava querendo que a polícia ficasse na nossa cola? Além disso, eu fazia as coisas do meu jeito, nem mesmo o informava de como ia o caso, não lhe dava oportunidade de analisar as pistas e guiar-me pelo caminho correto. Certamente, o inspetor Soriano, que lhe tinha ligado sugerindo que me despedisse da agência, era um imbecil, o que se notava no seu tom de voz, na maneira de falar, está certo, mas precisamente por isso era preciso mantê-lo contente e agradá-lo. Era bastante incoerente porque se tornara evidente para mim que oitenta por cento do seu mau humor tinham a ver com as dificuldades que apresentava o caso da Felícia Fochs. Não se via uma solução próxima e as clientes estavam a ponto da insubordinação.

— Não será preciso — disse.

— Não será preciso? Não será preciso? O que é que não será preciso?

— Bajular ninguém. Nem Soriano nem ninguém. Porque me parece que já concluí o caso de Adrià Gornal.

— O que está dizendo agora? — olhou-me maravilhado.

— Mas precisarei de um pouco de ajuda.

Mudou de expressão. Os deuses não podiam ser tão misericordiosos. O Esquius solucionava um caso, mas exigia mais grana, como se visse isso.

— Porra, não fique pegando no meu saco, Esquius! — exclamou.

— Os franceses já estão investigando aquilo que me disse de Cotlliure, e cobram 600 euros por dia, e pode contar que vão se alongar tanto quanto puderem.

— Não falo de grana.

— Ah, não?

— Não. Preciso que mande alguém, esta noite, a um lugar onde dormem uns mendigos. Que fale com eles e que lhes pergunte se encontraram uma peça de roupa suja de sangue nas lixeiras. Jaqueta, gabardina, casaco, capa... Se estiverem com ela, terá de comprá-la. Mas com 100 ou 200 euros será o suficiente. E, se não tiver o dinheiro, desconte-o do meu pagamento.

Olhou-me, com as sobrancelhas arqueadas, durante um longo minuto de silêncio.

— Uma peça de roupa suja de sangue? — perguntou.

— Jaqueta, gabardina, casaco, capa, sim, senhor.

— Que alguém teria jogado numa das lixeiras?

— Exato.

— Um assassino fugindo do local do crime...

— Nem mais nem menos.

— E uns mendigos poderiam tê-la encontrado...

— É muito provável, porque os mendigos costumam remexer lixeiras, e essas lixeiras estão lá ao lado.

— E a teriam pego...

— Porque é novinha em folha. E cara. Em resumo, um pouco suja de sangue. Mas isso se lava.

— Está bem, agora não tenho tempo para discutir. Enviarei o Octavi. Se você provar que Adrià Gornal é inocente, a agência pagará. Se não, pagará você.

Indiquei-lhe o endereço exato do centro comercial da rua Pemán e até mesmo fiz um mapa para que Octavi não se perdesse. E, quando já me dispunha a me despedir porque queria assistir ao funeral de Ramon Casagrande, abriu-se a porta do escritório e entrou disparado um jovem baixinho, tropeçando nos móveis e dando passos vacilantes para não cair.

Era um rapaz bonitinho, com o cabelo curto pintado de amarelo, expressão inquieta e um celular na mão. Reconheci-o como um dos suspeitos indicados pelas Fochs. Raül Vendrell, o ex-namorado de Felícia.

Octavi, que vinha atrás dele, o tinha empurrado com um enérgico impulso.

— Missão cumprida! — gritou triunfal o meu colega. — Já temos o assediador de Felícia Fochs!

E os seus olhos me diziam: "E você, não!"

3

Atrás do jovem e do Octavi, as irmãs Fochs explodiram em indignação e gritaria que inundaram o escritório. Felícia vinha tremendo e olhava o rapaz posudo como se fosse um monstro lovecraftiano. E, caso seus olhos não fossem explícitos o bastante, acrescentava a palavra:

— Você é um monstro, Raül, um monstro e um malvado, você me deu muito medo!

Beth ria do outro lado da porta.

Emília, depois de insultá-lo algumas vezes, cuspiu-lhe na cara. Então, o jovem Raül Vendrell, por reflexo, deu-lhe uma bofetada e depois se sentiu autorizado para lançar-se no pescoço de Octavi ao mesmo tempo que proclamava que tinha sido seqüestrado à ponta da pistola e que denunciaria todo mundo à polícia.

Para apaziguá-los, Tonet agarrou Raül pelo colarinho da camisa com uma das mãos, levantou-o meio metro do chão e sacudiu-o energicamente, como se fosse o frasco de um xarope para tosse. Esse ato simples e elementar teve o poder de paralisar o conjunto dos presentes.

— Explique-se, Octavi — exigiu Biosca.

— Estava rondando o edifício, meio escondido, com o celular na mão — disse o Octavi. — Reconheci-o pela foto.

— Se você o encontrou, não podia estar muito escondido — comentei. Mas ninguém deu atenção.

— Me atacou! — gritava Emília Fochs, que tinha um pouco de sangue no nariz. — Me agrediu! Me machucou!

Beth interveio para atendê-la. Saíram as duas para o banheiro. Emília ia praguejando como um caminhoneiro amargurado.

Biosca encarou o jovem, que continuava suspenso no ar pelo Tonet. Pareciam um ventríloquo e o seu boneco.

— Jovem, você me decepcionou. Te imaginava mais rápido, mais astuto, mas agora vi que foi só o acaso que nos privou de agarrá-lo antes. Prepare-se para ir para a prisão, prepare-se para converter-se numa tentação irresistível para os delinqüentes endurecidos que há anos estão lá sem cheirar o corpo de uma mulher.

— Mas o que está dizendo? — gemeu o jovem, aterrorizado. — Eu não fiz nada!

— Por favor, tirem-no daqui. Coloquem-no na prisão — choramingava Felícia. — Não quero vê-lo nunca mais.

Olhei o relógio. Estava ficando tarde. O funeral era à uma hora da tarde e eu ainda tinha de almoçar.

— Não se faça de desentendido — dizia Biosca a Raül Vendrell. — Esteve ligando para essa moça encantadora e inofensiva, dizendo-lhe grosserias e tentando obrigá-la a submeter-se aos caprichos da sua mente doentia.

— Mas, Felícia! Como você pode pensar que eu...?

— Não fale comigo. Me dá medo! Me dá muito meeeeeedo!

A supermodelo fechava os olhos com muita força, caso a imagem abominável tentasse abrir passagem entre as suas pálpebras à força. Octavi aproveitou a oportunidade para se lançar em cima dela e tocar-lhe a consciência enquanto dizia "Não tenha medo, eu estou a seu lado", como se não fosse bastante evidente. E ela, paralisada pelo terror, não reagia.

Decidi que tinha chegado o momento de intervir e pôr um pouco de sentido naquela comédia.

— Vamos ver, rapaz, me dê o seu celular.

— Agora querem roubar o meu celular? Felícia, por favor, quem é essa gente? São loucos!

— O celular, porra! — impacientei-me.

— Não!

Tonet moveu a mão como quem faz baixar o mercúrio do termômetro e parecia que o Raül tivesse acabado de pisar num cabo de alta tensão. Os dentes soaram como castanholas. Tremendo, reconsiderou a sua atitude e me entregou o celular. Apertei alguns botões.

— Este não é o telefone que o assediador usa.

— Pode ter dois celulares — sugeriu Biosca.

— Não tem mais nenhum com ele — disse Octavi, um pouco desconcertado. — Revistei-o a fundo.

— E se estiver no carro dele?

— Em todo caso — eu disse —, o que precisamos é de uma explicação para o fato de estar rondando a agência. É muita coincidência.

Interrompeu-nos o telefone da agência. Biosca fez o gesto de cortar a ligação, para evitar interrupções naquele momento de glória para a empresa, mas, ao fixar-se no número que aparecia na telinha, empalideceu e mudou de idéia. Em vez de desligar, ativou o mecanismo de viva-voz.

A voz distorcida e metálica que já era familiar para nós encheu o escritório:

— Estou escondido na escada... Já me meti na agência. Esses que você paga não fazem nada bem, Felícia... Estou caminhando pela passagem que leva até aí. Veja, veja, já estou a seu lado!

Quase não tive tempo nem de ouvir o grito da Felícia nem os protestos do jovem Raül Vendrell ("Estão vendo, estão vendo? Não sou eu!"): saí em disparada para a sala de computadores e lá encontrei Amèlia e Beth, que nos olhavam estupefatas.

— O binóculo, Amèlia!

Saí para a varanda com a Beth e dei uma repassada em todo o canteiro central do bulevar olhando através do binóculo.

Havia somente três transeuntes falando pelo celular: um sentado no banco em que antes estava Octavi, o outro encostado no monumento abominável e um terceiro que circulava fumando e gesticulando com veemência.

— Aquele! — exclamou Beth.

Não havia percebido que Octavi, Biosca, Felícia e Amèlia tinham se apinhado atrás de mim e me assustaram com os seus gritos histéricos.

— Sim, sim, aquele, aquele! É o Vicenç! O do monumento! O do monumento!

Referiam-se a um homem de uns 40 anos, com a cabeça raspada e uma escandalosa gravata amarelo-canário. Era Vicenç Balaguer, o representante artístico valenciano da modelo e cantora famosa.

Voltando do banheiro, com um lenço de papel enfiado no nariz sangrando, Emília abriu passagem com os cotovelos até chegar à primeira fila, ao meu lado.

— Claro que é ele! Que merda faz Vicenç Balaguer aqui, precisamente agora?

— Que coincidência — comentei. — Os dois suspeitos reunidos, com o celular na mão.

— Este não escapa! — uivou Octavi antes de sair correndo.

Nós o vimos sair da portaria a toda velocidade, atravessar a calçada arriscando a vida entre os carros e de surpresa cair sobre o homem da gravata amarela. Vimos como arrancava dele o telefone, como lutavam, como o arrastava de novo para a agência.

E, num piscar de olhos, já tínhamos os dois suspeitos discutindo entre eles, a Emília Fochs puta da vida e a Felícia insultando o seu representante e o seu ex-namorado alternadamente, e chorando como uma carpideira grega. A confusão era tão escandalosa que até mesmo os apresentadores da CNN e da Fox News e outras cadeias de televisão, que estavam sintonizados no escritório do Biosca, estavam um pouco espantados.

Quando o colocou no meio da sala, dando-lhe um empurrão, Octavi quis fazer uma demonstração da sua sagacidade.

— Já vão ver! Diga *marreta*! — exigiu do Vicenç.

O outro, mecanicamente, respondeu:

— Marreta.

— Não, não, a mim você não engana! — Octavi se impunha brutalmente. — Diga *marreta*!

— Marreta, cacete, o que está acontecendo? O que está acontecendo com esse cara?

— Está fingindo, cornudo — Octavi subia pelas paredes —, conheço suas intenções! Os valencianos não dizem *marreta*, dizem *machado*.

— Não é verdade: dizem *marreta*! — reivindicava Vicenç, entre furioso e espantado.

Alardeando mais uma vez suas habilidades como apalpador, Octavi conseguiu a carteira de Vicenç e descobriu que o representante levava uma fotografia da representada nua em pêlo.

— Então! Olhem o que leva aqui o pervertido! — exclamou meu colega enquanto metia a foto no bolso.

O representante não se intimidava tão facilmente quanto o Raül, que não parava de repetir: "Estão vendo como não era eu? Estão vendo como não era eu?" Pôs-se como um galo e quis resistir, atirando os cotovelos para trás como um fortão de praia em plena discussão:

— O que tem aí? Ei! Não toque nos cartões de crédito, que estou te vendo! O que tem aí?

— Tem a foto! Não dissimule!

— Que foto? — intervim, mal-intencionado.

Octavi me olhou com ódio ao mesmo tempo que tirava a foto do bolso e nos mostrava.

— Esta foto!

Biosca tomou dos seus dedos de um puxão.

— O quê? O que está havendo? O que está havendo, hein? Não posso levar fotografias da minha representada? Ando com ela precisamente para representá-la!

— Atenção! — bramou Biosca de repente, enfiado na foto, que estava observando com uma lupa. — Está amassada! Há marcas na lateral que demonstram que foi repetidamente sustentada com uma só mão. A esquerda, para ser exato.

— Masturbava-se com a sua foto! — esclareceu Emília à irmã, caso não tivesse entendido.

— Estão vendo como não era eu? — desforrava-se o ex-namorado. — Estão vendo?

Felícia teve de se sentar numa cadeira porque lhe falhavam aquelas pernas que exibia tão freqüentemente.

— Mas que caralho está dizendo? — indignou-se o representante. — E, além disso, e daí se me masturbo com ela, hein? Como se eu quisesse me masturbar olhando uma foto da madre Teresa de Calcutá!

— É ele, o porco! — gritava o Raül.

— É você, meia-merda — respondeu-lhe o representante —, que paquerava a Emília para poder comer a Felícia.

— O quêêê? — exclamou Felícia sem ânimo.

— Mentira! — irritava-se Raül, frenético. — Inveja de merda que você tem, porque comi as duas e você não comeu nenhuma!

— Você não comeu ninguém, feioso! — interveio Emília, furibunda, ao mesmo tempo que dava uma joelhada no saco do ex-namorado de cabelos amarelos. — Você só foi comigo pra cama pra fazer a sesta!

Intervim quando me pareceu que estava a ponto de explodir uma confusão multitudinária com quebradeira de móveis e ossos. O Raül acusava o Vicenç, apontavam-se como se quisessem meter os dedos nos olhos, Biosca elaborava aos gritos uma teoria que havia de revolucionar a criminologia moderna, a Emília punha mais lenha na fogueira afirmando que Raül era impotente e Vicenç, um *voyeur* babão, e a Felícia chorava tão alto que era difícil acompanhar a discussão. Tonet e Octavi tinham assumido a responsabilidade de manter a ordem, e um dava terríveis socos sobre os móveis e o outro gritava como se tivesse ficado louco. Beth, Amèlia e eu éramos o público assombrado pelo melodrama.

Sentei-me, resignado a não almoçar aquele dia. E, provavelmente, a chegar tarde ao funeral.

— Vocês acabaram? — intervim, aproveitando um momento em que, por esgotamento ou para recuperar forças, todos tinham se calado. — Acho que temos de voltar ao ponto onde estávamos antes da ligação. Temos de saber que explicação têm esses dois cidadãos para justificar estarem rondando a agência. E, além disso, tendo em conta que, se forem inocentes, não podiam saber que estávamos com Felícia aqui.

Todos viraram-se para os dois suspeitos, dando-lhes oportunidade de se explicar.

— Estou aqui porque me ligaram e me disseram que viesse! — disse o Raül.

E o Vicenç:

— Estou aqui porque me telefonaram e me disseram que viesse!

Os dois ao mesmo tempo, em perfeita sintonia, como se há meses ensaiassem a resposta.

— Quem ligou para vocês? — perguntamos em uníssono o Biosca e eu.

— Não deixou nome — respondeu Raül. — Disseram-me que a Felícia teria um problema muito grave e que, se quisesse ajudá-la, tinha de vir aqui, nesta hora, e receberia instruções com uma outra ligação.

— A mesma coisa comigo! — acrescentou o representante. — Uma voz distorcida eletronicamente!

— Já imaginava! — exclamou Biosca. — Vi nos olhos dos dois assim que entraram pela porta! O olhar assustado de quem caiu num engodo ou numa armadilha!

Comprovei o registro de ligações dos celulares. Ambos tinham uma ligação recebida de manhã do número do assediador. Uma às 10h05 e outra às 10h08.

— O assediador zomba de nós — disse.

— O que quer dizer? Que são inocentes? — gemeu Felícia com uma vozinha fina e estrangulada.

— Pois, muito provavelmente, sim.

— Oh, Vicenç, me perdoe o que te disse...

— Vá à merda, porca! — atirou-lhe o representante. — O que você era quando comecei a te ajudar? Era Miss Costa Blanca com Camiseta Molhada! E me paga assim!

— Por favor, Vicenç, o que quer dizer? Você e eu temos um contrato...

— Pelo que me diz respeito, depois do que me fez e me disse, apague-se da lista das minhas representadas...

— Mas, Vicenç... Se eu acho muito divertido que você leve a minha foto na carteira...

— ... E já cuidarei para que não faça nenhum filme até que acabem os cinco anos do contrato que tem comigo!

— Vicenç! Eu não me importo que se masturbe com minha foto! — suplicava a Felícia. — Fico até mesmo lisonjeada! Vou te dar mais, tenho algumas muito indecentes!

— Ui... — murmurou Emília. — Esta besta te arruína, Felícia.

— Vai viver como puta ou esfregando chão! — Foram as últimas palavras do Vicenç antes de fechar a porta com um golpe ensurdecedor.

— O quê? Tudo bem! — zangou-se Emília. — É mais digno esfregar chão que trabalhar com você, verme nojento!

— Mas eu não quero esfregar chão, Emília... Não sei...

Ouviu-se a voz do namorado dos cabelos amarelos:

— Vou dar queixa de vocês à polícia! Podem ter certeza! Tenho testemunhas! Tenho padrinhos!

Também nos abandonou com um outro golpe de porta que fazia necessária a visita de um pintor de paredes e de um serralheiro.

Eu já havia visto o suficiente. Peguei Beth pelo cotovelo, com suavidade mas com firmeza, e levei-a para a sala dos computadores. Não resistiu, e aquilo me pareceu bom sinal. Deixamos para trás os gritos da discussão, que começava a mudar de sentido: agora eram as irmãs Fochs que repreendiam Biosca, Octavi e Tonet, acusando-os de não terem solucionado nada, de tê-las indisposto com amigos da vida inteira e de terem arruinado a carreira de Felícia.

Levei a moça para a sala de Amèlia. Normalmente, teríamos fechado a porta e morrido de rir pensando em que tinha acontecido. Mas agora estava séria, como que ressentida.

— Preciso que você me faça um favor. — Fez cara de "Você manda, já que sou só uma principiante". — Procure para mim Virtudes Vila, a enfermeira que aplicou o Nolotil em Marc Colmenero.

Sentei-me para escrever num papel os dados que obtive sobre a enfermeira. O endereço onde morava antes de desaparecer e a sede social da agência imobiliária que lhe alugou o apartamento. Beth me observava em silêncio, com cara de nada.

— Não vai ser fácil — disse ao mesmo tempo que lhe dava o papel. — Alguns amigos dela tentaram encontrá-la e não conseguiram.

Pegou o papel. Como um robô.

— Verei o que posso fazer.

— Está bem? Está acontecendo alguma coisa com você?

— Comigo? Nada.

Os seus olhos claros diziam que sim.

— Tem certeza?

— Tenho.

— O que fez ontem à tarde?

— Ah, nada. Fiquei aqui, com toda essa confusão — disse com nojo, mostrando uma ponta da sua indignação.

Vi-me saindo do restaurante Epuló, disparado para a mansão dos Colmenero, sem me despedir de ninguém, vendo com o rabo do olho Beth com seu terninho de executiva, inconsciente do significado do olhar que estava me cravando. Tinha feito um bom trabalho nos Laboratórios Haffter, tinha se disfarçado e tudo, e provavelmente esperava um parabéns mais efusivo do que o "Bingo" idiota que deixei escapar. Depois, olhei-a e lancei-lhe alguma mensagem cifrada referente ao caso do assediador, e ela ficou me olhando, parada, como se tivesse acabado de comprovar que eu supervalorizava a sua inteligência e não ousasse abrir a boca para não me decepcionar. Ela, que na noite anterior tinha velado o meu sono olhando-me fixamente, acocorada no escuro.

— Fui à casa dos Colmenero...

— ... Sim, e no final encontrou Adrià Gornal num asilo de velhos. Biosca já me contou, obrigada.

Conheço essa expressão. É copiada da minha filha Mònica, quando está ressentida e abaixa os olhos. Eu sei que não há nada a fazer.

— Bem — disse, olhando o relógio. — Você já sabe o que aconteceu... Além disso, tenho de ir ao funeral do Casagrande e já é tarde. Quer vir?

— Não.

Resignei-me. Pus minha mão sobre a sua e ela me fez o favor de não retirá-la.

— Não é nada — disse a ela. — Afinal de contas, o caso do Adrià está praticamente resolvido. O caso do assediador da Felícia Fochs é seu e você o resolverá, certo?

Aproximei-me e despedi-me dela com um gesto tímido, consciente de que a estava castigando. Como se fosse a Mònica. Que ficasse sozinha, pensando que, se você quer alguma coisa concreta, tem de aprender a pedi-la, e não esperar que lhe seja concedida pelo fato de você ser quem é. Não queria vir? Então que não viesse. Ela que saía perdendo.

4

Cheguei ao funeral, no cemitério das Corts, quando a cerimônia já tinha começado. Exceto o padre oficiante, só encontrei cinco pessoas espalhadas pelos bancos que enchiam a capela. Na primeira fila, duas velhinhas: a tia de Ramon Casagrande, a Sra. Margarida Casals, que, vestida de preto, parecia ainda menor e mais insignificante, e uma vizinha que a acompanhava. Um pouco afastados, dois homens que podiam ser colegas do defunto, propagandistas, entediados e com cara séria. Achei que tinha visto um dos dois no hospital, quando filmava a Helena Gimeno. Na última fila havia um outro homem de mais idade, alto e gordo, com um terno feito sob medida, que se virou para mim como se estivesse esperando que alguém o resgatasse de uma situação pouco honrosa. Talvez fosse um propagandista dos Laboratórios Haffter, ou talvez fosse um político importante que tinha errado de funeral. Não lhe fui de nenhuma ajuda, porque nem lhe dei bola.

O padre estava lendo aquele parágrafo do Evangelho de São Lucas onde Jesus Cristo aconselha aos seus discípulos que vendam o manto para comprar uma espada: "Pois eu vos digo, é preciso que se cumpra em mim o que está escrito: *Ele foi contado entre os iníquos*. Pois também o que me diz respeito tem um fim. Disseram eles: 'Senhor, eis aqui duas espadas.' Ele respondeu: 'É suficiente.'"

Pareceu-me que o bom homem se equivocou de texto bíblico, mas não intervim para fazer nenhum comentário. A tia também não veio nos dizer como era realmente bom o sobrinho, nem ninguém lhe pediu isso. Ninguém tocou no violão a canção preferida do defunto. O padre, olhando para o infinito, com expressão de estar pensando em outra coisa, consolou-nos dizendo que, de fato, Ramon Casagrande não tinha morrido, senão que estava mais vivo do que nunca, e aspergiu o caixão com o hissope.

Imediatamente, fomos da pequena capela da câmara-ardente até o cemitério propriamente dito, que ficava ao lado. O homem do terno feito sob medida desapareceu, de modo que éramos cinco pessoas apenas naquela rua de nichos onde armazenariam os restos do Casagrande para que fossem se decompondo em paz. Não teve nada a ver com os enterros que costumamos ver nos filmes norte-americanos. Não havia relva à vista, nem um ministro da igreja recitando salmos e dizendo aquilo de "*ashes to ashes*". Tampouco vislumbrei qualquer mulher misteriosa espiando furtivamente à distância. A nós, ninguém espiava: nem o assassino, nem Adrià Gornal. Nem mesmo chovia. Fazia um sol maravilhoso.

Dois funcionários, com uma rotina insolente, ergueram o caixão, com um guindaste que rangia, até o nicho mais alto de todos, que estava aberto, enquanto eu ouvia os propagandistas falando em voz baixa de vendas e comissões. Pararam de falar quando os funcionários tiraram um par de tíbias, um cóccix e uma pequena costela do interior do nicho para poder enfiar mais comodamente o caixão. E então, de repente, uma voz arrepiou todos.

Soou ao meu lado e o coração deu um salto:

— "Agora, quando cai a treva / E já é lembrança teu fim / Pequenas bestas da terra / Vão se entregar a seu festim..."

Até mesmo os funcionários se viraram para nós para ver o que acontecia.

Era Flor Font-Roent, que tinha surgido do nada e recitava, lendo um livrinho, usurpando as funções do padre. Usava um terninho preto tão adequado à circunstância que acabava até mesmo sendo adequado demais à circunstância. Chapéu, um véu discreto e um buquê de cravos brancos na mão. Ignorando o olhar estupefato dos presentes, lia em voz alta e clara e com ênfase de recitador profissional. O poema continuava descrevendo a carne em decomposição, com abundância de ácidos e pequenos riachos pestilentos e lagoas pútridas e outras imagens semelhantes. Ao lado daqueles versos, *O Corvo* de Edgar Allan Poe era como um conto infantil. Os propagandistas olhavam Flor sem piscar, os funcionários pareciam a ponto de sair correndo e a vizinha da tia fez o sinal-da-cruz duas vezes. Inclinando-me um pouco pude ver a capa do livrinho e constatei que o autor não era um mestre do gênero de terror, mas o nosso ínclito poeta Benet Argelaguera. Para os últimos versos, havia um toque político e certa inclinação para o otimismo: o poeta celebrava abertamente o óbito, com o pretexto de que apenas a morte pode nos libertar das cadeias da vida e da infâmia, e da opressão e da dor.

— "Não te será estranha a morte / E ser um espírito sem chão nem país. / Que talvez não tenhamos vivido sempre assim?"

Ninguém aplaudiu. Os cinco mantivemos os olhos sobre a recém-chegada para assegurar-nos de que tinha acabado e, em seguida, o caixão escondeu-se no buraco que os funcionários taparam com grande profissionalismo, e deu-se o ritual por acabado.

— O que você faz aqui? — perguntei a Flor.

— Queria falar com você.

Notei que estava nervosa. Tremiam as mãos que seguravam o livro, e não era pela emoção do momento.

Os dois propagandistas apertaram a mão da Sra. Margarida e da vizinha e se foram rapidamente e falando das suas coisas.

Flor e eu nos aproximamos das senhoras.

— Acompanho-a em seu sentimento — disse. — Lembra-se de mim?

— É claro. Você é o policial que comprou o computador do meu sobrinho.

— Perdoe-me pelo atraso — disse a Flor, depois de dar-lhe dois beijos —, foi culpa do motorista do táxi... Permiti-me a liberdade de declamar este poema que Benet Argelaguera escreveu com o motivo da morte da sua mulher... Ainda que eu saiba que, em momentos como estes, não existam palavras adequadas. Apenas o silêncio nos faz companhia, não acha, senhora?

— Gostei muito — disse a pobre mulher agarrando as mãos de Flor entre as suas. — Muito obrigada, lindinha. Foi muito bonito. Não a conheço, não? Era amiga do Ramon?

— Não: sou a prometida de um amigo seu...

— Todos éramos amigos do Ramon — intervim antes que a minha cliente não se lembrasse, por distração, que o namorado era o suposto assassino do sobrinho. Passei os braços por cima dos ombros dela num gesto possessivo.

— Tem razão. Sabia ser querido, não é mesmo? — disse a tia. — Talvez fosse um pouco, não sei como dizer, seco, mas sabia ser querido. — E interpretou o meu gesto: — Tem uma namorada bem bonita e viva. Formam um belo casal.

Flor abriu a boca para protestar e moveu os ombros para libertar-se do abraço, mas repensou logo e em vez disso fez um rápido movimento de sobrancelhas que somente podia ser interpretado como de feliz concordância.

— Se não for problema — disse eu —, poderia acompanhá-las à sua casa e, de passagem, pegaria o computador do seu sobrinho.

— É claro que não tem problema. Você me fará um favor se nos acompanhar.

— Eu também me juntarei a vocês, se não for inconveniente — disse Flor olhando-me de um modo que interpretei como significativo.

— Então esses versos eram do Benet Argelaguera. — comentou Margarida Canals quando já tínhamos entrado na Ronda de Dalt. —

Pobre homem. Um poeta tão bom que tínhamos e que acabou atropelado por um bonde. Foi na noite de ano-novo, não?

— Não, foi de tarde — corrigiu-a Flor. — Uma lutuosa tarde com o céu tingido de sangue. O mundo se preparava para a festa e a morte amolava a foice. Dizem que o condutor tinha comemorado a festa das uvas desde de manhã e estava um pouco bêbado... Também há quem diga que foi um assassinato, para impedir que um catalão ganhasse o Prêmio Nobel, que com certeza teriam lhe dado naquele ano.

— E sempre fazia poesias tão tristes? — A tia olhava o livro de poemas com apreensão.

— Não. Uma vez fez uma canção infantil. "Os esqueletos desdentados, olhe como dançam, olhe como dançam..."

Flor recitou mais alguns poemas do livro, de modo que, quando chegamos a Badalona, a tia do Casagrande e a vizinha estavam deprimidíssimas e não nos convidaram nem para um café nem nada. Fiz um sobe-e-desce para pegar todo o computador, enquanto Flor vigiava para que o reboque não me levasse o carro, estacionado sobre a calçada, e cinco minutos depois já estávamos de volta à Ronda de Dalt, circulando para o centro da cidade.

— Bem — disse. — O que você queria me dizer?

Arrepiou-se, como se a minha pergunta tivesse sido um grito extemporâneo. Olhou-me séria. Se fôssemos casados, eu estaria temendo uma ruptura definitiva e traumática.

— O que vai fazer agora? — perguntou-me.

— Queria ir para casa, ligar este computador e ver o que me diz. Quer vir?

— Sim.

Um silêncio.

— E...? — animei-a.

— E... Leu o livro do Marlowe? — perguntou.

— Sim.

— E o que achou? Gosta?

Era evidente que estava desconversando, mas aceitei. Era preciso que ela relaxasse. Eu tinha lido e meditado bastante sobre o livro do Charles Nicholl para poder falar com certa autoridade.

— Fiquei pensando — disse. Depois teríamos tempo para abordar temas importantes. — Aquilo da discussão da hospedaria para ver quem pagava, e o tal... Ingram, como se chamava?, sim, Ingram, que cravou um punhal no olho do Marlowe... Com duas testemunhas, num quarto pequeno... Não dá para engolir.

— Você desconfia? — fez ela com a cabeça em outro lugar.

— É a versão oficial. Não é conveniente dar crédito às versões oficiais. E menos ainda neste caso. A história oficial é absurda. O Marlowe ataca pelas costas com um punhal um cara que está imobilizado entre dois suspeitos, um banco e uma mesa, e somente lhe faz dois arranhõezinhos, um em cada bochecha. E a vítima da agressão, como se diz, atada de mãos e pés, toma-lhe o punhal e lhe crava no olho de primeira. Com isso não há o bastante para desmontar a teoria oficial.

Flor me olhou.

— Visto deste ângulo, não tem nenhum sentido.

— Não, aqui você se engana. Sentido, sim, que tem, e muito.

— Tem sentido? — disse, deixando-se prender por aquele tema tão distante das suas angústias.

— Claro que sim — disse. — Suponhamos que seja certo o que diz Charles Nicholl no seu livro. Marlowe estava a ponto de comparecer diante de um tribunal acusado de tudo o que era possível. Heresia, sedição, que ainda era um crime muito grave, e até mesmo homossexualidade, um crime naquela época...

— Sim — disse Flor. — E, no fim das contas, apenas por um comentário que fez uma vez: "Há de se ser bem idiota para preferir as mulheres aos moços e ao tabaco."

— E havia alguém que tinha medo que, durante o julgamento, quando o submetessem a tortura, Marlowe pudesse falar demais, que acusasse algum nobre ou uma figura do governo, contando um monte de coisas que ele sabia, porque era espião e herege...

— E talvez porque fosse homossexual também. Os homossexuais sabem segredos de outros homossexuais...

— O crime teria sido cometido, então, por razões políticas. Para lhe tapar a boca. Mas, contudo... Não acha que seria mais simples uma punhalada numa ruela de Londres, à noite? Ou um envenenamento, e fazer isso passar por uma morte natural, aproveitando que em Londres havia uma peste e que as pessoas morriam aos montes? Que necessidade tinham de armar uma confusão onde Ingram Frizer ficava retratado com o punhal na mão e envolvia os outros dois como testemunhas? Gente demais, complicado demais, uma encenação muito frágil.

Estávamos deixando o carro no estacionamento da rua Entença.

— Bem, também é possível que improvisassem. Talvez não se encontrassem naquela casa de Deptford com a intenção de assassinar o Marlowe, mas com a de tentar convencê-lo a não delatar ninguém. Esta é a teoria de Nicholl. Que Marlowe não se deixou convencer e que por isso discutiram e acabaram apunhalando-o.

— Isso não tem nem pé nem cabeça — dizia eu. — Imagine que ele se deixasse convencer. Que tivesse dito: "Está bem, não direi nada de ninguém." Como poderiam confiar na sua palavra? Que garantia os outros podiam ter? Como se garante o silêncio de alguém que será torturado com aparelhos terríveis e sofisticados?

— O que está insinuando com isso?

— Que, se tinham medo do que diria, tinham de matá-lo. Não tinham de convencê-lo de nada. Tinham de matá-lo.

— Mas por que não diz que, se tivessem desejado matá-lo, teriam feito de uma outra forma?

— Pois este é o mistério. Segundo a versão oficial, quiseram matá-lo e fizeram precisamente dessa maneira.

Indo para casa, lembrei que não tinha comido e que tinha a geladeira vazia, e paramos no supermercado de baixo para comprar salmão defumado, ovos, presunto ibérico, *foie*, pão, tomates, torradas, manteiga e um vinho rosado do Penedès, jovem e fresco.

5

Uma vez no apartamento, que com a presença de Flor me pareceu mais desarrumado do que imaginava, ela se ofereceu para preparar o jantar enquanto eu montava o computador do Casagrande na sala. Ficamos falando aos gritos, eu ajoelhado no assoalho, conectando cabos e fazendo testes, e ela na cozinha, fazendo omeletes e temperando *bruschettas*.

— Bem, então qual é sua opinião sobre a morte do Marlowe? — disse Flor, retomando a conversa. — Talvez você tenha a solução do mistério?

Tive a impressão de que obrigava a si mesma a insistir naquele tema para não ter de abordar outros que a afligiam.

— O caso é que, das mil maneiras que podiam ter escolhido para matá-lo, optaram pela mais extravagante, a mais incrível, aquela que passou para a história como um artifício em que ninguém acredita. Por quê?

— Por quê? — repetiu Flor.

— Porque não o queriam matar.

— Uma encenação?

— Custa-me crer que uma pessoa fique tão tranqüila, esperando que façam seu julgamento onde eventualmente será torturada e condenada à morte, sem tentar escapar de um modo ou outro.

— Você acredita que foi tudo uma encenação do Marlowe e dos seus amigos para fazê-lo passar por morto e evitar o julgamento?

— Sim, senhora! Christopher Marlowe era um homem de posses. Tinha viajado por toda a Europa, tinha trabalhado como espião. Não dá para imaginá-lo parado, sem fazer nada, esperando o desastre sem tentar nem mesmo fugir para o estrangeiro.

— Esta é aproximadamente a teoria do Calvin Hoffman — comentou Flor aparecendo na sala com uma bandeja cheia de comida. — Vamos, vai, deixa isso, que temos de jantar.

A última frase me pareceu excessivamente familiar entre aquelas quatro paredes. Marta, a minha mulher, dizendo-me: "Vai, deixa isso, que o jantar está na mesa." Durante um segundo, retrocedi alguns anos e fiquei arrepiado.

— Calvin Hoffman? — disse. — Não o conheço. Não se pode dizer que eu o tenha copiado.

— Esse Hoffman chegou a abrir a tumba do protetor do Marlowe, o aristocrata Thomas Walsingham, para tentar confirmar sua teoria. Acreditava que o Walsingham tinha se feito enterrar com documentos que a comprovavam.

— Em contrapartida, enterraram o Marlowe numa tumba sem lápide e sem nome, não localizável, não foi?

— Foi.

Sentamos à mesa. O presunto e o vinho eram excelentes. Cara a cara, olhando-nos nos olhos, expus-lhe a teoria que tinha improvisado em algum momento dos últimos dias, talvez enquanto tomava banho.

— Então o Hoffman e eu coincidimos completamente. Eu me limito a aplicar a teoria detetivesca. Pus-me no lugar dos conspiradores. Essa é a minha maneira de entender as coisas: examinar os elementos do plano e esclarecer a quais finalidades concretas obedecem. Nesse caso, havia uma dupla finalidade; ou, melhor dizendo, uma dupla necessidade. Tinha de constar publicamente que Marlowe estava morto, e, ao mesmo tempo, Marlowe tinha de continuar vivo. Portanto, a melhor, possivelmente a única, maneira de atestar a morte era dispor do cadáver de um homem de idade similar à de Marlowe, que por força tinha de ficar irreconhecível. Mas também precisavam de testemunhas dos fatos que fizessem constar que aquele homem era Marlowe. Se deixassem um corpo num descampado vestido com a roupa de Marlowe, sempre poderia haver dúvida. É Marlowe ou não? E, ao mesmo tempo, o assassino teria de poder alegar legítima defesa, para não acabar preso ou executado. — Fiz uma pausa porque Flor estava passando manteiga diretamente sobre uma fatia de salmão defumado, em vez de fazê-lo sobre a torrada, e nem se dava conta. Era evidente que o segredo que me escondia a consumia por dentro e que não prestava atenção ao que fazia. Continuei num tom que até a mim pareceu pedante: — Ingram disse que Marlowe o atacou. E disse que estava encurralado, entre o banco e a parede e a mesa e as outras duas testemunhas, de modo que não podia fugir. Naquela época, o argumento de legítima defesa era posto sistematicamente em dúvida quando o homicida, ainda que fosse atacado, tivesse renunciado à possibilidade de fugir. Mas Ingram disse que não podia fugir, de modo que teve de se defender. E há duas testemunhas que o avalizam. Assim Ingram Frizer, o assassino, conseguia eximir-se de seu crime. O papel das duas testemunhas era reforçar essa relação tão frágil dos fatos, que não teria se agüentado sem elas, mas, sobretudo, dar fé de que aquele cadáver cravado com um punhal no olho e de cara inchada e tumefata era de Christopher Marlowe, e não o de uma outra pessoa.

— O juiz e algumas testemunhas a mais do lugar que foram convocadas para a cena do crime o viram... — disse, tímida, como um bacharel fazendo uma objeção a Albert Einstein para dar-lhe a oportunidade de deslumbrá-lo com a sua resposta.

— Nenhum deles o conhecia pessoalmente. E, naquela época, não havia fotografias de personagens famosos por todo lado, como acontece agora. As testemunhas disseram que o morto era Christopher Marlowe, e os outros não tinham nenhum motivo para colocar isso em dúvida.

Para Flor, aquela conversa não lhe importava em nada. Seu olhar se perdia pelos cantos da minha casa. Atormentava-a uma dúvida que a distanciava da realidade. Mas ainda não era o momento de puxar sua língua. De uma hora para outra, ela própria começaria a falar.

Desculpei-me e pus-me diante do computador de Ramon Casagrande para iniciá-lo e acessar seus segredos.

6

Não sei o que esperava encontrar no computador de Casagrande. Talvez tivesse a esperança de que houvesse uma cópia informatizada das suas famosas fichas, ainda que supusesse que, se fosse assim, os arquivos estariam em código ou protegidos com senhas.

Flor pôs-se atrás de mim.

— Então — disse, ao acaso, depois de limpar a garganta —, imagino que você esteja entre os que acreditam que usaram o corpo de um herege que tinha sido executado na forca naquela mesma tarde, muito perto de Deptford...

— Não creio que nem o juiz nem as testemunhas do lugar fossem tão limitados para não saber distinguir a marca que uma corda deixa no pescoço.

— E então?

Fiz com que esperasse um minuto, enquanto inspecionava o conteúdo daquele disco rígido.

Não parecia que ali houvesse nada de interessante, nem em código nem sem código. Uma pasta com uma coleção de fotografias pornográficas baixadas da internet, uma outra com canções pirateadas (Casagrande era um clássico aficionado pelos boleros e rancheiras), alguns jogos fora de moda há anos, e algumas apresentações em PowerPoint relativas a assuntos do trabalho.

— E então? — repetiu Flor.

— Esta é a parte que ainda não tenho resolvida totalmente. Falta documentação.

— E depois? Você é dos que acreditam que Marlowe fugiu para a Itália para logo voltar à Inglaterra com uma personalidade fictícia e continuar escrevendo e estreando as suas obras usando William Shakespeare de cobertura?

— Não, não acredito.

No Outlook, mais ou menos o mesmo: propaganda, e-mails daqueles com piadas recolhidas na internet e enviados para o amigo engraçadinho de volta, e correspondência com os Laboratórios Haffter. Nada de especial ou minimamente pessoal: informes sobre vendas, informes sobre novos produtos e circulares. Fiz uma pausa enquanto fazia buscas no disco rígido com as palavras *Collmenero, Cotlliure, Adrià, Gornal* e *Scherazade*, e não apareceu nenhum documento.

— Não achou nada? — perguntou Flor ao ver-me tão preocupado.

— Nada.

Cliquei no ícone do Internet Explorer e tive acesso à página do Google. Olhei o histórico. Como já supunha, havia acessos a páginas pornográficas e também a páginas de baixar música e de informação da bolsa.

E entradas repetidas na página de correio web Liammail.

Liammail.

A mesma página a que estava conectada Anna Colmenero no dia em que a visitei.

Quis acessar, mas o computador não estava conectado à internet. E eu não sabia configurá-lo.

Peguei o telefone e liguei para a casa do Ori.

Respondeu minha nora, que apenas sabe falar ou bem com monossílabos ou bem com conferências. Não conhece o meio-termo.

— Posso falar com o Ori?

— Não.

— Ele não está?

— Não.

— E sabe quando volta?

— Logo.

— Pode dizer para me ligar?

— Sim.

Virei-me para Flor e quase a surpreendi com a confissão na boca. Ao se deparar com o meu olhar, engoliu o que tinha na ponta da língua, piscou os olhos e improvisou:

— Ou seja, você acredita que Shakespeare não escrevia as suas obras de teatro, mas que Marlowe as escrevia...

— Por que não? — respondi. E continuei improvisando: — Shakespeare, se não me engano, era um ator, não? Não era preciso que soubesse escrever e dirigir e atuar, tudo ao mesmo tempo. Talvez fosse Marlowe quem escrevesse as obras e as pessoas pensassem que fosse Shakespeare. Se ainda acontece hoje em dia, e as pessoas são mais cultas. Dizem: "Puxa, que graça tem o Dustin Hoffman, que coisas lhe ocorrem...", como se não soubessem que o Dustin Hoffman e o Al Pacino e o Fernando Fernán Gómez apenas recitam os roteiros que outros escreveram. Talvez então acontecesse o mesmo... — Voltei para a mesa para me servir um pouco mais de vinho e insistir no presunto. — As pessoas diziam: "Puxa, este Shakespeare inventa cada coisa...", e ele não as desmentia.

— Mas — objetou Flor, fazendo um esforço para se concentrar —, no ano do crime, Shakespeare já havia escrito quatro ou cinco obras. Certamente, como já deve saber, não se sabe quase nada da sua infância, nem da sua educação, e muito menos, ou seja, nada de nada, dos anos que precederam sua chegada a Londres, em torno dos princípios da década de 1590. Mas muitos biógrafos consideram que escreveu, e até mesmo estreou, as suas primeiras obras, as três partes do *Henrique VI* e do *Ricardo III*, entre 1590 e 1593. Ou seja, quando Marlowe ainda estava oficialmente vivo.

— Então, os que dizem que Marlowe as escreveu, em que se baseiam?

— No fato de que estas obras, como grande parte da produção de Shakespeare, pareciam muito influenciadas pelas de Marlowe. Eram quase miméticas, e não apenas no uso do verso livre, que era, por assim dizer, uma inovação do Marlowe. Depois, Shakespeare foi amadurecendo e abordou outros registros e temas, fez-se mais sutil, demonstrou ser capaz de criar personagens mais complexos e alcançou um grande domínio da comédia.

— Que idade tinha Shakespeare quando Marlowe morreu? — perguntei de repente.

— Vinte e nove anos.

— E Marlowe?

— Vinte e nove também.

— Nossa. Que coincidência.

— O que quer dizer?

— Nada. Por enquanto, te darei só uma pista, para que pense: se tantos estudiosos e investigadores não souberam desvendar o mistério, é porque foram incapazes de propor-se a pergunta correta.

— Qual é?

— Se eu soubesse, já teria a resposta — disse-lhe, em parte para fazê-la sofrer, em parte porque me faltava confirmar alguns dados.

— Oh — disse Flor, francamente impressionada.

Tocou o telefone. Era o Ori. Expliquei-lhe o problema que tinha e lhe perguntei como fazia para configurar um computador para conectá-lo à internet. Condescendente, considerou que era uma tarefa muito difícil para mim.

— O seu não está conectado à internet?

— Sim, mas me interessa o computador de uma outra pessoa.

— Mas, para conectar com a Liammail, pode fazê-lo também do seu computador. Verá o mesmo por um caminho ou por outro.

Tinha razão, como sempre, quando se tratava de computadores.

— É claro — disse. — Como é que não pensei nisso antes?

— Porque nasceu antes que o Bill Gates.

— Obrigado, você é muito amável.

Liguei meu computador e acessei a Liammail.com. "Abra uma conta gratuita conosco e junte-se a mais de 30 milhões de usuários da Liammail em todo o mundo!" Trinta milhões de usuários eram muitos usuários. Portanto, o fato de que Casagrande e Anna Colmenero estivessem registrados não tinha, em princípio, nada de particular.

Disse-lhe que sim, que queria abrir uma conta e, desse modo, comprovei que o meu correio particular, com aquele servidor, estaria protegido por um nome de usuário e uma senha secreta. Impossível entrar e bisbilhotar a correspondência do Casagrande sem esses dados.

No seu computador tinha encontrado o endereço do Casagrande, casagrande@liammail.com, mas não a sua senha.

Com o rabo do olho, podia ver que Flor borboleteava ao meu redor como um satélite em torno do seu planeta. Retorcia as mãos, deixava escapar suspiros que podiam fazer voar as cortinas, ia para cima e para baixo com passo de alma torturada e abria a boca como um peixe, fechando-a novamente com determinação súbita e mordendo os lábios.

Pensei: "Agora. Ou me diz agora ou lhe parto a cara."

Aproximou-se e pôs uma mão no meu ombro. Quando me virei, encontrei-me com uma expressão trágica que faria inveja à própria Sarah Bernhardt.

— Você acha que Adrià é inocente do assassinato do Casagrande? — lançou.

Pausa.

— Estou convencido.

— De verdade? — Uma luz de esperança se acendia no horizonte de Flor Font-Roent. — Ou seja, que já não precisa ter medo de nada, não é? A polícia não o prenderá, ninguém pode acusá-lo de nada, poderá voltar ao trabalho como se nada tivesse acontecido, não é?

— Não — disse-lhe. — É claro que não.

A luz se apagou e o horizonte tornou-se tenebroso.

— Não?

— Não, porque de fato ele tentou matar Casagrande. Alguém se antecipou a ele, é certo, mas o vovô de ontem, no asilo, morreu por culpa dele.

— Isso quer dizer que terá de ir para a prisão?

— Provavelmente, sim.

Desmoronou. Bateu no chão com o pé direito.

— Oh, não, não, não! Demônios, não! Merda!

— Por que me pergunta? — com calma. E sem tocá-la: — O que está acontecendo?

Demorou a responder.

— Essa manhã ele me ligou.

Se me excitasse demais, se me pusesse a saltar e a gritar "oééééé oéééééé" e a agarrasse pelo pescoço exigindo que me contasse, se arrependeria do que tinha acabado de dizer. De modo que respondi em tom normal, reprimindo os músculos em tensão:

— Telefonou para você? — como se não fosse nada.

— Ligou para o meu celular. Para... despedir-se — o soluço agarrado na garganta. — Disse-me que é um covarde e um assassino, que não me merece e que amanhã irá para o norte, e que não nos veremos nunca mais.

As lágrimas brotavam sem a sua permissão.

— E você disse o quê?

Com veemência:

— Disse: "Espere-me! Não se mova, que já estou indo! Quero te ver! Quero te dar o último beijo!" E me disse: "É inútil. Se você vier, virá a polícia, me apanharão e me meterão na cadeia." Disse-lhe: "Mas espera um momento! Conheço o homem que pode te salvar!" E estava falando de você, Àngel. Pode salvá-lo?

Foi o tom. O modo de dizer: "Não se mova, que já estou indo!" A expressão do seu rosto, o nervosismo de toda a tarde. Na minha profissão temos de aprender a interpretar esse tipo de detalhes.

— Você saltou um ponto do diálogo. Aquele em que lhe perguntou: "Onde está escondido?"

— Não lhe perguntei — disse ela, ingênua e na defensiva.

— E ele não te disse.

— Não. — Os seus olhos diziam: "Ai, onde errei?"

— Ou seja, você já sabia onde ele estava escondido sem necessidade de que te dissesse.

— Eu?

Com aquele "eu?" convenci-me que havia acertado e entendi as dúvidas que a tinham corroído toda a tarde. Queria correr para se encontrar com o seu amor, mas não para despedir-se definitivamente.

— Diga-me.

— Eu... não sei... onde está Adrià.

— Claro que sabe.

— Não sei. — E, na continuação, vacilando sem querer: — Além disso, você me disse que não pode fazer nada para salvá-lo.

— Por enquanto, a polícia o acusa de assassinato e posso demonstrar que é inocente.

— Mas faz um instante você me disse que irá para a cadeia...

— Deixe-me falar com ele. Encontraremos atenuantes. Ele não tinha nada contra o Casagrande. Se tentou matá-lo foi porque o obrigaram, tenho certeza.

— Quem? — faíscas nos olhos.

— Deixe-me falar com ele e demonstrarei que era vítima de uma chantagem. Confie em mim.

— E não irá para a cadeia?

— Em todo caso, não irá por muito tempo. Um bom advogado demonstrará que é muito difícil imputar-lhe a morte daquele pobre velho. Terá apenas de esperar um ano, seis meses, no máximo. Ele poderá refazer a vida em menos de dois anos. Logo não fará sentido que fuja para sempre.

"Refazer a vida" eram palavras mágicas para a Flor.

— Pode mesmo? Pode convencê-lo a não ir embora?

— Farei o possível. Onde podemos encontrá-lo?

Eu só queria uma resposta. Não pretendia que me contasse sua vida. Ela roía as unhas.

— Adivinhei ontem. Quando o vi vestido com aquele macacão verde. Reconheci-o. Soube de onde o tinha tirado e, portanto, onde é provável que esteja escondido.

7

Anos atrás, antes que o expulsassem de casa e se convertesse em zelador de hospital, Adrià tinha trabalhado durante alguns verões em uma hípica de Molins de Rei, propriedade de uns parentes distantes. Os empregados do negócio andavam uniformizados com um macacão verde, exatamente igual ao que ele usava quando o vimos no asilo.

O negócio tinha acabado abrindo falência; com certeza a falta de entusiasmo pelo trabalho de Adrià tinha contribuído com seu grão de areia. As instalações da empresa tinham ficado abandonadas e, somando este detalhe ao do macacão, Flor tinha deduzido, de maneira muito razoável, que o noivo tinha ido esconder-se lá.

— Não seria melhor que eu fosse sozinho e levasse uma mensagem sua?

— Não.

Não houve jeito de fazê-la mudar de opinião. Pus uma jaqueta jeans e peguei uma lanterna. Ao trocar de roupa, encontrei a bolsa de guloseimas que tinha comprado para os meus netos e me lembrei do compromisso familiar do dia seguinte. Prometi-me que, ao meio-dia, estivesse ou não o caso encerrado, iria suspendê-lo até segunda-feira. Estava fazendo horas extras demais.

Aproveitando a intimidade do meu quarto, de costas para Flor, que me esperava desesperada, aproveitei para dar uma ligada para Beth no celular. Perguntei-lhe se tinha localizado Virtudes Vila.

Disse-me que ainda não, mas que seguia uma pista e que não pensava em abandoná-la até que a encontrasse.

— E você o que fará? — perguntou-me.

— Sigo uma outra pista — disse-lhe, sentindo-me tão culpado como se a estivesse traindo.

— Muito bem.

Era sexta-feira e já se sabe o que acontece nas sextas-feiras, quando começa o bom tempo. Alguém tinha dado o sinal de partida e as pessoas tinham se reunido na rodovia, rumo às suas segundas casas. Encontramos um engarrafamento apocalíptico na Ronda de Dalt, provocado por um acidente, e, depois, retenções nas curvas que sobem para a Vallvidrera.

Enquanto eu me desesperava, Flor liberava os seus nervos com uma série de especulações sobre o que tínhamos de fazer quando encontrássemos Adrià. Tínhamos de lhe falar com muito cuidado, tínhamos de ser muito convincentes, demonstrar-lhe de início que sabíamos que era inocente do crime de Ramon Casagrande, explicar-lhe todos os meus esforços para exonerá-lo (assim ela dizia: "exonerá-lo", porque era a sua maneira de falar). Entretanto, eu pensava que Adrià tinha pago duas meretrizes com o dinheiro que Flor lhe tinha dado para comprar livros e depois tinha se infiltrado no apartamento do Casagrande para deixar na sua mesinha-de-cabeceira um frasco de Dixitax com as cápsulas carregadas com uma dose cavalar de princípio ativo. E me perguntava o porquê.

Quando Flor também se perguntou o porquê, respondi-lhe ao mesmo tempo que respondia a mim próprio:

— Obrigaram-no.

— Obrigaram-no? Como se obriga uma pessoa a se meter num rolo como esse, Àngel?

— Chantagem — insinuei.

— Chantagem? — ela queria acreditar, mas ao mesmo tempo se rebelava. — Para fazer chantagem com alguém, é preciso primeiro que este alguém tenha feito alguma coisa inconfessável, alguma coisa horrível que queira manter escondida para o resto do mundo. Você está insinuando que o Adrià fez alguma coisa horrível, da qual se envergonha o suficiente para matar, se preciso, para que não seja descoberta?

Minha resposta foi mais simples do que a pergunta, "Sim", e manteve Flor calada e pensativa durante alguns quilômetros.

Tentamos o caminho transversal que há justo antes da entrada para Vallvidrera e que conduz para os Molins de Rei e, uns quilômetros mais além, descobrimos um caminhozinho de terra sinalizado com uma placa arruinada que tinha sobrevivido à falência do negócio: "HÍPICA CAMPADAL. ALUGUEL DE CAVALOS."

Já estava escuro. Rodeava-nos um bosque de carvalhos grandes, grossos e velhos, sobreviventes dos incêndios de verão, e começamos a nos meter numa colina. Flor ficou calada e eu tive um pressentimento obscuro, relacionado com o telefonema de Adrià para Flor.

— Quando Adrià lhe telefonou — perguntei de repente —, disse que iria embora amanhã?

— Sim.

— Amanhã? Não te disse "Estou indo" ou "Vou embora", mas "Irei amanhã"?

— Sim. Me disse "Irei amanhã". Por quê? O que acha?

— Me pergunto por que amanhã, e não hoje, agora mesmo. O que está esperando? Não te disse por que amanhã?

— Não.

— Me pergunto se não deve ter nada a ver com o hotel de Cottliure e com aquilo da Scherazade. Não lhe dizem nada essas duas pistas?

— Absolutamente nada. Já pensei muito nisso.

No meio das árvores, na frente e passando acima de nós, brilharam os faróis de um outro carro.

— Você viu isso? — perguntou Flor.

— Você acha que ia por esse mesmo caminho?

— Por aqui somente se vai para a hípica, que eu saiba.

O caminho não estava asfaltado, havia muitos buracos e pedras e era preciso ir com cuidado para não danificar o cárter, ou o que quer que seja que se danifique numa superfície como aquela. Chegamos no alto da colina e, abaixo, entre as árvores e o clarão dos faróis do outro carro, vimos os edifícios e os terrenos da hípica. De maneira fugaz e confusa, tive a impressão de que um homem abria uma grande porta no carro, que se escondia dentro. Em seguida, os carvalhos tornaram a tampar o espetáculo.

— Adrià tem visita.

— Quem será?

— O motivo pelo qual Adrià não podia fugir antes de amanhã. Tinha de resolver algum assunto primeiro.

— Que tipo de assunto?

À esquerda abria-se uma clareira no bosque. Sem hesitar, virei-me para lá, cruzei a clareira e me meti, com muito cuidado, entre as árvores.

— Abaixe-se.

— Por quê? O que vamos fazer? O que você está pensando em fazer?

— Abaixe-se.

Pus o Golf atrás de umas moitas, de modo que não pudesse ser visto do caminho. Flor tinha se abaixado e me esperava paralisada de espanto e retorcendo as mãos sob o queixinho.

— O que está pensando em fazer? Por que não descemos de carro?

— Quero saber quem é esse visitante, e gostaria de saber o que eles têm nas mãos.

Já começava a fazer uma idéia do que estava a ponto de descobrir.

Agarrei a mão da Flor e a puxei para o caminho, encosta abaixo, aproximando-nos da hípica tão depressa quanto podíamos. Na outra mão levava a lanterna, grande o bastante para que me servisse de arma contundente, se fosse preciso. Ela se queixava porque usava saltos altos, não muito, mas o suficiente para ir dando tropeções e torcendo os tornozelos. E aquele terninho preto, tão apropriado para os funerais, mas inoportuno no meio do bosque denso. Parecia-me que o roçar das moitas nas nossas roupas, ou as pedras rolando, era agitação demais para que não nos ouvissem de baixo.

Finalmente nos encontramos diante dos edifícios escuros e em ruínas que se erguiam em torno da pista de terra onde tempos atrás deviam treinar e estimular os cavalos. Ao clarão da lua, o lugar se tornava solitário e tétrico, como todos os lugares abandonados depois de habitados. Tinham fechado o portão de madeira, e isso me fazia pensar que quem o tinha aberto pretendia assegurar-se de que o seu visitante não sairia disparado. Em contrapartida, o recém-chegado tinha muita vontade de sair depressa de lá, porque tinha deixado o motor ligado e os faróis acesos. Pelas gretas podia-se ver a luz que lançavam e no silêncio da noite ouviam-se vozes.

Aproximamo-nos do portão com muito cuidado. Fechei os olhos para concentrar-me na conversa do interior. Falavam em voz baixa, tranqüilos. Um murmúrio incompreensível.

A mão de Flor apertava a minha como um laço.

ONZE

1

Rondamos as ruínas em busca de um acesso alternativo ao lugar onde Adrià falava com alguém. Com a claridade da lanterna, o encontramos na parte posterior, na fachada oposta à do grande portão. Aquela porta, porém, não dava para o lugar onde estava o carro com os faróis acesos, mas para uma dependência anexa, pequena, que devia ter servido como escritório ou recepção e que agora estava cheia de trastes abandonados na última debandada. Mais além havia uma porta que levava aos estábulos, com as cocheiras para os cavalos todas estragadas. No teto daquela espelunca escura, que ainda conservava um remoto bodum de cavalariças, descobrimos uns buracos por onde entrava uma insinuação de claridade. Eram os buracos por onde se fazia chegar a forragem para as cocheiras a partir do alto, onde a armazenavam.

Flor me disse em voz baixa:

— Olha, Àngel. Olha o que tem aqui.

Retrocedi até aquela espécie de escritório ou recepção e ela me apontou alguma coisa que tive de localizar com o círculo de luz da lanterna. No meio de latas de tinta vazias, caixotes empoeirados e material de limpeza sujo, havia uma escada de mão. Faltava um par de degraus, mas comprovei que os que restavam estavam bem sólidos.

— Podemos subir, não? — disse Flor.

Não parecia difícil. Ela segurou a lanterna e eu carreguei a escada para o interior do estábulo. Enfrentei alguns obstáculos, que me pareceram barulhentos demais, porque Flor nunca focava a luz onde tinha de focar, já que certas vezes me iluminava e outras se dedicava a investigar cantos remotos cheios de teias de aranha, mas no final consegui introduzir a ponta da escada por um daqueles buracos e firmá-la no chão.

Sentia-me como um adolescente que chega tarde à festa e tem medo de que, enquanto isso, alguém tenha ligado para a sua garota preferida.

— Espere-me aqui e não se mexa. Será apenas um instante.

Flor me olhou com uma espécie de fervor enlouquecido cintilando nas lentes de seus óculos. Tremia e sorria ao mesmo tempo: uma mistura de medo e de excitação pela aventura que a impelia irremediavelmente para qualquer imprudência temerária. E vale dizer que naquele estado me pareceu particularmente atraente.

Subi agarrando-me nas laterais da escada para evitar os espaços onde não havia degraus. Custou-me um pouco passar pelo buraco, primeiro a cabeça e o braço esquerdo. Houve segundos de pânico em que pensei que poderia ficar preso, incapaz de avançar ou retroceder, mas no final consegui me esgueirar, passei o ombro e o braço direito e me achei de joelhos num recinto com um teto baixo e inclinado. O piso era de placas de madeira. A luz difusa dos faróis do carro infiltrava-se pelas juntas e pelas minúsculas frestas e buracos do piso fazendo dançar as partículas de poeira e criando um efeito bem estranho, como se aquelas estreitas colunas de luz estivessem soldadas ao teto e fossem as que realmente agüentavam o edifício. A uns 5 metros de onde estava, no outro extremo do lugar, havia um buraco da medida e do formato de um maço de cigarros por onde entravam luz e vozes. Reconheci a de Adrià.

— Não, você não me entendeu. Não é um favor que estou lhe pedindo. Ainda não entendeu que eu tenho você na palma da mão e que estou pouco me cagando para são Pedro mártir!

Uma outra voz lhe respondeu, mas o que agora falava mantinha as aparências, não gritava, talvez querendo demonstrar para o outro que tinha a situação sob controle. Entre a sua prudência e o barulho do motor do carro, não consegui entender uma só palavra.

— ... Não é o suficiente, eu lhe disse — continuava o Adrià, enfurecido. — Valha-me o Pai, o Filho e o Espírito Santo! Isto é uma ninharia, e eu preciso que me resolva o resto da minha vida.

Ocorreu-me que, se conseguisse chegar àquele buraco e olhasse para baixo, poderia ver o rosto do homem que falava com Adrià, e pareceu-me muito importante que o fizesse. Também me perguntei por que não tinha simplesmente aberto o grande portão, ficado cara a cara e me confrontado com os dois. "Olá, Adrià, olá, Sr. Quemseja, não sabem como estou feliz de encontrar os dois juntos, conversando tão tranqüilamente..." Mas já era tarde demais para aquilo. O próximo objetivo era aproximar-me daquela marquise e espreitar quem estava embaixo.

— ... Então os próximos dez anos da minha vida. Quanta grana você pensa que sou capaz de gastar em dez anos, maldita seja a Santa Madre Igreja? — Adrià mostrava-se cada vez mais insolente.

Estava disposto a me deslocar para lá quando a escada, atrás de mim, começou a se mexer e a fazer barulho. Sob os meus pés, Flor sofria e gemia como se estivesse fazendo amor, toda ela vontade e determinação. Virei-me para o buraco, reclamando silêncio com um gesto, e descobri que a lanterna estava subindo rumo a mim e, atrás da lanterna, Flor e os seus óculos.

— Fique aí embaixo!

— Não! É Adrià, não está ouvindo? É Adrià!

Não era questão de manter uma discussão naquelas circunstâncias e com aqueles sussurros nervosos, de modo que a deixei continuar. Soergui-me um pouco e tentei dar o primeiro passo.

"Craac!", fez o piso. E me pareceu que cedia sob meu pé como se fosse um colchão.

Meu coração gelou e fiquei paralisado. A madeira daquele piso estava carcomida e era tão sólida quanto papel molhado. Os de baixo não ouviram nada, nem atribuíram nenhum barulho aos ratos, porque Adrià se tinha posto a gritar, desaforado:

— Vai tomar no cu, caralho! Estou cagando para a Hóstia Sagrada! Já não me dão nenhum medo, já não tenho nada a perder! Já te dei a fatura, e isso demonstra que tenho as fichas, de modo que agora você me mostre a grana!

"A fatura", retive. A fatura do hotel de Cotlliure.

A lanterna tinha chegado ao meu lado. Flor já metia a cabeça e os braços pelo buraco. Era mais magra que eu.

— Não suba!

— Sim.

Maldita fosse a poetisa intrépida.

Agachei-me para falar-lhe no ouvido de modo que quase nem eu próprio ouvisse as minhas palavras.

— O piso está carcomido. Corre o risco de desmoronar.

Seus olhos me olhavam interrogativos e desconsolados do outro lado do raio de luz.

— Atravessarei o cômodo e farei isso rodeando as paredes, onde o piso tem de estar mais firme.

Concordou com a cabeça.

— Não, cara, não! — uivava enquanto isso embaixo, cada vez mais enfurecido, Adrià. — Porque você não entendeu, Santa Igreja Católica Apostólica Romana! Que é só você quem tem muito a perder! Eu já estou numa cagada! Sou um assassino, e a polícia sabe e está me procurando! E, se me apanharem, te asseguro que contarei tudo a eles, estou pouco me fodendo se aparecerem as cópias das fotografias, cacete! Até farei um esquema para eles, não me venha com essa! Não se importa? Que porra me importam agora essas putas dessas fotos? Nada! O que eu quero é a grana, de modo que, se me der, eu te dou as fichas, e vire-se logo, cara-de-cu, imbecil, blasfemo, hipócrita de merda!

Naquele momento, compreendi o que havia nas fotografias que mencionavam. De repente, tudo se ligava: o que tinha me contado a Beth sobre as gracinhas que Adrià fazia na universidade, a data, sobretudo a data exata dos fatos, uma coincidência que até aquele momento havia me passado ligeiramente por alto.

— Oh, meu Deus, havia fotografias... — sussurrei.

Flor, que estava metendo-se buraco acima, no momento não entendeu:

— Fotografias? Que quer dizer? Que fotografias? — E lembrou-se da nossa conversa anterior: — Faziam chantagem com ele com umas fotografias?

Arrepiado, rezei para que Flor não visse nunca aquelas fotos.

Desejando acabar o mais depressa possível, pus-me de pé com muito cuidado, consciente de que carregava todo o meu peso sobre uma estrutura feita com palitos de dente. Tomei impulso e dei um salto, uma longa passada, procurando pôr a ponta do pé tão próxima da parede quanto me fosse possível. O piso rangeu, mas agüentou, e eu fiquei grudado na parede como se fosse uma mosca.

Dei um passo bordejando a parede, pisando onde me parecia que havia vigas que suportavam o meu peso. E dei um outro passo, e um outro.

— Não se aproxime! — gritou Adrià. Foi um grito que soou perigoso como uma ameaça. — Ponha a maleta no chão e recue. As fichas? As fichas você verá quando eu tiver comprovado que a grana toda está aqui!

Os gritos e o barulho do motor do carro se sobrepunham ao chiado da madeira sob os meus pés.

"Fotografias", pensei. Fichas. Ou seja: fotografias em troca de fichas. Tudo bem claro. A chantagem que eu havia intuído se tornava realidade. Eu sabia o como e o porquê. Só faltava saber quem.

Já estávamos chegando à fresta. Aquela fresta era como a bola mágica de cristal que me revelaria finalmente a identidade do assassino.

Tive a impressão de que bastaria dar uma olhada para onde estava Flor para que aquele movimento desencadeasse o desastre. De modo que eu não olhava o que ela estava fazendo, mas limitava-me a intuir seus movimentos incompreensíveis, e o ir-e-vir do raio de luz da lanterna pela escuridão do palheiro. Por isso não sei exatamente como se produziu o acidente. Suspeito que Flor tentou imitar-me cobrindo com uma pernada o espaço que havia do buraco à parede. E as suas pernas eram mais curtas que as minhas.

Adrià estava dizendo "Mas que porra é isso? Ha, ha! Abaixe isso, imbecil, você não sabe onde escondi as fichas!...", quando o piso tornou a fazer craaaac!, mas o rangido já não parou aí. O estalido se prolongou como fazem os trovões quando a tempestade já chegou sobre nossas cabeças, e o chão de papel fendeu-se primeiro sobre os seus pés, depois sobre os meus. Simultaneamente, o grito de Flor, eu que digo "Cacete, estamos caindo!", e, no meio do estrondo e da confusão, um monte de explosões que, no momento, atribuí à catástrofe.

O mundo desapareceu no meio de uma nuvem de poeira e da escuridão resultante do súbito sumiço da lanterna. E, quando esperava o golpe definitivo contra alguma superfície sólida capaz de quebrar crânios e espinhas, achei-me submerso num mar de palha fétida mas macia, atacado por palhinhas que me picavam, procuravam meus olhos e me arranhavam enquanto parecia que a queda amortecida não acabava nunca mais. Na minha mente, as inexplicáveis explosões se misturavam com outras, como um gaguejo de metralhadora que se distanciava. Tomei um golpe forte nas cadeiras, mas o certo é que, no momento, não notei, tossindo como estava, cego, com o áspero tato da merda seca de cavalo nas mãos. Apenas percebi que tinha acabado de cair, que tudo estava mais escuro que nunca, e pus-me a bracejar como um desesperado, tentando voltar à superfície daquele oceano de palha. A poeira, as palhinhas e o medo metiam-se no meu nariz, nos olhos e na boca, e a falta de oxigênio me asfixiava.

No momento me pareceu que o silêncio era ensurdecedor, tão sólido como a escuridão, como se me encontrasse no coração de uma pedra. Em seguida, porém, percebi que Flor estava sofrendo ansiosa em algum lugar da escuridão e que esta escuridão não era tão absoluta, porque o feixe de luz da lanterna abria passagem entre a palha.

O silêncio, em todo caso, parecia resultar do fato de que o motor do carro e a conversa de Adrià com a outra pessoa tinham cessado. Imediatamente, apenas por um instante, me senti ameaçado. Adrià e o seu comparsa podiam estar nos procurando ansiosamente, podiam estar armados, podiam estar furiosos, podiam deixar as suas diferenças para mais tarde, aliados contra um inimigo comum. Tranqüilizei-me ao observar que não havia movimentos precipitados nem suspeitos por cima da minha cabeça.

Apertei-me sobre o globo de luz que se escondia entre a palha dourada e me achei enroscado ao corpo de Flor, com as mãos postas nos seus peitos, ou na sua bunda, ou em alguma parte similar da sua anatomia. Flor gritou mais uma vez e retorceu-se como se eu lhe fizesse cócegas (talvez fizesse). Eu retirei as mãos do seu corpo ao mesmo tempo que tentava acalmá-la dizendo-lhe que era eu, que era eu. Recuperei a lanterna debaixo das suas nádegas e ela encontrou os óculos com a armação um pouco torta mas com as lentes intactas. Juntos e abraçados, lentamente, emergimos no meio da montanha de palha.

Já não havia nenhum carro naquele estábulo. Nem qualquer pessoa. O grande portão estava aberto e, pela maneira como as folhas penduravam-se nas dobradiças, podia-se deduzir que o veículo tinha disparado para sair de lá. O ruído do motor já se ouvia longe, cada vez mais fraco. Ao aproximar-me da porta, pude ver as luzes vermelhas laterais desaparecendo entre as árvores.

— O que aconteceu? — perguntou Flor.

— Não sei — disse-lhe para abreviar. — Como você está?

— Bem — disse ela, insegura.

Agarrou minha mão. A dela estava suada. E, provavelmente, a minha também.

— E Adrià? — ocorreu-lhe de repente. Virou-se para o interior da grande nau e esquadrinhou-a com o foco da lanterna. Levantou a voz: — Adrià?

Silêncio e escuridão. O círculo de luz nos mostrou os estragos do cataclismo. O monte de palha quase coberto de ripas de madeira, uma coluna caída, até mesmo uma parede de tijolos tinha desmoronado, conseqüência do nosso mau passo. E uma mão que saía por entre os escombros.

— Flor? É você, Flor?

A voz soou muito fraca, mas nos sobressaltou porque já tínhamos formado a idéia de que estávamos sozinhos.

Corremos para lá. Se num primeiro momento tínhamos imaginado que Adrià fora esmagado pelo entulho, ao chegar a seu lado constatamos que não tinha sido assim. Não havia nenhum tipo de escombro sobre ele. Apenas uma grande mancha brilhante sobre o macacão verde, velho e esfarrapado. E, se você se aproximava e olhava as feridas de perto, percebia que eram duas feridas de espingarda de caça disparada de perto. Uma descarga tinha lhe destroçado o ombro esquerdo e uma outra tinha percutido um pouco mais abaixo, bem no meio do peito. Nas proximidades do coração.

Aquelas eram as explosões que eu tinha ouvido.

— Adrià — gritou Flor. — Adrià, meu amor!

Caiu de joelhos ao seu lado, e as mãos já saltavam para abraçá-lo e acarinhá-lo. Tive de dominá-la.

— Não, espere! Não o toque!

— Adrià, meu amor! — repetia, com a voz sufocada pelo choro.

— Flor...

Estávamos abraçados, a Flor e eu, a ponto de lutar, os olhos cravados naquele pobre jovem exausto, trêmulo, de olhar vítreo.

— Flor...

— Minha vida, meu amor...

— Flor, sou um filho-da-mãe...

— Não, Adrià, não diga isso. Te obrigaram, fizeram chantagem... Mantinham a conversa à distância.

— Sim, sim, é verdade, porque mereci. Deus me castigou... Fui muito mau...

— Não, não.

— Sim, sim. Deus me castigou.

— Mas o que você fez, Adrià, o que você fez?

Tive a impressão de que a Flor afrouxava as suas forças e já não insistia em sacolejar o corpo do pobre rapaz, de modo que a soltei, adiantei-me e agachei-me a seu lado.

— Adrià... Quem atirou em você? — perguntei.

Os seus olhos me procuraram, mas já não viam.

— As fichas — balbuciou.

— Onde estão as fichas?

O braço, que tinha mantido um pouco levantado, apontando o teto (ou Flor, ou vai saber o quê) caiu para atrás inerte, indicando-nos algum lugar para o fundo.

— A bolsa verde — disse num sussurro.

O tom foi tão definitivo que Flor foi arrancada da sua imobilidade e da sua covardia e decidiu pôr as mãos naquele rosto pálido e gelado. Agarrou-o com um arrebatamento apaixonado.

— Adrià, Adriàzinho, meu príncipe, diamante bruto, esperança da minha vida! Logo virá o médico, viu? Não se mexa, que virá um médico e salvará você! — Ergueu a voz, roçando a histeria: — Àngel! Temos de ligar para um médico! Deixe pra lá as fichas e bolsas verdes! Temos de ligar para a polícia!

Levantei a vista e a lanterna e vi a bolsa verde lá, ao lado da parede, bem visível sobre uma pilha de objetos de hípica abandonados: duas selas de montaria desmontadas e podres e um par de mantas roídas.

Eu pensava que não havia nada a fazer, mas Flor tinha razão. Tínhamos de ligar para a polícia. Exatamente quando pegava o celular e digitava o número do Palop, ouvi que Adrià balbuciava. Com um tom terno, infantil:

— Flor... Que vergonha... Esqueça-me, por favor... Sou um assassino. Deus me castigou. Deus me castigou. Deus me casti.

Casti e ponto, sem reticências, sem a menor esperança de continuar o seu discurso.

— O que está dizendo, Adrià? — gaguejou Flor. — O que você disse? — E gritou: — O que você disse, Adrià? O que você disse? Responda, Adrià! O que você disse?

Adiei a ligação para mais tarde. Pretendia abraçar Flor, mas ela me impediu com gritos e empurrões:

— Não, deixe-me sozinha! Deixe-nos a sós, que o nosso amor morreu! — E, entre soluços estridentes: — Não, não, Adriàzinho, meu príncipe, o nosso amor não morrerá nunca!

Afastei-me, respeitando o luto, para aproximar-me da bolsa verde. Dentro havia uma caixa de sapatos cheia de fichas. Agarrei-a como se fosse um tesouro frágil que tivesse de tratar com muito cuidado.

O choro de Flor, no escuro, me partia o coração.

Liguei.

— Palop? É o Esquius. Sim, eu sei que não são horas. Sim, já sei que sempre sou inoportuno, mas achei que você gostaria de saber que encontramos Adrià Gornal...

— Lamento, mas isso não me interessa — disse-me o delegado, tão enfastiado como se o tivesse interrompido numa trepada histórica. — É para Soriano que você tem de ligar. Ele está conduzindo o caso.

— É que o encontramos morto, Palop. Dois tiros.

— Nossa! — disse Palop. — Onde vocês estão?

— Olhe: não sei onde estaremos quando vocês chegarem, porque não podemos ficar aqui muito mais tempo. Estou com a namorada dele e ela está destroçada. Acho que precisa de um médico. Vocês encontrarão Adrià Gornal numa hípica abandonada que há na estrada de Molins de Rei. Uma hípica que se chama Campadal.

Prometeu-me que a encontraria, e não pus isso em dúvida.

— Mas, escute — disse. — Você deveria tentar ficar aí para nos esperar. Precisaremos...

— Você me encontrará no celular — cortei-o.

Assim que a ligação terminou, porém, desliguei o celular para que ninguém pudesse me encontrar durante as horas seguintes.

Em seguida, virei-me para onde estava Flor, sozinha na escuridão com o seu namorado morto. O raio de luz precedeu os meus passos iluminando o chão sujo e desconjuntado até mostrar-me o corpo imóvel do rapaz, mas, ao mesmo tempo, nos revelou as fotografias que estavam a seu lado.

As fotografias. Tinha me esquecido.

— O que é isso? — disse Flor, com um estranhamento curioso.

Bastou uma olhada para eu farejar que lá havia uma coisa muitíssimo escandalosa. Um corpo nu, muita carne sobre uma cama e um jovem rindo para a câmera? Lá estava o motivo da chantagem que tanto o preocupava. Não apaguei a lanterna depressa o bastante.

— Deixe isso — disse. — Não toque.

— Acenda a luz! Deixe-me ver!

— Deixe isso, Flor! Não se pode tocar em nada até que chegue a polícia!

Mas ela já estava em cima das fotos, já tinha agarrado algumas, e eu a dominava tentando arrancá-las dela e fazê-las desaparecer de algum modo. Fez-se a escuridão mais absoluta, e Flor e eu dançávamos uma dança absurda, gesticulando, batendo nossos dedos.

— Deixe-me ver! — gritava ela. — Acenda a luz!

Tropecei no corpo do jovem que estava no chão e estive a ponto de cair, e aquilo me fez baixar a guarda. Flor me arrancou a lanterna e deu um salto para trás. Voltou a acendê-la focando a foto que tinha na mão.

— Não olhe, Flor! — exclamei quando já era muito tarde.

Porque eu já podia imaginar o que se via naquele instantâneo.

Flor berrou.

Tudo tinha começado no entardecer do ano-novo. No momento em que o ilustre poeta Benet Argelaguera foi atropelado pelo Tramvia Blau, na noite em que alguém surpreendeu Adrià Gornal celebrando uma festa maluca, com champanhe, pacotes de salgadinhos de milho e amêndoas salgadas e outros zeladores no necrotério do Hospital de Collserola. Por uma questão de proximidade, era muito provável que o corpo do Benet Argelaguera fosse transladado para o Hospital de

Collserola, ou seja, que estivesse naquele necrotério quando Adrià e seu grupo de amigos e amigas bêbados divertiam-se muitíssimo. O que aconteceu lá?

As fotos respondiam a esta pergunta sem deixar margem a qualquer tipo de dúvida.

Quando as tirei do meio dos dedos de Flor, estes não ofereceram nenhuma resistência. Não tive nenhum impedimento.

— Flor... — tinha de dizer alguma coisa.

Tomei dela a lanterna, também, porque estava a ponto de cair no chão.

Tinha desaparecido toda a cor do rosto de Flor, até mesmo o vermelho dos lábios. Estava a ponto de se tornar transparente e desaparecer do mundo. Já parecia ausente, como se não tocasse os pés no chão.

— Flor... Adrià era humano...

Mas, de repente, a cor voltou à sua face com uma intensidade feroz e aquela boca que um segundo antes parecia petrificada, aquela boca que só se abria para pronunciar palavras cultas e que substituía aquelas que eram grosseiras por eufemismos, abriu-se de repente e mostrou os dentes com instinto de antropófago depois de uma vaga de fome:

— Filho-da-puta — uivou, arrancando a voz do meio do peito. — Filho de uma puta chupadora de pica!

2

Convertida numa desenfreada e destruidora força da natureza, Flor começou a cravar furibundos pontapés no cadáver do seu querido Adrià. Dominei-a no momento em que ia se lançar com as unhas em cima, disposta a arrancar-lhe os cabelos e tirar-lhe os olhos. Imobilizando-lhe os braços contra o corpo, levantando-a do chão, carreguei-a para fora, e ela esperneava, gritava e chorava, pedindo a todos os deuses da vingança que Adrià apodrecesse no inferno, e dedicando-lhe todo tipo de epítetos, nenhum deles nada poético.

— Chega, Flor, chega! — gritei-lhe com energia, como se grita para os cães.

E ela se rendeu e desandou num choro cada vez menos raivoso e mais sentido. Não se agüentava nas pernas. Enquanto eu recolhia a caixa de papelão e as fotografias, caiu de joelhos e o seu corpo miúdo e frágil estremecia com bruscas sacolejadas de tempos em tempos.

— Não é Adrià — repetia. — Não era ele. Trocaram-no. Aconteceu alguma coisa com ele. Não era ele. Não era ele. Não quero que a polícia veja essa infâmia. Me recuso a que alguém veja essas fotos. São um atentado à cultura, ao juízo, à civilização!

Tinha um pouco de razão. Aquelas fotos, três cópias feitas com computador e impressora, podiam converter-se numa catástrofe natural se saltassem para as primeiras páginas da imprensa.

Somente um excesso de álcool e de algazarra, combinado com a má sorte de ter de trabalhar numa noite tão notável quanto a do ano-novo, podia explicar o que mostravam.

Era fácil imaginar o que tinha acontecido.

Adrià e seus amigos tinham descido para o necrotério para ficarem tranqüilos e poder montar uma festa particular e clandestina sem interferências. E acabou que lá encontraram o cadáver de um vovô ainda por identificar, possivelmente um indigente sem família nem amigos que o reclamassem.

E o que ocorreu a Adrià e seus amigos para animar um pouco a festa?

É preciso entender que as pessoas que trabalham num hospital, tanto médicos quanto enfermeiras e zeladores, têm de se acostumar a conviver com a doença e a morte, porque faz parte do seu trabalho cotidiano. É preciso lembrar que as faculdades de medicina ensinam a amputar e dissecar cadáveres sem nojo, para que os cirurgiões não tremam o pulso quando tiverem de operar um paciente. Há de se reconhecer que ainda se faz aquela brincadeira macabra de meter os genitais de um morto na bolsa da estudante mais boba, para assustá-la e escandalizá-la e fazê-la berrar e rir um pouco. Se não fosse assim, se não se curtissem e se acostumassem a tratar a morte com naturalidade, nenhum médico, nenhuma enfermeira, nenhum zelador poderiam passar nem um mês num hospital. É claro que a frieza de um legista quando remexe as entranhas de um morto nos arrepia; é claro que a risada de um médico diante da dor nos parece inumana; é claro que, às vezes, essa insensibilidade necessária pode ser considerada irreverente e até mesmo cruel para quem observa de longe, mas temos de aceitar que as coisas são assim e que assim hão de ser porque tudo funciona como convém.

Mas Adrià e os colegas exageraram.

Em uma das fotos se via o cadáver do insigne poeta, nu e com um daqueles chapéus pequenos e ridículos que a gente põe para comemorar o réveillon, sentado numa banqueta. Um Adrià que se retorcia de rir tinha aberto os olhos dele e com dois dedos de uma das mãos puxava para cima as comissuras dos lábios. Na segunda, tinham-no deitado sobre a mesa de autópsias, de barriga e com os braços pendurados dos dois lados da mesa, de modo grotesco, enquanto Adrià, ajoelhado entre as suas pernas abertas, sugeria uma obscenidade insuportável. No terceiro instantâneo, tinham posto uma peruca de madeixas louras em Benet Argelaguera, um pouco de maquiagem para disfarçar os hematomas resultantes do acidente e uma saiazinha, e Adrià o sustentava em pé deixando ver que estava dançando alegremente.

Compreendia-se que Adrià estivesse disposto a fazer qualquer coisa para evitar que aquelas fotos viessem à luz. Se fosse descoberto o que tinha sido feito no necrotério, já se podia dar por deserdado por seu pai, abandonado por Flor, que (deixando de lado a pergunta se estava ou não apaixonado de verdade) representava a sua oportunidade alternativa de viver sem fazer nada, e, de quebra, perderia o trabalho e acabaria denunciado por profanação de cadáveres.

Tive de dominar Flor por uma segunda vez para evitar que, tal como ameaçava, cuspisse e pisasse no cadáver de Adrià. Eu a contive, abraçando-a bem forte, e ela correspondeu ao abraço, soluçando e parafraseando citações de Christopher Marlowe para expressar a sua aflição:

— Oh, meu Deus! Como pude manchar meu leito conjugal com essa infâmia?

Dei-lhe um beijo na testa e ela envolveu meu pescoço com os braços bem forte e me deu beijos na face, sujando-me de lágrimas e exigindo que não a deixasse sozinha, que não a deixasse sozinha de jeito algum.

— Não, não a deixarei sozinha. Mas vamos, vamos antes que venha a polícia, que agora você não está em condições de ver a polícia.

Conduzi até o carro uma Flor que alternava violenta e inesperadamente duas atitudes bem opostas. Algumas vezes se abandonava ao desânimo e ao desespero, deixando que a cabeça caísse para trás ou balançasse de um ombro ao outro, arrastando os pés, com os olhos fechados, melancólica e frouxa, vencida por sentimentos tão poderosos que a exauriam, outras ressuscitava crispando os músculos e os maxilares e, convertida numa fúria indomável, cuspia ódio por entre os dentes e dava murros e chutes no ar.

— Me deixe em paz! Eu também quero profanar esse filho-da-puta de merda podre!... — E no instante seguinte: — Por favor, por favor, diga-me que não é verdade. É horroroso demais. Estou a ponto de ter um ataque. Preciso beber alguma coisa que me refaça...

Avançamos pelo bosque, entre samambaias e espinheiros, até a clareira onde tínhamos escondido o Golf, e depositei-a dentro do veículo como se tivesse medo de que de repente abrisse a porta e disparasse a correr para esmigalhar o cadáver de Adrià Gornal.

Estrada abaixo, decidi levá-la à sua casa, onde os pais conheceriam um médico que cuidasse dela. Ela ia falando, então, das lembranças de uma infância partilhada com Adrià:

— Nos conhecemos desde pequenos, porra! — protestava. — Esse filho-da-mãe traiu 21 anos de intimidade, bah, digamos 25, 24, ainda que fossem apenas vinte anos de intimidade, de amor, de brincadeiras, de amizade, de confidências!... — Explodia: — Que putas confidências! Vai saber o que deve ter feito de todas as confidências que lhe fiz durante vinte e tantos anos! Foi a primeira pessoa a quem disse que tinham vindo minhas regras, que ele não sabia nem o que eram regras, o imbecil! "Não se diz veio a regra, Flor", dizia, como um idiota. "Se diz compraram ou me deram de presente uma régua", porque imaginava que era o que usávamos na aula de geometria, o superimbecil! Eu não tinha consciência de que estava me relacionando com um monstro! Um traidor depravado, nojento e repugnante de duas caras, que copulava com os mortos! Me traía até mesmo com os mortos, o filho-da-puta! Ele profanou a memória do poeta mais importante que teve este país desde o Espriu! Sobretudo, que ninguém saiba, Àngel, prometa-me que ninguém saberá...

Eu lhe prometi quando chegávamos à estrada de Vallvidrera e, um pouco mais tarde, enquanto descíamos pela estrada de curvas e curvas rumo a Barcelona. Enquanto isso, ficou um tempo chorando em silêncio com uma amargura aterradora.

Quando chegávamos à Ronda de Dalt, cruzamos com dois carros da polícia que subiam a toda velocidade, tocando a sirena e com o intermitente azul cintilante no teto. Supus que num dos dois deviam ir Soriano e Palop e, por um instante, me deu medo de que reconhecessem meu carro e me detivessem. Estava consciente de que não podia ter levado a caixa com as fichas nem as fotografias, mas também não teria gostado que as confiscassem de mim. Para acabar o meu trabalho, somente me faltava investigar quem tinha os negativos (ou os arquivos originais, se as fotos tinham sido feitas com uma câmera digital), e tinha a esperança de que as fichas me dissessem isso.

— Onde está me levando? Não me leve para a casa dos meus pais, viu? Ah, não, claro que isso não, nem diga!

— Mas por que não? Você precisa descansar...

— Porque não!

— Precisa que um médico veja você...

— Não, não, não! Estou dizendo que não! Todo mundo me perguntará o que aconteceu e eu não poderei dissimular, lerão a tragédia na minha cara! Não quero que ninguém veja aquelas fotos! Temos de ir a um lugar secreto e discreto onde possamos queimá-las e fazer desaparecer todo o rastro!

O único local secreto e discreto que me ocorreu foi o meu apartamento.

— Àngel, posso confiar em você, não é mesmo? — perguntou-me pelo caminho.

— É claro, criatura.

— Não, não me diga assim. Diga: Posso confiar em você ou não?

Tendo em conta o seu estado mental, qualquer um pensaria que, se não pudesse confiar em mim, estava disposta a sacrificar-me.

— Sim, Flor. Pode confiar em mim. Declaro-o solenemente. Você pôde confiar em mim desde que conduzo esse caso e poderá continuar confiando de agora em diante. Fui o primeiro a defender que Adrià não era um assassino, contra todo prognóstico, não se lembra? E demonstrei a sua inocência, não é mesmo? E pegamos as provas comprometedoras para que a polícia não as encontre, é ou não é? E estou arriscando minha licença e minha liberdade ao fazê-lo, você tem consciência disso, não é mesmo? Acho que com tudo isso fica claro que pode confiar em mim, Flor, e que poderá continuar confiando o resto da sua vida.

As coisas tinham de ser ditas assim para aquela moça, se você queria ser entendido.

Entendeu-me.

— É a única pessoa no mundo em quem posso confiar! — garantiu em seguida entre soluços desconsolados.

Fase depressiva.

— É verdade, Àngel! Ninguém gosta de mim como você!

No trajeto do estacionamento até meu apartamento, temi que tivesse de pegá-la nos braços e levá-la como se supõe que têm de fazer os noivos na noite de núpcias, e este pensamento foi premonitório do que estava a ponto de acontecer. Se as pernas não lhe falharam no meio da Gran Via ou enquanto subíamos no elevador, foi porque ia bem abraçada à minha cintura, agarrada como um carrapato.

Uma vez no apartamento, me disse que não, que não queria tomar nada, o que eu pensava que era aquilo, uma visita social? E, em seguida, que sim, que sim, que lhe servisse um uísque, ou uma vodca, ou um gim "bem cheio" que lhe ajudasse a passar aquele estado de angústia. Não lhe perguntei o que queria dizer com aquilo de "gim bem cheio", mas o bebeu tal como o servi: puro, sem gelo nem nada, e de um gole. Enquanto eu enchia os copos na cozinha, ela acendeu o fogo e queimou as fotografias com certa solenidade. Em seguida, voltou a chorar, bebeu um outro gim e se atirou nos meus braços mais uma vez.

— Abrace-me forte, muito forte, mais forte — suplicava. — Você é a única pessoa no mundo que gosta de mim, você é a única pessoa em quem posso me apoiar.

Fez alguma coisa além de se apoiar. Os suspiros, os soluços e a veemência do medo em seguida se transformaram em alguma coisa mais próxima à ânsia passional e à excitação sexual. Os seus lábios deixaram de beijar-me as bochechas com beijos filiais para buscar meus lábios e penetrar-me com a língua como se quisesse descobrir o que eu tinha jantado dois dias antes.

Tentei resistir, juro por Deus, porque não é conveniente ir a esses extremos com uma cliente, porque não é honesto aproveitar-se de uma mulher nessas condições e porque não era a minha mulher preferida naquela conjuntura, mas foi inútil. A delicada poetisa acendeu-se como uma chama, em um piscar de olhos tirou os óculos e converteu-se numa devoradora de Àngel Esquius. E eu não sou de ferro.

Em conseqüência da nossa imersão no palheiro, da roupa subiam nuvens de poeira quando nós as tirávamos precipitadamente, e apareceram um par de hematomas e até mesmo algum arranhão provocado pelas lascas do teto que se havia afundado, mas, de tudo isso, e dos fiapos de palha que se espalharam pela cama e pelo quarto, não nos demos conta até a manhã do dia seguinte.

Em uma coisa Octavi tinha razão: naquilo da personalidade Jekyll e Hyde das mulheres com pinta de bobona. No caso da Flor Font-Roent, foi uma espécie de premonição. Aquela mulher espiritual, que, até aquele momento, poderia ser comparada com uma frágil porcelana de Lladró, de repente converteu-se numa espécie de Plutão seqüestrando Proserpina como o que Bernini esculpiu em mármore. Descarregava contra mim a indignação que lhe haviam despertado aquelas fotos blasfemas em forma de desafogo erótico. Procurava as distâncias curtas e suspeitei que era porque não queria que os nossos olhares se encontrassem, ou talvez para esconder-me as lágrimas. Enquanto lambia meus lábios, as bochechas, a orelha, o pescoço, os mamilos, a barriga e o ventre numa viagem descendente, ia recitando uma estranha litania incompreensível, amordaçada pelos beijos e composta por palavras curtas entre as quais pareceu-me distinguir, *filho-da-mãe*, *porco* e *filho-da-puta*.

Agia com impaciência e brusquidão, como se fosse eu que tivesse provocado a situação com insistência enfadonha e ela tivesse acedido farta de me escutar, enojada, com vontade de acabar logo, quanto antes melhor.

Durante o turbilhão, o telefone tocou mas na cabeça de nenhum de nós ocorreu responder. Procedente de um outro mundo, enquanto Flor me trabalhava os baixos, ouvi a mensagem estridente do inspetor Soriano exigindo-me que passasse pela Delegacia i-me-di-a-ta-men-te.

Em voz alta, mandei-o para a puta que o pariu (e a Flor interrompeu um instante o que estava fazendo para perguntar, com estranheza: "O quê?"). Em um rompante de sinceridade comigo mesmo, disse-me que não podia sofrer aquela presunção de suficiência do inspetor Soriano, nem a pretensa retidão que lhe desenhava uma aura de santidade fosforescente em torno da cabeça, nem a sua estupidez crônica, e decidi, primeiro, "vai ter de esperar", depois, "acorde", e, finalmente, "que vá para o diabo", e decidi fazê-lo sofrer e chateá-lo um pouco. Talvez se deixasse passar os dias, os seus superiores descobrissem as suas verdadeiras atitudes e o destinassem ao interior de alguma vitrine do Museu de Ciências Naturais, na seção de exemplares inclassificáveis.

No momento decisivo, quando Flor ofereceu-se a mim levantando os pés para o teto, pronunciou de maneira bem alta e clara a expressão "Venha aqui, pedaço de carne", e em seguida se precipitou para o orgasmo com a resolução de quem se lança num tanque de tubarões decidido a atravessá-lo nadando antes que as bestas se dêem conta da sua presença.

Naquele momento, vieram à minha mente a doce ingenuidade de Beth e a serenidade balsâmica de Maria, e imaginei-as no lugar de Flor, brincalhona a Beth, experimentada e complacente a Maria, e me senti deslocado. Como se eu não fosse o timoneiro da minha vida, mas um fantoche manipulado pelos deuses. Não posso dizer que naquele momento me sentisse desgraçado, isso não, de modo algum; Flor era uma mulher que valia a pena conhecer, uma das mulheres mais surpreendentes que passaram pelas minhas mãos.

De repente, os olhos adquiriram um branco, suas narinas se alargaram, mostrou-me os dentes serrados e emitiu um som muito agudo, "nienienienienienienienie", ao mesmo tempo que "com os saltinhos das suas botinas / ia-me repicando as ancas" (para fazer referência ao clássico) e perdia o controle do movimento das mãos e dos braços que, por sua conta, puseram-se a dançar sevilhanas e a amarrotar o travesseiro.

Depois, enquanto repousávamos tranqüilamente, ela me encaracolava os pêlos do peito, maravilhada que fossem tão brancos quanto os da cabeça, e, esquivando-se de conversas comprometedoras, recitou-me uns poemas.

— "O inferno não tem limites nem se encontra num lugar concreto. / Onde nós estamos, lá está o inferno, / E onde está o inferno é onde sempre temos de estar. / E, para resumir, quando o mundo se fundir / e todas as criaturas se purificarem, / por toda parte haverá o inferno e em lugar algum haverá o céu."

— Benet Argelaguera? — tentei adivinhar.

— Não, Christopher Marlowe.

Para estar à altura e fazê-la contente, improvisei:

— "É este o rosto que lançou ao mar dez mil navios? / O que incendiou as outras torres de Ílio? / Oh, doce Flor, faça-me imortal com um beijo!"

— Marlowe não dizia "doce Flor": referia-se à Helena de Tróia! — corrigiu-me, lisonjeada.

— É que não é Marlowe. É Benet Argelaguera, que plagiou o nosso poeta elisabetano.

— Mentiroso!

— "Por um campo deserto, cinza, ceifado pela tormenta" — recitei de repente — "vinha a Morte a galope / os dedos na crina firmemente, / vinha a Morte a galope, / a galope! / Sobre pilhas de esqueletos!"

— E isso? — ela perguntou.

— Argelaguera.

— Não.

— Marlowe.

— Não!

— Jardiel Poncela — reconheci. — A tradução é minha.

Depois, Flor começou pela primeira estrofe do *Passionate Shepherd to his Love*, aquela que dizia "*Come with me and be my love*", e fez-me observar que Shakespeare a tinha plagiado quase inteira de Marlowe em *As Alegres Comadres de Winsdsor*. Isso é o que acontece quando você se junta com uma literata; em vez de ter "a nossa canção", como os casais normais, acaba tendo "o nosso poema elisabetano".

Uma vez satisfeitas as necessidades sexuais e culturais, ela se recostou no meu peito e adormeceu enroscada em mim de maneira possessiva. Perguntei-me se o fato de permitir tanta familiaridade me comprometeria demais. Contra todo prognóstico, Flor não teve pesadelos nem sonhos agitados.

3

Meia hora depois, substituí com cuidado o meu peito por um travesseiro muito mais confortável e me levantei da cama sem fazer barulho. Contemplei durante alguns instantes a sua beleza delicada, de pele branca, de mulher satisfeita, impudicamente de pernas abertas, descabelada, com a maquiagem espalhada pela cara, imersa num sono feliz, e me perguntei, inevitavelmente, se tinha gostado de Adrià tanto quanto ela pensava.

Servi-me de um pouco de uísque com gelo e sentei-me diante da caixa de sapatos cheia de fichas. A caixa de Pandora que havia de me revelar todos os segredos que me faltava descobrir. A caixa em troca da qual Helena Gimeno estava disposta a entregar-me o seu corpo e a levar a termo qualquer tipo de atividade, ortodoxa ou contra a natureza, que eu lhe sugerisse.

Havia perto de cem fichas, de pessoal do Hospital de Collserola e de outros centros. Pus-me a revistá-las, uma por uma, minuciosamente e com paciência. Estavam escritas à mão, com acréscimos feitos por diferentes canetas e lápis e canetas-tinteiro, com o fator comum de uma escrita apressada. A maioria somente continha dados gerais: endereços, telefones, e-mails, tendências políticas e futebolísticas, filiações e fobias, datas de aniversários familiares, pequenos favores promocionais recebidos pelos médicos ou assistência a congressos financiados pelos laboratórios, e também traços referentes ao caráter dos médicos em questão:

"Gosta de ir diretamente ao assunto, fica muito aborrecido que o fiquem enrolando."

Ou então:

"Gagueja e odeia que o ajudem e completem as palavras para ele."

Em algumas punha "Insistir" e, em outras, "Não insistir."

Uma percentagem modesta de fichas continha dados um pouco mais comprometedores, e estas estavam escritas de um modo mais telegráfico:

"Aceita presentes linha cosméticos para a sua mulher."

"Entradas camarote Camp Nou."

"Levou a namorada, por conta dos laboratórios, ao Congresso de São Paulo. Bilhete namorada: talão n/n n. 370786FA do BCL 3/5/00." (Havia uma fotocópia do talão grampeada na ficha.)

Todas as anotações comprometedoras estavam escritas a lápis, como que prevendo a possibilidade de apagá-las em caso de necessidade. Algumas dessas fichas portavam documentos grampeados.

À medida que ia reconhecendo os nomes, fiz uma pilha com as fichas dos médicos da equipe do doutor Barrios. Primeiro olhei a do doutor Aramburu, aquele que tinha confessado as maquinações do Casagrande para Helena Gimeno. A informação, incluída sob os dados gerais, coincidia com a que me deu a propagandista.

"Amante: Engràcia López. Salão de dança Três Boleros, qua. e qui.; f/ na casa dela." (Fotografia grampeada do casal acarinhando-se na pista de dança.)

Continuei com a ficha da doutora Mallol. Segundo o que se podia interpretar das anotações escritas a lápis, a doutora Mallol, madura e divorciada, acumulava o dinheiro ilegal procedente de consultório particular numa conta numerada que tinha num determinado banco de Andorra e gastava uma outra parte em salões de dança onde costumavam ir imigrantes cubanos e centro-americanos. A doutora Falgàs, por seu lado, era ludomaníaca do bingo, vício que suportava em segredo e que escondia de todo mundo porque lhe dava muita vergonha. Não especificava se a vergonha vinha do fato de ser ludomaníaca ou assídua de um bingo. Talvez, se fosse de cassinos caros e seletos, não teria tanta. Em troca, o doutor Marín estava tão limpo que a única anotação, ao lado dos dados gerais que havia na sua ficha, era "Insubornável. Logo vai ficar no ponto". Também constavam dois endereços de correio eletrônico, e um era da Liammail, mas aquilo não me pareceu significativo, já que muitos outros, entre eles o Barrios e a Falgàs, também tinham endereços desse servidor tão popular. Para um chamado doutor Bustos, que não era da lista que tinha me dado a Helena, os Laboratórios Haffter tinham pago generosamente por um estudo de três páginas sobre os efeitos secundários de um medicamento em fase de investigação.

Tornava-se fácil imaginar Casagrande investigando primeiro e depois fazendo coincidir o bingo com a doutora Falgàs, ou a sucursal daquele banco de Andorra com a Mallol. O chantagista ingênuo, o homem que fazia ver que tomava conhecimento de segredos vergonhosos por acaso, contra a sua vontade. Podia imaginar uma expressão desolada, como quem diz "Oh, como lamento ter descoberto o teu calcanhar-de-aquiles... Tomara que não o pisem nunca". Entendia-se que as vítimas, depois, cedessem à sua insistência e recebessem os produtos do seu laboratório. No fundo, aqueles produtos eram similares, se não idênticos, aos das outras marcas, e, para alguém que conhece segredos comprometedores da sua vida, é melhor tê-lo satisfeito, sobretudo se tê-lo satisfeito lhe sai de graça.

É possível que alguma daquelas pequenas misérias tivesse dado lugar a um assassinato? A doutora Mallol contratando um pistoleiro para que matasse o homem que podia delatá-la por evasão de divisas? A doutora Falgàs ceifando uma vida humana para ocultar a sua ludomania?

A ficha do Barrios era enigmática: as anotações a lápis se faziam ainda mais enigmáticas. Tinha uma que dizia: "Perguntar à Melània *Melons*?" Uma outra se perguntava: "Marc Colmenero?" A terceira, incluída posteriormente, no final de tudo, já me foi mais familiar: "Scherazade."

Além disso, a se julgar pelos dois buracos que tinha no ângulo superior direito, aquela ficha tinha estado grampeada numa outra, ou a algum tipo de documento. Imediatamente pensei naquela fatura do hotel de Cotlliure.

Ou seja, Casagrande considerava importante que Barrios tivesse uma cadela chamada Scherazade. E aonde me conduzia aquilo?

Tinha deixado para o final a ficha do doutor Hèctor Farina, porque era tão extensa que Casagrande tinha tido de juntar três para colocar toda a informação. Ali se repetia a pergunta "Marc Colmenero?" e a referência a Melània Lladó. Os dados de informação geral mais interessantes diziam:

"Estilo de vida apenas justificado pela fortuna da sua mulher, dona Graciela Daubert de Vall de Mosa (*sic*)."

"Mulher muito católica e ciumenta e intransigente. Casal de missa e comunhão dominical."

Mais abaixo, as já familiares anotações a lápis:

"Ass. Sex. Lourdes F. Escapadas: Babilônia, Éden, S. M.", que relacionei com populares saunas do *alt standing* de Barcelona que os jornais anunciavam, e supus que S. M. poderia corresponder a Sauna Majestic, um outro lugar para viciados ricos.

E, grampeado, um recibo de cartão de crédito, que devia corresponder ao que usava para pagar seus vícios, e que sua mulher não devia conhecer.

Quando acabei de olhar as fichas, eram duas da madrugada, mas eu estava sem sono.

Entrei na Internet e ainda passei duas horas mais lendo coisas e tomando notas sobre Marlowe e Shakespeare, até que cheguei a conclusões que, supus, deixariam Flor bem fascinada. No mínimo, era uma teoria que não tinha lido em parte alguma.

4

Acordou-nos o telefone, porque a claridade do dia que entrava pelos janelões não era o suficiente. Antes que pudesse impedir, Flor pegou o telefone e disse "Alô?", com voz de ressaca. Por um momento, temi que fosse o inspetor Soriano enfurecido. Mas não era ele. Era muito pior.

Deu-me o aparelho.

— É a Beth — disse.

Dissimulei. Voz preguiçosa de mulher na casa de Àngel Esquius nessas horas da manhã. Não há muitas maneiras de interpretar essa mensagem.

— Sim?

— Esquius?

— Sim?

— Biosca disse para você vir depressa. A polícia está lhe procurando, sabe?

— Não deve estar me procurando muito. Estou na minha casa...

Mas Beth, depois de transmitir-me a ordem de nosso amo, desligou com brusquidão.

Não olhei a Flor. Não queria olhá-la. Meti-me no chuveiro e, sob o jato de água morna, estive refletindo um pouco. Mas pensei depressa porque não queria que a polícia me apanhasse em casa. Não queria que a polícia me apanhasse em lugar algum aquele dia.

Comecei a me vestir sob o olhar espantado da porcelana de Lladró.

— Aonde você vai? Não está pensando em me deixar aqui sozinha, não é?

Pulou da cama precipitadamente. Correu para o boxe como se acabasse de ser declarado um incêndio.

— Mas não me deixe! Não me abandone aqui! Não posso ficar sozinha! Não percebe que não posso ficar sozinha?

— Flor... — comecei, com tom grave de más notícias.

Agarrada ao marco da porta, girou violentamente sobre si mesma para encarar-me, toda nua, com olhos viperinos.

— O quê? — me repeliu, seca e desafiadora, como o boxeador que se põe em guarda.

Compreendi que não era o momento de iniciar o meu discurso intitulado "Isso nosso não tem futuro, foi só coisa de uma noite etc.".

— Tenho de ir à agência — disse, manso.

— Vou com você! Eu também tenho de ir à agência! Tenho de pagar os seus honorários!

Meteu-se no boxe, passou um pouco de água por cima e saiu com os cabelos molhados e com o ritual de higiene feito pela metade. Evidentemente, tinha medo de que eu a abandonasse aproveitando uma distração.

Enquanto a esperava, encontrei-me em pé do lado da mesa onde tinham ficado a caixa de sapatos e as fichas. Afastadas, de um lado, havia duas: a do doutor Barrios e a do doutor Farina. Maquinalmente, peguei-as, dobrei-as e as enfiei na carteira.

Flor apareceu logo. Tinha posto a roupa de baixo e, por cima, aquele terninho preto que tanto impacto tinha causado no funeral de Casagrande e que agora parecia saído de um contêiner. Amarrotado, coberto de pó, descosturado num ombro e numa manga.

— Vamos! — exclamou.

Enterneceu-me. Olhei-a sorrindo e beijei-a.

— Será melhor que você passe em casa...

— Não! — E, em voz mais baixa, com um sussurro: — Se ficar sozinha, desmoronarei inexoravelmente. Somente seu olhar faz com que me agüente em pé.

Pensei "Ai, meu Deus", sorri, peguei-a pela mão e, depois de colocar no bolso o pacote de guloseimas para os meus netos, levei-a para a agência.

Lá me surpreendeu descobrir que tudo tinha recuperado seu estado normal. Não havia camas dobráveis no meio da passagem, as mesas e os computadores voltavam a estar no seu lugar e alguém até mesmo tinha aberto as janelas e usado um neutralizador de odores com cheiro de pinho para arejar o ambiente. Para as três pessoas que havia lá no meio, porém, não parecia que tivesse nenhuma graça aquele retorno às origens. Não direi que o Octavi estivesse cravando golpes no peito, ou que Amèlia rasgasse a roupa entre uivos, ou que Beth batesse a cabeça contra as paredes, mas sim que tive a sensação de irromper inesperadamente no cenário do ato final de uma tragédia do nosso querido Christopher Marlowe. Receberam-nos, a Flor e a mim, com umas olhadas que eram como torpedos apontando por debaixo de nossa linha de flutuação.

Beth virou-se de costas para não me ver, como se tivesse muito trabalho com a fotocopiadora e muita vontade de fazê-lo. Usava um vestido simples, decotado e justo, que permitia formar uma idéia do seu físico jovem, fresco e saudável, e não pude deixar de fazer comparações. Na Flor que tinha ao meu lado lhe caíam os cabelos de um lado e outro do rosto como um objeto sólido e pesado; e, sem maquiagem, a sua cútis estava ressecada, coberta de ruguinhas diminutas, e os seus olhos eram pontiagudos, tal como o seu nariz, e a boca parecia feita apenas para emitir sons muito agudos, e o estado da sua roupa sugeria que um bando de cavalos acabara de passar por cima dela. E ocorreu-me que a vida é injusta, às vezes.

Perguntei:

— E Biosca...? — disposto a entrar no *sancta sanctorum* e a enfrentar o que fosse.

— Está vendo a CNN — disse Amèlia, olhando-me como se me considerasse a pessoa mais detestável do mundo (supus que tinha estado partilhando desilusões com Beth) — com a esperança de que dêem a notícia de uma catástrofe iminente que destrua o planeta.

Biosca materializou-se de repente. Tinha me ouvido. A porta do seu escritório se abriu bruscamente e lá o tínhamos, com os braços abertos, a voz retumbante e um pouco despenteado.

— Bem-vindo ao Titanic, Esquius! Pensava que tinha fugido para livrar-se do desastre! Fico contente que não queira ser contado entre as mulheres, os bebês e os ratos, que são os que se vão primeiro. Qual desastre? De qual desastre estamos falando? Do caos absoluto e total. A agência está falida. Fechem! Podem se considerar demitidos, e o último, que apague as luzes, porque eu hei de me atirar pela janela. Pensa que exagero? A polícia retirou nossa licença porque diz que não paramos de encontrar cadáveres sem a sua permissão, e nisso você tem alguma responsabilidade, meu amigo. Estão procurando-o para processá-lo. Esse Soriano tem mais aversão a você que ao assassino. Penso que quer lhe atribuir alguns mortos que tem para resolver. E, caso fosse pouco, as irmãs Fochs decidiram prescindir dos nossos serviços e, além de se negarem a pagar os honorários que nos devem, nos exigem que devolvamos com juros o dinheiro que ganhamos com o suor do nosso rosto. Registraram contra nós uma denúncia judicial por incompetência e fraude. Dizem que o caso se agravou desde que está em nossas mãos, que perderam amigos e representantes por nossa culpa.

— As Fochs? — exclamei, estupefato. — Mas se Beth já tinha resolvido o caso!

O mundo parou por um momento. Beth, lentamente, virou-se para mim somente para comprovar que cara faz alguém que acaba de ficar louco. Pôs a mão no peito.

— Eu? — disse.

— Oh, perdoe-me, Beth — fiz a pose do linguarudo que cometeu uma indiscrição. — Descobri o seu segredo. — Expliquei-me, honradamente: — Ontem me ligou e me fez notar que o assediador usou, por telefone, palavras como *gigantão, top, machado*, em vez de *guarda-costas, camiseta regata* e *marreta*, e expressões como "o estilo do teu óbito" em vez de "o teu modo de morrer", por exemplo... Disse-lhe: "E o que quer dizer com isso?" E ela replicou: "Não percebe? O que têm em comum umas palavras e as outras?" Fiquei pensando a noite toda.

Biosca virou-se para Beth, que parecia petrificada.

— Mas — disse o chefe. — Mas, Beth...

— Quer dizer — explodiu o Octavi, vermelho como um pimentão — que essa menina descobriu antes de mim...?

— Por isso não disse nada — intervim. — Disse-me que não queria passar por cima de você, Octavi, que o caso era teu e que era você que tinha de solucioná-lo, e que se aborreceria se ela se antecipasse a você. De fato, por isso não fala, mesmo agora.

— Então fala, fala, Beth! — gritou o Biosca. — Faça-me o favor de falar!

— Não, um momento — intervim. — Creio que é justo dar tempo a Octavi para que pense e o resolva. Pode ser que também possa chegar à mesma conclusão que Beth, como se passou comigo... Bem pensado, não é tão difícil.

Beth tinha abaixado a vista para o chão. Estava concentrada nos seus pensamentos, repetindo mentalmente as palavras que tinha pronunciado o assediador e as que não tinha pronunciado.

Octavi, em troca, olhava para ela e para mim com cara de idiota.

— Está bem, Octavi — disse Biosca, de repente, dando-lhe um susto —, então pense rápido. Se você não me disser, a Beth terá de me dizer, e ganhará muitos pontos.

Beth levantou para mim os seus olhos maravilhosos. Com o meu olhar, encorajei-a: "Ânimo, Beth, que você pode!"

— E você, Srta. Font-Roent? — continuou o Biosca com aquele tom teatral que nunca se sabia se era irônico ou insultante. — O que lhe fez meu empregado? Por onde se arrastou? Não me diga que foi violada!

— Não! — exclamou a minha acompanhante.

— Prostituiu-a?

— Não, é claro que não!

— Prostituiu alguém da sua família?

— De modo algum! — Flor já estava rindo.

— Então não entendo.

— Por que não me deixa entrar no seu escritório e me diz o que lhe devo? — Pelo tom da sua voz, ninguém teria adivinhado que a nossa cliente tinha ficado muito afetada pela morte do seu noivo. Beth poderia chegar a pensar que a noite que a nossa cliente tinha passado comigo tinha resultado miraculosa. — Eu não sei o que devem pensar os outros clientes, mas, para mim, o caso está encerrado satisfatoriamente, e precisamente por isso trago o meu talão de cheques.

O sorriso que aflorou nos lábios do Biosca nos fez piscar os olhos e até mesmo lacrimejar um pouco.

— Esquius! — exclamou, emocionado. — Eu sabia! Você é a luz do nosso horizonte! Quando as trevas nos oprimem, você chega e a esperança renasce. Entre, entre no meu escritório, Srta. Font-Roent. Precisamente hoje chegou uma nova conta para você. Tivemos de contratar um exército de detetives franceses...

Fechou a porta e a sua voz se apagou até desaparecer.

— Que porra você gaguejou, Esquius?...

Apontei-lhe o dedo indicador.

— Pense, Octavi, pense. E, enquanto isso, diga: encontrou a capa suja de sangue?

— Ah! — Só faltava que alguém lhe lembrasse aquela missão desagradável. — Sim! Foi idéia tua, não? Ir falar com uns indigentes esfarrapados e fedorentos e remexer um pouco de merda nas lixeiras. Fantástico. Você me fez feliz, Esquius. Você me deve essa.

— Mas tem a capa?

— Sim, sim, sim! Tenho a capa! — Tinha-a em cima de uma cadeira, lá do lado, dentro de uma bolsa de um grande estabelecimento comercial. — Tive de comprar de um daqueles desgraçados. Ele a tinha encontrado dentro de uma lixeira perto do centro comercial. Usava-a de manta para dormir e nem mesmo tinha se dado conta de que ela estava suja de sangue. Mas como sabia que era uma capa?

— Uma suposição.

Dei uma olhada dentro da bolsa. Tinha cheiro de merda concentrada e mijadas urêmicas e muitas manchas de sangue seco, de cor amarronzada, mas era uma gabardina xadrez, própria de um gângster de Chicago dos anos 20, com lapelas amplas, jarreteiras e botões forrados com couro. Permitam-me a petulância: justo o que eu esperava.

Peguei o telefone e disquei um número que sabia de memória.

— Sim.

— Palop?

— A puta que te pariu, Esquius! Estamos te procurando a noite toda!...

— Não tanto, Palop. Estava na minha casa e ninguém veio bater na porta.

— Venha imediatamente, Esquius! O Soriano está subindo pelas paredes. Você nos deixou um morto lá, sem nenhuma explicação...

— Já vai chegar o momento das explicações. Escute...

— Não, escute você! Desligue o telefone, venha aqui e explique-nos o que queria dizer aquela morte de dois tiros! O que você fazia lá? Como o encontrou? Sabia onde estava um fugitivo da justiça e não nos disse nada, Esquius? Primeira pergunta que terá de responder: poderia ter evitado aquela morte, Esquius? Não falo de brincadeira, acabaram as brincadeiras. Quero te ver no meu escritório daqui a cinco minutos, esteja onde estiver.

— Pois não estarei, Palop — levantei a voz para me impor —, porque tenho muito trabalho e pouco tempo. Quer escutar o que vou te dizer ou continuaremos falando amanhã?

— Você não se dá conta da gravidade... — tinha abaixado a voz.

— Claro que me dou conta, Palop. Por isso tenho pressa. Monzón checou aquelas cápsulas de Dixitax?

Hesitou apenas um segundo antes de entrar no meu território.

— Sim. E você tinha razão. Continham uma dose do princípio ativo vinte vezes maior do que deveriam, e era a terceira que tomava. A tua teoria se confirma. Este filho-da-puta queria matar o Casagrande.

— Mas queria matá-lo com as cápsulas. Não a tiros. Também esta minha teoria se confirma. Deu-se a puta coincidência de que uma outra pessoa também queria matar o Casagrande e se adiantou ao nosso Adrià. E já sei quem era esta pessoa.

— Quem?

— Romà Romanès, o dono da boate Crash.

Aceitou sem resistência.

— Coisa de drogas? — sugeriu.

— Com certeza. Creio que o Casagrande tinha um fornecedor de ketamina nos laboratórios veterinários HP, um sujeito chamado Pardal. Este cara, faz dois meses, foi despedido. Secou a fonte do Casagrande. Imagino que Romà Romanès já tinha lhe adiantado uma grana por conta e o Casagrande não podia lhe devolver e não tinha as drogas para dar em troca. Alguma coisa assim. Você pode comprovar isso.

— E Romà Romanès teria entrado e saído pelo estacionamento do centro comercial, como você me dizia outro dia?

— Nem mais nem menos.

— Mas Monzón não o viu nos vídeos.

— É possível atravessar o centro comercial, desde o estacionamento até a rua, sem ser imortalizado por um vídeo. Comprovei isso.

— Sujo de sangue...

— A capa no braço... E seguindo o caminho correto do labirinto de modo que nenhuma câmera o capte, você vai dar num ponto onde há lixeiras. Um lugar ideal para jogar a capa cheia de sangue e continuar o passeio sem nada que lhe comprometa.

— São suposições, Esquius...

— Nada de suposições. Tenho a capa, Palop. Uma gabardina fora de moda, como de soldado da Segunda Guerra Mundial, que Romà Romanès sempre usava.

— É verdade que tinha uma...

— E a tenho bem manchada de sangue. E aposte o quanto quiser que é sangue do Ramon Casagrande. Como queríamos demonstrar, delegado.

— Muito bem. Então agora venha à delegacia e dê esse depoimento.

— Não posso, Palop. Te mando Octavi com a capa para irem analisando o DNA e tudo aquilo de que vocês gostam tanto. Certamente encontrarão cabelos, caspa e outros detalhes que confirmarão que a capa era propriedade do Romà Romanès. E eu poderei informar a vocês a identidade do indigente que a recolheu de uma lixeira, na tarde do dia do crime, para que possam interrogá-lo a gosto. E amanhã te ligarei. Está bem?

— Um momento! E quem matou Adrià Gornal? Romà Romanès também?

— Porra, Palop, quer que te dê todo o trabalho feito...

— Cara, não seria nada mau...

— Não. Ainda não sei quem matou Adrià Gornal, mas não acredito que tenha sido o Romanès. Trata-se de um jogo de chantagens. Casagrande fazia chantagem com muita gente. Uma das suas vítimas, então, fez chantagem com Adrià Gornal para obrigá-lo a matar o Casagrande. Ainda não sei quem, mas logo saberei. Apenas me dê tempo, está bem?

Pendurei o fone e me virei para Octavi.

— Já escutou.

— Por que sou eu quem tem de levar a capa? — protestou. — Por que não manda a Beth?

— Porque você não tem nem uma porra de uma idéia de quem pode ser o assediador e a Beth sim. E indo para lá você vai pensando na solução do caso das Fochs, certo?

Octavi pensou nisso um momento. Mudou o tom de voz quando se dirigiu a mim:

— Apenas se me permitir dizer que eu te ajudei muito nesse caso.

— Diga o que quiser.

— Que cinqüenta por cento do mérito são meus?

— Pode dizer sessenta por cento.

— Está falando sério?

Octavi conteve um sorriso. Estava a ponto de dar pulos de alegria diante da possibilidade de atribuir-se a totalidade do mérito da detenção do assassino do Casagrande. Agarrou a bolsa com a capa e saiu disparado, esquecendo-se de repente do assediador das Fochs e da sua responsabilidade no caso.

Alegrei-me com a sua ausência.

— E você, Beth... — disse.

Os olhos da moça me diziam "Queria te odiar, mas não consigo", e os meus lhe respondiam "Me alegro que não consiga me odiar". Ela não entendia muito bem o que tinha acontecido, e eu tampouco. Amèlia nos contemplava de um segundo plano recriminando Beth por não me odiar. Ela sim, entendia tudo. A única explicação possível era que todos os homens são iguais.

— Localizei Virtudes Vila — disse Beth, saindo ao meu encontro e deixando claro que estava disposta a falar apenas de trabalho.

Bem. Boa notícia. Tudo eram boas notícias aquela manhã.

— Não esperava menos de você. Como fez?

Quando estava bem ao lado dela para que Amèlia não nos ouvisse, respondeu em voz baixa:

— O que quer dizer tudo aquilo que disse antes? Eu não sei nada do caso do assediador!

Amèlia, de longe, devia pensar que estava ralhando comigo por tê-la traído com a Flor.

— Pense, Beth. Diz *top* em vez de *camiseta regata*, diz *machado* em vez de *marreta*, diz "a coincidência de você e eu num local" em vez de "o encontro"...

Balançou a cabeça, como que se negando a participar daquele jogo. Deu-me um papel.

— Este é o endereço atual de Virtudes Vila. É em Castelldefels.

— Como você fez?

Encolheu os ombros. De fato, estava muito orgulhosa.

— Ah, você o teria feito em dez minutos, e a mim tomou o dia todo. Fui ao hospital e investiguei através de qual instituição bancária o Hospital de Collserola paga os seus funcionários. Em frente mesmo do edifício onde tinha morado Virtudes Vila há uma agência deste banco, de modo que me meti lá e disse que tinha de fazer um depósito para a Virtudes Vila i Torqué, mas que tinha perdido o número da sua conta. O empregado resmungou um pouquinho, porque procurá-la pelo nome e pelos sobrenomes, sem ter o número da conta, lhe dava trabalho extra, mas estávamos no meio da manhã e na agência não havia ninguém. No final achou-o e me disse que aquela cliente tinha mudado a conta de agência. Fiz uma transferência de 30 euros e dei um jeito de dar uma olhada na tela do computador enquanto exibia todos os dados. Não foi difícil, você pode imaginar. Usava um decote daqueles, aproximei-me do pobre homem, pus um peito na cara dele como que sem querer, enfim... E vi a tela com o novo endereço da enfermeira. Bem, somente o nome da rua, não gravei o número nem a localidade, mas no recibo havia o código postal da nova agência. Com algumas verificações adicionais, soube que correspondia a Castelldefels.

— Bravo — comemorei, sinceramente encantado.

— E é isso. Fui àquela rua de Castelldefels e olhei as caixas de correio. Não é uma rua muito comprida. Desse modo achei a casa dela. E a partir do endereço investiguei o número do telefone, que não está em seu nome.

— Ligou para ela?

— Já sabia que não estava em casa, porque a vi fechada, mas tinha ligado a secretária eletrônica. "Olá, aqui é a Virtudes...", ou seja, confirmado.

— Fez muito bem.

— Tive sorte. Com certeza havia mil maneiras mais fáceis de conseguir.

— Não creia. Agora, pense bem. Se pôde resolver isso, também poderá achar a solução do caso das Fochs...

— Por que não me diz de uma vez?...

— Porque não é preciso. E, além disso, porque tenho de ir...

Já me dirigia para a porta quando Flor Font-Roent saiu disparada do escritório do Biosca, emitindo um berro que fazia pensar numa locomotiva saindo de um túnel.

— Um momento, Àngel! Você não irá sem mim, meu amor! Adeus para todo mundo! Foi um autêntico prazer conhecê-los! — Pendurou-se no meu braço, absolutamente maníaca. — Aonde vamos agora?

Os olhos de Beth quase riam. "Meu Deus, Àngel, como você fez isso?" Havia uma estranha mistura de tristeza e escárnio naqueles olhos. Ocorreu-me que não se rendia, que não estava tudo perdido.

Arrastei Flor para a rua, para o estacionamento onde tinha deixado o carro, e, depois, pela avenida Josep Tarradellas e rua Tarragona abaixo, nos dirigimos rumo a Castelldefels.

— E o que vamos fazer? — perguntou-me, desatinada. — Espionar? Prender alguém?

— É só um interrogatório de rotina.

Flor tinha deixado para trás a segurança representada por Adrià e agora, eliminado o obstáculo que impedia que a luz do sol chegasse até ela, abria-se uma nova vida cheia de claridade e de expectativas. Recitava canções e poesias, não parava de falar e comentou comigo que era uma pena não poder dispor do Aston Martin conversível do seu pai. Era mais para quem gosta de aventuras, me esclareceu. Além disso, se houvesse uma perseguição, certamente corria mais que o carro dos bandidos. E era muito mais cômodo disparar tiros do interior de um conversível que tendo de torcer o pescoço para debruçar-se na janelinha do Golf.

Eu não falava e não pensava que tivesse de acontecer nada disso. De outro modo, não lhe teria permitido acompanhar-me. Segundo intuía, Virtudes Vila podia ser antipática, ou ter mau hálito, ou ser lacônica, ou falar e falar até nos provocar dor de cabeça. Mas de nenhuma maneira a considerava perigosa.

5

Tivemos de circular uns vinte minutos por Castelldefels antes de achar a casa da Virtudes Vila, em torno de uma da tarde.

Situada numa rua ampla e fresca, com bananeiras de um lado e outro, era uma construção dos anos 70, de forma octogonal e de dois andares, reformada com gosto, com um jardim bastante grande para conter churrasqueira, uma mesa externa de seis lugares e duas árvores entre as quais pendurava-se uma rede. A porta da garagem estava aberta e permitia ver um fusca amarelo novo em folha. Calculei que o aluguel que se devia pagar por aquilo era excessivo para uma enfermeira desempregada.

— Hum — disse Flor, em êxtase. — Não sente o cheiro do mar?

Inspirei. Estava certo: a praia não devia ser longe, e aquilo aumentava o preço do aluguel.

— E quieto, quieto — disse a minha poetisa particular. — Não ouve o barulho das ondas?

Paramos e ficamos calados um momento. Sim: prestando atenção, podia-se ouvir o rumor que faziam as ondas indo e voltando...

... Mas também um outro som, muito mais inquietante.

— O que é isso?

— Fique quieto.

Pudemos ouvir uma outra vez. Um som agudo. Animal. Como um bramido distante de boi. Flor fazia caretas que denotavam angústia.

— É uma pessoa — disse ela finalmente.

Transpassamos a cerca e nos aproximamos da casa cruzando o jardim.

Quando se repetiu aquele som, já não tive dúvidas: saía de uma garganta humana. Era o que faria alguém amordaçado. Imediatamente se acrescentou alguma coisa mais: uma voz de homem carregada de raiva, incompreensível. E, quando já estávamos chegando à casa, golpes. Golpes agudos, como os que produziria um cinturão de couro. E a cada chicotada correspondia um daqueles gemidos agudos e desesperados.

Pudemos distinguir as seguintes palavras do homem:

— Você é uma puta nojenta de merda! Vou te ensinar...!

Gritos e golpes provinham de uma janela elevada, fora do nosso alcance.

— Agora você vai ver...!

E os gemidos se tornavam gagos e rápidos, como uma súplica de condenado à morte.

Flor já tinha o celular na mão.

Perguntei-lhe com um gesto: "O que vai fazer?"

— Polícia — sussurrou simplesmente.

Neguei com a cabeça. Corri para a porta. Estava fechada. Ocorreu-me olhar dentro da garagem. Havia uma outra porta que dava para o interior da casa.

E estava aberta.

Flor me seguia dizendo "Espere, espere, aonde vai?, espere". Agarrou minha mão.

À direita do vestíbulo, onde tínhamos ido parar, havia uma sala imensa com janelão para o jardim. De lá começava a escada que levava ao andar superior, onde já não se ouvia nada.

O silêncio acabava sendo mais terrível que os gritos e golpes de antes. Uma inquietação disfarçada de pressentimento me oprimia. Pensava: "Que não haja mortos. Só me faltava um outro morto agora." Já me via como Phillip Marlowe, tropeçando com mortos em cada lugar aonde ia. E eu não queria nem imaginar a cara que fariam o Palop e o inspetor Soriano quando lhes comunicasse a notícia: "Ei, rapazes, reservem mais lugares nos frigoríficos do necrotério, que eu tenho um outro."

Começamos a subida da escada procurando não fazer nenhum barulho. Na altura do quarto degrau ouvimos a voz masculina que dizia "Agora você vai ver, agora vai saber o que é bom", e, na seqüência, o estalo da mão aberta contra a pele humana. Uma soberba bofetada. E um grito sufocado. Silêncio de novo.

O décimo degrau rangia.

Ficamos muito quietos e o silêncio tornou-se espesso.

Faltavam só três degraus para chegar ao alto. Eu podia ver uma sala pequena com uma estante mais cheia de bibelôs que de livros e um corredor com três ou quatro portas. Ao mesmo tempo que decidia que tínhamos de continuar subindo, um homem saiu para o corredor com cara de assustado.

— O que você faz aqui?

Tinha me reconhecido, é claro. E eu também o tinha reconhecido, ainda que vestisse umas calças amarrotadas e uma camiseta regata suja de ranho, e estava despenteado e tinha os olhos vermelhos como brasas. Era difícil reconhecê-lo, fora de contexto e com aquela roupa, mas, se você o olhasse com um pouco de atenção, descobriria que era o doutor Hèctor Farina. O mesmo que, no hospital, ficou me enrolando e fez-se de distraído quando me apanhou roubando quadros de fotografias. Mas se em algum momento tinha decidido ser simpático comigo pela minha qualidade de potencial descobridor da sua ficha comprometedora, essa atitude já tinha entrado para a história.

— E o que você faz aqui, doutor Farina?

— Não importa! Isso é uma invasão de domicílio!

— Deixe-me passar!

— Dê o fora!

Achei que podia me golpear e me adiantei. Cravei o punho na maçã do rosto dele e me machuquei, mas provavelmente ele se machucou mais. Tropeçou nos próprios pés e foi de cabeça contra a parede, com um barulho que repercutiu em toda a casa. Enquanto eu me encaminhava para o único aposento que tinha a porta aberta, entrevi que o doutor se punha de pé de um salto e me pareceu que, possuído pelo pânico, atacava Flor.

Virei-me para eles. O doutor não se demorou nada. Era um fugitivo. Limitou-se a dar um empurrão em Flor, coisa que a fez cair sentada no chão, e a sair disparado escada abaixo. Baixinho e malvestido como estava, eu o vi atravessar a sala de baixo como se fosse com patins de gelo. Saiu para a rua e fechou a porta com um daqueles golpes que despencam quadros.

— Eu deveria ter dado uma rasteira nele — gaguejou Flor enquanto corria para mim. — Falhou meu reflexo, Esquius.

Entramos juntos no aposento. Enquanto o fazíamos, eu estava consciente de que Flor me cravava as unhas na mão e que tinha os músculos do estômago endurecidos como se me preparasse para receber um soco.

— Putz! — disse.

— Oh, Virgem santa! — disse a Flor.

Sobre a cama havia uma mulher nua e acorrentada mostrando-nos uma bunda lunar, de nádegas generosas e brancas cruzadas de chicotadas vermelhas.

DOZE

1

Estava ajoelhada e com a cara enfiada nos travesseiros e a bunda levantada. As mãos estavam presas por umas algemas que, por sua vez, estavam unidas à cabeceira da cama por uma corrente. Os tornozelos também tinham uma algema cada um, que os prendiam aos barrotes dos pés da cama, mantendo as pernas separadas numa postura tão incômoda quanto pouco digna. Para completar a cena, um capuz de couro preto moldava-se à cabeça da mulher enfaixando-a de tal modo que me contagiava uma sensação de sufocamento insuportável. Apressei-me a tirar o capuz que não dispunha de buracos para os olhos nem para a boca. Um zíper que ia do crânio à nuca facilitou minha tarefa.

A mulher gemia e se debatia. Fazia "Hmmmm! Hmmmm!"

— Já vai, já vai, fique tranqüila!

Flor emitia gritinhos nos quais se misturavam o escândalo e a compaixão.

— Oh, meu Deus! Oh, Virgem santa! Que crueldade sem medida!

Depois de procurar em volta, localizei uma toalha de banho e a pus pudicamente sobre aquela bunda que parecia iluminar todo o quarto.

— Hmmmm! Hmmmm!

Descobrimos uma mulher com cabelos muito curtos, olhos grandes e furiosos e lábios tão carnudos que faziam pensar em silicone.

— Eu posso saber que porra estão fazendo? — disse. — Quem são vocês? Hèctor! Hèctor!

Ainda lhe disse algumas vezes "Fique tranqüila, que agora a ajudaremos", antes de compreender a situação.

— Querem ir embora e me deixar em paz? Hèctor! Hèctor!

No chão havia um chicote e uma corrente e uma coleira de cachorro. Suponho que o doutor Farina, feliz da vida, devia levar para passear aquela mulher de quatro pelo jardim da casa, para que fizesse pipi no tronco das árvores. Depois de tudo, a anotação "S. M." que havia na ficha do doutor Farina não queria dizer "Sauna Majestic", mas "sadomasô".

Flor entendeu ao mesmo tempo que eu:

— Oh! Que interessante! — exclamou, admirada. — A senhora é masoquista? Me diga de verdade, gosta que lhe batam? Que lhe façam mal?

— Hèctor! — gritava a Virtudes, morta de vergonha. — Hèctor!

Eu passeava pelo cômodo com certo desassossego.

— Leu *A Vênus das Peles*, de Leopold von Sacher-Masoch? — perguntava Flor — É preciso ler Masoch, para entender tudo isso, ou é uma coisa, não sei, mais, digamos, visceral?

— Onde está o Hèctor? O que fizeram com ele?

— Hèctor Farina fugiu como um coelho. A essas horas já deve estar na rodovia.

— O que você disse?

— Que o doutor Farina deu o fora.

— Hèctor, Hèctor!

— Disse que...

— Que foi embora?

— Sim.

Virtudes Vila experimentou um tipo de sacolejada geral, como se tivesse introduzido o dedo numa tomada de corrente trifásica.

— Porra, cacete...!

— Bem, paciência... — eu disse.

— Que paciência nem que caralho! As chaves!

— Como disse?

— As chaves!

— As chaves?

— O Hèctor tem as chaves das algemas no bolso da calça!

— Pois as usava quando saiu — informou-a Flor, toda inocente.
— Terá de esperar que volte.

Virtudes, naquela situação tão pouco airosa, tinha ficado louca.

— Não voltará! — gritava com voz rouca e cheia de raiva. — Não voltará! Tinha de passar para pegar a mulher às duas para irem para a sua segunda porra de residência! A mulher o leva no cabresto. Esse não voltará até segunda-feira!

— Puxa vida...

Flor e eu nos olhamos. Virtudes batia com as mãos contra a cama, saltava sobre os joelhos.

— Covarde nojento! Filho-da-puta de merda repugnante e babão, imbecil, cagão, impotente! Que merda de dono que eu fui procurar, a puta que me pariu! Que tipo de dono covarde e estúpido e capado e meia merda!

Sentei na cama, ao seu lado.

— Tente relaxar — aconselhei-a.

— Me deixe em paz! Suma daqui!

— Vamos procurar alguma coisa para partir as correntes.

— Vá à merda!

— Proponho-lhe um trato: nós a ajudaremos e a senhora nos ajuda.

Calou-se. Bufou bem forte esvaziando os pulmões através do nariz e tornou a inspirar enquanto tentava guardar um momento a indignação para digerir as minhas palavras.

— O que está dizendo? — procurava medir o tom de voz.

— Sou detetive particular. Estou investigando a morte do Sr. Marc Colmenero.

Olhou-me com o rabo do olho. Como o cervo que está bebendo água olha para o mato onde parece ter visto algo se mexendo, talvez um lobo.

— Eu não sei de nada — disse. E girou a cabeça para olhar fixamente a cabeceira de ferro e a parede que tinha em frente.

— Claro que sabe. A senhora administrou no paciente o Nolotil que o matou.

— Já disse que não sei de nada.

Levantei-me da cama, peguei Flor pelo braço e conduzi-a para a porta.

— Ei, o que estão fazendo? Aonde vão?

— Agora mesmo tenho um almoço familiar, na casa do meu filho, com os netos e todo o resto...

— Não podem me deixar assim!

— Por que não? Nós não a algemamos. Tampouco temos as chaves das algemas. Suponho que, se gritar bastante forte, mais cedo ou mais tarde os vizinhos vão ouvi-la e virão ajudá-la.

— E, enquanto isso — acrescentou Flor, captando o tom —, sofrerá muito... Mas nenhum problema, não?, porque a senhora gosta é exatamente de sofrer...

— Um momento — disse a enfermeira algemada, fechando os olhos com resignação. — Sente-se aqui. O que quer saber?

2

Enquanto Flor, seguindo as indicações de Virtudes Vila, saía para verificar se àquelas horas de um sábado havia um chaveiro aberto onde pudesse comprar alguma ferramenta que permitisse libertar enfermeiras submissas, eu me sentei numa cadeira, ao lado da cabeceira da cama, para não ter de conduzir o interrogatório defrontando-me com a panorâmica da sua bunda maltratada. Considerava que uma coisa assim não teria feito mais que dificultar a comunicação entre os dois. Ela me olhava com uma espécie de rancor, como se eu fosse a origem de todos os seus problemas. Lembrava uma vampira, encurralada pelo símbolo da cruz, que tinha visto em algum filme B.

— A primeira vez que me falaram de você... — comecei, relaxado, para quebrar o gelo. — Posso chamá-la de você, não é? Dadas as circunstâncias... Pois a primeira vez que me falaram de você e me disseram que tinha trabalhado com o doutor Farina, a primeira coisa que me ocorreu foi que estavam envolvidos.

— Oh — murmurou, sarcástica —, um detetive com poderes sobrenaturais. Fantástico.

— Sempre foi assim a relação de vocês? Quero dizer, com algemas e chicotes e tudo isso?...

— Isso não é da sua conta. Escute: o que você procura? Informação ou doença?

— Tenho de confessar que, sobre sadomasoquismo, estou muito mal informado. Por exemplo, você agora está... bem? Quero dizer, assim, presa, magoada, desconfortável, ridícula, angustiada diante da possibilidade de ter de ficar tal como está todo o fim de semana, até que o seu dono se lembre de você? Você deve estar muito feliz agora.

— Vá à merda.

— Perdão. Somente tentava entender. Você diria que está apaixonada pelo doutor Farina?

— O doutor Farina é um filho-da-puta.

Estava furiosa com ele porque tinha fugido deixando-a presa.

— Me parece um pobre homem — provoquei-a.

— Um pobre homem? — gritou. — É um pervertido, um voyeur, um sátiro...

— Bem, você gosta disso, não?

— ... Um puto nojento, sádico e reprimido!

— Reprimido? A mim não parece que se reprima muito...

— Na sua casa não lhe resta outro remédio. A mulher, multimilionária e beata, só aceita fazer amor no escuro e vestida, e ele precisa de mais, muito mais, estou te falando.

— E este tipo de relações, também as mantinham no hospital? Quero dizer: para vocês existe o equivalente a um coito rápido, improvisado, o "aqui te agarro aqui te traço"? Como seria? Uma bofetada furtiva ao se cruzarem pelo corredor? Um beliscão na bunda enquanto estão operando? Um picada com uma seringa no elevador?...

— O que quer com isso? Demonstrar-me o seu poder? Quer submeter-me mais? Aniquilar-me? Você pensa que, me mortificando assim, obterá de mim alguma informação? — A verdade é que a atingi. Apenas procurava seduzi-la no seu território. E, pelo tom com que me falava, pensei que já tinha conseguido. — O que quer? Pergunta de uma vez, porra, e me deixa em paz.

— Estou perguntando, e me interessa a resposta. Me interessa saber, por exemplo, se o doutor Farina também te humilhava no hospital, no trabalho. Se te punha em evidência na frente dos outros, se te fazia ficar mal, se te maltratava psicologicamente, se te submetia a provas.

— Não. Isso sempre... eh... fizemos na intimidade.

— Mas, por exemplo, poderia ser que o doutor Farina, um dia, tivesse te passado um prontuário onde não constasse que um determinado paciente tinha uma alergia?

— Não.

— Alergia ao Nolotil, digamos, hipoteticamente.

— Não.

— E você injetou o Nolotil no paciente e sofreu as conseqüências enquanto o doutor Farina rebentava de rir nos bastidores?

— Não.

— Foi o doutor Farina quem escreveu aquele prontuário. Era o médico de plantão, não?

— O prontuário não é redigido pelo médico de plantão, mas pelo médico que depois se encarrega do paciente. Naquele caso, o médico que se encarregou, porque fez a operação imediatamente depois, foi o doutor Barrios.

Levantei-me e abri a porta do armário. Além de uma notável coleção de pênis de medidas aterradoras, havia muitos vestidos. Muitos. Mais do que tinha tido Marta em toda a sua vida. E sapatos como para pôr uma banca no mercado.

— E, no prontuário, naquele dia, constava a alergia do Sr. Colmenero?

— Sim. Enganei-me. Não o li bem, não prestei atenção.

Dei uma olhada em torno, avaliando a amplidão do dormitório, a luz generosa que entrava pelo janelão, a vista (de lá sim via-se o mar, por cima da casa vizinha). Os móveis eram caros.

— Agora está trabalhando, Virtudes?

— Sim.

— Ou está desempregada?

— Não. Trabalho.

— Em que trabalha?

— Em um asilo geriátrico daqui, de Castelldefels.

— Trabalha de quê? De diretora?

— Não.

— Nem trabalhando como diretora imagino que poderia ganhar dinheiro o bastante para pagar tudo isso. Quem paga?

— Não é da sua conta.

— O doutor Farina?

— Não é da sua conta.

— Acho que sim, que é da minha conta. Porque, olhe, acho que te castigaram pouco pelo que você fez. Ao contrário, quase me parece que te deram um prêmio. Quase diria que você saiu ganhando com a morte de Marc Colmenero. Não abriram nenhum processo e, ainda que tenham te despedido do hospital, aquilo não foi nenhum problema para você: pôde continuar trabalhando e o teu nível de vida subiu prodigiosamente. Acho que seria muito interessante que alguém investigasse isso. Acho que sim, que é da minha conta, porque acho que você está mentindo.

— Não estou mentindo! Pensa que estou em condição de mentir?

— Te pagaram para que assumisse a culpa de tudo, e é o que está fazendo. O que se chama segurar um pepino.

— Não é verdade.

— Melània Lladó era testemunha. Em um primeiro momento, disse ter visto, tal como você, que o prontuário não dizia nada da alergia. Era muito arriscado fazer uma afirmação assim...

— Não sabia o que dizer.

— E quando ela negou o que você dizia, você a chamou de tudo: mentirosa, traidora...

— O que eu podia fazer?

— Mas você tinha de prever que ela negaria.

— Não me ocorreu uma defesa melhor.

— Ou seja, negou a evidência. Ainda que visse o prontuário, você inventou que aquela casinha estava em branco, quando você a olhou.

— Sim. Inventei.

— Com certeza?

— Sim, caralho!

— Se você tivesse inventado, Melània Lladó teria te mandado à merda. Em vez disso, ficou com um tipo de consciência pesada. Tão pesada que, depois, quis te localizar, esteve te procurando no teu apartamento antigo, por todo lugar, seguiu tua pista de todo modo... Se lhe tivesse feito uma sacanagem, inventando o que não existia, ela não teria tido vontade de te ver nunca mais.

— É uma imbecil.

— Em contrapartida, entendo melhor a reação de Melània se penso que ela viu que, naquele prontuário, não constava a alergia do Sr. Colmenero...

— É claro que constava. Escuta, tem certeza de que a sua amiguinha sabe como é um chaveiro? Por que não liga pra ela? Faz meia hora que saiu!

Eu também tinha pressa. A minha família estava me esperando. Mas não podia perder a oportunidade de esclarecer os fatos.

— Melània e você tiveram aquele prontuário nas mãos poucos minutos antes que o doutor Barrios a encontrasse. Você lhe mostrou, e lá não dizia nada de alergias...

— Claro que dizia.

— ... E entraram na sala anexa para trocar de roupa ou qualquer coisa assim. E, enquanto vocês estavam se trocando, o doutor Barrios entrou na sala de enfermagem, pegou o prontuário...

Virtudes me interrompeu, indignada de reviver aquele momento.

— ... E se pôs a bramir como uma fera. Porque viu que sim, que se falava da alergia. Agarrou-me pela nuca e meteu a folha na minha cara, enfiou meu nariz nela, quase me fez engoli-la. "Está vendo o que diz aqui?", me falava. "Está vendo o que diz aqui?"

— E lhe armaram uma espécie de julgamento...

— Tive de comparecer diante de uma comissão.

— Quem pertencia a essa comissão?

— Gente do hospital. Estava o gerente, um advogado do hospital, o doutor Barrios e a doutora Mallol.

— O doutor Farina não?

— Ah, sim, o doutor Farina, porque ele estava de plantão aquele dia. Pediram-me que assinasse um documento em que reconhecia que tinha sido erro meu. Disseram que, se eu me recusasse a aceitar a minha responsabilidade, comprometeria o prestígio do hospital.

— E te desterraram para esta casinha, que não está nada mal, perto do mar, com jardim, garagem para o carro, e soltaram uma espécie de indenização. — E me ocorreu uma nova possibilidade: — Te pagaram os serviços prestados, talvez?

Ela me cravou um olhar medroso.

— O que quer dizer?

Olhei-a em silêncio, manifestando a minha indignação com o jeito de olhar e de respirar.

— Talvez estejamos olhando esse caso com olhos inocentes demais. Talvez conviesse a alguém a morte de Marc Colmenero, e esse alguém se limitou a falar com você...

— Ei! O que está dizendo? — Ficou muito assustada. — Que eu matei aquele homem? Que sou uma espécie de assassina de aluguel?

— Convença-me de que não.

Teve uma explosão de pânico:

— Tudo isso é o Farina que paga! — gritou de repente. — O Farina paga! O asilo dos velhos é propriedade de uns parentes dele. E quem me defendeu foi o Farina! O doutor Hèctor Farina!

De quatro, latindo sobre a cama como estava, irritada e furiosa, me fez pensar em Scherazade, a cadela do doutor Barrios.

— Por quê? — perguntei, fingindo absoluta tranqüilidade. — Em troca de quê?

— O que você acha? — O olhar de vampira resultou insultante. — O que você acha, senhor-detetive-com-poderes-telepáticos?

O humilhado fui eu, naquele momento. Como é que não tinha me ocorrido antes?

— Chantagem? — disse.

— Digamos que eu sei umas tantas coisas do doutor Farina que talvez ele não quisesse que a sua mulher soubesse. Você pode entender isso?

Sentei ao lado da enfermeira.

— Chantagem — repeti. — Como a que lhe fazia Ramon Casagrande.

— Quem? — ela disse.

— Não me diga que não conhece Ramon Casagrande.

— Sim. — Os seus olhos continuavam perguntando "Por que se meteu a falar disso agora?". Disse: — O propagandista que assassinaram. — Os olhos dela demonstraram que o seu cérebro começava a estabelecer conexões alarmantes. — O que ele tem a ver com tudo isso?

— Isso te pergunto eu. O que tem a ver?

— Não sei. — Assustada: — Escute: eu não tenho nada a ver com a morte do Casagrande, hein?

— Não? Dois chantagistas para um só médico.

— Para um cara que tem os hábitos do Farina, devem brotar chantagistas como cogumelos! Pensa que ele não sofre?

Por sorte, a polícia do lugar pensou que seria melhor chegar ao local dos fatos com a sirena ligada. Talvez pensassem que, desse modo, se houvesse algum delinqüente perigoso pelos arredores, fugiria e não lhes causaria problemas. É o que fazem as pessoas que não têm a consciência tranqüila quando ouvem uma sirena de polícia. Foi o que eu fiz.

Os olhos de Virtudes Vila e os meus se encontraram no meio do caminho, escancarados.

Ouvi a freada e as batidas das portas do carro. E os passos dos policiais pelo caminhozinho de cascalho do jardim. E a campainha.

O doutor Farina devia ter feito uma ligação anônima. Com isso se certificava que alguém libertaria Virtudes e que eu não disporia de todo o tempo do mundo para interrogá-la. Com um pouco de sorte, ainda me acusariam de tê-la posto naquela situação. E, sem dúvida, o doutor estava seguro da discrição da sua pupila.

A campainha da porta voltou a tocar. Imaginei que os policiais se impacientariam e acabariam encontrando a porta da garagem por onde eu tinha entrado.

— Há alguma outra saída? — perguntei como que casualmente, dissimulando minha aflição.

Virtudes Vila sorriu um pouco, porque gostava de me ver naquela situação conflituosa. Mas pensou rapidamente, porque para ela tampouco interessava que me encontrassem lá.

— Desça para o porão. Pela cozinha. Lá embaixo há uma janeleta que dá para a parte de trás do jardim. E é fácil sair para a rua.

Não me despedi. Voltava-se a ouvir a campainha e já imaginava os agentes correndo de um lado para o outro. Se fossem inteligentes, precisariam apenas de trinta segundos para entrar na garagem e dizer eureca. Se não fossem inteligentes, talvez precisassem de um minuto inteiro, mas de todo modo era muito pouco tempo.

Precisei apenas de dez segundos para sair para o corredor e precipitar-me escada abaixo. Dez segundos mais para atravessar a sala grande e meter-me na cozinha. Foram os dez segundos mais atarefados, porque eu tinha de atravessar por lá onde entrariam os policiais espertos de um momento para o outro. Esgotei o tempo de que dispunha localizando a porta que levava ao porão. Ao mesmo tempo que a abria para submergir nas profundezas daquela casa, estava certo de que os representantes da ordem irromperiam na sala perguntando se havia alguém.

Imediatamente vi a janeleta, alta, estreita e aberta, e a cadeira onde tinha de subir para alcançá-la.

Não foi tão simples, mas consegui. Achei-me de bruços sobre a grama, arfando. Atravessei um pátio posterior temendo ouvir o grito enérgico de "Alto lá!", pulei um pequeno muro e me achei caminhando pela rua com ar discreto, como um transeunte inofensivo, até que vi Flor chegar, conduzindo o Golf. Fiz sinais para ela.

— Não sabe quanto me custou encontrar isso! — Me mostrava um instrumento gigante que media mais de um metro. — E as explicações que tive de dar... — Chamou-lhe a atenção a rapidez com que subi no carro. — Ei, o que está acontecendo?

Para responder, limitei-me a apontar-lhe o carro de polícia que havia em frente à casa de Virtudes. Os agentes ainda estavam tocando a campainha e se olhavam sem saber o que fazer. Não eram tão inteligentes quanto eu pensava.

Ou talvez fosse porque não tinham uma ordem judicial.

3

Acabávamos de sair de Castelldefels quando tocou *La Cumparsita* em meu celular e tive a oportunidade de ouvir a voz da Mònica.

— Você não vem, papai?

— Não tínhamos combinado à uma e meia? — perguntei.

— Sim, mas já se passaram dez minutos.

Preocupava-se porque não era a primeira vez que furava com eles por culpa do trabalho. Este era um outro motivo de preocupação para a minha filha superprotetora. Ela associava o meu trabalho com perigos assustadores aprendidos em filmes de detetives. Sempre me imaginava com a pistola na mão, envolvido em algum tiroteio, ou em disputas a murros, ameaçado por malfeitores armados com facas ou serras de corrente. "Papai, não complique a sua vida, hein?", me dizia sempre. "Se houver confusão, você fique bem longe, hein?", tal como eu lhe dizia quando começara a sair de noite. "Não tem pistola, não?" Não, não tenho pistola, ainda que muitas vezes pense que não seria nada mau ter uma.

— Já estou no carro. Em meia hora estou com vocês. Agora me perdoe, mas estou dirigindo...

— Venha, não demore, que tenho uma surpresa para você que vai gostar.

Cortei a ligação engolindo a vontade de perguntar-lhe em que consistia a surpresa. Evidentemente, não me teria dito, porque, senão, já não seria surpresa, mas me inquietei. A última surpresa que tinham me dado num almoço familiar foi a notícia da dupla gravidez da Silvia, a mulher do Ori, e aquilo me sugeriu terríveis presságios. "Pode apostar que Mònica está grávida." Ainda não fazia três meses que saía com o Ernesto, aquele estudante de engenharia sem-teto que tinha sido detido seis vezes por atirar pedras na polícia. Arrepiava-me só de pensar na Mònica, a minha Mònica, a pequena Mònica de ainda nem 20 anos, vendo-se obrigada a formar uma família com aquele indivíduo.

Flor arrancou-me de meus pensamentos funestos lembrando-me que viajava ao meu lado.

— Tem de ir a algum lugar?

Não tinha lhe dito?

— Sim. Almoço familiar, com os meus filhos.

— Oh, tem filhos?

— Sim. Onde quer que te deixe? Receio que não poderei acompanhar você até em casa.

Flor não respondeu. Passou um bom minuto antes que pudesse afastar os olhos da rodovia para comprovar que estava chorando desconsoladamente.

— Flor! O que está acontecendo?

— Nada. Deixe-me aqui mesmo. Pare! Estou te dizendo para parar! Deixe-me na beira da estrada, abandonada, pedindo carona embaixo da tempestade! — Fazia um sol deslumbrante. — Não quero te incomodar nem um segundo mais!

— Mas, Flor... Eu... — malandro, como diz a cartilha que todo homem tem de ser diante do choro de uma mulher. — Não queria te fazer chorar. Não entendo.

— Estou sozinha no mundo! A solidão é a minha única companhia e amiga! Perdi o único homem que amei, o único cúmplice das minhas ilusões adolescentes! Ontem mesmo o vi morto, o deixei lá, no chão de um estábulo fedendo, para que o comessem os corvos!

— Flor...

— Não conheci nenhum outro homem na vida, e acabou sendo um profanador de cadáveres! Eu o teria perdoado, não sei, se fosse contrabandista de armas, ou mentiroso, ou louco por futebol, ou até mesmo vigarista, mas profanador de cadáveres, não, isso é demais!... Como você se sentiria se um dia descobrisse que tinha oferecido a sua virgindade e os melhores anos da sua vida a um profanador de cadáveres?

— Mal — reconheci.

— Eu vou te dizer como se sentiria. Mal, se sentiria...! — sufocava-lhe o choro. Desfazia-se como cera no sol, convertendo-se pouco a pouco numa massa informe sobre o assento ao meu lado.

— Flor... Escute-me... Ainda não cumpri a missão para a qual me contratou. — Notei o seu olhar cravado no meu perfil. — Você queria saber por que Adrià tinha mudado de comportamento de uns tempos para cá, não? Ainda não te disse. Antes do assassinato do Casagrande, estive uns dias seguindo-os e descobri que eram amigos. De modo que, na primeira oportunidade que se apresentou, fui falar com ele, com o Casagrande. Armei para que me encontrasse num bar, como que por acaso, e lhe perguntei pelo seu amigo, o Adrià. Explicou-me que estava destroçado por uma traquinice que tinha feito um dia, em estado de embriaguez e induzido pelas más companhias. Adrià, de boa-fé e ingênuo, foi vítima da brincadeira de uns amigos cruéis, Flor.

Flor me contemplava em êxtase. As lentes dos seus óculos estavam embaçadas pelas lágrimas e os lábios tremiam.

— Vítima...? — murmurou.

— Da brincadeira de uns amigos cruéis, Flor — repeti.

— Vítima da brincadeira...? — era difícil de engolir. Queria acreditar, mas não se atrevia a se iludir.

— Sim, sim, Flor, vítima da brincadeira de uns amigos cruéis, você ouviu bem. Ridicularizaram-no, aproveitando que estava bêbado. Você sabe que as enfermeiras e os médicos vêem o corpo humano de uma maneira diferente que o resto dos mortais, Flor. Para eles, é uma ferramenta de trabalho. A morte e a vida, para eles, são conceitos de todo dia. A amputação de um membro, a operação de um coração aberto, a saúde, a doença, a invalidez permanente, o coma profundo, para eles são coisas cotidianas, como para você a rima e o ritmo, o soneto e os hendecassílabos. E se viu fazendo aquilo sem querer, de maneira inconsciente. Mas, no dia seguinte, ao se dar conta do que havia feito, envergonhado e arrependido, não se atrevia a te olhar na cara. Por isso você notou que ele se afastava. Além disso, encontrou-se com um filho-da-mãe que usou aquelas fotos para comprometê-lo. Ele pensava "Se Flor vir essas fotos, perderei o seu amor" e, por isso, para que você nunca soubesse o que ele fez numa infausta noite de ano-novo, aconteceu de matar um homem. O seu melhor amigo.

Flor explodiu num rio de choro. Pouco a pouco, foi deixando cair a cabecinha sobre meu ombro e agarrou meu braço direito como se estivesse a ponto de cair num abismo.

Já estávamos chegando a Gavà.

— Àngel, Àngel, Àngel! — choramingou, assim, três vezes, transmitindo-me o seu tremor frenético por osmose. — Que sorte eu tive de te encontrar exatamente quando o mundo afundava sob os meus pés! Tem sido a minha salvação! E agora quer me deixar? Agora vai me abandonar? Não pode me deixar agora, Àngel! Por favor, Àngel, te suplico com toda a minha devoção! Não serei um peso para você! Só te peço um pouco de companhia enquanto reconstruo a minha vida destroçada. Dê-me abrigo até que essas nuvens terríveis se esvaeçam e volte a sair o sol.

Tinha de fazê-la parar de falar, antes que me escapasse o vômito. E, em vez de abrir a porta e lançá-la na rodovia com um chute, disse-lhe:

— Quer vir almoçar conosco?

Sou dessa espécie de homens. Quando alguém lhes perguntar que espécie de pessoa é Àngel Esquius, lembrem-se desse incidente e digam: "É dessa espécie de homens."

— Está falando sério? — exclamou ela com entusiasmo. — Sim, é claro que quero ir! — E, imediatamente, deixando-se vencer pela depressão: — Não, não está falando sério.

— Claro que estou falando sério.

— Não. Fala por compaixão.

— Não falo por compaixão. Falo sério. Gostaria de lhe apresentar meus filhos.

— Não, não posso aceitar.

— Aceite, por favor.

— Não: você se sentiu pressionado.

— Não me senti pressionado.

— Não posso aceitar.

— Está bem...

— Concordo, sim, aceito! Sim, sim, quero ir conhecer os seus filhos, é claro! Como poderia resistir a conhecer os brotos de um tronco tão admirável como você! Com certeza também são firmes, brilhantes, inteligentes, afetuosos e bem bonitos. Mas primeiro temos de passar na minha casa. — De repente, tinha se refeito como se acabasse de ingerir uma droga de uma eficácia eletrizante. Já se via com coragem de dar ordens. — Não posso ir com essa roupa de luto, esfarrapada e empoeirada.

— Não há tempo — tentei ser contundente. — Chegaremos tarde.

— Mas você terá de parar em algum lugar para comprar champanhe, ou um bolo. Não se apresentará na casa dos seus filhos com as mãos vazias, não? Exatamente aqui, à esquerda, há um centro comercial. E aqui está a palca de retorno para entrar. Faça isso! Agora!

Obedeci. Fiz o retorno e logo estava no estacionamento do centro comercial, caminhando atrás de uma Flor que dava saltinhos de alegria enquanto cantava alguma ária de ópera ou uma canção popular ou algo semelhante.

Enquanto eu comprava duas garrafas de Parxet Brut Nature e um bolo Sant Marc, ela se meteu na loja de roupas que havia ao lado da confeitaria e, em dois minutos e trinta segundos, saiu transfigurada e lançou a trouxa de roupa velha no lixo. A metamorfose não significou uma grande melhora, em termos gerais, porque a loja em questão era especializada em roupa esportiva, e Flor, tendo de escolher depressa alguma coisa que lhe caísse sob medida, tinha adquirido umas calças bombachas de jogador de golfe e uma blusa de lã axadrezada em losangos, de modo que só lhe faltava o Milu para parecer uma espécie de Tintim travestido. Além disso, tinha penteado os cabelos daquele modo que gostava tanto, em forma de palmeira, e se maquiado. Resisti à tentação de disparar a correr e deixá-la abandonada naquele centro comercial.

Três quartos de hora depois, parava o Volkswagen Golf diante da casa do Ori, um pequeno prédio de dois andares no bairro de Horta, com vista para aquele parque tão bonito que há perto da praça Karl Marx.

O meu filho morava no andar de cima. Toquei a campainha.

— Ai — exclamou Flor, que estava tão nervosa como se estivéssemos indo a uma cerimônia de noivado. — Não avisamos aos seus filhos que eu também vinha.

— Não tem problema. Adoram surpresas.

— Mas não terão colocado prato para mim na mesa...

— Isso se faz num instante. A mesa é grande.

De cima abriram a porta. Subimos os 15 degraus que nos separavam do segundo andar.

— Já era hora! — gritou a Mònica de cima.

E os gêmeos do Ori, o Rober e a Aina, gritaram:

— Olá, Tati! Olá, Tati! O que trouxe para nós, Tati?

Chegando no alto, surpreendi o olhar pasmo que Mònica mantinha cravado em Flor, que, com aquelas bombachas e aquela blusa de lã axadrezada em losangos bicolores, parecia que estava exigindo um *caddie* que a acompanhasse ao *green*.

— Esta é Flor. Uma amiga.

— Oh, Ah. Encantada. — Qualquer um teria dito que a Mònica não sabia para onde olhar, e pensei que não era para tanto.

— O que trouxe para nós, Tati? O que trouxe para nós?

Dei-lhes o pacote de guloseimas que tinha comprado um dia antes.

— Vejam se gostam disso. São gelatinas, nuvens, serpentes, línguas e balas de anis.

Muito agradecidos, deram um grito ensurdecedor e correram para o interior do apartamento gritando:

— Olha o que o Tati trouxe!

— Trouxe balas para nós!

E, com a santa e terna inconsciência dos dois anos e meio:

— E trouxe uma namorada!

— O Tati trouxe uma namorada!

Segui-os para o interior do apartamento tentando ignorar o olhar recriminatório da Mònica.

— Papai, e essa? — sussurrou-me minha filha quando nos dávamos os beijos rituais.

Respondi com um sorriso. A mim também incomodava a presença de Flor, mas não era o momento de dar explicações. Era preciso apenas colocar um prato a mais na mesa e rápido.

Esperavam-nos na sala de jantar, onde tudo estava preparado e no ponto. O presunto, o queijo manchego, as azeitonas e as batatas de aperitivo. E a Sílvia que dizia da porta da cozinha:

— Venha, venha, pai, que o arroz já deve estar passando.

Dei-lhe dois beijos.

— Hum, que cheiro bom. Olhe, trouxe isso. Ponha o *cava* na água gelada...

— Vamos, para a mesa, para a mesa — disse ela.

Também dei beijos no Ori, que lutava com os meninos para confiscar-lhes o embrulho que eu tinha acabado de lhes dar de presente.

— Vamos, homem. Ori, deixa os meninos, que um dia é um dia.

— É que você os vicia, cacete...

E apertei a mão de um rapaz vestido com jaqueta militar e de cabeça raspada que não se assemelhava em nada ao Ernesto companheiro da Mònica que eu conhecia.

— E você é...?

— O Bàstia — muito contente de exibir um nome tão besta. Faltava-lhe um incisivo e a sua mão cobriu a minha e não a esmagou nem nada. — Eu vim com a Mònica. Você é o detetive, não? Puxa, que legal, que demais, ter um pai detetive.

Ah, e também havia a Maria. Aquela amiga da Mònica, a da academia, a que tinha um restaurante. A mulher tímida, de cabelo encaracolado e curto, a doutora em filologia inglesa que tinha feito uma tese sobre Raymond Chandler. Aquela maravilhosa Maria que tinha uns olhos de olhar limpo e direto, olhos que parecia terem chorado muito, que tinham aprendido a chorar chorando.

Putz, a Maria.

— Ah. Maria. Que surpresa.

Pareceu-me que o esplendor daqueles olhos se escurecia alguns tons. Não me perdoarei nunca.

Aquela era a surpresa que Mònica tinha reservada para mim.

Também lhe dei dois beijos, e fechei os olhos um instante, aspirando aquele perfume tão delicado, tão razoável, como se o quisesse guardar na memória para as minhas noites de solidão. Apertei suas mãos e teria gostado de lhe assegurar, ao pé da orelha, que aquilo não era o que se pensava.

— Eiiih — disse, provavelmente com muitos mais *is* do que os que faço constar aqui. — Eiiiiiiiiiih... Apresento-lhes a Flor, uma amiga.

4

Uma outra talvez tivesse saído do apartamento batendo a porta, ou se teria enrubescido e caído no poço de uma depressão difícil de disfarçar, ou teria ficado calada durante o resto do almoço, olhando fixamente o prato enquanto se encarniçava ferozmente com a carne. Ou talvez tivesse se dirigido à minha acompanhante cuspindo veneno: "Oh, menina, que linda, vai de quê? Como se chamam os que jogam golfe? Golfes? Golfistas? Acertou muitas bolas hoje?"

Maria, ao contrário, teve um comportamento tão admirável que Flor nem sequer suspeitou que Mònica a tivesse levado lá com a esperança de casá-la comigo.

— Pode vir um momento à cozinha, papai? — gritou-me a Mònica enquanto Sílvia servia o arroz. — Ajude-me a levar isso!

Caí na armadilha. Assim que entrei na cozinha, a minha filha fechou a porta e me lançou a cavalaria em cima.

— Como se atreveu? Olhe que eu te avisei!

— Avisou? A mim? De quê?

— De quê, de quê, de quê? Que viria a Maria.

— Você não me disse que viria a Maria.

— Te perguntei se gostaria de voltar a ver a Maria e me disse que sim! E, agora, faz um momento, por telefone, te disse que tínhamos te preparado uma surpresa!

— Pensava que queria me dizer que estava grávida.

— Grávida? Eu?

— O que quer que te diga? Foi a primeira coisa que passou pela minha cabeça.

— Grávida? Eu? Mas, mas...! Você é louco. Que espécie de detetive é você? — E com aquela gravidade que convertia pequenos contratempos em questões de Estado: — Papai: estou muito angustiada, te digo de verdade. De uns tempos para cá, você está estranho, diferente, vive nas nuvens. Me faz sofrer. Você olha antes de atravessar a rua? — O que a Maria deve pensar de você? — Deveria ter dito a ela que já era tarde demais para fazer aquela pergunta. Maria talvez tivesse me visto aos beijos com uma mocinha, sob sua casa, no dia do nosso primeiro encontro. E tinha me visto fugir com a mesma mocinha no dia do nosso segundo encontro. E, hoje, a presença da Flor já tinha sido definitiva. Maria era um caso perdido: — Eu disse a ela que você sabia que ela estava convidada porque, senão, ela não teria se atrevido a vir.

— Ah — voltei à realidade —, disse a ela que eu sabia que ela vinha. Perfeito.

— Ah, não gostou? Porque também a queria atrair? Tinha-a de reserva? Primeiro, essa maluca, e depois a Maria?...

— Não é uma maluca.

— Com certeza, de onde saiu a maluca?

— É uma cliente, e não é uma maluca...

— Ah, porque agora você atrai as clientes!

— Escute, menina...!

— Quem é?

— Se chama Flor Font-Roent. Lembra-se desse sobrenome?

— Poxa, papai! Não me diga! Na sua idade e quer dar o golpe do baú?

— Escute, menina!

— Vocês vêm ou não? — salvou-me Sílvia.

Ou talvez fosse um modo de pedir auxílio, porque Flor, desinibida e encantadora, tinha quebrado o gelo explicando os motivos do nosso atraso.

— ... Estávamos interrogando um casal de pervertidos. Bem, já devem estar avisados do fascínio e da agitação que impregna o trabalho do Àngel. Era um casal de sadomasoquistas. Ele conseguiu fugir, mas pudemos forçá-la a falar, porque estava presa na cama, completamente nua, algemada, em posição fetal, com a bunda bem levantada, que dava um aspecto patético.

— O que quer dizer pervertido? — perguntou a pequena Aina.

Ninguém lhe respondeu.

Maria, que notava o meu mal-estar, interveio, providencial:

— E já descobriu quem matou Marlowe?

— Ah, bem, sim.

Lembrei-me que no bolso levava as notas que havia feito na noite anterior, tirando dados da Internet. E ocorreu-me que seria um tema fabuloso para distrair a atenção de todos os presentes. Deveria ter levado em conta que não era um tema para debater numa mesa ocupada por dois gêmeos que queriam chamar a atenção batendo com os garfos no prato, e uma mãe que queria fazê-los calar ao mesmo tempo que atendia aos convidados e buscava o reconhecimento como cozinheira, e um Ori que tinha remorsos se não a ajudava a ser uma boa anfitriã, e um Bàstia obstinado a convencer-nos de que era a companhia ideal para Mònica à força de contar piadas. Foi uma exposição um pouco acidentada, mas aparentemente triunfei diante das únicas pessoas de toda a mesa com quem queria ficar bem: Maria e Mònica.

Bem, com Flor também queria ficar bem, é verdade. No fim das contas, tinha elaborado a minha teoria pensando nela. Sim: o meu auditório natural naquela mesa se compunha de três pessoas. As outras só atrapalhavam.

— Ah, bem, sim — disse enquanto tirava os papeizinhos do bolso.

— De fato, acho que elucidei o mistério do assassinato de Christopher Marlowe...

— Christopher Marlowe? — surpreendeu-se Maria.

— Sim — disse Flor. — É um poeta inglês, do século XVI, contemporâneo de Shakespeare...

— ... Autor de poemas como *Hero and Leander*, ou de obras teatrais como *Eduardo II*, *A História Trágica do Doutor Fausto* e *O Judeu de Malta* — respondeu-lhe a doutora em filologia inglesa.

— Ah, sim — envergonhou-se Flor. — Sim, por alto.

— Puxa, o Checspir! — pulou o Bàstia. — Este eu conheço, o Checspir! Escreve-se Chakespeare! E tinha um sujeito que, numa reunião, falou Chakespeare, e um outro veio e disse: "Idiota, se fala Checspir", e ele respondeu: "Checspir? Quer Checspir?" e saiu falando inglês pelo resto da reunião.

E ficou satisfeito e nós o ignoramos.

— Sabe, Àngel — disse Maria, procurando a minha cumplicidade —, que Raymond Chandler pôs este sobrenome no seu personagem justamente inspirando-se no poeta?

E eu:

— Ah, não. Não sabia. — E continuei, com os olhos fixos nos olhos da Maria, calculando inconscientemente que possibilidades tinha de recuperar, manter e até mesmo aumentar a nossa amizade: — Tinha explicado à Flor que a morte de Marlowe me parecia muito estranha...

— Não é o único — disse-me Maria, animando-me, com o gesto, a continuar falando e a continuar olhando-a como eu fazia.

— O que acharam do arroz? — perguntou Sílvia.

— Muito bom, muito bom. Tinha exposto para Flor a tese mais plausível, que tudo tivesse sido uma encenação: o encontro, a briga, o assassinato. Ele e os amigos teriam feito aquela comédia que acabava com a morte de Marlowe porque, desse modo, este se libertava do julgamento, da prisão, da tortura, da forca e, ao mesmo tempo, do assédio de todos os seus inimigos.

Maria concordou:

— É o mínimo que se pode esperar de alguém como Marlowe, que, além de excelente escritor, era um dos homens mais inteligentes da época, multifacetado, considerado um igual pelos matemáticos mais renomados, e com uma facilidade quase sobrenatural para os idiomas.

Enquanto isso, a pequena Aina jogava seu prato de arroz no chão gritando "Caca! Não quero!" e o pequeno Roger adormecia metendo a cara dentro do prato, e a Sílvia e o Ori trocavam comentários, atribuindo aquele comportamento ao fato de que os meninos tinham comido todas as guloseimas que eu havia levado para eles.

— Sim — intervinha Flor. — Dizem que tinham executado um jovem da sua idade lá por perto e ainda estava pendurado na forca, e aproveitaram o cadáver para simular o assassinato...

— Porra — interveio de repente o Bàstia. — Isso parece o assassinato do Kurt Cobain, do Nirvana. Disseram que era um suicídio, mas...

Ninguém lhe deu atenção e Maria falou praticamente sobrepondo suas palavras às dele:

— Não há outro modo de explicar o mistério de como Marlowe pôde escrever o poema *Hero and Leander*, que faz referências evidentes ao *Vênus e Adônis* de Shakespeare, quando é sabido que Marlowe já estava supostamente morto quando Shakespeare escreveu *Vênus e Adônis*. As alusões ao exílio e às frustrações de ter renunciado ao próprio nome, em obras posteriores de Shakespeare, são outros indícios de que Marlowe não morreu como se diz e que manteve alguma espécie de relação com Shakespeare. Faz parte dessa polêmica se as obras de Shakespeare foram escritas por Edward de Vere, ou Sir Francis Bacon, ou pelo próprio Marlowe...

— Essa é a teoria mais generalizada entre os que defendem que Marlowe não foi assassinado — concedi-lhe —, mas eu elaborei uma outra que me parece mais convincente. De fato, agora já estou convencido de que ninguém matou Christopher Marlowe, mas que morreu aos 52 anos de morte natural. O que me interessa mais é quem morreu em seu lugar.

— Quem você acredita que foi? — perguntou Maria, muito interessada.

— Os putos dos *rappers*, tio. Os putos dos *rappers* que não podiam agüentar o sucesso da música *grunge* — disse o Bàstia, tentando impor o seu tema de conversa.

— Esses meninos, não seria conveniente que fossem fazer a sesta?

A minha nora logo entendeu a indireta e pôs-se a bater palmas e a chamar:

— É verdade! Vamos, meninos, dormir!

Isso provocou um imediato protesto de "Não estou com sono!" a cargo do Roger, que fazia um minuto estava dormindo sobre o prato de arroz. Produziram-se alguns gritos e umas correrias corredor adentro, perseguidos os meninos pela mãe.

Sem mostrar nenhum tipo de irritação, enquanto perguntava à Maria "O que disse?", levantei-me e fechei a porta. Com o rabo do olho observei que Bàstia tinha adotado uma atitude de alma ofendida e maltratada, como que esperando que lhe suplicássemos que nos expusesse com todos os detalhes a sua teoria sobre o assassinato de Kurt Cobain.

Maria repetiu a questão:

— Disse que interessa a você quem morreu no lugar de Marlowe, e eu lhe pergunto: quem foi?

— Antes de responder a essa pergunta, permita-me que lhe fale de Shakespeare. O que sabemos de William Shakespeare? Pouca coisa. Ontem à noite estive pesquisando na Internet e verifiquei que não se sabe quase nada. Que nasceu em Stratford-on-Avon, que *provavelmente* foi à escola até os 10 ou 12 anos, que *possivelmente* se casou com Anne Hathaway e teve três filhos... e que, num determinado momento, apareceu em Londres para trabalhar como ator, diretor, autor e empresário de teatro. Sabe-se pouca coisa, e tudo, com as ressalvas de *talvezes*, *provavelmentes* e *possivelmentes*. Até mesmo os oito ou dez anos que precederam a sua aparição mais ou menos comprovada em Londres, em princípios da década de 1590, são conhecidos pelos seus biógrafos como "os anos perdidos", porque não se sabe nada de nada.

— Querem um pouco mais de arroz? — perguntou Ori, muito inoportuno.

— Não, obrigado.

Ninguém queria mais.

— Então, trago a carne. O que acha?

— Sim, sim, traga a carne. Para o melhor autor da época, os seus contemporâneos falam bem pouco de Shakespeare. Fala-se fartamente de Thomas Nash, de Marlowe, de Thomas Kid, de Ben Johnson, de John Lyly... — Eu ia consultando as notas que me inspiravam — mas sobre Shakespeare falam muito pouco e o pouco que dizem é de um modo indireto. Ben Johnson vai mencioná-lo, mas sem citar o nome. Robert Greene também, mas...

— Tem razão — disse Maria. — Robert Greene fez um jogo de palavras para compor o sobrenome de Shakespeare...

— ... Em torno do ano de 1592 — indiquei-lhe, porque podia ler nos meus apontamentos —, um ano antes do suposto assassinato de Marlowe.

E ela:

— O dramaturgo Robert Greene advertia sobre um atorzinho presunçoso que se achava capaz de imitar os grandes dramaturgos da época, um autor que os plagiava...

— "Vestia-se com as nossas plumas" — acrescentei, citando Greene textualmente.

— ... E que produzia material pouco original e de pouca qualidade. De fato, afirmava que quem esse Shakespeare mais plagiava era precisamente o nosso Marlowe. As primeiras obras de Shakespeare eram Marlowe puro.

Eu concordava com a cabeça, encantado de ter a aprovação de Maria. Éramos almas gêmeas, sem dúvida.

Ori tinha trazido a carne e a estava servindo.

— Têm de dizer o que vocês acham. É *faux filet*, preparado pessoalmente pela Maria.

— Ah — disse metendo um pedaço na boca: — está delicioso, Maria.

— Obrigada — disse-me ela.

— Bem, sim — disse Flor, reclamando um pouco de atenção —, porém, mais adiante, Shakespeare...

— Deixemos o "mais adiante" para mais adiante, no momento — cortei-a. — Ou seja: sim, admitimos a existência de William Shakespeare, um rapaz provinciano que foi tentar a sorte em Londres e escreveu algumas obras copiando o estilo do gênio reconhecido na época, Christopher Marlowe. Aquilo provocou a ira, segundo se comprovou, de um homem como Robert Greene, amigo de Marlowe, e, por que não, possivelmente também a do próprio Marlowe. Vamos dar um passo a mais e lembremos que, naquelas mesmas datas, o gênio Marlowe se encontrava entre a espada e a parede, a ponto de ser detido, torturado e executado como cabeça de turco para apaziguar a ira de Deus, que tinha enviado uma praga para Londres. Podia fugir? É claro que sim: tinha recursos e habilidade para fazê-lo, mas isso o converteria em um pária para o resto da vida, o obrigaria a começar sua carreira profissional de novo em um outro lugar, e com um nome falso. Por isso nem tentou.

De repente, o Bàstia se levantou da cadeira, convencido de que, se ficasse em pé, lhe daríamos mais atenção:

— Se escutarem o último disco do Cobain ao contrário, vão ouvi-lo acusando os rappers do seu assassinato! Não notaram que o rap começou a triunfar a partir do assassinato do Kurt Cobain? Para mim, esse Eminem é que me enche o saco. Eu estou cagando pra ele.

— O vaso sanitário é na segunda porta à direita — saí energicamente em seu auxílio. E continuei: — Podia falsificar a sua própria morte, e fugir, e escrever permitindo que aquele atorzinho pretensioso, Shakespeare, assinasse as suas obras, e voltar anos depois com uma personalidade fictícia? Essa é a outra teoria, mas eu também não acredito nela. Não era o modo mais limpo e mais airoso de resolver o problema, apresentava muitos inconvenientes e muitos incômodos. E Marlowe, além de inteligente e sábio, era astuto. Tinha astúcia da rua, do sobrevivente.

— Puxa, papai, e então o que ele fez? — perguntou o Ori, convertido em porta-voz da expectativa geral.

Acabei o último pedaço do *faux filet* para aumentar aquela expectativa. Sentia-me tão pedante quanto Hercule Poirot explicando quem matou o mordomo e por quê. Hercule Poirot, porém, não tinha uma nora que, naquele momento, entrava na sala de jantar e quebrava o encanto dizendo:

— Já estão dormindo. Dormem como pedras. Estavam cansados, é claro. Acordam tão cedo. E não dormem, de noite não dormem. Perdi um pedaço da conversa. Podem fazer um resumo? Humm, a carne está esplêndida, Maria, parabéns.

Depois desse discurso, respirou tranqüila e satisfeita e continuou mastigando enquanto nos olhava, atenta aos próximos acontecimentos.

— O que faria — propus — um aspirante a autor do gênero de terror se Stephen King o convidasse para uma festa?

— Putz, o Stephen King eu conheço, tio! — saltou o Bàstia. — Vi todos os seus filmes! É muito porreta, tio!

O meu auditório, composto por Maria, Mònica e Flor, concordou em que o aspirante a autor iria correndo ao seu encontro, com a língua de fora.

Mas apenas Maria entendeu logo as implicações da pergunta:

— Quer dizer que Marlowe convidou Shakespeare para a festa na hospedaria de Deptford? — E acrescentou: — Quer dizer que...?

— Exato — disse. — Christopher Marlowe precisava de um cadáver... Haveria algum melhor que o de Shakespeare? Tinham a mesma idade e uma compleição semelhante, e naquela época não havia impressões digitais, nem DNA, nem CSI, para estabelecer identidades. E lhe cravaram uma faca no olho, de modo que o rosto ficou absolutamente desfigurado. Na obra *Medida por Medida*, supostamente escrita por Shakespeare anos depois, uma substituição de identidades dessa espécie era o traço essencial do argumento. Uma espécie de auto-homenagem...

— Nossa, é fantástico, Àngel! — quase uivou Flor. — Aterradoramente complicado! Genial! É que, é claro, além disso...!

Ori, olhando-me como um basbaque, disse "É fantástico", ainda que me conste que não tinha entendido nada. Mònica fez uma careta, como se achasse pontos obscuros demais na minha argumentação.

— Um golpe assim teria solucionado todos os problemas de Marlowe. Para começar, castigava o plagiador e, a partir daquele momento, usurpava a sua identidade e a sua vida e podia continuar escrevendo com o seu próprio estilo, com a sua própria voz, porque precisamente eram o estilo e a voz que Shakespeare copiava. Só que ele fazia melhor, é claro. Por que mais adiante o seu estilo variou um pouco e as suas obras tiveram argumentos mais complexos e os personagens adquiriram mais profundidade? Bem, isso é natural em um bom escritor. O estranho teria sido o contrário. Com os anos, o estilo de todos os autores sempre variou. Se o Shakespeare de 29 anos podia evoluir a partir de um ponto xis, não vejo por que não o podia fazer Marlowe disfarçado de Shakespeare a partir daquele mesmo ponto.

— Não acredito — disse Mònica, que não podia aceitar que o seu pai desse uma aula magistral sem a sua ajuda. — Os seus amigos, os seus familiares, o teriam reconhecido...

— Não, não — disse Flor, que agora tinha um olhar como de drogada, ou de mística. — Havia um surto de peste em Londres naquela época. Os teatros demoraram meses a voltar a abrir. E, com uma pequena mudança de aparência, Marlowe podia fazer-se passar por Shakespeare...

Maria, pensativa, digerindo o que havia acabado de escutar, acrescentou:

— Dos seus familiares, Shakespeare tinha se esquecido. Não os viu durante anos. Nunca se lembrara...

— Tem um palito de dente? — perguntou Bàstia, para manifestar que o meu tema o aborrecia.

— E, curiosamente — acrescentei eu, para insistir com novos argumentos —, pouco depois desses fatos, comprou para seus parentes uma fantástica mansão em Stratford. Que querem que eu diga! A mim, isso me soa a suborno e compensação. "Vocês fiquem calados, não se metam na troca, e o seu silêncio será recompensado." E quando, muitos anos depois, se aposentou e voltou para Stratford, os seus pais já estavam mortos e os seus filhos provavelmente nem se lembravam dele. Quanto às pessoas que podiam conhecer Marlowe e Shakespeare, em Londres, eu diria que Marlowe, logicamente, contou com todo tipo de cumplicidade. A cumplicidade dos amigos, sem dúvida, mas também a das facções do governo que lhe eram favoráveis por simpatia ou por necessidade de mantê-lo calado.

— Deve ser por isso — Maria somou-se a mim — que os autores contemporâneos, os seus amigos, nunca mencionam o sobrenome Shakespeare. Talvez porque soubessem que este não era o nome verdadeiro e porque não queriam trair a memória de Marlowe.

— Não estou entendendo nada — confessou Sílvia, ao mesmo tempo que renunciava a entender.

— Desse modo, a vítima daquele crime acabaria sendo na realidade o assassino. Bem, *si non é vero, é ben trovatto*, não acha?

Lancei a pergunta olhando fixamente Maria. O que realmente me importava era o seu veredicto.

Enquanto Flor anunciava ao mundo que eu tinha resolvido finalmente um enigma de séculos, que tínhamos de fazer contato com a Marlowe Society, com as autoridades acadêmicas de todo o planeta e até mesmo com a Scotland Yard, e com a prefeitura de Stratford-on-

Avon para que desmontasse imediatamente toda a indústria turística que tinha organizada em torno de William Shakespeare, e enquanto os meus familiares concordavam, convencidos pela minha argumentação, Maria dedicou-me um daqueles seus sorrisos, tristes e alegres ao mesmo tempo.

— É plausível, e muito engenhoso, não posso negar — disse. — Meus cumprimentos.

Pensei: "Ela está convencida."

Então, Sílvia trouxe as sobremesas e o champanhe, que, como sempre, foram excessivos, quase um outro almoço. Ao bolo Sant Marc que eu tinha trazido, foram acrescentados os sorvetes Farggi da Mònica e do Bàstia e o flã que Sílvia tinha feito.

Ao longo da minha exposição, o olhar de Maria e o meu tinham mantido um contato intenso, como um pulso, como um diálogo de sentimentos sem palavras. A profundidade e a serenidade daquele olhar acabaram sendo estimulantes e promissores para mim.

Mas, de repente, depois dos brindes com champanhe, as promessas e os estímulos se fundiram, ela se rendeu à luta, abaixou a vista e o diálogo telepático se interrompeu bruscamente. Tive a sensação de que alguém tinha apagado a luz.

Olhou o relógio e disse:

— Ai, que tarde. Preciso ir, que os meninos estão me esperando para ir ao cinema...

Mentira.

Meu ânimo despencou no andar de baixo e, ao mesmo tempo, tive consciência da mão que Flor tinha sobre o meu braço, e me pareceu pesada e ajustada como um grilhão. Quase não tive vontade de estender o braço por cima da mesa e apertar a mão que Maria me apresentou durante um segundo, fria e magoada, esquivando-se de uma despedida de olhares e emoções intensas.

Tinha vontade de perguntar "Por quê?", de perguntar aos outros presentes se não achavam estranha aquela fuga, aquela deserção antes do término da refeição. Queria desprender-me da mão que me prendia o braço, e saltar por cima da mesa para agarrar Maria entre os meus braços e, no mínimo, no mínimo, pedir-lhe uma nova oportunidade.

"Adeus, adeus", e "nos veremos amanhã na academia", e já estava indo corredor afora, distanciando-se de mim irremediavelmente.

Mònica abriu a porta do patamar, e ouvi como falavam as duas, em voz baixa, na escada, enquanto Maria esperava o elevador, e me perguntei se a minha filha devia estar tentando desculpar-me, se lhe explicava que eu não sabia que viria ou se, bem ao contrário, dizia-lhe que eu era um cara-de-pau e aconselhava-a a me esquecer para sempre. Depois, deram-se dois beijos, e escutamos a batida da porta, suave mas definitiva como a queda da laje sobre uma tumba, e Sílvia que perguntava:

— Quem quer café?

Quinze dias depois, recebi um datiloscrito encadernado com capa de plástico e lombada com espiral, em cuja primeira página se lia *Chandler, um Autor de Gênero contra o Gênero*.

5

Bàstia, que tinha bebido demais e havia se aborrecido ainda mais, caiu no sofá e começou a roncar imediatamente. Mònica, Sílvia e a Flor meteram-se na cozinha para encher a máquina de lavar louça. Ori, com a taça de conhaque em uma das mãos e um cigarro na outra, sentou-se ao meu lado e me deu um tapinha no ombro.

— Não quer um drinque?

— Não, agora não.

— Te incomoda que eu fume a menos de um metro da tua cara?

— Claro que me incomoda, mas já sei que não há nada a fazer.

— Ei, papai... Você está em forma. Ainda faz ginástica toda manhã?

— De vez em quando — disse enquanto ele me apalpava os bíceps e se surpreendia.

— Puxa, que complicação essa do Marlowe. Mas você a tem bem resolvida, não? Está como um erudito. É claro: agora deve ter tempo para estudar...

Ele me falava como se me considerasse aposentado. Parece que Ori nunca acreditou que eu sou detetive particular. Quando pequeno, não se vangloriava do meu trabalho diante dos amigos, e isso me decepcionava, francamente.

— ... E parece que você se dá bem com as meninas, hein? — Fez um sinal piscando o olho para a cozinha. De repente, teve uma inspiração: — E aquela ligação que me fez ontem, sobre o correio eletrônico? Conseguiu solucionar, finalmente?

— Entrei na página do Liammail, mas era preciso uma senha e, como não a tinha, fiquei decepcionado.

— Venha, vamos olhar no meu computador — disse-me, pondo-se de pé e pegando a taça de conhaque. — Assim aprenderá um pouco, que é bom para você.

Conduziu-me até seu escritório.

— Para peitar um servidor desses — ia dizendo enquanto conectava o computador — é preciso ser um hacker como Deus manda.

— Você poderia fazer? — perguntei, esperançoso.

— Não chego a tanto. De fato, o único modo de acessar a conta de uma pessoa é conhecendo a senha ou a pergunta secreta.

— A pergunta secreta?

— Você vai ver. — Já estava apertando teclas. Escreveu www.liammail.com e apertou enter. Enquanto o aparelho respondia, disse, como quem não quer nada: — Fale-me da namorada do penteado de palmeira. De onde surgiu?

Ou seja, tinha me levado à parte para bisbilhotar sobre Flor.

— Uma cliente. Herdeira multimilionária. Se a engano bem enganada, quando eu morrer poderei deixar para vocês um bom punhado de milhões.

— Cara, boa notícia.

Já estávamos na página do Liammail e as perguntas do Ori acabaram ao mesmo tempo que acabava em mim a vontade de dar explicações.

Reconheci a página que já havia visto na casa de Anna Colmenero e, posteriormente, no meu computador.

Liammail.com. O palíndromo colorido que dava voltas. "Abra uma conta gratuita conosco e junte-se a mais de 30 milhões de usuários do Liammail por todo o mundo."

— Este — explicou-me Ori, muito didático, refletido na tela — é um servidor de correio eletrônico que permite a mais absoluta privacidade. Aqui há 30 milhões de usuários que recebem e enviam e-mails, e podem fazer isso de qualquer computador conectado à internet, seja em Barcelona, Alasca ou Cingapura.

— E não há jeito de acessar o correio particular de uma dessas pessoas.

— O único jeito é ter o *login* e o *password*.

— O quê?

— O endereço eletrônico, ou seja, o ta-ta-ta, arroba etc., e a senha. — E me indicava as duas casinhas de espaço que havia na tela. *Login* e *password*. — Se não tem nenhuma das duas coisas, não há nada a fazer.

— Cara, claro que tenho o endereço eletrônico.

— Qual é?

Levava-o anotado na minha caderneta. Casagrande@liammail. com. Ori o introduziu teclando rapidamente.

No momento em que acabou de escrevê-lo, sob a tela surgiu uma terceira casinha. Podia se ler, em inglês: "Esqueceu a sua senha? Para recuperá-la, clique aqui e responda à pergunta secreta."

— É isso? — perguntei.

— Agora! — disse o Ori. — Estava sentindo sua falta. É um mecanismo para os desmemoriados. Você vai ver como funciona... Os que montam essas páginas são conscientes que as pessoas não conseguem lembrar dezenas de senhas, números de conta e de telefones e coisas do gênero. O sistema é sempre mais ou menos semelhante, com pequenas variações. Em alguns, a pergunta secreta é sugerida por eles no momento em que você se inscreve. Em outros, como vejo que é o caso do Liammail, você mesmo pode criar a pergunta e a resposta. Olhe, aqui tem a do seu investigado.

Havia clicado no local indicado e havia aparecido a pergunta memorizada escolhida pelo Ramon Casagrande. Dizia: "O prato preferido da avó."

— Isso é impossível que alguém que não seja ele mesmo responda — disse.

— É o que se costuma fazer para manter a privacidade. Normalmente, a gente põe perguntas do tipo "Em que ano me casei?". A minha é "Como se chamava a minha primeira namorada?"...

— É impossível que você se lembre! — ri, ao mesmo tempo que me acendia uma luzinha em algum canto do cérebro.

— Imagino que, fazendo suposições ou investigando, pode-se chegar a descobrir, mas...

— Um momento — disse, com a sensação de levitar. — O que você disse?

— O que disse quando?

— "Como se chamava a minha primeira namorada?"

— A sua primeira namorada ou a minha? — perguntou, desconcertado. — A minha se chamava Susi.

— Não, não, não... — Eu já apalpava a carteira e tirava do interior as fichas do doutor Farina e do doutor Barrios. — Ponha um outro endereço, um outro endereço... — Tinha me tomado uma espécie de tremor adrenalínico, semelhante a um ataque de desejo sexual. — Ponha aí... ponha aí... — Na ficha do doutor Barrios constava um endereço da Liammail. Li: — Ponha aí: tresdoisum@liammail.com.

Ori obedeceu-me. Voltou para a página principal e escreveu tresdoisum@liammail.com no campo onde lhe pediam o *login*.

Naquele momento, achei-me na pele de Ramon Casagrande, como se aquele desavergonhado acabasse de reencarnar em mim. Melània Lladó tinha deixado escapar estranhos boatos que corriam pelo hospital referentes à morte de Colmenero, um prontuário no qual primeiro não se falava nada de alergias e, depois, miraculosamente, sim, isso era mencionado, e bem claro, preto sobre branco e destacado em vermelho. Uma Virtudes Vila que jurava por todos os santos que não tinha visto nada ali e que, de repente, devidamente subornada pela direção do hospital, reconhecia humildemente o seu erro. O que queria dizer tudo aquilo? Eu era o Casagrande que investigava o doutor Barrios. Se conseguisse encontrar algum calcanhar-de-aquiles, poderia prendê-lo bem preso e o convenceria a receitar medicamentos dos Laboratórios Haffter.

Ao acabar de escrever o endereço eletrônico, apareceu, como antes, a terceira casinha: "Esqueceu a sua senha? Para recuperá-la, clique aqui e responda à pergunta secreta."

— Diga que sim, que você se esqueceu. Queremos a pergunta secreta. — Ori tinha apenas de apertar um botão, mas, antes que fizesse esse movimento tão simples, eu me antecipei, com voz de apresentador dos Oscar: — ... E a pergunta secreta é: "Como se chama o meu cão?"

Clicou e, na tela, apareceu, miraculosamente: "Nome do cão."

— Puxa, sim — disse Ori, boquiaberto. — Como você sabia?

— Sou detetive, meu filho — lembrei-lhe, muito orgulhoso. — Sou detetive. Agora põe aí...

Naquele momento, continuando com a política de interrupções, especialidade daquela casa, abriu-se a porta e entraram Flor, Sílvia e os gêmeos. Para se fazer ouvir no meio da gritaria, Flor aproximou os seus lábios da minha orelha e disse:

— Meus pais me ligaram e disseram que aquele inspetor Soriano foi me procurar em casa! Que parece um louco furioso, ameaçando e insultando! Diz que há uma ordem de busca e captura contra nós dois e que estamos implicados em dois assassinatos!

Mònica foi menos discreta. Fez-se ouvir sobre os gritos infantis:

— Dizem que a polícia está procurando vocês, papai!

— Nada, nada — disse —, deve ser uma bobagem. Devem querer me consultar para alguma coisa, de tempos em tempos lhes presto assessoria. Podem sair um momento, por favor?

— O que está fazendo? — perguntou Sílvia, cheia de inocência.

— O que ponho? — disse-me Ori, impaciente.

Praticamente empurrei-o para fora da cadeira. A cachorra do doutor Barrios se chamava Scherazade, escrito assim, e assim foi como pus no retângulo em que se pedia o *password*.

— Scherazade — disse. — Scherazade nos explicará o resto da história.

Scherazade.

Enter.

Durante os segundos de que o programa precisou para mudar a tela, considerei a possibilidade de que ocorresse ao inspetor Soriano ir nos procurar na casa dos meus filhos. Cedo ou tarde o faria, é claro, e, portanto, tínhamos de sair de lá o mais rápido possível.

Agora, o ser informático me pedia que escolhesse uma nova senha e a escrevesse duas vezes.

— Como parece que você tinha se esquecido da senha — me explicava Ori, vibrando de excitação tanto quanto eu —, agora está lhe pedindo para trocá-la. Mas não faça isso, porque, senão, o proprietário da conta de correio vai perceber que foi manipulada. Na verdade, não vai conseguir acessá-la, me entende? De modo que o que tem de fazer é escrever a mesma senha.

Pus Scherazade na primeira casinha e Scherazade na segunda, com o desassossego de quem já não pode suportar mais trâmites burocráticos. E cliquei.

— Vamos ver se eu estou entendendo — protestou Mònica atrás de nós. — Estão tentando violar a correspondência privada de uma pessoa? Mas isso você não pode fazer, papai! É moral e eticamente inaceitável!

— Mònica, por favor, que modo de falar! — recriminei-a. — Se o Bàstia te escutar, com certeza não vai gostar nada, nada.

Já estávamos na página do tresdoisum@liammail.com e eram oferecidas as possibilidades de enviar uma mensagem ou de reler as mensagens recebidas, enviadas ou depositadas na lixeira.

— Agora não pode apagar nenhuma mensagem, nem ler nenhuma que já não tenha sido lida. Senão, descobrirão que você passou por aqui.

— É claro — disse —, é claro. Serei bonzinho. Apenas lerei as que já tenha lido o proprietário deste endereço.

— Não, papai — continuava Mônica —, não deveria fazer isso.

Mas ia trepando por cima do meu ombro, tal como Ori e Sílvia, que tinham se esquecido completamente dos gêmeos.

Optei pelas "Mensagens enviadas".

Clique.

E subiu a tela, que deixou a descoberto, por fim, tanto o cenário e os personagens quanto a trama da obra.

6

Era uma história de amor. E a seguimos, toda a família Esquius em peso, em sentido inverso de como se tinha desenvolvido, do presente para o passado, desde o triste rompimento até o início, passando pelo cálido idílio.

Tresdoisum@liammail.com escrevia para velvet@ umas cartas breves e exigentes:

"Amor da minha vida: se não vier comigo, eu e a minha pica majestosa iremos ao teu encontro."

"Não posso viver sem você. Já não tenho forças nem para me masturbar com a tua lembrança. Por favor, diga-me alguma coisa."

— Oh, como é bonito — dizia Flor. — Como é autêntico. Como é comovedor.

— Isso é privado, isso é íntimo! — protestava Mônica enquanto esticava o pescoço para bisbilhotar, como faziam os outros.

Relembrando que Marc Colmenero tinha morrido em 10 de janeiro, remontei até a semana seguinte. Testei o 17 de janeiro. O que dizia tresdoisum@liammail.com a velvet@ uma semana depois da morte do magnata dos transportes?

"Meu coelhinho, não sabe como sinto sua falta. Se fizemos o que fizemos..."

Um arrepio. "Se fizemos o que fizemos" correspondia a uma confissão?

"... Se fizemos o que fizemos, foi para podermos estar juntos o resto da nossa vida. E, agora, por prudência ou pela tua dor ou pelos teus escrúpulos, me encontro com o castigo da tua ausência. Que, de fato, também é castigo para você, que se acha privada desse membro viril que, segundo você dizia, te enchia a vida..."

Mudamos para uma semana antes da morte de Colmenero. Três de janeiro. (E digo que mudamos, no plural, porque, àquela altura, já líamos em uníssono, em voz alta, todas as cartas do doutor Barrios.)

"Odeio o teu pai, sonhei que o matei, que o atropelei com o carro, que o estrangulei com minhas próprias mãos, que lhe dei uma surra cruel e mortal, que o degolei, e me ocorre que seria capaz de fazer qualquer uma dessas coisas para fazê-la feliz..."

Tudo se encaixava. Já não precisava ler mais, mas a curiosidade doentia nos levou à parte mais tórrida do idílio, a parte apaixonada onde o doutor declarava "pensarei nos teus peitos e me masturbarei com a tua imagem atrás de minhas pálpebras abaixadas como persianas", ou então "bato duas vezes por dia pensando em sábado que vem. A minha mulher me pergunta se estou doente, porque todo dia fico trancado no banheiro...", ou então "não posso nem cogitar o divórcio até que os meus filhos sejam maiores de idade...".

E, de repente:

"... O paraíso é em Cotlliure e se chama Hotel Roger de Flor, e a eternidade são as 72 horas que estivemos fechados naquele quarto que tinha cheiro de esperma, sem sair, contemplando o mar embravecido..."

A fotocópia da fatura de um hotel de Cotlliure, grampeada com a fotocópia do recibo do cartão de crédito com que possivelmente tinha pago a fatura de um total de 523 euros por duas noites de quarto duplo, café-da-manhã incluído, duas garrafas de Moët Chandon e frigobar.

— A prova de um adultério — disse Mònica.

— Pior — corrigi-a. — A prova de um assassinato.

— De um assassinato?

Em uma das primeiras cartas que tinha enviado o doutor Barrios, fazia um ano e tanto, dizia:

"... Demorei muito para descobrir o silêncio, para saber que aquele vazio se ampliaria, pouco a pouco, de palavras que então dizia em voz baixa, para suspeitar que aquela piedade de todo mundo me desnudava do homem velho..."

— Ei — saltou Flor, escarnecendo. — Isso é copiado do Miquel Martí i Pol! No início, copiava o Martí i Pol!

Tanto Ori quanto eu nos sentimos inclinados a desculpar o doutor Barrios. Se se trata de flertar, o plágio parece geralmente aceitável.

Mas Flor acrescentou:

— É do poema intitulado "Carta a Anna"!

E eu pensei: "É claro, carta a Anna."

Mudamos para a caixa de mensagens recebidas e então pudemos ouvir a voz de velvet@.

"... Sim, meu gigantão, é claro que gosto de dizer por escrito, tal como te digo de viva voz quando estamos juntos. O teu pênis é o meu deus e eu me ajoelho para venerá-lo..."

Um dia, o doutor Barrios conheceu uma jovem Anna Colmenero numa viagem de avião, e, para usar suas próprias palavras, "a chama se acendeu nos dois". Em vez de mantê-los distantes, como se supunha que faria uma chama que se acendesse entre duas pessoas, por alguma estranha razão aquela chama os uniu, os fundiu numa só pessoa, como se fossem de chumbo. Depois dos primeiros sufocos da paixão, a moça animava-se a contar os seus traumas e as suas angústias, todos eles relacionados com Marc Colmenero, a quem às vezes chamava "o velho bode" e, às vezes, "o filho-da-puta".

Anna pintava o pai como um homem frio e distante, brutal, que desde a morte da sua mãe a havia tratado como se fosse um estorvo, ou uma empregada, ou um peso que tinha de carregar contra a sua vontade. Falava de algumas surras, quando ela quisera se rebelar, de uma tentativa de violação que não ficava claro se tinha chegado a ser consumada ou não num dia em que ele voltou bêbado para casa, quando ela tinha 14 anos. Da total falta de comunicação e da subordinação dela a ele, que tinha se prolongado até a idade adulta e que a sufocava e a fazia intolerável e injusta. As cartas queriam expressar ódio, mas no fundo expressavam desespero e frustração: a frustração de quem se atribui as culpas do fracasso, de quem assume que, como as coisas vão mal, alguma coisa de mal deve ter feito.

— Oh, meu Deus! — comentou Mònica quando chegamos àquele ponto, e muito de acordo com a sua maneira de pensar, produto dos seus estudos de psicologia. — Não podia amar o pai e procurou um homem mais velho como substituto.

Voltei a ver Anna Colmenero consumindo-se na mansão de conto de fadas, deslocando-se agora para a China, agora para o Uruguai, agora para a Finlândia, sobre aquele tapete que reproduzia o mundo inteiro, tal como o percorriam os caminhões, os barcos e os aviões da indústria paterna. Vi-a alcoolizada e amargurada, contratando aqueles gigolôs para que preenchessem vazios, para que substituíssem o amor de um doutor Barrios que agora se sujava ao misturar-se com o sentimento de culpa.

Até que chegamos àquela carta de 12 de janeiro:

"... Sufocava-se, abria e fechava a boca como um peixe e se sufocava, e eu lhe dizia 'Isso não é nada, pai, você não pode querer que por essa bobagem eu avise as enfermeiras', e ele ia morrendo e me olhava, olhava com aqueles olhos arregalados, embaçados pelo álcool e pela crueldade, e, quer saber uma coisa horrível?, me deu pena, me fez pensar que era o meu pai, que tinha pago os meus estudos, não sei... Quatro ou cinco boas lembranças que tinha dele, quatro ou cinco boas contra mil ruins, mas naquele momento me lembrei das boas. De um dia que fomos juntos à praia, quando era pequena, daquele conto da raposinha cega no galinheiro, que me contava... De repente me lembrei que estávamos matando uma pessoa, sabe o que quero dizer? Não um monstro, não um homem repugnante e cruel, mas um pai que, equivocando-se ou não, tinha feito tudo para o bem..."

Não tinha dormido ao lado do seu pai recém-operado. Tinha ficado acordada, e bem acordada, assistindo às reações do choque anafilático, à morte lenta do pai, que a olhava e a olhava com olhos exorbitados. E depois, quando não pôde agüentar mais, saiu pedindo ajuda, e depois chorou, e se fechou naquela mansão, e ia de um lado para o outro do tapete, de um lado para o outro do mundo, atormentando-se com uma alternância de lembranças boas e lembranças ruins. E não podia suportar a presença do doutor Barrios, que tinha precipitado os acontecimentos.

Ou seja, aquilo era o que tinha acontecido. Melània Lladó e Virtudes Vila tinham visto realmente aquele prontuário onde não constava que Marc Colmenero sofresse de alergia alguma. Viram o prontuário no cubículo das enfermeiras, na sala de controle, e, no breve espaço de tempo em que se fecharam no cômodo ao lado, o doutor Barrios chegou e escamoteou aquele prontuário, substituindo-o por um outro em que positivamente se falava da alergia. Mas como podia tê-lo feito? Como podia tê-lo feito se, ao entrar na sala de controle, o Barrios ia em mangas de camisa e saiu com as mãos vazias?

Essa pergunta os gêmeos responderam.

Eles me disseram, à sua maneira, escrevendo nas paredes. Ori e Sílvia nos fizeram notar quando começaram a gritar desaforados:

— Roger, Aina!

— Mas o que é isso?

— Mas o que estão fazendo?

— Outra vez?

Os meninos tinham aproveitado que estávamos distraídos para pôr-se a desenhar com caneta as paredes do escritório. Enquanto lhes arrancava as armas da sabotagem doméstica, Ori exclamou:

— Puxa vida, Roger, Aina, já é a terceira vez! Vamos ter de pintar o apartamento a cada seis meses?

Eu, naquele momento, não entendi, é claro, não sou tão sagaz. Já estava excitado pela minha descoberta e sentia a necessidade de sair correndo antes que chegasse o inspetor Soriano com a sua tropa, e já tinha agarrado Flor pela mão e a empurrava para a porta espalhando beijinhos em todas as direções, mas os gêmeos já tinham me dado uma dica, penso que já tinham me dado uma dica.

— Papai, papai, por que está com tanta pressa?

— Mas o que está dizendo, papai, o que está fazendo?

— Ficou louco?

— Papai, venha aqui!

— Tati, Tati, eu também quero brincar!

— Podem me explicar o que está acontecendo? — perguntava Sílvia.

— Diga-me de verdade — me suplicava Ori: acaba de resolver um caso de assassinato ou é uma lorota?

— Adeus, adeus — dizia eu —, depois conto para vocês.

Foi assim que fugimos da minha família.

TREZE

1

À ngel... — disse Flor enquanto contornávamos a Ronda de Dalt. Disse num tom aterrador que prenunciava conversas inoportunas relacionadas à cama onde haveríamos de passar, juntos ou separados, a noite seguinte. Experimentei a sensação do assassino interrogado pelo policial mau e preparei uma resposta fulminante.

Mas ela ia por um outro lado:

— Está me levando para onde? Para minha casa?

— Não. Não posso te levar nem te deixar num lugar onde a polícia possa te achar. À polícia iremos daqui a pouco, quando pudermos lhe dar de bandeja o caso resolvido.

— Então...?

— Iremos ao Hospital de Collserola procurar a prova definitiva que demonstre que o doutor Barrios e Anna Colmenero assassinaram Marc Colmenero.

— O doutor Barrios e Anna Colmenero assassinaram Marc Colmenero? Quer dizer que a própria filha...?

Tão claro como eu tinha visto na tela do computador.

Flor ficou em silêncio enquanto nos aproximávamos da avenida Doctor Andreu. Já quase tínhamos chegado ao hospital quando exclamou:

— Puxa vida, é claro, tem razão, é verdade! — Olhou-me. — Acho que já entendi tudo, Àngel... Exceto uma coisa. O que tem a ver Adrià com tudo isso?

— Olhe... Barrios e Anna Colmenero assassinaram o pai da moça, certo? Tudo saiu mais ou menos bem, mas uma enfermeira, Melània Lladó, viu uma coisa estranha no prontuário e comentou com Ramon Casagrande. O Casagrande era um propagandista que vivia de submeter os médicos a pequenas extorsões quase domésticas, uma espécie de avanço que ele desenvolvera em relação aos pequenos subornos tão comuns e aceitos no meio. De repente, porém, justo no momento em que estava numa situação perigosa, na beira do abismo, ameaçado por um traficante de droga que lhe cobrava uma dívida grande, de muito dinheiro, lhe chega essa história e se põe a investigar. Ocorre-lhe olhar o correio eletrônico do médico, investiga a senha para poder violá-lo e o que descobre?

— O que descobre? — disse Flor, como um eco. — Essas cartas de amor tão belas?

— Descobre aquilo que me faltava: o motivo. Ninguém jamais poderia suspeitar que a morte de Marc Colmenero era um crime premeditado pelo doutor Barrios, porque o doutor Barrios não tinha nenhum motivo para assassinar Marc Colmenero. Quando deram entrada com ele no hospital, aproveitando a oportunidade que se apresentava, Barrios e Anna fingiram que aquela era a primeira vez que se encontravam. Ela reclamava a presença do melhor médico do hospital, que era o doutor Barrios. Para o mundo, não havia nenhuma relação anterior entre Barrios e os Colmeneros, porque Anna e Eduard Barrios tinham conduzido a sua relação totalmente em segredo. Se os do hospital deram suporte a Barrios e subornaram Virtudes Vila para que se calasse foi pela mesma razão. Porque não podiam imaginar um assassinato premeditado. Tanto fazia se a culpa era de Virtudes ou de Barrios, somente podiam pensar numa negligência, nada mais. Um acidente. Um caso de má sorte. Mas, de repente, Casagrande descobre que sim, que se conheciam de antes, que eram amantes ocultos há anos. E chega à mesma conclusão que eu. Estes investiram contra o velho Colmenero para que a filha herdasse seus bens e se vingasse de todas as humilhações sofridas, ou seja lá pelo que tenha sido...

— Mas, insisto: o que tem a ver o Adrià?...

— Espere. Estabelecemos que o Casagrande precisava de muito dinheiro. Oprimido pelos gângsteres como estava, em vez de receitas, agora pedia dinheiro, muito dinheiro. Pressionou demais o doutor Barrios, e Barrios se sentiu entre a cruz e a espada. Uma coisa é que possam te acusar de adultério e, uma outra, muito mais grave, que possam te acusar de assassinato. A melhor solução era matar o Casagrande, mas como poderiam fazê-lo? Não era difícil, com a insuficiência cardíaca que sofria o propagandista, a qual não escondia. Um médico pode inventar logo uma solução como esta: bastaria um excesso de digoxina para que o Casagrande esticasse as canelas...

— Mas, Àngel, você está me falando de um mundo perverso e abominável.

— Sim. Um mundo onde, se você se distrai, se encontra profanando um morto na noite do ano-novo. Foi o que aconteceu com Adrià. E Adrià teve a má sorte de ser descoberto pelo doutor Barrios. Imagino Barrios armando uma confusão, confiscando a câmera fotográfica, anunciando demissões e denúncias... E, logo, dando marcha a ré, porque não podiam arriscar que aquilo fosse divulgado, porque, além de uma profanação, era a profanação de um personagem ilustre, e a infâmia teria caído sobre todo o hospital, independentemente de quem fossem os culpados concretos. Por odioso que fosse, não se podia arriscar a despedir os participantes da festa e criar ressentimentos perigosos. De modo que fizeram uma negociação. Submeteu os culpados a sanções leves em troca do seu silêncio, e ficou com a câmera e as fotos por precaução.

— Oh — disse Flor.

— Algum tempo depois, foi muito simples para ele encurralar Adrià. "Ou você põe este frasquinho na mesa-de-cabeceira do Casagrande ou todo mundo saberá que você é um profanador de poetas gloriosos." E Adrià, é claro, o que podia fazer?

— É claro — repetiu Flor sem convicção.

— Depois, as coisas se complicaram. Adrià deixou o Dixitax no apartamento do Casagrande, sim, mas, precisamente quando descia as escadas, encontrou um outro cara assassinando Ramon Casagrande a tiros. O gângster que lhe exigia dinheiro tinha decidido cobrar a dívida com aquele sistema tão besta. A partir desse momento, o assassinato que deveria ser discreto converteu-se num assassinato escandaloso, e tudo apontava Adrià como o principal suspeito. Naquela situação, de que as fotos podiam lhe importar? Já não se tratava de você o deixar, ou o pai o deserdar, ou pegar uns meses de prisão por brincar com um morto. Agora se tratava de anos de prisão por assassinato, do fim do seu futuro. Concluiu que sua única opção era fugir para o estrangeiro, perder-se pelo mundo, mas não tinha grana para fazê-lo. Foi dessa maneira que se inverteu a situação: agora Adrià não tinha nada a perder. De vítima de chantagem, Adrià converteu-se em chantagista. Do apartamento do Casagrande havia tirado a caixa de papelão com as famosas fichas: tinha provas da relação de Barrios com Anna Colmenero. Por isso enviou a mensagem secreta: "Se eu desaparecer, fale com a polícia de Cotlliure e de Scherazade." Ele sabia que poderíamos chegar a acabar com Barrios apenas com esses dados, e por isso encontrou Barrios lá na hípica, e lhe pediu dinheiro... Mas teve a má sorte de Barrios se apresentar com uma espingarda de caça.

Fiquei calado ao perceber que Flor já não me escutava. Tinha nas mãos a ficha do doutor Barrios e a olhava abstraída, perdida em reflexões pessoais e intransferíveis que não tentei adivinhar, porque naquele momento chegávamos ao Hospital de Collserola e tive de procurar um lugar para estacionar.

2

Já subíamos as escadas para a recepção quando Flor parou.

— Ei, Àngel... Pode me dar as chaves do carro, que esqueci os óculos?

Dei-lhe as chaves distraído, mergulhado em meus próprios pensamentos, que considerava mais importantes. Ela foi até o carro e juntou-se a mim quando o elevador já anunciava a sua chegada com um *dring*. Subimos até o andar da Traumatologia, dirigi-me à sala de controle, santuário das enfermeiras, e perguntei pelo doutor Miquel Marín.

— Um momento — me disseram.

— Quem é esse? — perguntou Flor.

— O único médico desse hospital em quem confiaria. Na sua ficha, Ramon Casagrande pôs uma observação que dizia: "Insubornável. Logo vai ficar no ponto."

Não sei se Flor me perguntou alguma coisa mais, mas, espreitando a sala das enfermeiras por cima do balcão, tal como no primeiro dia, quando surpreendi a conversa entre o doutor Barrios e Melània Lladó, fiquei absorto e me esqueci de tudo à minha volta.

Ali era onde estavam Melània Lladó e Virtudes Vila olhando aquele prontuário que não falava nada da alergia de Marc Colmenero. Era impossível que Barrios tivesse improvisado a substituição de um documento por um outro, se tudo aquilo tinha sido um acidente fortuito. Mas é que não era! Tinha sido um assassinato premeditado, e, portanto, o assassino já tinha previsto tudo. Talvez a única coisa que não tenha antecipado fora a presença tão próxima das duas enfermeiras, Melània e Virtudes, que estiveram a ponto de apanhá-lo. Mas não o apanharam. Por quê? Porque se livrou do prontuário que lhe incomodava com um hábil truque de prestidigitador. Ops, visto e não visto, agora está, agora não está, nada por aqui nada por lá, havia duas folhas e agora somente há uma.

Foi então que me dei conta de que os gêmeos tinham me dito tudo, fazendo aqueles grafites nas paredes de casa.

Tratava-se disso: de grafites. Ainda se viam vestígios, na parede daquele recinto, da pintura que tanto tinha irritado o doutor Barrios. "Médicos = todos k-brões", uns cabras safados e uma outra palavra comprida que acabava com *sinos*, possivelmente *assassinos*.

— Daqui a 15 dias, na Semana Santa — tinha dito Barrios —, eu mesmo me encarregarei disso. Conheço um pintor competente e de confiança. Fará isso em poucas horas.

A pintura, naturalmente, tinha sido feita pelo próprio doutor Barrios. Precisava de um motivo para mover de lugar a pesada vitrine de ferro e vidro, carregada de material frágil.

O doutor Marín aproximou-se com uma expressão desconcertada. Usava um jaleco branco e tinha um prontuário nas mãos. Ao me reconhecer, escapou-lhe um olhar esperançoso em volta, procurando a Beth.

— Ah, é você... — decepcionado ao ver que Beth tinha sido substituída por Flor: — O que há de novo?

— Preciso que você me ajude a pular aquele balcão.

— Para que o ajude a pular aquele balcão?

Pulei o balcão.

— Ei, espere! — disse.

E veio atrás de mim com a intenção de deter-me.

— Agora — disse-lhe —, terá de me ajudar a mover este mostrador — e apontei o pesado móvel de metal e vidro cheio de objetos frágeis.

— Mas o que está dizendo? — franziu o nariz.

Teria lhe explicado, mas, naquele momento, olhei à minha volta e percebi que Flor não estava. Aproximei-me do corredor e tampouco a vi. Tinha desaparecido. Apalpei os bolsos e dei pela falta das chaves do Golf, que tinha me pedido uns momentos antes; e, para concluir, lembrei-me daquele olhar fixo na ficha do doutor Barrios.

Exclamei: "Oh, meu Deus!"

O doutor Marín me empurrava para expulsar-me da sala de controle. "Olhe, saia daqui e vamos conversar", e o caso é que eu queria sair, porque tinha de perseguir a Flor fugitiva e imprudente, mas não podia sair de lá sem acabar de fazer o que tinha de fazer.

De modo que me virei para o médico, arranquei-lhe o prontuário e lancei-o entre o mostrador e a parede.

— Ei, o que está fazendo? — gritou.

— Agora terá de retirar o móvel para recuperá-lo. Faça isso e, além do que joguei, encontrará um outro prontuário, assinado pelo doutor Barrios. É um prontuário referente a Marc Colmenero, e verá que, no espaço destinado a alergias, não está dito que sofra de nenhuma. Faça-o chegar à polícia, é muito importante! Agora lamento não poder ajudá-lo, porque surgiu um imprevisto.

E disparei a correr, corredor acima, para os elevadores, maldizendo Flor e a sua inconsciência heróica.

O meu Golf não estava onde o tínhamos deixado.

Já não me lembrava qual era o endereço do doutor Barrios. Sabia que vivia em Sant Cugat e tinha estado na sua casa, mas já não tinha a ficha para consultá-la. Porque Flor tinha levado a ficha.

Voltei para dentro do hospital como se fosse anunciar que tinha sido declarado um incêndio num paiol.

Parei diante do balcão de recepção, patinando sobre o chão polido e encerado.

— Pode me emprestar uma lista telefônica da província, por favor? — pedi com educação, tentando inutilmente ocultar o meu frenesi.

Enquanto a recepcionista apressava-se em me satisfazer, eu não podia tirar da cabeça que Flor, aquela delicada porcelaninha de Lladró, a cada minuto que passava estava mais perto de um assassino enlouquecido que não tinha hesitado em matar Marc Colmenero, Ramon Casagrande e Adrià para conseguir o que queria. E tinha fulminado Adrià sem intermediário, com as suas próprias mãos e com uma espingarda de caça.

Não queria nem pensar no que aconteceria quando Flor, inconsciente e impetuosa, se confrontasse com o doutor Barrios, lhe dissesse que estava informada dos seus crimes e exigisse que lhe entregasse, para destruí-los, os originais daquelas fotografias vergonhosas.

— A polícia está a ponto de prendê-lo e não quero que encontrem na sua casa as fotografias onde se vê o meu ex-noivo, que no céu esteja, profanando o meu poeta preferido. Se a polícia as encontrar, ninguém poderá evitar o escândalo.

Uma eternidade depois, apareceu a recepcionista com a lista telefônica. Meus dedos tremiam enquanto a consultava. O famoso traumatologista não era o único Barrios que residia em Sant Cugat, mas, ao ler os endereços, me lembrei e reconheci o seu. Oprimido por um sentimento de urgência sem medida, sublinhei-o com caneta (e a recepcionista disse: "Ei, escute, não pode fazer isso, imagine se todo mundo fizer..."), arranquei a página ("Ei, escute, guarda, guarda!") e saí disparado.

O que mais podia acontecer? Pois o que aconteceu. Que no ponto de táxis do hospital não havia táxi. Desde quando não há táxis num hospital às sete da noite de um sábado? Desde que nasceu o Sr. Murphy, suponho. Corri até a avenida Doctor Andreu e, enquanto corria, sofrendo como um agonizante, lembrei-me da existência do celular. Ocorreu-me que ainda podia convencer Flor a desistir do seu projeto, mas uma voz imbecil me informou que o aparelho estava fora de serviço. Isso multiplicou exponencialmente a minha ansiedade.

E não havia táxis à vista.

Liguei para o celular do Palop. Desconectado.

De repente, vi-me obrigado a passar a perna numa velha para apropriar-me de um táxi que ela tinha visto primeiro.

— Para Sant Cugat! Como uma bala! Eu lhe darei 50 euros se chegarmos daqui a 15 minutos.

O taxista não se esforçou para arrancar.

— Impossível. Em 15 minutos não chegaríamos nem de avião. Se essas são as suas condições, pode descer do táxi.

E a velhinha batia com os punhos no vidro da janela.

Concedi ao taxista o ponto intermediário de chegar "tão rápido quanto fosse possível", que lhe garantia os 50 euros e a mim não garantia nada, e arrancou.

Para me distrair da viagem, liguei para a delegacia perguntando pelo delegado Palop, dizendo que era o Esquius e que tinha novidades sobre o caso do assassinato da rua Pemán. Disseram-me que esperasse e de repente me encontrei falando com o inspetor Soriano.

— Esquius — disse com voz de domador que se dirige a um leão que mijou em cima dele.

— Soriano...

— Esquius, a puta que te pariu, escute-me.

— Não! Escute-me você! É uma urgência! — ele não parava de protestar, tentando sobrepor o seu vozeirão ao meu, mas eu me impus com um grito: — Sei quem é o assassino de Adrià Gornal, caralho! É o doutor Eduard Barrios, e vive em Sant Cugat. — Ditei-lhe o endereço. — Tomou nota? Sim? Então, cacete, se apresse e faça a polícia municipal de Sant Cugat ir imediatamente a esta casa, porque o doutor Barrios está a ponto de cometer um outro assassinato!

No breve silêncio que se seguiu, quase pude ver a sua boca aberta e os seus olhos assustados. Não podia acreditar que eu estava gritando com ele.

— Não me encha, Esquius! — respondeu. — Não voltará a me enganar. É você quem tem de vir para a delegacia agora mesmo, sem nem um pio a mais!

— Estou lhe dizendo que aquele corno está a ponto de cometer um assassinato, e você sabe que, quando eu digo que pode haver uma morte, há uma morte!

— Uma outra morte, Esquius? — disse o inspetor Soriano com uma mistura de sarcasmo e más intenções, porém mais suave que antes.

— Certo. Nos veremos em breve.

Soltei um suspiro, deixei-me cair no encosto e, refestelado, fechei os olhos.

Se o Soriano tivesse ligado para a polícia local de Sant Cugat naquele mesmo momento, teriam chegado muito antes que eu. Teriam irrompido pela casa do doutor Barrios, teriam-no detido, algemado e, tanto eu como o inspetor Soriano, ao chegar, teríamos encontrado todo o trabalho feito.

Mas, quando o taxista parou o taxímetro, naquela zona não havia nenhum carro de polícia e reinavam um silêncio e uma quietude de cemitério. O único carro que tinha estacionado diante da casa, além do táxi, era o meu.

Paguei com os 50 euros prometidos, mas o homem que tinha me conduzido até lá não podia se dar por satisfeito. Ele tinha entendido que seriam 50 euros de gorjeta, além do custo da corrida.

Um outro filho-da-mãe: ele sabia que eu não podia me demorar discutindo.

Depois de me ouvir dizendo que estava no encalço de um assassino e que havia uma pessoa em perigo, nem mesmo lhe ocorreu oferecer-me a sua ajuda. Suponho que não acreditou em mim.

As pessoas não acreditam nessas coisas.

3

Saltei a cerca do jardim, cheio de medo, enquanto me cagava para o Soriano e toda a sua parentela e me maldizia por não ter ligado diretamente para o 112,[*] e corri para a casa temendo que alguém me visse de

---

[*] O número telefônico 112 é um serviço 24 horas para todo o continente europeu e centraliza todas as ligações de urgência (de incêndio, de polícia etc.). (N. do T.)

uma janela. Não esquecia que o doutor Barrios tinha uma espingarda de caça e que já a tinha usado para liquidar Adrià.

Justo quando me enganchava na parede da casa, fora da vista de qualquer vigia, Scherazade esteve a ponto de me matar. Pôs-se a latir com tanta fúria que tanto eu como o meu coração demos uma pirueta mortal, a um milímetro escasso do enfarte.

A cadela estava presa e parecia que tinha ficado louca, puxando a corrente que lhe prendia o pescoço como se a animasse a idéia de se suicidar por estrangulamento. Pensei que aquele sistema de alarme avisava dentro da casa a chegada de intrusos. Prestei atenção e, ao não ouvir nenhum movimento nem reação no interior da construção, concluí que, às vezes, os cães latem porque vêem voar uma borboleta.

Comecei a percorrer o perímetro do edifício procurando uma entrada alternativa, como aquela porta da garagem da casa de Virtudes Vila, até que, na parte de trás, encontrei uma janela que dava para a cozinha. Era corrediça, metálica e tão fácil de abrir que precisava de uma grade na frente para dissuadir os ladrões. Naquele momento, a grade não estava trancada. Segurei a armação de uma folha da janela e a sacudi com força. Tinha vivido numa casa onde aquele método solucionara muitas vezes o problema de ter esquecido as chaves do lado de dentro. Bem, aquela janela não era tão dócil. Não se abria. E Flor estava dentro daquela casa, nas mãos de um assassino louco e armado. Insisti e insisti, enquanto expelia muito mais ar do que me cabia nos pulmões. Pensava coisas tão elaboradas como "Merda, merda, merda", assim, muitas vezes seguidas. Possuído pela angústia, e pela sensação de urgência, e pelo medo de ter chegado tarde, golpeei a janela como se tivesse decidido arrancá-la da armação.

No final, quando saltou a trava de segurança, quase não acreditei.

Deslizei para dentro de uma cozinha como de ficção científica, tão limpa e arrumada que o doutor Barrios teria podido operar sobre a mesa de metacrilato enquanto a sua digníssima e cornuda esposa preparava um filé Stroganoff na chapa de cocção de vitrocerâmica. As luzes estavam apagadas e começava a escurecer. Cautelosamente, com todos os sentidos alertas, saí para o vestíbulo forrado com madeira, de onde começava aquela escada em caracol que subia pelo interior do cilindro de vidro, que era como uma coluna de luz.

Parei, olhando para cima, atento a um longínquo rumor de vozes.

Franzi as sobrancelhas e comecei a subir, pouco a pouco e sem fazer barulho.

Era um discurso monótono, como se alguém tivesse deixado um rádio ligado. Mas, se franzi as sobrancelhas, foi porque, primeiro, o timbre da voz me soou conhecido, e, alguns degraus mais acima, já o tinha reconhecido sem nenhuma sombra de dúvida. Mais quatro degraus e entendi o que dizia.

— "... Hoje senti — que dura a vida / mais além do coração — e dos seus sentidos; / vi um velhinho — com cara enternecida / e alegres crianças — de repente estristecidas..."

Quando os meus olhos superaram a altura do degrau mais alto, pude vê-los. A porta do escritório estava aberta. O doutor Eduard Barrios estava sentado numa poltrona, com a cabeça baixa, a testa encostada na mão esquerda, como se estivesse meditando sobre o que ouvia ou como se já não pudesse mais suportar a situação. A mão direita estava sobre o gatilho de uma comprida espingarda de caça que repousava sobre uma mesinha. Os canos apontavam na minha direção. Ao lado do médico, numa poltrona gêmea, Flor estava recitando para ele um poema que, depois, soube que era de Maragall: *O Divino na Quinta-feira Santa.*

— "... Vi uns guerreiros — vestidos com a armadura completa / diante de um cordeiro — render as espadas..."

Eu continuava subindo. Mais um passo, e um outro, e um outro. E eles não me viam. Ao lado da escopeta havia uma faca de cozinha de grandes dimensões.

— "... Senti as brasas / do Amor Divino — na Quinta-feira Santa..."

O doutor Barrios fez um gesto de cabeça aprovativo e levantou a vista exclamando, muito impressionado, que aquilo era bom, que era muito bom. Então me viram.

Teve um sobressalto, todos tivemos um sobressalto, agarrou a espingarda, Flor gritou "Não!" e saiu o tiro.

Como se uma bomba tivesse explodido lá no meio.

Eu vi a labareda, como um flash de câmera fotográfica, e me atirei no chão enquanto o mundo desmoronava em forma de uma chuva composta de vidros, cerâmica esfarelada, confete e gesso do teto.

Em seguida, por cima do silvo que tinha se instalado nas minhas orelhas, ouvi que o doutor Barrios se lamentava, e que Flor o repreendia. Imediatamente, ao erguer a vista, comprovei que o doutor não deplorava a sua falta de pontaria, mas alguma coisa mais vaga. Talvez que a vida o tivesse empurrado para uma situação tão lamentável quanto aquela.

— Saco, saco, saco — dizia.

Tinha pego a faca de cozinha e dirigia-se para a Flor, que gemia:

— Puxa, Eduard, nós tínhamos dito que você não voltaria a fazer...

Levantei-me pouco a pouco.

— Doutor Barrios — disse com voz menos segura do que teria gostado. — A polícia está prestes a chegar. E sabem de tudo. Não acrescente mais acusações às que já tem contra o senhor.

— Não tenha medo — dizia Flor. — Não fará nada. Não acontecerá nada. Não é verdade que não acontecerá nada, Eduard?

O doutor abaixou a mão armada e a faca ficou apontada para o chão, na extremidade de um braço vencido.

— Não sou um assassino — disse.

— Não é um assassino — confirmou Flor, compreensiva e protetora. — Bem, não muito.

— Fiz tudo sem querer, fiz sem querer...

— Largue a faca — aconselhei-o.

Dei um passo, mas ele me olhou, com uns olhos imensamente tristes, e me detive.

— Fiz tudo por amor — seus lábios tremiam.

— Venha até aqui, Flor.

— Está muito deprimido, o pobre...

— Sim, sim, mas venha até aqui. Fique longe dele.

A faca se ergueu uma outra vez, e até se aproximou mais de Flor. Ela deu um grito. Eu também, acho.

— Não! — disse ele.

— Quieto, quieto, quieto, Eduard! — disse Flor, assustada. E acrescentou, dirigindo-se a mim, mas sem tirar os olhos da faca afiada: — Contou-me tudo. Fez tudo por amor. Pedi-lhe as fotografias e disse que as destruiu... Bem, depois me disse que não as tinha destruído e me propôs um trato... As fotografias em troca da sua liberdade, mas agora disse que as destruiu...

— É claro que as destruí, caralho! — explodiu de repente aquele homem probo convertido num hominho. — O que queriam que eu fizesse? Morto Adrià Gornal, só poderiam me trazer complicações.

— Diz de verdade? — Flor retorcia as mãos.

— Doutor, solte a faca — disse.

Dei um passo na sua direção. E um outro.

— Não sou um assassino — proclamou de repente o doutor Barrios, erguendo a voz numa espécie de orgulho.

— Bem, um pouco, sim — ponderava Flor.

— Estas mãos... — de repente, o médico vibrou de emoção — essas mãos salvaram muitas vidas. Você nunca pensa que pode chegar a matar alguém.

— Olhe, as coisas são como são — era a tentativa de Flor para acalmá-lo.

— A não ser que alguém como Anna Colmenero te anime — disse eu.

— Marc Colmenero era um filho-da-mãe — protestou o assassino. — Você não sabe o que ele fez à filha. O que você sabe? — Agora, sim, me olhou com olhos de louco, e disse, como se isso pudesse justificar tudo: — Nós nos amamos.

— Oh, meu Deus — disse Flor. — É que é muito forte. É que se amam. Isso sim é que é forte.

Eu lembrava de Anna Colmenero fechada naquela mansão, amargurada, afogada em fracasso e frustração, com aqueles dois gigolôs que lhe incomodavam mais do que serviam, pendurada na garrafa de Cutty Sark. Amava Barrios ou simplesmente o tinha usado? Possivelmente, tinha sido uma combinação das duas coisas. Provavelmente, não tinha inventado os maus-tratos do seu pai com o único objetivo de esquentar a cabeça do amante pela simples cobiça de herdar a sua fortuna. Mas era claro que a ganância fazia parte daquela confusão de sentimentos. E, se tinham se amado, a partir do assassinato as coisas haviam se enrolado, ela tinha descoberto que a morte do pai não era a libertação que imaginava, e a distância que a prudência lhes impôs, em vez de atiçar o fogo do seu amor, tinha-o amortecido, tinha convertido a fogueira acesa e vibrante num monte de brasas espalhadas e sujas.

— Foi um momento de loucura. O acidente de Marc Colmenero, a oportunidade que surgiu de repente de modo imprevisto, a improvisação. Nunca na vida tinha me ocorrido operar alguém, salvar a vida de alguém, sem antes estudar o caso a fundo, improvisando. Mas, na hora de matar, improvisei.

— Improvisou — disse Flor.

— Me senti onipotente.

— Se sentiu onipotente — Flor era como um eco.

— Parecia tão fácil... — lamentava o doutor.

Parecia fácil, mas Melània Lladó esteve a ponto de apanhá-los, quando substituía o prontuário. Muita improvisação.

Eu continuava me aproximando.

— Que sentido teria que agora nos matasse, a Flor e a mim? Seria uma outra improvisação sem sentido.

— Erro atrás de erro — continuava o médico. — O pior foi o que cometi com aquele desgraçado, o Ramon Casagrande. Não sabia nada, não sabia nada! Apenas tinha ouvido mexericos no hospital, mas me fez quatro insinuações e eu caí como um pato, e disse-lhe que estava de acordo, que, pensando bem, os produtos do Haffter eram mais adequados para meus pacientes, e passei a receitá-los. E, é claro, ele devia se perguntar: "Como é que esse cede apenas com um par de insinuações? Deve estar escondendo alguma coisa." Pôs-se a bisbilhotar e, não sei como, ainda não tenho explicação, achou provas de que Anna e eu nos conhecíamos e éramos amantes desde muito tempo.

— Conseguiu acesso aos e-mails que Anna e você trocaram — falei. — Só precisou investigar o nome da sua cadela para ter a senha do Liammail. Mas foi esperto: não permitiu que você soubesse que ele tinha acesso a esse correio, porque você poderia apagá-lo. Usou os dados que achou lá para conseguir provas físicas, como a fatura do hotel de Cotlliure.

— Era ardiloso, um rato. Nunca o engoli direito. Nunca tinha receitado os seus produtos de merda. Nunca havia aceitado nada de um propagandista, nem um convite para um congresso, nem uma caneta, nem uma camiseta, nada. Exigiu-me 300 mil euros, e eu percebi que, não importava quanto lhe desse, nunca o tiraria de cima de mim. E uma outra vez pequei por soberba. Ocorreu-me como eliminá-lo, aquela besteira do crime perfeito.

— E manipulou e usou o pobre Adrià! — disse Flor.

— E como era pobre. Adrià Gornal era um desgraçado. Não foi nem capaz de fazer as coisas direito, tão simplório ele era. "Amanhã", dizia-me. "Amanhã irei à casa dele para deixar o frasco na mesa-de-cabeceira." Sempre era "amanhã". E, na hora da verdade, quando afinal se decidiu, o fez a tiros. Cravando um tiro no Casagrande, com toda aquela carnificina! — Considerei que não valia a pena esclarecê-lo sobre a interferência de Romà Romanès. Ele teria tempo para ficar sabendo. — E depois veio me dizendo que eu tinha muito mais a perder do que ele, e me exigiu dinheiro para poder fugir para o estrangeiro. Seiscentos mil euros, pediu, o idiota, o dobro do que o outro me pedia. Não ouviu explicações, fez como o Casagrande. E me preparou uma armadilha, com algum amigo seu, numa hípica abandonada, e eu tive de matá-lo. Matei-o sem querer. Fechei os olhos enquanto disparava — acrescentou, como se isso fosse uma atenuante.

Fez-se um silêncio.

— Já chegou ao fim do caminho, doutor.

Eu também tinha chegado ao final do caminho, bem perto do doutor. Estendi o braço, com a mão aberta.

— Me dê essa faca.

Olhou-me. Havia desaparecido toda a dignidade daquele homem bronzeado e com cabelos brancos, seus ombros tinham se dobrado e dez ou 15 anos caíram sobre ele.

Dirigiu a faca para mim. Era uma faca de cortar filés, de lâmina comprida e estreita. Podia fazer muito mal. Abri a mão.

Girou-a entre os dedos e, muito educado, ofereceu-a a mim pelo cabo.

Peguei-a e vários músculos do meu corpo relaxaram.

— Muito bem — eu disse.

O doutor olhou à sua volta, desamparado. Localizou a sua cadeira giratória e se deixou cair de uma só vez, diante do computador desligado. E ficou de cara para a tela, tão escura e vazia como a expressão dos seus olhos.

Naquele momento, o uivo de uma sirene de polícia encheu a rua. Quietos como estátuas, ouvimos as freadas dos carros diante da casa, o murmúrio de conversas apressadas, as ordens gritadas com tom profissional e, por fim, a campainha, soando com insistência. O doutor Barrios, sem dizer nada, acionou o comando que abria a porta de baixo.

O inspetor Soriano demorou alguns minutos para deduzir que, já que não estávamos no andar de baixo nem no primeiro andar, tínhamos de estar no sótão. Subiu as escadas e aproximou-se de nós esgrimindo a pistola com as duas mãos. Mirava diretamente a minha cabeça com os braços bem esticados.

— Joga a arma, Esquius! — ordenou, gritando como se estivéssemos a mais de um quilômetro de distância. — Não faça nenhum movimento suspeito! Jogue a arma e levante as mãos. — Eu fazia caretas para transmitir-lhe a minha estupefação. Então me esclareceu as suas intenções: — Está preso pelos assassinatos de Ramon Casagrande e de Adrià Gornal!

— Acho que você está enganado — pude articular, depois de tossir.

— Não me engano, não! — continuava gritando o policial. — Contra a parede! De cara para a parede! Mãos para trás!

Obedeci e imediatamente me vi com as mãos algemadas nas costas. Flor, doutor Barrios e eu nos olhávamos atônitos. E o Soriano falava e falava, alardeando sua inteligência magistral.

— Logo suspeitei de você, Esquius! Desde que a Srta. Font-Roent lhe pediu para seguir o namorado, você começou a tramar aquele plano diabólico. Só você teve oportunidade de preparar para Adrià Gornal a armadilha para fazê-lo passar por culpado do assassinato de Ramon Casagrande. Você, que vigiava os dois, pôde arranjar para que estivessem os dois no local indicado no momento preciso! Matou Ramon Casagrande com um tiro e favoreceu a fuga de Adrià...

— Mas por quê? — gritamos Flor e eu ao mesmo tempo, enquanto o doutor Barrios nos olhava como que tendo alucinações.

— Por quê? — O inspetor Soriano fez uma pausa dramática. — Para ficar com a rica herdeira, casar-se com ela e passar a viver de renda pelo resto da vida. Isso é o que passou pela sua cabeça assim que a viu no primeiro dia. Matou Ramon Casagrande e armou tudo para que Adrià passasse por assassino, mas você dizia que era inocente, é claro, para ficar bem diante da senhorita... Elaborou uma teoria delirante com a qual você pretendia aparentar que o defendia, mas que apenas servia para que nós, a polícia e a própria Srta. Font-Roent, fôssemos nos convencendo cada vez mais e mais que o assassino era Adrià. E o passo seguinte foi a cena do asilo! Ah, que bem montado, tudo! Evidentemente, você mantinha contato com Adrià Gornal e cuidou para que estivesse lá, ao lado daquele pobre velho. Apenas com uma intenção: que descobrissem aquele frasco de cápsulas... que você mesmo deixou cair lá para que o encontrassem! Desse modo, Adrià Gornal voltava a ser suspeito de quem sabe quais conspirações e nos confirmava que era o assassino do Casagrande. E, por fim, quando Adrià Gornal já não te servia de nada, matou-o na hípica. Boa jogada... Mas um pouco sofisticada demais para o meu gosto. Apenas tive de fazer uma ligação para a agência para a qual trabalha e perguntar: "Como vai o idílio entre Esquius e Flor Font-Roent?", e aquele colega seu, Octavi, disse: "Excelente! Já faz dias que Esquius deflorou Flor! É de domínio público!"

Flor me olhava boquiaberta, como se acreditasse mesmo na teoria do inspetor. Baixei a vista como faria um autêntico culpado.

— Passe para fora, assassino!

E saí como teria feito um assassino de verdade.

O inspetor Soriano aproximou-se do doutor Barrios sorrindo heróico, como o cavaleiro que acaba de libertar a donzela do dragão famoso.

— Calma, doutor. Acabou. Esse malandro me ligou enquanto vinha para essa casa e sabe o que me disse? Que o senhor era o assassino. Ao ouvir aquele disparate, compreendi as suas autênticas intenções. Matar o senhor, como se fosse em legítima defesa, e confundir-nos com provas falsas que nos fizessem crer que o senhor era o culpado de tudo e encerrássemos a investigação.

— O caso é que... — começou a dizer o doutor Barrios.

— Por sorte — cortou-o o inspetor —, chegamos a tempo.

Flor também fez uma tentativa de protesto, mas eu a impedi com um movimento negativo de cabeça. Como se ali estivessem em jogo coisas muito importantes das quais ela não tivesse o menor conhecimento.

Enquanto me levavam para o carro, vi como a Flor ficava atrás, desorientada, como uma Branca de Neve perdida no bosque, procurando a companhia dos policiais que a acolhiam, tentando distanciar-se do doutor Barrios tanto quanto fosse possível. Desejei que alguém a acompanhasse à casa dos seus pais e lhes transmitisse a extravagante teoria do inspetor Soriano.

Que foi exatamente o que aconteceu.

Vá saber se aquilo de "ficar com a rica herdeira, casar-se e viver de renda pelo resto da vida", ou o comentário do Octavi ("Esquius deflorou Flor! É de domínio público!"), gravou-se no seu espírito. Não sei. Só sei que no dia seguinte deixou uma mensagem na secretária eletrônica, enviada de um avião. Os seus pais, ao verem o estado em que se encontrava, tinham decidido que precisava distanciar-se daquele entorno e levaram-na para uma mansão que tinham em Connemara, Irlanda, para que pudesse trabalhar o luto da morte do seu noivo num lugar apropriadamente brumoso e melancólico, o que lhe permitiria reencontrar o eixo da sua vida. Prometia me ligar todo dia, mas depois não o fez.

Pensei que a Irlanda é terra de poetas. Certamente correriam por ali descendentes diretos de Joyce e de Beckett e de Yeats. Jovens enérgicos e bem-apessoados, munidos de harpas e declamando versos sob a sua janela. O caso é que não precisei mudar de número de telefone.

Mas isso foi no dia seguinte. Naquele dia, chegamos à delegacia e o Soriano me empurrou para as dependências dos Grupos Especiais da Polícia Judicial. Fomos diretamente para o fundo, onde o delegado Palop tinha o seu gabinete, e o inspetor abriu a porta com gesto teatral e, com voz impostada, trovejante, exclamou:

— Delegado! Aqui está o assassino que procurávamos!

Com Palop estava o doutor Miquel Marín, e sobre a mesa vi o prontuário do Hospital de Collserola.

— Não diga bobagens, Soriano, porra! Tire as algemas do Esquius e vá buscar um café para nós.

A partir daquele momento, enquanto Palop me contava que tinham detido Romà Romanès e que tinham encontrado a pistola que havia assassinado Ramon Casagrande, e que os testes realizados pelo Monzón identificavam o sangue da capa como o sangue de Ramon Casagrande e a própria capa como propriedade de Romà Romanès, o inspetor Soriano ia se convertendo no incrível Homem Minguante. Foi ficando pequeno, pequeno, e gago, gago, e a cor da sua cara foi adquirindo a tonalidade daqueles turistas nórdicos que passam oito horas sob o sol no dia em que chegam à Costa Brava. Em um determinado momento, alegou que se sentia mal e fugiu para a sua casa esquecendo-se de se despedir e se desculpar.

Pouco depois, apresentou-se na delegacia o doutor Eduard Barrios, batendo timidamente na porta e anunciando em voz baixa que vinha para se entregar e confessar.

Anna Colmenero não estava em casa quando foram procurá-la. Não sei se o doutor tinha ligado para ela para avisá-la de como iam as coisas ou se simplesmente tinha saído para passar o fim de semana fora.

4

La Cumparsita.

Era Beth.

— Esquius? — a sua voz me deixava arrepiado. — Já resolvi. Bem, acho que já resolvi... Já sei!

— Mas não é para mim que você tem de dizer. Ligue para Biosca e, escute, preste atenção, também não diga a ele a solução do caso. Tem de dizer para as clientes, que serão as que realmente darão valor. Mas tem de dizer para elas na frente do Biosca e do Octavi, para se valorizar, me entende? Não é o bastante fazer bem o trabalho: depois, tem de vendê-lo.

De modo que Beth armou a representação. Ligou para Biosca e se negou a dizer-lhe a que conclusões tinha chegado. Só lhe pediu um favor. E Biosca convocou todos no próprio dia seguinte, domingo, e pegamos a estrada em comitiva.

A caravana era formada por dois carros. Biosca me havia obrigado a aceitar o privilégio de acompanhá-lo no seu Jaguar XK 180 conversível. Seguia-nos Beth, que dirigia o meu Golf, no qual também iam enfiados Octavi e Tonet. Esse último ocupava, só ele, mais de sessenta por cento do espaço habitável.

— Não me canso de te felicitar, Esquius — ia dizendo Biosca, concentrado na condução daquele carro de corridas a não mais de 100 por hora. — Realmente, tenho de admitir que você é um superdotado. Foi bastante rápido para interpretar acertadamente a minha atitude, premeditadamente reservada e distante quanto ao caso do Adrià Gornal, como um estímulo e um desafio. É claro que eu poderia tê-lo solucionado! Mas para você era necessário o desafio, o incitamento, sentir-se isolado e encurralado e confrontado com todo mundo, para que o caso se convertesse numa questão de honra. Concordará comigo que a minha estratégia foi astuta e deu os frutos esperados.

Fazia um dia praticamente de verão. O ar refrescava aquilo que o sol aquecia. O contato dos assentos de couro do carro era agradável e eu quase não escutava o meu chefe, que continuava impávido o seu monólogo.

— ... E agora a Beth disse que resolveu o caso da Felícia Fochs, pobrezinha. E nos pede que tenhamos fé, que iremos encontrar a cliente decepcionada, porque somente nos dará a solução do enigma diante dela. Sei que estamos nos arriscando demais, o prestígio da agência é uma coisa tão sagrada como a Santíssima Trindade para os padres, mas creio que temos de fazê-lo. O que você pensa, Esquius?

— Vamos ter fé — disse

— Mas Octavi, um agente experimentado, apesar de ter as mesmas pistas que ela, não desfez a trama. Faz 24 horas que pensa intensamente e, conforme confessa ele próprio, somente adquiriu uma dor de cabeça persistente.

— Talvez tenhamos na Beth uma jovem promessa — disse, discreto.

— É por essa saída — anunciou o Biosca, ao mesmo tempo que ligava a seta à direita uns 50 metros antes de chegar ao desvio.

A saída da rodovia nos levou para o condomínio Torres del Cel, e um curto trajeto por ruas amplas que eram todas subida ou descida, margeadas de chalés com jardins, acabou nos situando exatamente diante do que as irmãs Fochs tinham herdado dos pais.

— Problemas — anunciou Biosca com voz de profeta.

Felícia Fochs e a irmã saíam naquele momento da casa. Os problemas se constituíam em dois guardas de segurança uniformizados e armados que as acompanhavam. As irmãs Fochs pararam para olhar com curiosidade os carros recém-chegados. Não sei se admiravam a linha formidável do Jaguar, desenhado à imagem e semelhança daquele protótipo que causou furor nas 24 Horas de Le Mans de 1953, ou se estavam estupefatas ao ver os esforços e arquejos do Tonet para sair do Golf, semelhantes aos de um presidiário escapulindo por um túnel subterrâneo estreito demais. Quando viram, porém, que tinham diante de si a cúpula da Agência Biosca, deram um salto e adotaram atitudes histéricas.

— Fora daqui! — gritou Emília Fochs, como se enxotasse um cão. — Como se atrevem a vir à nossa casa? O que pensam que vão receber?

Os dois guardas de segurança deram um passo adiante, perfeitamente sincronizados.

Tonet também, e todo mundo ficou parado onde estava.

— Srtas. Fochs — disse Biosca sem perder aquele sorriso de suficiência que o fazia tão odioso. — Se viemos, não foi para reclamar a dívida. Na Agência Biosca não faturamos se o cliente não está satisfeito, e, como acontece freqüentemente, a gratidão pelos nossos serviços faz com que muitos clientes paguem com satisfação e até mesmo insistam em dobrar ou triplicar as quantias negociadas previamente. Permitirei que seja a agente Beth que lhes exponha os resultados das nossas deduções. E virou-se para a moça com uma gesticulação versalhesa. — Agente Beth, por favor...

— Não quero ouvi-los! — gritou Felícia. — Vocês dão azar. Ponham eles para fora!

— É que estão na rua, senhorita — observou-lhe um dos guardas de segurança sem tirar os olhos do Tonet.

Efetivamente, nós estávamos na rua, e elas, do outro lado da cerca da casa.

— Então dá na mesma! Vamos entrar em casa! Lá não poderão nos seguir!

Beth cortou a retirada com a sua voz de menina desafiadora, ingênua e travessa.

— Não quer saber quem é a pessoa que a tem assediado e que a obriga a viver escondida dentro de casa, em companhia de guardas de segurança que lhe custam os olhos da cara? — perguntou.

— Não acredito que o tenham encontrado! — gritou a modelo.

— Não quer saber quem foi o culpado da sua ruptura com o seu agente e com a sua vida anterior, de luxo e vitória?

— Não — disse Felícia, mais mansa.

— Não lhe interessa saber por que o assediador dizia *machado* em vez de *marreta*, e *veja* em vez de *preste atenção*, e *gigantão* em vez de *guarda-costas*, e *toldado* em vez de *sombrio*, e alguns exemplos mais que encontrará se repassar, como eu fiz, as mensagens gravadas?

— Não, não nos interessa — disse Emília Fochs. — Vamos para casa, Felícia.

— Espere. Que digam o que têm de dizer. Que não possam alegar que não os escutamos. — A curiosidade tinha vencido. — Por que falava assim aquele homem repugnante?

— Falava assim e freqüentemente fazia pausas entre as palavras. Por que as fazia? Porque procurava alternativas para determinadas palavras. Sinônimos.

— Não estou entendendo. Por quê?

— Vamos, Felícia — dizia Emília —, essa gente está embriagada.

— Diga você, Octavi — pedi ao meu colega, oferecendo-lhe uma última oportunidade.

Octavi fez uma espécie de ruído estranho com a boca e olhou os passarinhos das árvores com interesse de ornitólogo que acabava de descobrir a sua vocação. Beth teve de continuar:

— A pessoa que a assediava usava um distorcedor de voz, um aparelho eletrônico que converte qualquer voz em um ronco e através do qual não é nem mesmo possível determinar o sexo de quem fala. O timbre de voz pode ser dissimulado, sim. A pronúncia, não.

— Não... Não entendo...

Beth olhou para Emília Fochs com um sorriso que teve efeitos como de descarga de raios laser sobre a moça. Emília deu um passo para trás.

— A pessoa que te ligava não sabia pronunciar direito o erre, Felícia — declarou Beth com ênfase. — Não encontrará uma só palavra que contenha um só erre, fraco ou forte, no caso das mensagens, exceto as que recebeu por escrito, naturalmente.

— Não sabia pronunciar o erre... — Felícia olhou com o rabo do olho a sua irmã criada na França, que não sabia pronunciar os erres, nem fortes nem fracos. — Quer dizer...?

— Tinha medo de que esse defeito de pronúncia a delatasse, por isso evitava os erres.

— É absugdo! — reagiu Emília, tropeçando com os erres. — Eu vi o assediadogg!

— Disse que o viu, o que não é o mesmo.

— E estava ao lado dela e do Octavi quando recebemos uma das mensagens!

— É verdade — interveio Octavi. — Vamos, vamos, que estamos fazendo uma cagada com ela...

— Uma mensagem *SMS* — disse Beth sem se mover nem um centímetro. — Pode ser escrita e o telefone pode ser programado para que a envie na hora que seja de sua preferência. E, quando ligou para a agência, estava fechada no banheiro, limpando o sangue do nariz...

— É mentiga! — gritou Emília, esgotados os seus argumentos.

Decidi que tinha chegado a minha hora de intervir.

— Você pode nos mostrar o seu celular, Emília?

— É claro que sim! — tirou-o da bolsa e jogou-o na minha cara. Esquivei-me e o aparelho foi parar no meio da rua.

— Não, esse não. O outro. O que você tem escondido e usa exclusivamente para atormentar a sua irmã. Me dê a bolsa.

Apenas vendo o modo como agarrou a bolsa, com a ferocidade de uma mãe que protege um filho que querem lhe arrancar, foi o bastante para que Felícia e todos os presentes, incluindo Octavi e o Tonet, entendessem tudo.

Produziu-se um silêncio pavoroso. As duas irmãs estavam cara a cara, e parecia que Felícia estava a ponto de perguntar à irmã "Por quê, Emília, por quê?", ou alguma pergunta típica em situações semelhantes, mas o seu abatimento e a sua indignação alcançaram níveis que tornavam impossível a articulação de palavras.

Mas a pergunta não foi necessária, porque Emília, encurralada, de qualquer modo respondeu:

— Porque você é uma imbecil, por isso! Porque é idiota, porque sempre foi a preferida dos nossos pais, porque me esfregava na cara a sua vitória, porque me tomou o Raül e uns tantos namorados mais, você que poderia ter escolhido o namorado que te desse vontade, e porque refestelava-se nessa casa e ocupava a metade dela quando poderia ter vivido onde quisesse e me deixado em paz! Por tudo isso, idiota, imbecil, e se não gosta, que agüente, cagona, meia merda, porca!

— Mas o que você está dizendo?... — replicou Felícia em tom agudo e pungente. — Que culpa tenho eu se você é feia, tão horrorosamente feia, e uma fracassada??...

A top model e cantora famosa se lançou sobre a irmã com ânimo de estrangulá-la e desencadeou-se uma pancadaria em que voavam e se distribuíam de maneira eqüitativa e democrática chutes, socos, arranhões e puxadas de cabelo e de roupa. Os guardas de segurança tinham se precipitado para dominá-las, mas eu não tinha nenhuma certeza de que conseguiriam. Até o Tonet parecia insuficiente para apaziguar a desenfreada força da natureza em que haviam se convertido as irmãs Fochs.

Enquanto Octavi e Biosca se juntavam à confusão, afastei-me discretamente. Eles tratariam daquilo.

— Está indo? — perguntou-me Beth. E então descobri que estava ao meu lado.

— Sim. Parece que o espetáculo acabou.

— Vai precisar das chaves do Golf.

Deu-as a mim.

— Eu já ia pedir a você.

Estava radiante. Seus olhos brilhavam. Uma das mulheres mais bonitas que vi na vida.

— Muito obrigada, Esquius. Você não precisava deixar que eu tivesse o mérito sozinha.

— O que você disse? Se fez tudo sozinha.

Ficou calada um momento. Negou com a cabeça e pôs-se na ponta dos pés para me dar um beijo na bochecha.

— Um dia — me disse —, gostaria que fosse jantar na minha casa. Vou te apresentar o meu namorado.

As lutadoras já tinham ido parar no chão e agora se revolviam sobre a grama, numa barafunda de pernas e mãos e gritos e pernadas. Biosca estava alisando a roupa e aconselhava a retirada do seu exército.

— Amanhã mesmo receberão a minha fatura — notificou, como se alguém pudesse ouvi-lo.

Virou-se de costas para o conflito e convidou Tonet e Octavi a voltar para os carros, saboreando a vitória.

— Brilhante, Beth! Meus parabéns — disse enquanto passava o braço protetor por cima dos ombros da moça. — Aprenda, Octavi. A aprendiz te deixou para trás. Esta jovem está destinada a fazer grandes coisas na agência!

Octavi iniciou algumas palavras, mas em nenhum caso conseguiu passar da primeira sílaba.

— Prefiro voltar com o meu carro — anunciei para o homem que me dava de comer. — Tenho pressa. Me esperam.

— Naturalmente, Esquius. Não pense que é tão importante para monopolizar o privilégio do meu Jaguar. Agora, na viagem de volta, é a vez da Srta. Beth, porque ela merece. Por favor, Beth...

Abriu a porta da direita e Beth ocupou o Jaguar como as princesas sobem nas carruagens.

Sorri, imaginando que cara faria a moça quando Biosca lhe informasse que já fazia tempo que conhecia a solução do caso e como tinha arrumado tudo para permitir que ela brilhasse.

Com Octavi falamos de futebol durante todo o caminho de volta, como se nada tivesse acontecido. E Tonet disse dois sins e um não muito expressivo. Estava eufórico. Deixei-os perto de uma estação de metrô e desci para a Barceloneta. Palop e Monzón me esperavam no restaurante Salamanca, e eu não queria ter de correr nem queria chegar tarde.

Conheça mais sobre nossos livros e autores no site
www.objetiva.com.br
Disque-Objetiva: (21) 2233-1388

markgraph

Rua Aguiar Moreira, 386 - Bonsucesso
Tel.: (21) 3868-5802   Fax: (21) 2270-9656
e-mail: markgraph@domain.com.br
Rio de Janeiro - RJ